Madeleine Puljic
Noras Welten

PIPER

Zu diesem Buch

Nora Winter hat ein Problem. Sobald sie anfängt etwas zu lesen, fällt sie in die Handlung des Textes und muss diese bis zum Ende durchstehen. Sie ist eine Gefangene der Geschichte. Etwas, das dort nicht hingehört. Dabei ist es ganz egal, um was für einen Text es sich handelt. Romane, Sachbücher, Fachzeitschriften oder Werbung: Das Lesen eines Werbeplakats wird zum unfreiwilligen Ausflug ohne Pass nach New York, die Lektüre eines Fantasy-Romans führt in gefährliche, mittelalterliche Welten. Nora sieht nur noch einen Ausweg: Sie muss vergessen, wie man liest. Sie holt sich Hilfe bei einem Hypnose-Therapeuten. Aber natürlich kommt alle anders als geplant und die beiden landen zusammen in einer Welt voller Intrigen, Ritter, Magier und vorlauter Drachen. Es gibt nur einen Weg zurück: Sie müssen die Geschichte bis zum Ende durchstehen.

Madeleine Puljic wurde 1986 in Oberösterreich geboren. Sie absolvierte die Kunstschule in Wien und lebt heute in Hamburg. Ihr erster Roman »Herz des Winters« erschien 2013 im Selbstverlag. Neben ihren eigenen Romanen in den Bereichen Fantasy und Science-Fiction schreibt sie außerdem regelmäßig für die Serie Perry Rhodan NEO. Ihr Roman »Noras Welten. Durch den Nimbus« wurde 2017 mit dem 1. Deutschen Selfpublishing-Preis ausgezeichnet und erscheint nun bei Piper.

Madeleine Puljic

NORAS WELTEN

Durch den Nimbus

Mit 20 Illustrationen
von Madeleine Puljic

PIPER

Entdecke die Welt der Piper Fantasy:

Piper Fantasy.de

MIX
Papier aus verantwortungsvollen Quellen
FSC® C083411
FSC
www.fsc.org

Originalausgabe
1. Auflage April 2019
2. Auflage September 2019
ISBN 978-3-492-26036-7

Umschlaggestaltung: Guter Punkt, München
Umschlagabbildung: Guter Punkt, Stephanie Gauger unter Verwendung von Getty Images/LOIC VENANCE und Motiven von Shutterstock
Illustrationen: Madeleine Puljic
Satz: psb, Berlin
Gesetzt aus der Stempel Garamond
Druck und Bindung: CPI books GmbH, Leck
Printed in the EU

1. Kapitel

Ein leises Summen erklang. Doktor Benjamin Pawell sah auf die Uhr an der gegenüberliegenden Wand: zehn Minuten vor sechs.

Sie kam zu früh.

Mit einem leisen Seufzen schob Ben das Lesezeichen zwischen die Seiten seiner Lektüre. Er klappte das Buch zu, legte es beiseite und drückte auf den Knopf, der die Haustür öffnete. Dann warf er einen letzten Blick in seine Unterlagen.

Nora Winter, Erstanamnese. Sie hatte telefonisch um einen Termin gebeten – dringend – und nicht verraten wollen, worum es ging. Sie hatte jung geklungen, also tippte er auf eine Lebenskrise. In diesem Alter waren es fast immer Lebenskrisen. Depressionen, Leistungsdruck, das Ende der großen Liebe …

Er nahm einen Schluck von seinem Tee, putzte gemächlich seine Brille und setzte sie wieder auf.

Um Punkt sechs öffnete er die Tür zum Wartezimmer.

»Frau Winter?« Er zögerte. »Bitte, kommen Sie doch herein.«

Die Patientin *war* jung, soweit behielt er recht. Mitte zwanzig, schätzte er. Acht, vielleicht zehn Jahre jünger als er. Überraschend war die dunkle Sonnenbrille, die sie trotz der eher schummrigen Beleuchtung im Vorraum nicht abgenommen hatte. Ben entdeckte keinen Blindenstock. Sie trug auch keine Armbinde.

»Brauchen Sie Hilfe?« Er streckte eine Hand aus, um sie zu führen.

»Wäre ich sonst hier?« Sie erhob sich mit einer geschmeidigen Bewegung und strich ihren Rock glatt. »Es geht schon, danke. Haben Sie Bücher in Ihrem Behandlungsraum?«, fragte sie. »Oder Magazine?«

Irritiert sah Ben auf den Stapel GEO-Hefte, neben dem sie gesessen hatte. »Nein, nur im Wartezimmer.«

»Gut.«

Ohne ein weiteres Wort trat sie an ihm vorbei durch die Tür und nahm die Sonnenbrille ab. Zwei dunkle Augen kamen zum Vorschein. Blind war sie also nicht. Mit einem raschen Blick erfasste sie seinen Arbeitsbereich.

»Und wie nennen Sie das da?« Anklagend wies sie auf das Regal mit Fachliteratur, das die Wand hinter seinem Schreibtisch einnahm, gefüllt mit Lexika und Therapiehandbüchern. Standardwerke seines Fachgebiets.

»Die sind nicht zum Lesen gedacht.« Eigentlich blätterte er nicht einmal darin. Sie standen da, weil ... Nun, weil in das Zimmer eines Therapeuten eben Bücher gehörten, Punkt.

»Bücher sind immer zum Lesen gedacht«, sagte sie und seufzte. »Na, wenigstens sind sie weggeräumt.«

Ben runzelte die Stirn. Was sollte dieser Auftritt?

Nun, das herauszufinden war seine Aufgabe. Er war hier, um Leuten wie Nora Winter zu helfen.

»Bitte, setzen Sie sich doch.« Er deutete einladend auf das Sofa und ließ sich in den dazugehörigen Sessel sinken. Das Leder ächzte leise unter seinem Gewicht. Als sie Platz genommen hatte, eröffnete er das eigentliche Gespräch. »Frau Winter, Sie haben mich in einer dringenden Angelegenheit um einen Termin gebeten. Was führt Sie zu mir?«

»Ihr Spezialgebiet, Doktor Pawell.«

»Sie möchten, dass ich Sie hypnotisiere?«, hakte er nach.

»So ist es.« Nicht der geringste Zweifel lag in ihrer Stimme.

Für gewöhnlich ging eine solche Bitte immer mit einem Gemisch von Aufregung, Hoffnung und Furcht einher. Nora Winter hingegen saß aufrecht und selbstbewusst auf seiner Couch, die Knie sittsam aneinandergelegt, die Hände im Schoß gefaltet.

»Und was erhoffen Sie sich von einer Hypnosetherapie?« Sie wirkte nicht, als bräuchte sie Hilfe, um das Rauchen aufzugeben.

»Es gibt etwas, das ich vergessen muss«, lautete ihre wenig hilfreiche Antwort.

Ben unterdrückte ein Seufzen. Also doch eine Beziehungskrise. Vom Mann verlassen, vermutete er. Schade. Nach dem eigenartigen Begrüßungsszenario hatte er sich etwas Spannenderes erhofft. Patienten, die den leichtesten Weg suchten, um unbequeme Erinnerungen loszuwerden, kannte er zur Genüge. Er ließ sich seine Enttäuschung nicht anmerken. »Und was müssen Sie vergessen?«

»Das Lesen.«

Nun war er doch überrascht. »Tut mir leid, ich verstehe nicht …«

Sie lächelte verbissen. »Ganz einfach: Ich darf nichts lesen.«

»Sie *dürfen* nicht?« Was sollte das denn bedeuten? Dieses Gespräch wurde allmählich bizarr. »Und deshalb bitten Sie mich, Sie zur Analphabetin zu machen?«

»Genau. Es ist wichtig.«

Ben hatte wirklich schon viele seltsame Patientenwünsche gehört und dieser hier rangierte bestimmt unter den Top Ten. Dazu ihr merkwürdiges Gebaren … Er griff nach einem Stift und kritzelte eine kurze Notiz in die Akte Nora Winter: *Angst vor Büchern?* Falls sich sein Verdacht bestätigte, wäre es der erste Fall von Bibliophobie, dem er begegnete.

»Erzählen Sie mir doch bitte, weshalb Sie das möchten«, sagte er.

»Es ist nicht leicht zu erklären.« Mit einer Hand strich sie sich über den Hals und zupfte am Kragen ihrer Bluse. »Es ist gefährlich für mich, zu lesen. Aber ich kann es nicht verhindern, es passiert so schnell. Nur ein kurzer Blick und … Ich bin mir bewusst, wie das klingt. Aber ich versichere Ihnen, ich bin nicht verrückt!«

»Natürlich nicht.« Er würde niemals einen Patienten als verrückt bezeichnen, jedenfalls nicht direkt. Denn je größer ihre Probleme waren, desto eher sahen sie sich selbst als geistig völlig gesund an. »Was meinen Sie damit, es ist gefährlich? Was geschieht, wenn Sie lesen?«

Nora zögerte. Wie sollte sie ihm erklären, was sie selbst nicht verstand? Er würde ihr nicht glauben. Niemand hatte ihr jemals geglaubt. Aber Doktor Pawell verlangte eine Antwort. Also gab sie ihm die einzige, die sie hatte, so haarsträubend diese auch klang.

»Ich … *falle* in alles, was ich lese«, sagte sie. »Körperlich.«

Der Psychologe reagierte nicht sonderlich verwundert. Nur ein leichtes Zucken um seine Augen verriet, dass er die Seltsamkeit ihrer Worte erfasste. Er kritzelte wieder etwas auf seinen Block und sah sie mit neutralem, beinahe gelangweiltem Gesichtsausdruck durch die randlose Brille hindurch an. »Können Sie das genauer ausführen?«

Er hielt sie für verrückt. Natürlich tat er das. Schließlich *klang* es auch verrückt, was sie erzählte.

Sie hätte sich genauer über Doktor Pawell informieren sollen. Hypnosetherapeut – irgendwie hatte sie dabei an einen Alternativling gedacht, jemanden, der sein Büro nach den Regeln von Feng Shui einrichtete und es einmal die Woche gegen schlechte Schwingungen ausräucherte. Jemanden, der spirituellen oder paranormalen Dingen nicht völlig abgeneigt war.

Stattdessen saß sie diesem geschniegelten Kerl gegenüber, mit gebügeltem Hemd und Designer-Kugelschreiber. *Unerklärlich* war diesem Mann ganz bestimmt ein Fremdwort.

Also musste sie ihn davon überzeugen, dass sie noch alle Tassen im Schrank hatte. Dass er es mit einem gefestigten Menschen zu tun hatte, der von einem ungewöhnlichen Problem geplagt wurde.

Nora straffte die Schultern. »Ich erlebe Bücher, als wären sie die Realität.« Nein, das traf es nicht. Das führte in die völlig falsche Richtung. Sie holte tief Luft und sprach den entscheidenden Satz aus: »Ich verschwinde dabei aus dieser Welt und tauche in einer anderen wieder auf.«

So, jetzt war es raus.

Der Psychologe blinzelte überrascht. Langsam ließ er seinen Notizblock sinken. »Sie ... verschwinden?«

»Ja.« Endlich begriff er, worum es hier ging. Ob er ihr glaubte, war jedoch eine ganz andere Frage.

»Hören Sie«, fuhr sie fort. »Es fällt mir nicht leicht, Sie um Hilfe zu bitten. Ich bin es gewohnt, meine Angelegenheiten selbst zu regeln. Aber ich bin am Ende meiner Weisheit angelangt. Ich kann es nicht kontrollieren und es wird immer schlimmer. Ein kurzer Blick in ein Buch, und schon bin ich aus meinem Leben gerissen. Ohne die dunkle Brille traue ich mich nicht mehr aus dem Haus und sie hilft auch nur bedingt. Ich ertrage das nicht länger! Ich ... ich kann so nicht mehr leben. Ständig diese Angst …« Ihre Stimme brach. Rasch legte Nora eine Hand an die Stirn, damit er ihre Tränen nicht sah. So viel zu ihrem Plan, ruhig und besonnen zu wirken.

»Wovor haben Sie Angst?« Seine Stimme klang sanft. Verständnisvoll.

Doch er verstand gar nichts. Wie sollte er auch?

Sie atmete tief durch, sammelte ihre Gedanken. »Davor, eines Tages nicht zurückzukommen. Ich bin eine Gefangene der Geschichte. Etwas, das dort nicht hingehört. Ich habe versucht, Büchern aus dem Weg zu gehen, aber das hilft nicht. Schrift ist überall. Es gibt keine Möglichkeit, zu entkommen.« Mit dem Ärmel ihres Pullovers wischte sie sich die Wangen trocken, ehe sie zu ihm aufsah. »Ihre Behandlung ist mein letzter Ausweg, verstehen Sie? Bitte, helfen Sie mir.«

Ben griff in die Schachtel auf dem Schreibtisch und reichte ihr ein Taschentuch. Gefühlsausbrüche war er gewohnt. Das Anliegen hingegen war ihm neu. Nachdenklich schob er seine Brille hoch und massierte die Druckstellen an seiner Nase.

Nora Winter hatte Angst davor, in Büchern zu verschwinden. Besaß sie zu viel Vorstellungskraft und verlor den Bezug zur Realität, wenn sie eine Geschichte las?

Der letzte Ausweg … Der Meinung waren alle, die sich von Hypnose einen schnellen Erfolg für ihre Probleme versprachen. Sie wollten nicht hören, dass eine dauerhafte Lösung vor allem eines brauchte: Zeit.

»Sie wollen also das Lesen vergessen, damit Sie nicht mehr Gefahr laufen, zu … verschwinden«, fasste er zusammen.

»Genau.« Sie knüllte das Taschentuch zusammen und sah sich um.

Ben deutete auf den Papierkorb neben dem Sofa. Während sie das Tuch entsorgte, fragte er: »Und dieses *Fallen* geschieht *immer*, wenn Sie etwas lesen? Ausnahmslos?«

Sie nickte.

»Könnten Sie es demonstrieren?«

Nora Winter zuckte zusammen, als hätte er sie geschlagen. Dann verschränkte sie die Arme vor dem Körper und sah ihn zornig an. »Ich habe Ihnen doch gerade erklärt, dass ich diesen Zustand *loswerden* möchte!«

»Das habe ich verstanden. Meine Frage lautete nur, ob es Ihnen möglich wäre – «

»Ja!«, schnappte sie. »Ja, ich könnte es demonstrieren. Aber ich will nicht.« Sie kaute auf ihrer Unterlippe herum. »Verstehen Sie nicht, dass es gefährlich ist?« Erneut tasteten ihre Finger über ihren Hals, und diesmal sah er die schmale silberne Kette, die sie unter der Bluse trug. »Ich weiß nie, wo ich lande. Wer mich dabei sieht. Was mir widerfährt, sobald ich dort bin. Das ist keine harmlose Sache!«

»Natürlich«, sagte er. »Sie sind hier in Sicherheit. Sie müssen nichts tun, was Sie nicht wollen.« Wäre ja auch zu schön gewesen. Nicht, dass er tatsächlich erwartet hätte, sie vor seinen Augen verschwinden zu sehen. Er wollte einfach wissen, auf welche Weise sich ihre Psychose äußerte. Denn dass sie eine hatte, daran bestand kein Zweifel.

»Sie glauben mir nicht.« Ihre Stimme klang bitter. Vorwurfsvoll.

Er ging nicht darauf ein. »Erzählen Sie mir von Ihrem Problem. Wann hat das angefangen?«

Sie schnaubte. »Das hat doch keinen Sinn, solange Sie mir nicht glauben. Und Sie werden mir nicht glauben, solange Sie es nicht sehen.« Sie warf dem Bücherregal hinter ihm einen feindseligen Blick zu. »Geben Sie mir etwas zu lesen. Aber kein Sachbuch!«

Überrascht setzte Ben sich auf. Er hatte keine Ahnung, was er sich unter einer Demonstration vorstellen sollte, aber entgehen würde er sich das nicht lassen. »Eines der Magazine ...?«

»Nein!«

Er sah sie verwundert an.

Als wäre sie von ihrer eigenen Reaktion eingeschüchtert, strich sich Nora Winter eine Haarsträhne hinters Ohr und schlug die Augen nieder. »Auch keine Prospekte, bitte«, fuhr sie leise fort. »Haben Sie keine Geschichte? Etwas Fiktives?«

Eine wählerische Psychose also. Vielleicht brauchte sie die Fiktion, um ihre Fantasie anzuregen und sich in den Zustand zu versetzen, von dem sie dachte, dass er sie aus der Wirklichkeit beförderte? Ben sollte es recht sein.

Er griff nach dem Buch, das er beiseitegelegt hatte, als sie an der Tür geklingelt hatte. *Eldinor,* ein Geschenk seiner Schwester, das vor allem zeigte, wie schlecht sie ihn kannte. Doch für die Wartezeit zwischen den Terminen genügte es.

Seine Patientin nahm den Wälzer entgegen, ohne einen Blick darauf zu riskieren. Ihre Hände zitterten, als sie nach dem Lesezeichen tastete. »Was geschieht an dieser Stelle?«

Einen Moment lang erwog er, sie anzulügen. Ihr eine falsche Information zu geben, um zu sehen, wie es sich auf ihre Demonstration auswirkte. Doch er entschied sich dagegen. Erst einmal ein neutraler Versuch. »Nichts. Seit drei Seiten gibt es nur Landschaftsbeschreibung.«

»Gut.« Sie wirkte ehrlich erleichtert, das Zittern nahm ab. »Das sollte funktionieren.«

Gespannt beobachtete er, wie sie zurückblätterte. Zwei von den drei Seiten, die er ihr genannt hatte. Sie sah ihn an, ihre dunklen Augen furchtvoll geweitet.

»Sie müssen mir etwas versprechen, Doktor Pawell.«

»Und zwar?«

»Schließen Sie das Buch, wenn ich weg bin. Und beeilen Sie sich damit. Ich will nicht zu lange da drinbleiben.«

Erst als er nickte, senkte sie den Blick und begann zu lesen. »Die Strahlen der Morgensonne krochen die grünen Hügel von Eldinor herab.«

Ben ließ seine Patientin keine Sekunde lang aus den Augen. Sie las mit klarer, wenn auch unsicherer Stimme. So banal der Text war, die eigenwillige Art von Nora Winter machte ihn zu etwas Besonderem.

»Sie warfen ihr güldenes Licht auf Weiden und Wiesen …« Sie schluckte. Ihr dunkles Haar bewegte sich, als würde es von einem unmerklichen Lufthauch in Bewegung versetzt. »… auf Gehöfte und die einsame Straße, die sich wand bis zum Düster-«

Es knackte. Nicht laut, eher so, als hätte in seinem Ohr ein Druckausgleich stattgefunden. Dann krachte das Buch zu Boden.

Nora Winter war verschwunden.

»-weiher.« Nora sah sich um. Eine grüne, saftige Wiesenlandschaft. Im Osten, sofern diese Welt nach demselben Prinzip funktionierte wie ihre, ging gerade die Sonne auf. Ein paar einsame Bauernhöfe lagen dort, verbunden durch eine einzige Straße, die kaum mehr war als ein staubiger Trampelpfad. Im Westen erstreckte sich ein dunkler Tannenwald vom Horizont bis zu dem kleinen See, an dessen Ufer sie stand. Das war dann wohl besagter Düsterweiher.

Irgendwo im Wald schrie ein Käuzchen. Vielleicht war es auch ein ausgewachsener Uhu, was wusste sie schon. Käuzchen klang weniger bedrohlich, deshalb blieb sie lieber bei diesem Begriff.

Besser, sie machte sich auf den Weg. Sie musste ihren Landeplatz verlassen. Bloß, wohin sollte sie gehen? Düsterweiher klang unheilvoll, also kehrte sie dem See den Rücken. Blieben die Straße und der Wald. Sie entschied sich für Letzteres. Was auch immer hier geschehen würde, zwischen den Bäumen war sie wenigstens vor Blicken geschützt.

Drei Seiten Landschaftsbeschreibung, hatte er gesagt. Das klang einigermaßen sicher. Es klang, als hätte sie einen kleinen Vorsprung, ehe die Handlung losging. Aber Zeit war relativ in der Welt der Bücher. Doktor Pawell hatte versprochen, das Buch rasch zu schließen. Sie schätzte, dass er dafür nicht länger als eine Minute brauchen würde. Bloß dass eine Minute ein Jahr sein konnte oder auch nur ein Wimpernschlag. Und ein Wimpernschlag konnte ausreichen, um nie mehr dieselbe zu sein.

Sie schritt kräftiger aus. Ein paar Meter noch, dann hatte sie den Waldrand erreicht. Das Käuzchen schrie erneut, deutlich näher diesmal.

Nora zögerte, verlangsamte ihre Schritte. Was, wenn sie direkt auf die Handlung zulief? Als hätten ihre Gedanken es heraufbeschworen, drang ein tiefes Knurren aus dem Wald. Sie machte auf dem Absatz kehrt und rannte den Hügel hinunter, so schnell sie konnte.

Benjamin Pawell sprang auf. Fassungslos blickte auf die Stelle, an der eben noch seine Patientin gesessen hatte. Jetzt lag dort nur noch das aufgeschlagene Buch auf dem Boden. Das Lesezeichen war zwischen den Seiten heraus- und halb unter das Sofa gerutscht. An der Wand tickte leise die Uhr.

Ben räusperte sich. Es klang unnatürlich laut. Er war es gewohnt, allein im Zimmer zu sitzen, wenn er seinen Papierkram erledigte. Bloß sollte er in diesem Moment nicht alleine sein. Was ging hier vor, verflucht noch mal?

Auf der Couchlehne lag noch der leichte Mantel, den Nora Winter dort abgelegt hatte. Er streckte den Arm aus, befühlte den weichen Stoff. Eingebildet hatte er sich die Besucherin also nicht.

Er war ratlos. Wie hatte sie das gemacht?

Ben ließ die Hand über die Stelle gleiten, an der eben noch seine Patientin gesessen hatte. Nichts. Er machte sich daran, unter die Couch zu sehen, doch darunter waren kaum fünf Zentimeter Platz, eindeutig zu wenig für eine erwachsene Frau.

Misstrauisch hob er das Buch auf. Er klappte es zu – und riss gerade noch rechtzeitig die Arme in die Luft, um seine Patientin abzufangen, die über seine Füße stolperte und auf ihn fiel.

Wo war sie so plötzlich hergekommen? Etwa aus dem Buch? Das war unmöglich! Absolut undenkbar! Aber sie war hier. Und zuvor war sie weg gewesen.

Ungeschickt half er ihr auf die Beine. »Ist alles in Ordnung?«

»Es geht schon.« Sie klang außer Atem. Sichtlich erschöpft ließ sie sich auf die Couch sinken.

Ben setzte sich ebenfalls, wenn auch mehr aus Gewohnheit. Seine Gedanken rasten. Er kannte seine Praxis. Hier gab es keine Falltüren, keine Spiegel oder sonstigen Vorrichtungen, die für eine solche Scharade notwendig gewesen wären. War das Unmögliche tatsächlich passiert? Diese Möglichkeit auch nur zu erwägen war völlig absurd! Aber welche Erklärung gab es sonst? Er zweifelte nicht länger bloß an ihrem, sondern nun auch an seinem Verstand.

»Also, wie sieht es aus?«, fragte sie nach einer Weile. »Werden Sie mich jetzt behandeln oder nicht?«

Im ersten Moment wusste er überhaupt nicht, wovon

sie sprach. Seine Gedanken kreisten immer noch um die Erkenntnis, dass soeben eine Frau erst aus seiner Praxis verschwunden und anschließend wie aus dem Nichts wiederaufgetaucht war. Und sie tat, als wäre nichts dabei!

Andererseits: Es war genau das geschehen, was sie angekündigt hatte. Er atmete tief durch. Sagte sie etwa die Wahrheit? Konnte sie in jedes beliebige Buch fallen, aus der Realität hinein in Fiktion? Aber das war doch Humbug. Wie sollte das möglich sein?

»Doktor Pawell?«

Er hob die Hand und bedeutete ihr, zu warten. Sie das Lesen vergessen lassen … Der Beginn dieses Gesprächs schien Jahre her zu sein. Würde er sie behandeln? Sie hypnotisieren, einen Teil ihrer Fähigkeiten einfach auslöschen?

Ben seufzte. Die eigentliche Frage war doch: Glaubte er ihr? Oder war sie nur eine verwirrte Frau, die sich irgendwelcher Taschenspielertricks bediente, um ihn zu manipulieren? Wozu der Aufwand? Was hätte sie davon? Wieso sollte sie das tun, nur um das Lesen zu verlernen?

Aber falls sie die Wahrheit sagte, falls es tatsächlich stimmte … Seine Fingerspitzen kribbelten.

Er hatte es mit eigenen Augen gesehen. Sie hatte sich in Luft aufgelöst und war danach wiederaufgetaucht. Es war kein Trick. Aber was dann? Etwa Magie? Der Gedanke war lächerlich. Doch wenn es real war … Nicht nur ihre Fähigkeit, sondern auch das Problem, das sie damit hatte? Was dann? Medikamente würden ihr nicht helfen, und eine Therapie benötigte sie nicht.

Er konnte sie hypnotisieren, ihren Wunsch erfüllen, wenn auch nicht so einfach, wie Frau Winter sich das vermutlich vorstellte – es gab keinen Schalter im Gehirn, auf dem »Lesen« stand und den man bloß umzulegen brauchte. Das war auch gar nicht nötig. Es würde genügen, sie einzelne Buchstaben vergessen zu lassen, um das sinnerfassende Lesen zu verhindern.

Aber das wäre ein grober Einschnitt in ihr Leben. Analphabetismus war keine leichte Bürde. Und außerdem ... So sehr er sich auch für diesen Gedanken schämte, Ben konnte ihn nicht leugnen. *Außerdem würde ich dann nie erfahren, was es mit ihrer Fähigkeit auf sich hat.*

Er verschränkte die Hände. Legte nachdenklich die Daumen Kuppe an Kuppe und tappte sie ein paarmal gegeneinander. Schließlich sagte er: »Ich denke, dass wir Ihr Problem auch ohne Hypnose in den Griff bekommen können.«

Nora Winter kniff misstrauisch die Augen zusammen. »Heißt das, Sie glauben mir? Oder haben Sie bloß vor, mich mit Medikamenten vollzustopfen? Nur damit das klar ist: Ich nehme keine Tabletten, das können Sie gleich vergessen.«

»Nein, keine Medikamente. Ich möchte nur sichergehen, dass wir alle Möglichkeiten in Betracht gezogen haben, bevor wir zu einem derart drastischen Mittel greifen, wie Sie es wünschen. Es muss einen Weg geben, Ihre Fähigkeit zu kontrollieren.«

Sie schnaubte und ließ sich zurück in die Couch sinken. »Glauben Sie wirklich, ich hätte das nicht bereits versucht? Ich denke, ich kann meine Situation besser einschätzen als ein Fremder – Psychodoktor hin oder her.«

»Ich möchte Ihnen helfen, Frau Winter.« Auf keinen Fall wollte er, dass sie einfach aufstand und zur Tür hinausspazierte, dafür war seine Neugier zu groß. »Aber vielleicht gibt es eine Alternative, die Sie noch nicht kennen. Bitte, geben Sie mir die Gelegenheit, Ihr Problem zu verstehen, bevor wir einen solchen Schritt gehen.«

Ein einzelner Piepton ertönte und erinnerte ihn daran, dass ihre Stunde vorbei war. Zum ersten Mal in seiner Laufbahn ignorierte Ben das Signal.

Nora zögerte. Ein Leben, in dem sie lesen könnte, ohne Gefahr. Ohne Furcht. Sie war bereit gewesen, alles aufzugeben, nur um sich wieder sicher zu fühlen. Ihre Arbeitsstelle. Sogar ihr Augenlicht, wenn Doktor Pawell ihr eine Behandlung verweigert hätte. Alles, nur um endlich keine Angst mehr haben zu müssen.

Es funktionierte nicht, das wusste sie. Sie hatte oft genug versucht, es zu kontrollieren. Und trotzdem … Ein Funken Hoffnung regte sich in ihr. Sie war schließlich hier, um Hilfe zu erhalten. Vielleicht fand der Psychologe tatsächlich eine Lösung für ihr Problem. War es den Versuch nicht wert?

Sie atmete noch einmal durch und nickte. »Was wollen Sie wissen?«

Doktor Pawell sank zurück. Er wirkte erleichtert. »Wann hat das angefangen?«, fragte er. »Das … Wie nannten Sie es? Das Fallen?«

Die Erinnerung brachte ein leichtes Lächeln auf ihre Lippen. Gedankenverloren zupfte sie ihr silbernes Kettchen hervor und betastete den Anhänger daran. »Das erste Mal ist es passiert, als ich dreizehn war. Ich habe mich durch *Romeo und Julia* gequält, für den Unterricht. Und auf einmal war ich dort, mitten auf den Straßen von Verona, zwischen Montagues und Capulets. Das war ein ganz schöner Schock. Aber den Test habe ich mit einer Eins bestanden.« Sie lachte auf. »Natürlich habe ich es gleich darauf mit dem erstbesten Schundroman ausprobiert, den ich in die Finger bekommen habe. Damals hat es nur sehr selten funktioniert, und nur, wenn ich alleine und entspannt war.«

»Demnach hat es eine Zeit gegeben, in der Sie gerne in Geschichten gefallen sind.«

Nora ließ die Kette los. »Ich hätte es nicht wiederholen sollen. Aber ich war jung und naiv, und auf diese Art war es mir möglich, Dinge zu sehen und zu erleben, von denen andere nicht einmal zu träumen wagen. Wie hätte ich da widerstehen können?«

Er sah sie wieder mit diesem verständnisvollen Therapeutenblick an. Nur dass sie diesmal das Gefühl hatte, dass er verstand. Sie sah zu dem Buch, das er ihr für ihren Beweis geliehen hatte. Womöglich trug der Schnösel eine ebenso tiefe Literaturverbundenheit in sich wie sie. Und vielleicht wehrte er sich deshalb so sehr dagegen, ihr das Lesen zu nehmen? Ein Hauch Sympathie keimte in Nora auf.

»Sie tragen diese Fähigkeit also seit Ihrer Jugend in sich«, fasste er zusammen. »Weshalb ist es Ihnen ausgerechnet jetzt so ein dringendes Anliegen, sie loszuwerden? Was hat sich verändert?«

Schlagartig kehrte die Angst zurück. Sie schlang die Arme um den Körper, presste sie eng an sich. »Es ist schlimmer geworden. Viel schlimmer.«

»Sie haben die Kontrolle darüber verloren.«

»Und es sind nicht länger nur Bücher. Auch kleine Artikel in Magazinen, die Nachrichten ... Ich habe Angst, in einem Kriegsgebiet zu landen, oder am Schauplatz eines Verbrechens. Zeitungen traue ich mich nicht einmal mehr anzusehen, geschweige denn aufzuschlagen. Und vor zwei Wochen ist es dann mit einer Anzeige passiert.«

»Sie meinen ein Inserat?«

»Nein, eine Plakatwand auf dem Weg ins Büro. Drei Meter breit, schwer zu übersehen. Also habe ich hingesehen, und im nächsten Moment fand ich mich vor der Freiheitsstatue wieder.« Sie stieß ein kurzes, angespanntes Lachen aus. »Haben Sie schon einmal versucht, ohne Reisepass oder Kreditkarte einen Flug zu buchen? Noch dazu in Amerika? Bis ich jemanden gefunden hatte, der mir ein Ferngespräch ermöglicht, damit ich meine Mutter bitten konnte, meine Dokumente nach Amerika zu schicken ... Von der Erklärungsnot meinem Chef gegenüber fange ich gar nicht erst an, die habe ich ohnehin regelmäßig.«

Sie zupfte an ihrem Rocksaum, suchte nach den richtigen Worten. »Ich habe nicht nur keine Kontrolle über das, was ich lese – mein gesamtes Leben entgleitet mir. Freunde haben nur bedingt Verständnis für jemanden, der sich in ihren Augen merkwürdig verhält und ständig einfach abhaut. Haustiere kann ich mir nicht erlauben, und eine Zukunft … Darüber traue ich mich nicht einmal nachzudenken.«

»Sie haben ein Büro erwähnt. Wenn ich fragen darf: Was machen Sie beruflich?«

»Buchhaltung.«

Er weitete verblüfft die Augen. »Das ist …?«

»Langweilig?« Sie lächelte. Das bekam sie regelmäßig zu hören. Sie selbst fand die klare Struktur ihres Arbeitsalltags überaus beruhigend.

»Nicht das, was ich erwartet habe«, korrigierte er. »Wie kommen Sie dabei mit dem Lesen zurecht?«

»Rechnungen und Bilanzen waren bisher ungefährlich. Ich konzentriere mich auf die Zahlen.«

Er nickte, griff nach seinen Unterlagen und notierte sich das. »Weiß ihre Familie von Ihrem Problem?«, fragte er.

Die Frage versetzte ihr einen Stich. »Nein. Ich habe versucht, mit meinen Eltern über diese Erlebnisse zu sprechen. Damals, als es angefangen hat. Ich konnte es nicht beweisen, und sie haben mich zum Arzt geschleppt. Drei Jahre Psychopharmaka, bis ich mich selbst so überzeugend verleugnet hatte, dass sie es glaubten. Das war das letzte Mal, dass ich mich ihnen anvertraut habe.«

»Das tut mir leid.«

So sah er auch aus. Vielleicht dämmerte ihm endlich, wie viel Überwindung sie ihr Besuch hier gekostet hatte. Sie hatte gewusst, dass er ihr nicht glauben würde. Selbst, wenn sie es geschafft hätte, eine Kamera in ein Buch zu schummeln – in Zeiten von digitaler Bildbearbeitung war ein Foto nicht mehr der Beweis, der es einmal gewesen war.

Sie hatte also auch gewusst, dass sie es vorführen musste. Und nun fürchtete sie, dass er ihr trotzdem nicht glaubte und sie umgehend in die Klapse einwies. Erneut stiegen ihr Tränen in die Augen. Nora kämpfte sie zurück.

»Dann ist es vermutlich nicht erblich bedingt«, fasste der Psychologe zusammen. »Sonst hätte Ihre Familie Bescheid gewusst. War New York das einzige Mal, dass Sie in eine Anzeige gefallen sind?«

»Bisher, ja.« Das eine Mal hatte ihr auch gereicht. Seitdem scheute sie vor Magazinen und Nachrichten noch mehr zurück als vor Büchern.

»Und es war anders als bei den Geschichten. Sie sind in unserer Welt geblieben.«

»Richtig.«

»Warum?«

Sie hob die Schultern. »Ich weiß es nicht. Das ist es ja. Falls es eine Bedienungsanleitung für mein Problem gibt, hat man leider vergessen, mir das blöde Ding zu geben.«

»Schon gut. Genau deshalb sprechen wir ja darüber – um gemeinsam die Regeln und Grenzen Ihrer Fähigkeit zu ergründen. Damit wir sie besser verstehen können und Sie eine Möglichkeit finden, sie zu beherrschen.« Er hielt inne, strich nachdenklich mit dem Finger über die Goldgravur seines Kugelschreibers. »Es ist nur ein Gedanke, aber so wie ich das sehe, könnte Sie Ihre Furcht vor dem Fallen darin behindern, es zu kontrollieren.«

Nora ließ sich zurück in die Couch sinken. »Na das hilft mir jetzt weiter.«

Unbeeindruckt fuhr er fort: »Sie sollten üben. So viel wie möglich, bis Sie Ihre Fähigkeit steuern können.«

»Sie haben leicht reden.«

»Ich lasse Sie damit nicht allein. Sie können hier üben, unter kontrollierten Bedingungen. Ich schlage das Buch zu, sobald Sie fort sind. Ich bin bei Ihnen, Sie müssen keine Angst haben.«

»Ja, klar. Ich soll also täglich eine Stunde in Bücher hinein- und wieder hinausfallen? Das ist Ihr toller Plan?«

»Im Prinzip läuft es darauf hinaus, ja. Aber denken Sie daran: Mein Ziel ist es, dass Sie gar nicht erst verschwinden.«

»Wenn das so leicht wäre, müsste ich nicht hier sitzen.«

»Versuchen wir es doch.« Erneut reichte er ihr den Wälzer mit den Landschaftsbeschreibungen ... und mit dem knurrenden Tier im Wald. Die Bestie, die sie dicht hinter sich gefühlt hatte. »Konzentrieren Sie sich nicht auf den Text, sondern auf Ihre Umgebung. Das Gefühl des Sofas, das Ticken der Uhr, den Geruch der Praxis. Alles, was Ihnen hilft, sich auf das Hier und Jetzt zu fokussieren.«

Wusste der Kerl eigentlich, wie armselig sein Vorschlag klang? Als ob sie das nicht schon oft genug versucht hätte! Aber welche Alternative hatte sie schon? Jeder andere Therapeut hätte sie bereits in eine Zelle mit weichen Wänden und einer täglichen Ration Glücklichmacherpillen gesteckt. Und allein ... allein hatte sie nichts. Keine Sicherheit. Niemanden, der sie zurückholen konnte. Nur die Angst.

»Und wenn es nichts bringt?« Ihre Stimme zitterte.

Doktor Pawell griff nach ihrer Hand und drückte sie sanft. »Dann werden wir einen anderen Weg finden.«

»Hinter dem Haus wucherte eine Blumenwiese. Margeriten, Mohn- und Kornblumen kämpften um die Aufmerksamkeit der Sonnenstrahlen ...«

Wind kam auf, aber Nora Winter hielt mit aller Macht an der Wirklichkeit fest, presste den Rücken in die Polster der Couch. Ihre freie Hand klammerte sie Halt suchend um die Kante der Sitzfläche.

»Durchhalten, Sie schaffen das!«

Der Sturm wurde stärker, die Seiten des Taschenbuchs flatterten und schlugen gegen die Hand, die sie auf das Papier drückte. Sie verstärkte ihren Griff um den Sitzpolster. »Ein schmaler Pfad aus Steinplatten führte zum Gatter hinaus …«

»Nicht aufhören!« Mittlerweile musste Ben gegen das Brausen des Sturms anschreien.

»… und vorbei am Apfelbaum –«

Es krachte.

Als hätte man ein Fenster zugeschlagen, kehrte die Stille zurück, und der Wind verschwand. Diesmal hatte sie länger durchgehalten, aber auch der Sog des Buches schien zu wachsen. So jedenfalls interpretierte Ben seine Beobachtung. Die Bücher *wollten* Nora.

Und bist du nicht willig, so brauch ich Gewalt.

Er klappte das Buch zu und hielt es Nora hin, die ein wenig unsicher danach griff.

»Es wird nicht funktionieren, oder?«, fragte sie.

»Seien Sie nicht so streng mit sich. Das hat doch schon ganz gut geklappt. Aber es ist spät, wir sind beide müde. Vielleicht sollten wir für heute Schluss machen.«

»Nein!«

Sie hatte darauf bestanden, sofort mit dem Üben zu beginnen. Jetzt drückte sie das Buch an sich, als wäre es der Schlüssel zu ihrer Zukunft. Möglicherweise war es das auch. Einen derart langweiligen Roman fand sie sicher nicht so bald wieder.

»Bitte«, drängte sie. »Ein letztes Mal noch.«

»Gut, einmal noch.« Es war bereits nach neun, sie übten nun schon seit fast zwei Stunden. Aber Ben brachte es nicht über sich, Nora abzuweisen, die endlich Vertrauen zu ihm fasste. Sie lächelte ihm zu. Ein warmes, aufrichtiges Lächeln, so kurzlebig es auch war.

Dann öffnete sie das Buch erneut. »Abendrot tauchte das Land in goldenes Licht.« Ein Kugelschreiber rollte über die Schreibtischplatte und fiel zu Boden. »Wie ein Scherenschnitt erhob sich der schwarze Umriss der Burg vor dem Horizont.«

Mit unvermuteter Heftigkeit brach der Sturm los, riss ihr beinahe das Buch aus den Händen. Etwas stimmte hier nicht. Hatte sie zu oft aus demselben Buch gelesen? Forderte es endgültig ein, was auch immer es von Nora wollte?

»Warten Sie!« Ben brüllte, doch sie schien ihn nicht zu hören. Wie kam es dann, dass er ihre Stimme ohne Mühe verstehen konnte?

»So schön war dieser Anblick, so fremd …«

Reihe um Reihe wurden die Bücher aus dem Regal gerissen und krachten zu Boden. Bekam sie das denn nicht mit? Sie musste aufhören, und zwar sofort!

»Nora!« Ohne darüber nachzudenken, griff Ben nach ihrem Arm. Er wollte sie vom Weiterlesen abhalten, ihr notfalls das Buch aus den Fingern reißen.

Sobald er sie berührte, knackte es. Der Wind traf ihn mit einer solchen Wucht, dass es ihm die Luft aus der Lunge presste. Für einen Moment wurde ihm schwarz vor Augen.

Dann hörte er Noras Stimme. »Was haben Sie getan?«

Ben sah zu ihr auf. Blinzelte gegen das goldene Abendlicht und erkannte den Schatten, der sich in der Ferne abzeichnete. »Oh, verflucht.«

Wie ein Scherenschnitt erhob sich der schwarze Umriss der Burg vor dem Horizont.

2. KAPITEL

»Was verdammt noch mal haben Sie getan?«, wiederholte Nora.

Der Psychologe hielt immer noch ihr Handgelenk umfasst. Sie wand sich los.

Pawell bemerkte es nicht einmal. Er sah sich um, als würde er an seinem Verstand zweifeln, und das zu Recht. Warum hatte er sie während des Lesens angefasst? Was hatte er sich nur dabei gedacht? Wie in aller Welt sollten sie nach Hause kommen, wenn sie nun beide hier festsaßen und niemand das verdammte Buch zuschlagen konnte? Sie fluchte.

Doch erst einmal sollten sie sich in Sicherheit bringen. Zwei Ankömmlinge waren auffälliger als einer, und wenn sie erwischt wurden, war heimzukommen ihre geringste Sorge.

»Wo findet die Handlung statt?«, fragte sie.

Er blinzelte. Dann riss er den Blick von der Szenerie los und sah sie an. »Was?«

»Wir müssen hier weg, bevor die Geschichte uns einholt. Also: Was passiert in dieser Szene?«

Pawell sah sich um, als könnte sich die Umgebung in der Zwischenzeit verändert haben. »Keine Ahnung. So weit bin ich mit dem Lesen noch nicht.«

Nora traute ihren Ohren kaum. »Sie haben mich in ein Buch geschickt, das Sie nicht kennen?«

»Es ist ja nicht so, als hätten wir auf die Schnelle so viel Auswahl gehabt. Sie haben doch das Lesezeichen gesehen. Wieso haben Sie weitergeblättert?«

Am liebsten hätte Nora ihn gerüttelt, bis ihm die Brille von der Nase fiel. Das dämliche Lesezeichen hatte er nach ihrem ersten Versuch nicht wieder zwischen die Seiten gesteckt! Woher hätte sie wissen sollen, dass sie eine Stelle las, die er nicht kannte?

»Sie haben mir versprochen, dass es sicher ist!«, schrie sie.

»Können wir uns darauf einigen, dass wir beide einen Fehler gemacht haben?«

Toller Psychologe.

»Kommen Sie.« Nora packte ihn am Arm und zerrte ihn ins Gebüsch. Wohl war ihr nicht dabei, aber bisher schwieg der Wald. Kein Käuzchen, kein Knurren. Sie mussten fort von der Straße und weder die offene Wiesenlandschaft noch die bedrohliche Burg boten eine Alternative. Sie brauchten Deckung, wenn sie nicht wie auf dem Präsentierteller dastehen und sich von der Geschichte einholen lassen wollten. Also blieb nur der Wald.

Gemeinsam kämpften sie sich über unebenen Boden und bemoostes Wurzelwerk voran. Das Gestrüpp wurde stetig dichter. Sie war froh, dass sie keine hochhackigen Schuhe trug. Der Rock war hinderlich genug.

»Wo laufen wir hin?«, fragte der Psychologe.

»Ich habe doch gesagt, dass wir wegmüssen. Und so theatralisch, wie die Burg da auf dem Berg steht, spielt sie bestimmt eine wichtige Rolle.«

»Aber wir bewegen uns von ihr weg!«

»Genau deswegen. Wo auch immer die Geschichte sich abspielt, in die wir hineingefallen sind – wir sollten ihr nicht in die Quere kommen.«

»Wieso? Wäre es nicht besser, ihr zu folgen?«

Nora fuhr herum, so abrupt, dass er sie beinahe umgerannt hätte. »Sehen Sie uns doch an!«, rief sie. »Sehen wir etwa aus, als würden wir in eine Welt gehören, in der es eine solche Burg gibt?«

Pawell musterte erst sie, dann sein eigenes Outfit. Sportlich, elegant – mit anderen Worten: absolut unbrauchbar. »Oh. Da haben Sie wohl recht.«

Und so was hat studiert. Nora verdrehte die Augen. »Wir sind Eindringlinge und die werden nirgendwo gerne gesehen. Je wichtiger eine Figur für die Geschichte ist, desto gefährlicher ist es für uns, ihr zu begegnen. Aus diesem Grund gehen wir der Handlung aus dem Weg, bis wir wieder herausfallen.« Sie marschierte weiter.

Ben eilte ihr nach. »Warum sind Hauptfiguren so ein Problem?«

»Wer weiß?« Bücher wehrten sich gegen jede Änderung und rund um die Hauptpersonen war die Geschichte am dichtesten. Dort ergaben sich viel mehr Möglichkeiten, zu stören – und den Helden aufzufallen, deren einzige Aufgabe darin bestand, alle Widrigkeiten aus dem Weg zu schaffen. Genau dazu zählten plötzlich auftauchende Fremde wie sie. »Ich persönlich nenne es einen Heldenkomplex. Muskelprotze, die sich und der Welt beweisen müssen, dass sie etwas Besonderes sind, und die deshalb aus einer Mücke einen Elefanten machen. Das sollte Ihnen doch bekannt vorkommen.«

»Wieso, weil ich ein Mann bin?« Der Doktor klang aufrichtig entrüstet.

»Weil sie Psychologe sind«, korrigierte Nora. »Ihre Erklärung wäre allerdings auch denkbar.«

»Sehr witzig.«

»Ja.« Nach Lachen war ihr allerdings nicht zumute. Bisher hatte sie nur kurze Abstecher nach Eldinor gemacht und in einem hatte Pawell recht: Sonderlich viel ereignisreiche Handlung schien dieses Buch nicht zu besitzen und das war gut. Sie war nie jemandem begegnet, nur dem gestaltlosen Knurren ... Aber ihre Aufenthalte hatten jedes Mal mehrere Minuten gedauert, obwohl in der Welt draußen nur Sekunden vergangen waren – was bedeutete, dass die Zeit hier drin um einiges schneller ablief. Und da der werte Doktor sie begleitet hatte, gab es niemanden, der das Buch so bald zuschlug. Sie würden die gesamte Nacht hier verbringen. In Eldinor konnten das Tage sein, vielleicht sogar Wochen.

So ein Mist.

»Wann hätten Sie Ihren nächsten Termin?«

»Montag um zehn.«

»Montag?! Heute ist Donnerstag!«

Pawell schien zu ahnen, worauf sie hinauswollte. »Das sind vier Tage.«

»In unserer Welt. Hier könnten es Monate sein!«

Der Psychologe wurde blass. Dabei hatte sie ihm noch gar nichts von der knurrenden Bestie am Düsterweiher erzählt. Und wer wusste schon, was sonst noch in diesem Buch lauerte? Nora kämpfte ihre aufsteigende Panik nieder. Das war nicht ihre erste unvorhergesehene Reise. Sie musste bloß Ruhe bewahren, dann fand sie den Ausweg. Es gab immer einen Ausweg.

»Haben Sie eine Putzfrau?«, fragte sie. »Jemanden, der schon früher in Ihre Praxis kommt?«

»Nein, geputzt wird immer mittwochs. Und meine Patienten werden uns auch nicht viel nützen.«

Richtig. Die verdammte Tür hatte außen keine Klinke, nur einen Knauf. Pawell hatte sie aufsummen müssen. Aber Nora gab nicht auf. »Irgendjemand wird Sie doch wohl vermissen!«

»Am Wochenende? Eher unwahrscheinlich. Ich nutze meine freien Tage gerne für mich.«

»Haben Sie keine Freunde oder Verwandte?«

»Doch, eine Schwester. Aber wir hören nicht oft voneinander, sie hat eigene Sorgen. Was ist mit Ihnen? Familie? Kollegen?«

»Ich habe niemandem gesagt, dass ich eine Therapie versuchen wollte. Selbst wenn sie nach mir suchen, werden sie nicht auf die Idee kommen, in Ihrer Praxis nachzusehen.«

Es war erschreckend armselig, was das über sie beide aussagte. Zwei Menschen des modernen Zeitalters, in dem jeder mit jedem überall und jederzeit kommunizieren konnte – und sie saßen hier fest, umgeben von unberührten, mittelalterlichen Wäldern, weil sie trotz aller Kommunikationsmittel nicht einmal mit denen gesprochen hatten, die ihnen am nächsten standen. Niemand würde bemerken, dass sie überhaupt verschwunden waren.

Sie waren auf sich allein gestellt.

»Wie geht es jetzt weiter?« Ben war maßlos überfordert von der bizarren Entwicklung, die dieser Tag genommen hatte.

Im einen Moment saß er in einem bequemen Sessel in seiner Praxis, und im nächsten Augenblick fand er sich in einer fremden Landschaft wieder, die genau genommen nicht einmal existierte. Je mehr er darüber nachdachte, desto schwerer fiel es ihm, diese Information zu verarbeiten.

Es hatte genug Überwindung gekostet, zu akzeptieren, dass seine Patientin keine halluzinierende Verrückte war, sondern dass sie tatsächlich über irgendeine Art Talent verfügte, das sie in Bücher reisen ließ. Aber selbst in eine andere Welt zu fallen ... Darauf war er schlicht und einfach nicht vorbereitet gewesen.

Und zu allem Überfluss sah Nora nicht aus, als würde es ihr damit bedeutend besser gehen als ihm. Ihr Blick irrte zwischen den Bäumen umher.

»Welche Art von Geschichte ist das hier?«, fragte sie. »Welches Genre?«

»Historische Fantasy. Stand jedenfalls auf dem Cover.« Von historisch konnte in seinen Augen zwar keine Rede sein, aber soweit er das bisher beurteilen konnte, blieben sie wenigstens von Kreuzrittern, Pestkranken und der Inquisition verschont. Probleme hatten sie auch so schon genug.

»In Ordnung«, sagte sie. »Damit können wir arbeiten, denke ich. Solange nicht irgendwelche magischen Viecher die Hauptrolle spielen.«

»Nicht, dass ich wüsste.«

Er wich ihrem vorwurfsvollen Blick aus. Er hatte wirklich gedacht, *Eldinor* wäre eine gute Wahl. Nora hatte einfach zu weit nach hinten geblättert.

»Na schön.« Sie seufzte. »Immerhin etwas. Dann sollten wir zusehen, dass wir passendere Kleidung finden. Etwas zu essen wäre auch nicht schlecht.«

»Sie meinen stehlen«, sagte er tadelnd.

»Wir können die Sachen auch mit Kreditkarte bezahlen, wenn Ihnen das lieber ist.« Sie stapfte wieder los. Wie orientierte sie sich bloß in diesem Niemandsland?

»Wissen Sie«, begann er, »im Mittelalter musste die einfache Bevölkerung ihre Kleidung selbst herstellen. Es war ein enormer Arbeits- und Zeitaufwand, deshalb besaßen sie oft nur die Stücke, die sie am Leib trugen.«

»Wird das jetzt eine Geschichtsstunde, oder wollen Sie mir ein schlechtes Gewissen machen?«

Er zuckte mit den Schultern. »Beides.«

»Es sind Figuren in einem Buch«, entgegnete Nora. »Sie existieren nur so lange, wie die Handlung andauert.«

»Woher wollen Sie das wissen? Nur weil Sie es nicht mehr miterleben, heißt das nicht, dass all das hier aufhört zu existieren. Es bleibt ja auch unsere Welt bestehen, ob Sie nun daran teilhaben oder nicht.«

»Reisen Sie zweimal in dasselbe Buch, erleben Sie zweimal dieselbe Geschichte. Niemand dort wird sich an Sie erinnern, egal wie oft Sie ihm schon begegnet sind. Es ist nicht real, auch wenn es sich so anfühlt.«

»Na gut, für uns ist es nicht real«, lenkte er ein. »Aber für diejenigen, die in der Geschichte leben, ist es das durchaus.«

Sie lachte auf. »Sie sind seltsam, wissen Sie das, Doktor?«

»Ich sitze mit Ihnen in einem Buch fest!«, gab er zurück. »Seltsam ist gar kein Ausdruck.«

»Pass doch auf, du Trampel!«

»Wie bitte?«

»Du hast mich schon gehört, du Großlatsch! Scher dich dorthin, wo du hingehörst!«

Da erst begriff Ben, dass die zeternde Stimme keineswegs zu Nora gehörte. Sie war eindeutig männlich, außerdem kam sie aus Bodennähe. Was vermutlich die Bezeichnung »Großlatsch« erklärte.

Das Farnkraut neben seinen Füßen raschelte und eine winzige Gestalt huschte den Baumstamm zu seiner Rechten hoch. Was auch immer ihn beschimpft hatte, war zu flink und zu klein, als dass er es genauer erkennen konnte.

Nora blieb stehen. »Was war das?«

»Wenn ich das wüsste ... Da!«

Das freche Ding war kaum fünfzehn Zentimeter groß und kohlrabenschwarz. Es klammerte sich einen halben Meter über ihnen kopfüber an die Baumrinde und starrte Ben aus gelben Augen grimmig an.

Nora lachte auf. »Eine Eidechse?«

Der kleine Reptilienkopf ruckte herum. »Wen nennst du hier eine Eidechse, Trampler?«

»Entschuldige ...«

»Drache! Merk dir das! Und jetzt haut ab! Ihr habt hier nichts zu suchen. Husch!«

Tatsächlich, bei genauerer Betrachtung konnte Ben dünne Flughäute an den Vorderbeinen der Echse ausmachen.

»Tut mir leid«, sagte Nora im Versuch, das wütende Geschöpf zu beschwichtigen. »Wir kennen den Weg nicht.«

Der Drache züngelte mit einer gespaltenen blauschwarzen Zunge. »Typisch Großlatsch. Deshalb sollt ihr ja auch nicht in den Wald. Ihr gehört nicht hierher! Geht nach Westen, dort findet ihr euresgleichen. Macht schon!«

»Ist ja gut.« Nora ergriff Bens Handgelenk. »Danke für deine Hilfe.« Sie zog ihn in die Richtung, in die der Drache gedeutet hatte.

»Hilfe? Wer sagt das?«, rief der ihnen nach. »Ich helfe keinen Tramplern!«

»Woher wissen wir, dass es eine gute Idee ist, seinem Rat zu folgen?«, raunte Ben.

»Haben Sie einen besseren Vorschlag?«

Bedauerlicherweise nicht.

Die Dämmerung schritt rasch voran. Bald würde es Nacht sein, was keine besonders ermutigende Aussicht war. Die Temperatur sank beständig und Ben fror. Er trug nur ein leichtes Hemd, sein Sakko war in der Praxis geblieben. Außerdem war er todmüde. Seine Lederschuhe rutschten über den weichen Boden, seine Füße waren nass, und wenn er an die merkwürdige Begegnung mit diesem Minidrachen dachte, fragte er sich, welches Ungeziefer hier sonst noch herumkroch.

Kurzum: Was auch immer sie im Westen vorfinden würden, viel unangenehmer konnte es kaum werden.

»Sieht ja richtig heimelig aus.«

Warmes Licht fiel durch die offenen Fensterläden des niedrigen, strohgedeckten Hauses und wies ihnen den Weg. Ben war nicht sicher, was er erwartet hatte, als der Drache von »ihresgleichen« gesprochen hatte. Doch das hier hatte eindeutig etwas Vertrautes. Fast glaubte er, dass sie auf wundersame Weise wieder in der Realität gelandet waren.

Über der Eingangstür des Gebäudes baumelte ein frei hängendes Schild. Vermutlich trug es die Bezeichnung eines Gasthauses oder einer Herberge, es war zu dunkel, um es zu erkennen. Wärmendes Feuer, etwas zu essen, ein Bett …

»Wir gehen hinten rum«, unterbrach Nora seine Gedanken.

»Schon klar.« Er warf einen letzten, sehnsüchtigen Blick zur Gaststube, aus der nun Musik und Gelächter zu hören waren. Dann folgte er Nora zur Rückseite des Gebäudes.

Der Hinterhof lag dunkel und verlassen da, nur der Mond erhellte den festgestampften Lehmboden. Aus einer kleinen Stallung drang leises Schnauben. Hufe scharrten.

Selbst mit einem Strohhaufen würde Ben vorliebnehmen, solange er sich nur endlich hinlegen durfte. Doch seine Begleiterin zeigte kein Erbarmen.

»Erst brauchen wir eine Tarnung«, flüsterte sie und zog ihn fort vom Stalltor, hin zur Rückwand des Gasthofs. »Wenn man uns entdeckt, dann sollten wir nicht auch noch aussehen wie Außerirdische.«

»Hexer«, murmelte Ben.

»Was?«

»Wenn wir uns in einem historischen Roman befinden, wäre das die naheliegendere Vermutung. Dass man uns für Hexer hält und auf den Scheiterhaufen stellt. Oder an den Galgen hängt, was mir ehrlich gesagt lieber wäre.«

»Schön«, zischte Nora. »Mir wäre lieber, wenn man

uns gar nicht erst hinrichtet, und auf einen Kerkeraufenthalt kann ich auch gut verzichten.« Sie sah sich um. »Wir werden eine Weile in dieser Welt festsitzen, also versuchen wir, das Beste daraus zu machen.«

Und dann schlüpfte sie durch eine freie Fensteröffnung in das Haupthaus. Einfach so.

»Sind Sie verrückt?«, flüsterte Ben.

Es kam keine Antwort. Die Stille zog sich hin. Endlos, so erschien es ihm. Seine Armbanduhr hatte bei ihrer Ankunft das Zeitliche gesegnet. Technik und Fiktion vertrugen sich scheinbar nicht.

Etwas knarrte.

Sofort war Ben hellwach. War das aus dem Haus gekommen? Oder aus dem Wald?

Hatte man Nora entdeckt? Was war das gewesen? Ein Fenster? Eine Bodendiele? *Was?* Instinktiv presste er den Rücken an die lehmige Hauswand und hoffte, dass die Dunkelheit ihn verbarg.

Erneutes Knarren. Im Haus, direkt hinter ihm. Jemand kam. Ein Schaben über Holz, ein plumpsendes Geräusch.

»Was machen Sie denn da?« Kein Schrei. Ein Flüstern. Und es klang ... amüsiert?

Ben drehte sich um und sah in Noras Gesicht. Sie wirkte fremd, und das nicht nur aufgrund der altertümlichen Kleider, die sie trug. Das Haar hing ihr offen über die Schultern und im Mondlicht sahen ihre dunklen Augen fast schwarz aus.

»Hier.« Sie drückte ihm ein Bündel in die Hände. »Ziehen Sie das an. Ich bin nicht sicher, ob es passt, aber eine Größenauswahl gab es leider nicht.«

Ben deutete auf das zweite Bündel, das Nora unter dem Arm geklemmt hielt. Ihr Rock und die Bluse, die sie zuvor getragen hatte. »Und was machen wir damit?«

»Im Wald vergraben, denke ich. Hierlassen können wir das Zeug ja schlecht.«

Moderne Umweltverschmutzung im Mittelalter. Kurz hatte Ben das Bild vor Augen, wie in hundert Jahren jemand einen Reißverschluss ausgrub und sich ordentlich wunderte. Dann fiel ihm wieder ein, dass nach Noras Ansicht all das hier einfach verschwand, sobald die Geschichte zu Ende war. Auch seine Kleider.

Sollte ihm recht sein. Er wandte Nora den Rücken zu, streifte sein Hemd ab und schlüpfte in die grobe Tunika. Anschließend tauschte er seine Hose gegen die unförmigen Beinkleider. Seine Unterwäsche behielt er an. Zum Teufel mit der Authentizität. Außerdem kratzte der Wollstoff wie blöd. Bei seinem Glück wimmelte dieses Gewand nur so von Läusen oder Flöhen. Immerhin war es erheblich wärmer als seine bisherigen Sachen.

Als er fertig war, schüttelte Nora den Kopf. »Die Brille muss auch weg.«

»Auf keinen Fall«, protestierte er. »Ohne die bin ich praktisch blind!«

Sie hob die Augenbrauen.

Ben seufzte. »Schon gut.« Aber vergraben würde er sie nicht.

Er wickelte die Brille sorgfältig in ein Taschentuch, knotete das Bündel an seiner Hose fest und verbarg es unter seiner Tunika.

Endlich schien Nora mit seiner Tarnung zufrieden. Sicher war Ben allerdings nicht, denn ohne Brille sah er ihr Gesicht in der Dunkelheit nur noch als verschwommenen Fleck.

Der Morgen kam viel zu schnell, jedenfalls für Ben. Kaum hatte er seine wirren Gedanken und die ungewohnten Geräusche der Stallung weit genug ausgeblendet, um endlich zur Ruhe zu kommen, wurde er von Nora auch schon wieder aus dem Schlaf gerüttelt.

»Wachen Sie auf. Die Pferde werden unruhig.«

»Na und?«, brummte Ben und rieb sich mit den Handballen über die müden Augen. Er verzog das Gesicht, als er die torfige Erde an seinen Fingern bemerkte, die von ihrer nächtlichen Buddelaktion herrührte.

Nora stieß ihn erneut an. »Sie warten auf ihr Futter«, erklärte sie. »Das heißt, es wird bald jemand hier auftauchen. Bis dahin sollten wir verschwunden sein. Vagabunden wird man nicht gerade freundlich begegnen und Dieben noch weniger.«

»Da ist was dran.«

Ein wenig ungelenk rappelte Ben sich auf. Ihm taten Muskeln weh, von denen er nicht einmal gewusst hatte, dass man sie bei etwas so Gewöhnlichem wie einem Waldspaziergang überhaupt benutzte. Und da war noch etwas. Ein Gedanke, der ihm beim Einschlafen gekommen war. Wenn er sich nur daran erinnern könnte ... Er war ihm unglaublich wichtig erschienen. Aber so sehr er sich auch das Hirn zermarterte, es wollte ihm nicht einfallen.

Nora spähte durch die Ritzen in der Bretterwand des Stalls nach draußen und winkte ihn heran. »Niemand zu sehen. Gehen wir.« Schon war sie zum Tor hinaus.

Ben beeilte sich, ihr zu folgen. Sie war bereits am Waldrand angelangt, ehe er auch nur den Stall verlassen hatte. Diese Frau würde ihn in den Wahnsinn treiben. Wenn nicht sie, dann diese Welt, in der sie festsaßen, bis ...

Das war es! Er erinnerte sich.

Es war keine gute Erinnerung.

»Nora! Frau Winter. Warten Sie!«

Wie angewurzelt blieb sie stehen, allerdings nicht seinetwegen. Sie deutete an der Herberge vorbei. Nach Westen, wo sich der Umriss der Burg am Horizont abzeichnete. »Kommt die Ihnen näher vor als gestern?«, fragte sie. »Oder weiter weg?«

»Annähernd gleich, würde ich sagen.«

»Verdammt! Dieser kleine Mistdrache hat uns im Kreis geschickt!«

»Sind Sie sicher?«

»Gestern hatten wir die Burg im Rücken. Wir sind stundenlang marschiert, und zwar von ihr weg, aber sie ist noch genauso nah. Und es ist exakt dieselbe Ansicht. Was bedeutet, wir sind wieder am Ausgangspunkt!«

Ben kniff die Augen zusammen und versuchte, Details auszumachen. Tatsächlich. Gleiche Lage, gleiche Entfernung.

»Sehen Sie sich doch um!« Nora schimpfte weiter, aber Ben hörte mehr Verzweiflung als Wut in ihrer Stimme. »Hier ist weit und breit nichts. Nur diese Taverne. Ich lande *immer* in der Nähe der Handlung, und wenn wir gestern hier irgendwo rausgekommen sind, dann ist das kein beliebiger Ort. Er ist wichtig. Was bedeutet, dass wir der Geschichte entgegengelaufen sind, statt ihr aus dem Weg zu gehen!«

»Na gut, aber das ist ja halb so schlimm«, sagte er betont ruhig. »Wir könnten doch einfach die Pferde nehmen, und –«

»Haben Sie nicht zugehört?«, fuhr sie ihn an. »Das da ist ein Gasthaus mitten in der Einöde, auf dem Weg zur dramatisch angekündigten Burg, und bei Sonnenuntergang hat sich hier ein Teil der Geschichte abgespielt. Vermutlich treffen die Hauptfiguren da drin gerade irgendeinen geheimnisvollen Fremden, der ihnen unerwartet Hilfe anbietet oder ein ähnlicher Blödsinn. Wir dürfen hier auf keinen Fall etwas verändern! Ein paar alte Klamotten fallen nicht besonders auf, aber Pferde?« Sie schüttelte mit Nachdruck den Kopf. »Ich bin nicht lebensmüde.«

»Und wenn wir der Geschichte folgen? Sie zumindest aus sicherer Entfernung beobachten?«

Sie sah ihn verständnislos an. »Warum sollten wir das riskieren?«

»Ich habe nachgedacht heute Nacht«, erklärte er. »Selbst wenn wir davon ausgehen, dass man uns als vermisst meldet, und jemand auf die Idee kommt, in meiner Praxis nachzusehen, dauert dieser ganze Bürokratie-Wahnsinn sicher einige Zeit. Hierzulande kommt nicht einfach die Polizei und tritt mal eben eine Tür ein. Da gibt es Fristen, Verfahren … Bleiben wir bei Ihrer Berechnung, sitzen wir hier Monate fest, wenn nicht sogar Jahre.«

»Danke, dass Sie mich daran erinnern.«

»Und selbst dann – wieso sollte jemand ein Buch zuschlagen, in dem ein anderer liest? Vielleicht legt man es einfach auf den Tisch und fertig. Es könnten also genauso gut Jahrzehnte werden, die wir hier verbringen müssen. Wir kommen als Greise wieder raus. Oder erleben es vielleicht überhaupt nicht mehr.«

Nora presste die Lippen aufeinander. War ihr der Gedanke auch schon gekommen? Schließlich kannte sie die Gefahren dieser Reisen besser als er.

Hastig sprach Ben weiter. »Sie haben das Buch recht weit hinten aufgeschlagen, erinnern Sie sich? Möglicherweise ist die Geschichte also zu Ende, bevor man uns auf andere Weise hier rausholt.«

»Schön und gut«, sagte sie. »Trotzdem sollten wir uns lieber fernhalten.«

»Angenommen, wir tun das. Wir schaffen es, uns durchzuschlagen. Dafür würden wir uns vermutlich irgendwie in die Gesellschaft integrieren, ein augenscheinlich normales Leben führen. Das tun wir monatelang, bis irgendwann aus heiterem Himmel die Rettung kommt. Die Geschichte ist zu Ende oder jemand schlägt das Buch zu und Sie kommen raus. Wer sagt, dass ich dann mit hinauskomme?«

Das war es. Seine größte Angst. Er hatte sie ausgesprochen und sie klang dadurch nicht weniger plausibel. Im Gegenteil.

Bloß schien Nora das nicht zu begreifen. »Was meinen Sie? Wieso sollten Sie denn hierbleiben?«

»Ich bin nur mit in das Buch gefallen, weil ich Sie im entscheidenden Moment berührt habe. Verstehen Sie nicht? Wenn ich nur auf dieselbe Art wieder rauskomme, nämlich mit Ihnen, und wir uns trennen … Dann stecke ich hier fest, für immer. Sie finden mich doch nie wieder!«

»Und Sie denken, falls wir getrennt werden, kann ich Sie rausholen, solange Sie in der Nähe der Handlung bleiben?« Sie runzelte die Stirn. »Das klappt nicht. Ich sagte doch, die Geschichte beginnt jedes Mal von vorn. Wenn ich wiederkommen würde, dann in eine Geschichte, in der Sie niemals existiert haben.«

»Eben! Deshalb will ich, dass wir uns gar nicht erst trennen! Wenn wir wissen, dass die Geschichte zu Ende geht, können wir uns darauf vorbereiten, und rechtzeitig …«

»… Händchen halten?« Nora schmunzelte. Sie sah noch einmal zur Burg hin, und ihr Blick verdüsterte sich. »Die Sache hat nur einen Haken: Wir kennen das Ende nicht.«

Ben winkte ab. »Der König kränkelt und Prinz Luar stößt sich die Hörner ab, bis er auf den Thron folgen kann. Sein Onkel, der böse Zauberer, will das verhindern und selbst König werden. So weit bin ich mit dem Lesen gekommen. Also wie soll es schon ausgehen? Luar wird seinen Onkel besiegen, das Reich erben und zur Vernunft kommen. Wir müssen nur abwarten, bis der Prinz König wird, dann haben wir es überstanden.«

»Das sind eine Menge Spekulationen und Annahmen, meinen Sie nicht?«

»Was bleibt uns denn anderes übrig?«, entgegnete er. »Für Sie ist die Sache ja einfach, Sie sind auf niemanden angewiesen. Aber ich will auf keinen Fall hier zurückbleiben!«

Nora rang sichtlich mit sich. Den Blick auf die Burg gerichtet, verzog sie schließlich das Gesicht. »Also gut. Aber wir greifen nicht ein. Wir verändern nichts, halten uns im Hintergrund. Wenn der Prinz den Thron besteigt, wird es sicher eine Feier oder etwas in der Art geben. Das werden wir schon mitbekommen. Dazu brauchen wir nicht allzu nahe ran.«

Vor Erleichterung hätte Ben sie küssen können.

Just in diesem Moment explodierte die Rückwand der Herberge.

Schutt, Staub, Holz und Stroh flogen umher, ein großer Brocken Lehm krachte ihnen vor die Füße. Ben zog seine Begleiterin ins Dickicht.

Gerade noch rechtzeitig, ehe zwei dunkelhaarige Männer durch das Loch in der Wand polterten. Unter Geschrei hieben sie mit Schwertern und Fäusten aufeinander ein – und bewegten sich dabei geradewegs auf das Gebüsch zu, in dem Ben und Nora Zuflucht gesucht hatten.

∽

Stumm vor Schreck griff Nora nach der Hand des Psychologen. Der Handlung folgen, das klang ja nett und einfach, aber das hier war eindeutig zu nah.

Vorsichtig, Schritt für Schritt, bewegte sie sich tiefer in den Wald hinein und zog ihn mit sich, ohne dabei das Geschehen aus den Augen zu lassen. Bloß nicht auf sich aufmerksam machen.

Einer der Kontrahenten, groß und schlaksig, hob sein Schwert über die Schulter, um es auf seinen Gegner niedersausen zu lassen. Der Breitere parierte geschickt, stieß den Lulatsch zurück und setzte ihm mit erhobener Waffe nach.

Ihre Klingen trafen klirrend aufeinander; immer wieder, Schlag auf Schlag, während die beiden Kämpfer einander mit grimmigen Gesichtern umkreisten.

Auf Noras ungeschultes Auge wirkte der Schlagwechsel ausgeglichen. Was der eine an Reichweite und Gewandtheit besaß, machte der andere durch Kraft und Zähigkeit wett. So schnell würden die beiden nicht zu einem Ende kommen.

Aber die Verstärkung ließ nicht lange auf sich warten. Vier Männer in roter Kleidung drangen aus dem Haus. Zu welchem der Kämpfer sie gehörten, konnte Nora nicht feststellen, denn schon preschte eine zweite Einheit auf Pferden heran und stellte sich den Roten in den Weg. Ebenfalls vier Männer, und auch sie trugen eine Art Uniform, allerdings in Grün und Schwarz gehalten. Sie sah den Schweiß auf ihren Gesichtern glänzen.

Noras Herz raste. *Zu nah, viel zu nah!*

Unter Gebrüll ging die Auseinandersetzung in die nächste Runde, jeder fand seinen Gegner und drosch auf ihn ein, ohne allzu viel Schaden anzurichten. Blutrünstig schien das Buch jedenfalls nicht zu sein. Auch die beiden Anführer – oder was auch immer sie sein mochten – hatten bislang nur ein paar oberflächliche Kratzer davongetragen, obwohl ihr Gefecht bereits lächerlich lange dauerte.

Immerhin waren die Kämpfer beschäftigt. Wenn sie sich langsam und behutsam genug bewegten, konnten Pawell und sie vielleicht den Aufruhr nutzen, um unbemerkt zu verschwinden.

Wieder zog Nora an seiner Hand, doch diesmal riss der Psychologe sich los, streckte beide Hände von sich – und schubste den Mann zurück, der rücklings ins Gebüsch gestolpert und auf ihn gefallen war. Eine instinktive Reaktion, Nora konnte sie Pawell nicht verdenken. Aber sie war fatal.

Der Tollpatsch in roter Uniform taumelte zwei Schritte nach vorne – geradewegs in das Schwert seines Gegners hinein. Die Klinge fuhr ihm mit einem schmatzenden Laut durch den Leib und drang zwischen seinen Schultern wieder hervor. Nora zuckte zusammen.

Auch der grün gewandete Schwertführer hatte offensichtlich nicht mit dieser Entwicklung gerechnet. Er sah von dem Sterbenden auf und direkt zu Benjamin Pawell. Erstaunen zeichnete sich auf seinem Gesicht ab. Dann Entschlossenheit. Er griff nach der Waffe des Toten.

Jetzt ist es aus, dachte Nora.

Doch statt sie anzugreifen, hielt der Fremde Pawell das Schwert hin, mit dem Griff voran.

Und dieser Idiot packte auch noch zu!

»Schnell!«, forderte der Kämpfer. »Lass uns das zu Ende bringen!« Schon stürzte er sich erneut ins Getümmel.

»Äh …«

»Bleiben Sie hier, verdammt!« Nora hielt ihren verwirrten Begleiter fest. »Sie dürfen nicht eingreifen!«

»Zu spät«, entgegnete Pawell.

Er hatte recht. Durch seinen ungeschickten Stoß waren die Roten nun in der Unterzahl. Der Kampf war entschieden. Einer von ihnen nahm Reißaus, die anderen beiden wurden ohne Aufhebens niedergemacht. Keine letzten Worte, kein theatralisches Getue.

Gesichtslose Nebencharaktere. Deshalb hat der Kerl uns so leicht akzeptiert – das sind nur Statisten!

Die grün Uniformierten umzingelten die Duellanten, Schwerter erhoben und kampfbereit.

»Es ist vorbei. Ergib dich!«, forderte der Stämmige. »Du wirst für deine Untaten büßen, wie der König es gewollt hätte!«

Untaten? Erleichterung durchströmte Nora bei diesem Wort. Alles war in Ordnung, der Held hatte gewonnen. Die Geschichte lief weiter.

Der Schlaksige warf sein Schwert zu Boden. »Vorbei ist es noch lange nicht! Du wirst schon sehen!«

Gefangen nehmen ließ er sich dennoch, ohne Widerstand zu leisten. Die Grünröcke banden ihm die Hände vor der Brust zusammen und wuchteten ihn auf eines der

Pferde. Aufrecht sitzend, wie es sich für einen wichtigen Gegenspieler gehörte.

Der Held steckte seine eigene Waffe ein und wandte sich dem prächtigen Rappen zu, den einer seiner Männer herbeiführte.

Nora verspürte einen Hauch Hoffnung. Konnte es sein, dass sie doch noch unbemerkt davonkamen? *Geh!*, beschwor sie den Helden in Gedanken. *Schau uns nicht an und geh!*

»Und was ist mit den beiden da, Herr?« Der Kämpfer, dem Pawell unfreiwilligerweise geholfen hatte, deutete zu ihnen herüber.

Nora erstarrte.

Der Held sah flüchtig in ihre Richtung. »Was ist mit ihnen?«

»Sie haben uns beigestanden, mein Herr. Wer weiß, wie der Kampf ohne sie ausgefallen wäre!«

Oh nein. Ganz schlecht.

Auch diese Information schien den Helden wenig zu beeindrucken. Er schenkte Pawell, der immer noch das Schwert in der Hand hielt, einen abschätzigen Blick. Nora betrachtete er länger. Hitze schoss ihr in die Wangen.

Unauffällig reagieren!, ermahnte sie sich selbst. Bloß, was war unauffällig und normal? Sie machte einen ungeschickten Knicks.

Offenbar stellte das den Helden zufrieden, denn er schwang sich in den Sattel. »Nehmt sie mit, entlohnt sie für die Hilfe. Sie sehen aus, als könnten sie es gebrauchen.« Damit hieb er seinem Pferd die Fersen in die Flanken und galoppierte davon.

Ihr Freund und Helfer grinste sie an, als hätte er ihnen gerade Weihnachten beschert. Nora wäre am liebsten schreiend davongelaufen, aber das schien die Männer nicht zu kümmern. Sie machten sich daran, das Feld zu räumen.

»Tut gut, den Nichtsnutz in Fesseln zu sehen«, sagte jemand direkt neben Noras Ohr.

Sie fuhr herum – und erkannte den Eidechsendrachen vom Vortag. Er kauerte auf einem Ast, blinzelte sie keck an und leckte mit der Zunge über sein rechtes Auge.

»Hä?« Mehr brachte sie nicht heraus.

»Luar.« Der Drache sah sie an, als wäre sie bekloppt. »Der Kerl, den ihr gerade in Ketten gelegt habt. Sonst seid ihr Großlatsche mir ja einer gleich wie der andere, aber der Prinz … Na, der hat es schon verdient.«

Noras Herzschlag setzte aus. *Das* war Luar? *Prinz* Luar? Derselbe Prinz, der den Thron besteigen musste, damit die Geschichte endete und sie nach Hause konnten? Ihr wurde unsagbar kalt.

Pawell hatte mit seinem Eingreifen nicht nur den Ausgang eines beliebigen Kampfes verändert. Er hatte den verdammten Helden scheitern lassen!

3. Kapitel

»Das ist Luar?«, entfuhr es dem Psychologen, als Nora ihm von den Worten des Drachen erzählte.

»Shhh!«, zischte sie ihn an. »Nicht so laut!«

»Aber Luar ist der Held dieses verfluchten Buchs!«, fuhr Pawell mühsam beherrscht fort. »Er sollte sicher nicht gefangen genommen werden!«

»Ich weiß.«

Wenigstens saß Luar noch aufrecht im Sattel und lag nicht als Leiche im Gebüsch. Man musste schon für kleine Dinge dankbar sein.

Der Psychologe schüttelte bestürzt den Kopf. »Aber dann haben wir die Geschichte verändert …«

»Ich weiß!«, wiederholte sie.

Und wer war schuld an dieser Misere? Wieder einmal der werte Herr Doktor. Er und sein dämliches Experiment! Nora biss die Zähne zusammen. Es hatte keinen Sinn, den Therapeuten anzugiften. Sie sollten sich lieber darauf konzentrieren, wie sie aus dieser Sache herauskamen. Und zwar lebend.

Wenn sie nur wüsste, was der Drache damit gemeint

hatte, dass der Prinz es verdient hätte. Aber das kleine Mistvieh war längst abgehauen.

Missmutig stapfte sie neben Pawell her, der sich für ihren Geschmack ein wenig zu nah bei ihr hielt. Auch wenn er Angst davor hatte, dass sie ihn in diesem Buch zurückließ, musste er sich noch lange nicht derart an sie drängen.

Andererseits war das vermutlich nicht seine einzige Sorge. Sie selbst fühlte sich jedenfalls ziemlich unwohl dabei, einer Gruppe blutverschmierter Soldaten ins Lager ihres Herrn zu folgen. Da konnte ihr neuer Freund ihnen zugrinsen, soviel er wollte – nur weil sein Toter quasi ein Unfall gewesen war, war er um keinen Deut besser als der Rest dieser Mördertruppe.

»Was machen wir denn jetzt?«, wollte Pawell wissen.

»Was meinen Sie?«

»Sollten wir das nicht wieder in Ordnung bringen?«

Nora schnaubte. »Und wie stellen Sie sich das vor, Doktor? Sollen wir zum Befreiungsschlag ausholen? Wir zwei gegen die ganze Armee dort?«

Vor ihnen lag die Straße zur Burg, und auf den umliegenden Wiesen erstreckte sich ein Meer aus Zelten. Unmengen schwarz-grüner Banner flatterten im Wind, wo am Abend zuvor nur leere Felder gewesen waren. Wer auch immer diese Kerle waren, sie bereiteten sich offensichtlich auf eine Belagerung vor. Oder eine Schlacht.

Bei diesem Gedanken krampfte sich alles in ihr zusammen.

Sie sollten weglaufen, so weit und so schnell sie konnten. Wenn hier ein Krieg bevorstand, wollte sie nichts damit zu tun haben. Andererseits … Verstohlen sah Nora zu dem Reitertrupp, der einen Ring um Prinz Luar bildete.

Pawell hatte recht. Wenn die Geschichte zu keinem Ende fand, würden sie möglicherweise niemals hier rauskommen. Sie mussten das irgendwie geradebiegen. Was bedeutete, sie mussten verhindern, dass dem verdammten Prinzen irgendetwas zustieß, das sich nicht wiedergutmachen ließ.

»Sehen wir einmal, was uns im Lager erwartet«, sagte sie. »Etwas anderes bleibt uns im Moment ohnehin nicht übrig. Aber was wir auch tun, wir müssen vorsichtig sein.«

»Schon klar.« Pawell wirkte, als würde er grübeln. Vielleicht blies er auch Trübsal, weil er in ihren Worten einen Vorwurf sah. Männer waren manchmal empfindlich.

Gerade wollte Nora eine tröstende Bemerkung machen, da sagte er: »Vielleicht sollten Sie mich Ben nennen. Das ist weniger auffällig.«

Im ersten Augenblick war Nora zu perplex, um seinem Gedankengang folgen zu können. »Bitte was?«

»Na ja, hier siezt sich doch keiner. Wenn wir also unsere Höflichkeiten beibehalten, könnten wir auffliegen.«

Auf derart seltsame Weise hatte ihr noch niemand das Du angeboten. Es gefiel ihr nicht. Sie fühlte sich in eine Intimität gedrängt, die sie nicht wollte. Immerhin war er ihr Therapeut. Aber es war natürlich etwas Wahres dran.

»Na gut, meinetwegen.« Sie schüttelten einander die Hände.

Noras Magen kommentierte das mit einem lautstarken Knurren. Sie drückte eine Hand gegen ihren rumorenden Bauch. »Hoffentlich besteht die versprochene Entlohnung aus Essen, sonst werde ich bald ungemütlich.«

»Können wir das denn? Geschriebenes Zeug essen? Du sagst doch, nichts hier ist real. Was ist, wenn wir es nicht vertragen?«

Erstaunlich, wie leicht ihm das Duzen fiel. Für Nora klang die vertrauliche Anrede aus dem Mund des ach so korrekten Psychologen seltsam.

»Ich denke, das können wir riskieren«, antwortete sie. »Bisher hatte ich nie Probleme, was das Konsumieren von fiktiven Mahlzeiten angeht, und nach allem, was ich bis jetzt gesehen habe, scheint dieses Buch relativ realistisch gehalten zu sein. In einem Kinderbuch hätte ich wahrscheinlich größere Bedenken. Außerdem wüsste ich nicht, welche Alternative wir hätten.«

Er sah sie an, als würde er die Tragweite ihres Schlamassels erst jetzt so richtig begreifen. Sie waren dieser Welt auf Gedeih und Verderb ausgeliefert. Selbst wenn die Nahrung in Eldinor für sie giftig wäre, bestünde ihre einzige Alternative darin, zu verhungern. Sie konnten nicht monatelang von nichts leben.

Zögernd nickte er. »Da hast du vermutlich recht.«

Bestimmt sogar.

»Was war denn die längste Zeit, die du in einem Buch verbracht hast?«

Ehe Nora antworten konnte, beendete ein Fanfarenstoß die morgendliche Eintracht. Sie hatten das Lager erreicht – man rief die Soldaten zusammen, um die Gefangennahme des Prinzen gebührend zu würdigen.

Der saß mit erhobenem Kopf auf seinem Pferd und tat, als würde er diesen Auftritt aus freien Stücken hinlegen. Ein beeindruckendes Gehabe für jemanden, der gerade in Fesseln mitten in eine feindliche Übermacht geführt wurde. Nora hoffte inständig, dass dieses Buch eines war, in dem hochrangige Gefangene nicht kurzerhand aus dem Verkehr gezogen wurden.

Immer mehr Soldaten strömten herbei, um einen Blick auf Prinz Luar zu erhaschen. Nora wollte sich ebenfalls durch die Menge drängen, um ihn nicht aus den Augen zu verlieren, doch eine Hand auf ihrer Schulter hielt sie zurück. Es war Doktor Pawell … Ben. Und hinter ihm stand sein neuer bester Freund, der grinsende Schwertstecher.

»Kommt mit, ich bringe euch zum Zelt des Zahlmeisters!«, sagte er.

Ben warf ihr einen fragenden Blick zu. Sie zuckte mit den Schultern. Widersprechen konnten sie wohl schwer, wenn sie kein Misstrauen erwecken wollten. Also kämpften sie sich hinter dem Soldaten durch die nachströmenden Gaffer, fort von dem Prinzen. Nora fühlte Unbehagen, das rasch zur Panik anwuchs. Sie mochte keine Menschenmengen – und bewaffnete schon gar nicht!

Ben musterte sie mit besorgtem Blick. Wortlos packte er ihre Hand und zog sie weiter. Nora war dankbar für die Geste. Schon allein, weil sie ihn nur mit viel Glück wiederfinden würde, wenn sie einander hier verloren. Und er war alles, was sie in dieser Welt kannte.

Je weiter sie sich von der Straße entfernten, desto besser kamen sie voran. Schließlich fanden sie sich in normalem Lagerleben wieder. Nora atmete auf. Wer sich hier aufhielt, war entweder desinteressiert an der Ankunft des Gefangenen oder schlau genug, um zu erkennen, dass er es ohnehin nicht in die ersten Reihen schaffen würde.

»Wir sind da«, verkündete ihr Begleiter, als sie eine Ansammlung großer Langzelte erreichten. Im Gegensatz zu den gewöhnlichen Lagerzelten boten sie ausreichend Platz, um darin aufrecht stehen zu können. Und an jedem Eingang stand ein Kerl mit gezogenem Schwert und musterte sie feindselig.

»Ihr wartet am besten hier, ich regle das.« Mit diesen Worten verschwand ihr Freund in einem der großen Zelte.

Nervös sah Nora sich um. Rundherum verharrten Soldaten in ihren Tätigkeiten, um die beiden Fremdlinge anzustarren. Es war ein Fehler gewesen, sich hierherbringen zu lassen. Sie hatten in einem Heerlager nichts zu suchen. Ihre Tarnung war für flüchtige Blicke ausgelegt, nicht für eine derart intensive Betrachtung. Sie hatte nicht einmal passende Schuhe besorgen können!

Alles nur Statisten, versuchte sie sich zu beruhigen. *Es wird ihnen nicht auffallen, wir werden nicht sterben …* Doch die Angst ließ sie nicht los. Sie sollten nicht hier sein. Sie hatte keine Kontrolle über die Situation!

Der Psychologe drückte ihre Hand. Waren ihre Gefühle so offensichtlich? Sie straffte die Schultern. »Du kannst mich jetzt loslassen, danke.«

Ben gehorchte. Mit einem Kopfnicken deutete er nach rechts, wo ein großer Kessel über einer Feuerstelle hing. »Sieht aus, als würde da drüben gekocht.«

»Habt ihr Hunger?«

Nora wirbelte herum. Sie hatte nicht gemerkt, dass ihr Freund schon wieder zurück war. Er hielt ihnen ein kleines Stoffsäckchen hin, das einladend klimperte. Ihr Lohn dafür, dass sie den Prinzen ausgeliefert hatten. Blutgeld. Vielleicht ja dreißig Silberlinge, wie das, was Judas für den Verrat an Jesus erhalten hatte. Nora wurde übel.

»Um ehrlich zu sein, ja«, sagte Ben und griff danach. »Wir waren die ganze Nacht unterwegs und wollten gerade in das Gasthaus einkehren, als wir euch begegnet sind.«

Hatte er den Verstand verloren? Am liebsten hätte Nora ihm auf den Fuß getreten.

Der Soldat jedoch nickte verständnisvoll. »Ja, uns geht es genauso. Ich glaube, zwei Leute mehr machen den Kessel auch nicht schneller leer. Also kommt!«

Er marschierte in Richtung der Feuerstelle. Dort klopfte er dem Koch auf die Schulter. »Gib mir drei Portionen, mein Freund. Unsere beiden Gäste essen mit uns, auf Anordnung von Herrn Keldan.«

Ben fluchte leise. Nora hob fragend die Augenbrauen.

»Der Onkel des Prinzen«, kam die geflüsterte Erklärung.

Onkel? Der Typ war doch keine vierzig! Wann wurde hier denn bitte schön geheiratet?

Außerdem: Wenn das wirklich der böse Zauberer war, dann hatten sie den Prinzen nicht einfach an irgendjemanden verloren. Sie hatten ihn an seinen größten Feind ausgeliefert! Großartig.

Der Koch schöpfte undefinierbaren Brei aus seinem Kessel und ließ ihn in Holzschalen platschen, die der grinsende Soldat an sie weiterreichte. Sobald er ebenfalls versorgt war, führte er sie zu einigen Bänken und Tischen, die zwischen den Zeltreihen standen. Viele Tische waren bereits besetzt, doch er fand noch ein Plätzchen für sie.

»Hast du keine Sorge, dass Herr Keldan davon erfährt, dass du in seinem Namen Essen verteilst?«, fragte Nora.

Der Soldat lachte und nahm am leeren Ende einer Bank Platz. »Deine Frau gefällt mir«, sagte er an Ben gewandt.

»Ich bin nicht –«

»Danke«, sagte der Psychologe. Diesmal trat sie ihn. Unter dem Tisch sah das schließlich keiner. »Sie ist meine Schwester«, fügte er daraufhin hinzu.

»Ach, so ist das.« Nun musterte ihr Begleiter sie mit neuem Interesse. »Ja wenn das so ist … Freut mich sehr. Ich bin Eryck.«

»Nora«, bekannte sie, ein wenig überrumpelt. »Das ist Ben.«

Die beiden Männer nickten einander zu. Eryck schaufelte einen Löffel des Breis in den Mund, schmatzte, wischte sich über den üppigen Schnauzbart und erklärte: »Auch wenn ich mich geschmeichelt fühle, aber du überschätzt mich. Keldan hat keine Ahnung, wer ich bin. Ich bin nur ein Soldat in seinem Gefolge. Bis zum heutigen Tag hätte ich nie gedacht, dass er jemals auch nur ein Wort mit mir wechseln würde.«

»Aber du warst doch in seiner Eskorte …«

Eryck winkte ab. »Reiner Zufall. Er hat auf die ersten vier gezeigt, die ihm am Morgen begegnet sind, und wir kamen gerade, um die Wache abzulösen.«

»Ich verstehe.«

Da Ben noch misstrauisch in seinem Brei herumrührte, wagte Nora ihren ersten Bissen. Gleich darauf folgte sie Erycks Beispiel und löffelte, was das Zeug hielt. Was auch immer der Koch da zusammengebraut hatte, es war unglaublich lecker.

»Wisst ihr«, fuhr der Soldat nachdenklich fort, »bevor ihr beide aufgetaucht seid, hatte ich niemals die Gelegenheit, um überhaupt mit Keldan zu sprechen. Aber dank euch habe ich mich plötzlich irgendwie ... *wichtig* gefühlt. Richtig lebendig.« Er grinste, blickte von Ben zu Nora und verkündete voller Inbrunst: »Ihr seid meine Glücksbringer!«

Nora ließ den Löffel sinken. Sie musste sich zwingen, ruhig sitzen zu bleiben. Das Frühstück, das sie eben noch mit Begeisterung verschlungen hatte, blieb ihr nun im Hals stecken. Hatten sie etwa allein durch ihre Ankunft diesen Kerl vom Statisten zur Nebenfigur erhoben? Was veränderten sie noch, ohne es zu merken?

Je weiter die Geschichte sich von ihrem ursprünglichen Verlauf entfernte, desto schwieriger war es, sie wieder ihrem vorherbestimmten Ende zuzuführen. Sie mussten verschwinden, ehe sie noch mehr Schaden anrichteten!

Ben schien nichts Ungewöhnliches an Erycks Worten bemerkt zu haben. Er hatte Geschmack an dem Brei gefunden und löffelte unverdrossen weiter.

Nora zupfte am Ärmel seiner Tunika. Keine Reaktion.

»Ben?«

»Mhm?«, machte er, ohne aufzusehen.

»Wir sollten verschwinden.«

»Hm?« Ein kurzer, fragender Blick.

»Jetzt.«

Eryck horchte auf. »Ihr wollt schon gehen?«

»Wir möchten die Gastfreundschaft deines Herrn nicht über Gebühr beanspruchen. Außerdem haben wir noch einen weiten Weg vor uns.«

Der Psychologe schien nicht zu begreifen, weshalb sie es plötzlich so eilig hatte. Aber wenigstens stellte er keine Fragen in Gegenwart des neugierigen Soldaten.

»Das stimmt«, sagte Ben, wenn auch ein wenig zögerlich. »Danke für die Mahlzeit und deine Freundlichkeit.« Er setzte ungeniert die Schale an den Mund und schlürfte sie leer. Mit dem Business-Outfit hatte er offensichtlich auch seine Tischmanieren abgelegt.

Andererseits ... Vielleicht war das seine Art der Anpassung. Rundherum taten unzählige Männer nämlich genau dasselbe und untermalten das Ganze auch noch mit Geschlürfe und Gerülpse.

Nora verzog das Gesicht. Wenn man Geschichten so unmittelbar betrachten konnte, mit all den unerwähnten Details, verloren sie wirklich eine Menge von ihrem romantischen Reiz. Von wegen Zauber des Mittelalters – im Moment wünschte Nora sich nichts mehr als eine heiße Dusche, eine bequeme Jogginghose und einen starken Kaffee mit viel Zucker.

Aber falls sie nicht bald eine sichere Distanz zur Handlung einnahmen und die Geschichte weiter aus dem Ruder lief, blieben all diese Dinge womöglich nur schöne Erinnerungen.

Erneut zupfte sie an Bens Ärmel.

»Ist ja gut, ich komme! Also wie gesagt: Danke, Eryck. Viel Erfolg bei eurem Feldzug.«

Der Soldat grinste. »Ach, das wird schon. Ihr werdet sehen.«

»Ja, das fürchte ich auch«, murmelte Nora.

Sie verabschiedeten sich von Eryck, der sich für seinen morgendlichen Einsatz offenbar selbst belohnte, indem er auch noch Noras halb volle Schüssel leerte.

Als sie ein paar Zeltreihen hinter sich gebracht hatten, forderte Ben: »Verrätst du mir jetzt mal, warum wir es plötzlich so eilig haben?«

»Es ist zu gefährlich. Wir beeinflussen zu viel.«

»Was meinst du?«

»Eryck! Er fühlt sich wichtig, *seit wir hier sind.* Wir verändern seine Rolle in der Geschichte! Ich glaube, die

Wirkung ist schlimmer, weil wir zu zweit sind. Wir müssen gehen!«

»Und was ist mit dem Prinzen?«

Nora ließ den Blick über die unzähligen Stoffdächer schweifen. Im Zentrum des Lagers erkannte sie drei mächtige Rundzelte, die die einfachen Zelte der Soldaten um gut das Doppelte überragten. An allen dreien wehten schwarz-grüne Banner. Möglich, dass man Luar dorthin gebracht hatte. Vielleicht lag er aber auch angekettet in einem Haufen Pferdemist. Und selbst, wenn sie ihn fanden ... »Wir können ihm nicht helfen. Nicht hier.«

»Und wenn wir später keine Gelegenheit mehr bekommen?«

»Eine Gelegenheit sehe ich jetzt auch nicht«, gab sie unwirsch zurück. »Du etwa?«

Ben hob abwehrend die Hände. »Ist ja gut.« Nach einer kurzen Pause fuhr er fort: »Ich will bloß nicht für immer hierbleiben, das ist alles.«

»Das will ich genauso wenig, glaub mir. Auch wenn du es nicht für möglich hältst, ich war durchaus zufrieden mit meinem Leben. Von diesem Leseproblem einmal abgesehen.« Sie seufzte. »Verstehst du jetzt wenigstens, warum ich das loswerden will?«

Ben trat im Gehen nach einem Stein und erntete dafür den finsteren Blick eines Soldaten, dem das Geschoss gegen den Stiefel prallte. »Natürlich verstehe ich es. Trotzdem denke ich noch immer, dass du es irgendwie beherrschen könntest.«

Nora lachte ungläubig. »Du gibst einfach nicht auf, oder? Diese dämlichen Experimente. Dadurch sind wir doch erst in diesen Schlamassel hineingeraten! Ich würde ja sagen, dass das Ganze eigentlich deine Schuld ist, aber Vorwürfe bringen uns auch nicht weiter ...«

»Aber das ist es!«

»Ja ich weiß, dass es deine Schuld ist.«

»Nein, ich meine – die Experimente! Vielleicht kommen wir auf diese Art wieder nach Hause.«

Nora hatte keine Ahnung, wovon er redete.

»Pass auf, wir gehen zurück in die Taverne, besorgen uns Papier und etwas zu schreiben. Und dann liest du uns einfach wieder hinaus!«

»Spinnst du? Das Risiko ist viel zu groß!«, protestierte sie. »Was ist, wenn sich der Effekt verstärkt, sobald ich in einer anderen Welt lande? Wenn die Zeit dort noch schneller verrinnt?« Allein der Gedanke daran ließ sie schaudern.

»Keine andere Welt, sondern unsere eigene, Nora. Erinnerst du dich an New York? Die Anzeige? Da bist du doch in der Realität geblieben.« Ben schien von seiner Idee hellauf begeistert zu sein. »Ich schreibe ein Inserat für meine Praxis. Du liest es, landest in der Realität und wir kommen nach Hause!«

Es klang vernünftig. Natürlich tat es das. Ben war Psychologe, es war sein Job, vernünftig zu klingen. Aber sie war diejenige, die Erfahrung mit Büchern hatte. Und diese Erfahrung hatte sie gelehrt, dass Vorsicht immer der bessere Weg war. Außerdem hatte er bisher mit seinen schlauen Ideen auch nicht recht behalten. Hoffnung war schön und gut, aber falsche Hoffnungen konnten tödlich sein.

Also schüttelte sie den Kopf. »Wenn es nicht funktioniert, sitzen wir noch tiefer in der Misere als ohnehin schon. Wir müssten gemeinsam reisen, und das bedeutet, uns bleiben keinerlei Sicherheitsvorkehrungen. Das Risiko gehe ich nicht ein. Wir bleiben bei unserem Plan: Wir werden die Geschichte reparieren. Und bis dahin halten wir uns von der Handlung so fern wie möglich.«

Ein Schatten huschte über Bens Gesicht. Er blinzelte verwundert – und zuckte zurück. Gleich darauf krallte sich etwas in Noras Haaren fest.

Ben wollte eine Warnung rufen, aber es war zu spät. Nora schlug mit der flachen Hand auf ihren Kopf und traf den kleinen Drachen, der sich dort niedergelassen hatte. Der Schlag drückte graue Rauchwölkchen aus seinen Nüstern.

»Was ist das?«, kreischte sie. »Mach das weg!«

Sie schüttelte wild den Kopf, was ihren Passagier nur dazu veranlasste, sich noch fester festzuklammern – jedenfalls mit den Hinterbeinen. Die vorderen streckte er in die Luft und spreizte die Flügel. Ob er damit das Gleichgewicht halten wollte oder einfach Spaß an der Sache fand, konnte Ben nicht erkennen.

»Es ist der Drache«, sagte Ben in der Hoffnung, sie dadurch zu beruhigen.

Das Gegenteil war der Fall. Nun schlug sie mit beiden Händen nach der Echse. »Mach ihn weg! Er qualmt!«

Dem Drachen wurde das Geprügel zu bunt. »Rashuk!«, rief er, ließ Noras Schopf los und flatterte hoch.

»Schimpf nicht, was hast du auch in meinen Haaren zu suchen!«, gab Nora trotzig zurück.

»Du dummer Großlatsch. Ich bin Rashuk, nicht ›der Drache‹. Ein bisschen Respekt, wenn ich bitten darf!«

»Und ich bin Nora und kein dummer Großlatsch!«

»Ach, Großlatsch ist Großlatsch.«

Rashuk der Drache ließ sich auf Bens Schulter nieder. Seine winzigen Klauen stachen unangenehm durch den Stoff. Kein Wunder, dass Nora sofort versucht hatte, ihn loszuwerden.

Nun richtete die Echse ihre Aufmerksamkeit auf Ben. »Sag, was hast du mit deinem Gesicht gemacht?«, fragte sie. »Hattest du nicht … Du weißt schon.« Mit der Vordertatze umkreiste er seine Augen.

»Das ist alles, was dir an uns auffällt?«, fragte Ben. Amüsiert beobachtete er, wie Nora ihr Haar energisch zurechtzupfte.

»Was soll mir sonst auffallen, Großlatsch?«

»Ich bin Ben. Na ja, unsere Kleidung vielleicht?«

»Was ist damit?«

»Ja, binde es ihm nur auf die Nase!«, blaffte Nora.

Rashuk neigte interessiert den Kopf und stieß neue Rauchwölkchen aus. »Was ist damit?«

Ben zögerte. Der Drache war der Einzige, der sie nach ihrer Ankunft gesehen hatte, und alles, was ihn störte, war die fehlende Brille. Bens Neugierde war stärker als seine Vorsicht. »Findest du sie jetzt nicht besser?«

Rashuk blinzelte irritiert. »Das ist es, was dich beschäftigt, Großlatsch Ben? Ihr seid schon ein eitles Volk, das muss man euch lassen. Glaubt ihr, die Welt hat keine anderen Sorgen, als welche Stofffetzen ihr euch umwickelt?«

Nora verlor offensichtlich den Rest ihrer Geduld mit der Flugechse. »Was willst du hier eigentlich? Ich dachte, wir *Großlatsche* sind dir gleichgültig.«

»Und trotzdem habe ich euch den Weg zu euresgleichen gezeigt, oder nicht? Bekomme ich dafür vielleicht einen Dank? Nein, geschlagen werde ich!« Die nächsten Rauchwölkchen blies er Nora direkt ins Gesicht. »Eitel und undankbar.«

Bevor sie dem Drachen an die schwarze Gurgel gehen konnte, unterbrach Ben die beiden. »Natürlich danken wir dir für deine Hilfe! Aber wir sind in Eile, weißt du? Deshalb …«

Rashuk sah erwartungsvoll zu ihm auf. »Ja?«

»Falls du auf den Punkt kommen könntest, was du von uns willst …?«

Der kleine Drache gab ein sehr merkwürdiges, glucksendes Geräusch von sich. »Du bist lustig. Wer sagt denn, dass ich etwas von euch will?«

»Warum verfolgst du uns dann?«, warf Nora ein.

»Ich verfolge euch nicht, Großlatsch Nora. *Ihr* seid in *meinen* Wald gekommen, schon vergessen?«

»Und seitdem folgst du uns!«

»Nein. Ihr seid eben rein zufällig immer dort, wo auch ich gerade bin. Außerdem seid ihr amüsant. Wenn ihr auftaucht, gibt es etwas zu sehen. Das gefällt mir.«

Na großartig. Ben ahnte, welche Gedanken diese Worte bei seiner Begleiterin auslösten. Er wollte sie beschwichtigen. Er kam nicht dazu.

»Seht ihr?« Rashuk streckte eine schwarze Kralle aus und deutete in die Richtung, aus der sie gekommen waren. »Schon geht es wieder los. Der gehört doch zu euch, oder nicht?«

Durch die Zeltreihen kam eine Gestalt auf sie zugerannt und winkte ihnen von Weitem zu.

»Verdammt!«, entfuhr es Nora.

Rashuk setzte ein breites Grinsen auf. Mit dem auf Erycks Gesicht konnte es sich trotzdem nicht messen.

»Ich habe …«, japste dieser und musste erst einmal zu Atem kommen. »Ich habe eine Nachricht für euch!«

»Für uns?« Nora wurde blass.

»Ja!« Der Soldat schien vor lauter Freude beinahe zu platzen. »Herr Keldan hat mich nach euch gefragt. Also, eigentlich hat er jemanden geschickt, der mich fragen sollte, und ich dann euch, und –«

»Schon gut, wir können's uns denken«, unterbrach Ben den Redefluss ihres neuen Freundes. »Was ist denn die Nachricht?«

»Er möchte mit euch sprechen!«, verkündete Eryck stolz.

»Mit uns? Bist du sicher?«, hakte Nora nach. Sie hoffte wohl auf einen Irrtum, entgegen jeder Wahrscheinlichkeit.

»Eindeutig mit euch. Und *ich* soll euch zu ihm bringen!« Der schnauzbärtige frischgebackene Nebencharakter klopfte mit den Händen seitlich an seine Schenkel, die Freude in Person. »Ich hatte recht: Ihr seid meine Glücksbringer!«

Gedanken rasten durch Noras Kopf. Beunruhigende Gedanken.

Was wollte Keldan von ihnen? Weshalb ließ er nach ihnen schicken?

Was hätte er eigentlich an dieser Stelle der Geschichte tun sollen? Wie viel hatten sie bereits verändert? Wie sollten sie das herausbekommen, wo sie doch die richtige Handlung nur erraten konnten?

Und – spielte es überhaupt noch eine Rolle?

Vielleicht hielt Keldan sie für Spione und wollte sie in den Kerker werfen. Oder hinrichten lassen. Denn wenn es keine Intrigen mit hübschen Burgfräuleins und edlen Herren gab, auf die sich die Autoren stürzen konnten, gab es vor allem eines, das sie in Mittelalterromanen erzählenswert fanden: die willkürliche Grausamkeit der Herrscher.

Und von Burgfräuleins war bisher keine Rede gewesen.

Sie ließen den innersten Ring der gewöhnlichen Zelte hinter sich. Die letzten Meter bis zu den drei großen Rundzelten hatte man frei gelassen. Anschleichen war somit unmöglich. Nora schluckte, als sie die leere Fläche betraten. Ohne den vermeintlichen Schutz des Lagers fühlte sie sich ausgeliefert, wie auf dem Präsentierteller – und genau das war wohl auch der Zweck dieser Anordnung.

Zahlreiche Soldaten sahen ihnen entgegen. Das Zentrum wurde schwer bewacht. Vor allen Eingängen waren bewaffnete Männer postiert, auch rund um die bunten Stoffwände standen in regelmäßigen Abständen finster dreinblickende Kerle.

Die Wachen waren nicht bloß dazu gedacht, ungeladene Gäste draußen zu halten. Durch die Öffnung des linken Zeltes konnte Nora den Prinzen sehen. Er trug eine eiserne Fußkette. Sonst schien es ihm an nichts zu mangeln, er lag rücklings auf einem gut gepolsterten Feldbett und stopfte sich Weintrauben in den Mund.

Einer der Wachmänner bemerkte Noras Interesse,

senkte die Hellebarde und versperrte damit den Eingang. Sein Kumpan tat es ihm gleich und neigte ebenfalls die Waffe, sodass die beiden Schäfte überkreuz lagen. Hastig wandte Nora den Blick ab.

Immerhin war Luar am Leben.

Wer weiß, wie lange man das von uns noch behaupten kann.

Sie hatte erwartet, dass man sie zum mittleren Zelt führen würde – dem größten. Doch Eryck steuerte auf das rechte zu. Nach einem prüfenden Blick gab die Wache den Weg frei. Eryck hielt die Stoffbahn zur Seite und winkte Nora und Ben hindurch. Hinein in die Höhle des Löwen.

Nora zitterte.

Eine Hauptfigur, die eine ganze Armee befehligte. Der Bösewicht. Und sie lieferten sich ihm aus. Das war Selbstmord!

Sie hätten fliehen sollen – aber das hätte vermutlich zum selben Ergebnis geführt. Man hätte sie erschlagen, lange bevor sie überhaupt die Grenze des Lagers erreicht hätten.

Also trat sie durch die Öffnung ins Innere des Zeltes. Es dauerte ein paar Sekunden, bis ihre Augen sich an das Zwielicht gewöhnt hatten. Dann sah sie dem Feind ins Angesicht.

Er lächelte.

4. Kapitel

»Seid willkommen, werte Gäste«, grüßte Keldan.

Nora suchte nach Anzeichen für Ironie in den Worten ihres Gegenübers. Sie fand keine. Ganz im Gegenteil, er sprach mit warmer, herzlicher Stimme. Kleine Fältchen erschienen rund um seine Augen, als er seinen Blick auf ihr verharren ließ. Ein freundlicher Thronräuber, wer hätte das gedacht? Entweder war er ein begnadeter Schauspieler oder er hatte tatsächlich nicht vor, sie umzubringen. Jedenfalls nicht sofort.

»Herr Keldan«, sagte Ben und stieß ihr scheinbar zufällig den Ellbogen in die Rippen, während er sich tief verbeugte vor dem … Ja, was eigentlich? Grafen? Baron? Sie hasste es, in einer Geschichte zu landen, von der sie keine Ahnung hatte. Aber sie folgte Bens Beispiel und knickste, wie schon bei ihrer ersten Begegnung mit Luars Widersacher. Diesmal mit ein wenig mehr Geschick.

»Ich möchte euch meinen Dank aussprechen«, sagte Keldan, »für euer tapferes Einschreiten, das geholfen hat, meinen Neffen in Gewahrsam zu nehmen.«

War das sein Ernst? Nach dem Kampf hatte er sie kaum

eines Blickes gewürdigt, und jetzt ließ er sie extra herführen, um Danke zu sagen? Ein Blick zu Ben verriet ihr, dass der nicht minder verwundert war.

»Wie man mir zugetragen hat, seid ihr beide fremd hier und verfügt über keine Unterkunft. Umso mehr, da es dem hiesigen Gasthaus derzeit an einer Rückwand mangelt.«

Dass er die Explosion selbst verursacht hatte, fand er offenbar nicht erwähnenswert.

»Das stimmt, wir sind … Reisende«, bekannte Ben.

»Vom fahrenden Volk?«

»Nein, mein Fürst. Wir sind ganz gewöhnliches Volk auf der Durchreise.« Beeindruckend, mit welcher Ruhe ihr Begleiter seine Halbwahrheiten vorbrachte. Nora kannte diesen Ton, sie hatte ihn selbst ein paarmal in seiner Praxis zu hören bekommen. Vertrauenerweckend, beruhigend. *Als ob solche Psychotricks schon jemals funktioniert hätten.*

»Ich verstehe.« Keldan musterte sie von oben bis unten. »Wohin reist ihr denn, du und deine … Schwester, habe ich das richtig verstanden?«

Er hat uns nachspioniert!, durchfuhr es Nora. *Und er ist eine Hauptfigur! Wir müssen vorsichtig sein!* Sie griff nach Bens Hand, doch der ließ sich nicht beirren.

»Wir waren auf dem Weg nach Caern. Zu unserer Familie.«

Eine kleine Falte erschien auf der Stirn des Fürsten und verschwand sofort wieder. »Dann habt ihr noch einen weiten Weg vor euch. Falls ihr jedoch einen längeren Aufenthalt in Erwägung zieht … Männer deines Schlags kann ich in meinem Gefolge immer gebrauchen.« Er nickte Ben zu. »Gerade in Zeiten wie diesen. Für Unterkunft und Verpflegung ist natürlich gesorgt.«

»Ich …« Bens Stimme versagte. Er setzte erneut an. »Ich danke Euch, Herr. Euer Angebot ehrt mich, aber … Ihr versteht gewiss, dass ich meine Schwester sicher zu unserer Familie bringen möchte.«

Keldan lächelte Nora an. Seine Worte richtete er weiterhin an Ben. »Deine Schwester wird selbstverständlich meinem Schutz unterstellt. Unter meinem Wappen wirst du sie wohlbehalten nach Caern geleiten können.«

»Äh … Danke, Herr. Doch Ihr müsst wissen, dass ich kein Kämpfer bin. Ich habe keinerlei Erfahrung in solchen Dingen.«

Ein leises Kichern. Nora wandte sich um und erkannte den winzigen Schatten, der an Bens Schulter hing und eine Tatze auf sein grinsendes Maul drückte. Den nervtötenden Drachen hatte sie vollkommen vergessen. Niemand sonst schien ihm Beachtung zu schenken.

Keldan winkte ab. »Unsinn! Du hast dich hervorragend geschlagen, mein Freund. Heldentaten vollbringt man in der Schlacht, nicht auf der Reise. Hab keine Sorge, das Kämpfen lernt man schnell, du wirst sehen.«

Der Zelteingang wurde geöffnet, grelles Tageslicht drang herein. Nora wurde klar, dass der Wink des Fürsten keine belanglose Geste gewesen war. Er hatte seinen Soldaten ein Zeichen gegeben.

Die Unterredung war beendet.

Mit zitternden Beinen trat Ben ins Freie. Hatte Keldan ihn soeben zum Soldaten erklärt? Er wusste doch gerade einmal, an welchem Ende er ein Schwert anfassen musste! Im ersten Kampf würde er sterben, da machte er sich nichts vor.

»Vergiss es!«, flüsterte Nora ihm zu. »Denk nicht mal daran. Wir verschwinden, und zwar sofort!«

Doch sobald sie das Zelt verließen, nahm Eryck sie in Empfang.

»Verpflegen und einquartieren«, befahl die Wache. »Die gehören jetzt zu uns.«

Ihr schnauzbärtiger Freund sah das offenbar als gute Nachricht an. »Da hast du ja mächtig Eindruck hinterlassen, Kamerad!«, sagte er und klopfte Ben eifrig auf den Rücken. Das brachte ihm ein Fauchen von Rashuk ein, der sich immer noch an Bens Schulter festkrallte.

Ben war es gleichgültig, er spürte kaum mehr die nadelfeinen Klauen des Drachen. Selbst Noras Hand, die seinen Arm umklammerte, nahm er nur am Rande wahr. Was hätte er denn tun sollen? Wie hätte er eine Weigerung rechtfertigen sollen? Sie wären doch sofort aufgeflogen. Enttarnt als die Verräter, die sie waren. So oder so – Keldan hatte ihn zum Tod verurteilt.

Einzig Noras Schicksal war noch nicht besiegelt.

Wie betäubt folgte er Eryck zum Versorgungszelt, ließ sich mit einem Wappenrock, festem Schuhwerk, Kettenhemd, Arm- und Beinschienen sowie einem Helm ausstatten. Das Schwert, das er von dem rot gewandeten Soldaten erbeutet hatte, hielt der Prüfung des Rüstmeisters stand und wurde nicht ersetzt.

All das erschien Ben wie ein Albtraum. Vorbei waren die wissenschaftliche Neugier und die Abenteuerlust. Er wurde eingezogen, zu Kriegszeiten. Einst hatte er sich für den Zivildienst entschieden; vielleicht wurde ihm das jetzt zum Verhängnis. Andererseits hätten ihm Kenntnisse über moderne Handfeuerwaffen in dieser Situation wohl auch nicht geholfen.

»Das da ist euer Zelt.« Eryck deutete auf ein Gebilde, das sich in nichts von den umliegenden Zelten unterschied. Genau genommen war es bloß ein Leinentuch, das über eine hölzerne Strebe geschlagen war. Den Eingang bedeckte eine Art Stoffklappe. Ein Blick ins Innere offenbarte ein paar dünne Decken, die im Gras lagen. Mehr gab es nicht an Komfort und Einrichtung.

Sobald Eryck sich verabschiedet hatte, duckte Ben sich durch die Öffnung und sank auf das dürftige Lager.

Rashuk hüpfte von seiner Schulter und beschnupperte den Wappenrock.

»Seht ihr, ihr und eure Stoffwickel!«, zeterte der Drache. »Wenn man nur auf eure Kleider achten würde, könnte man euch nie auseinanderhalten.«

Nora setzte sich zu ihm. »Ben ...«

»Schon okay.« Es war nicht okay, ganz und gar nicht. Aber das musste sie nicht wissen.

Ohne ein weiteres Wort schlang sie die Arme um ihn und hielt ihn fest. Er erwiderte die Umarmung, fühlte ihre Wärme. Ihr Herz pochte nah an seinem, und mit jedem Atemzug und jedem Herzschlag glich sein Puls sich mehr an den ihren an. Ihre tröstende Ruhe durchströmte ihn, bis der Schock endlich nachließ und er wieder klar denken konnte.

Er atmete tief durch. »Wir haben noch Zeit, nicht wahr? So bald werde ich schon nicht kämpfen müssen.«

»Ja.«

»Bis dahin ...« Gerade rechtzeitig rief er sich die Anwesenheit des Drachen in Erinnerung und schloss den Mund. *Bis dahin werden wir es schaffen, Luar zu befreien.* Wenn der Prinz erst einmal wieder im Spiel und die Geschichte wieder im Lot war, spielte es keine Rolle mehr, dass er einem Heer verpflichtet worden war.

»Rashuk, hast du nicht noch etwas anderes zu tun?«, fragte Ben.

Die Echse grinste frech und ließ ihre Zunge herausschnellen. »Nein.«

»Könntest du uns trotzdem ein bisschen Ruhe gönnen?«

»Warum?«

Nora verdrehte die Augen. »Weil wir dich darum bitten.«

»Wollt ihr das tun, was eure Männchen und Weibchen tun, wenn sie alleine sind?«

»Nein!«, riefen sie gleichzeitig.

»Was wollt ihr dann?«

»Rashuk, bitte«, flehte Ben.

Nora kannte weniger Skrupel. Sie packte den protestierenden Drachen, schob die Zeltklappe beiseite und warf ihn kurzerhand hinaus.

»Was machst du denn?«, fragte Ben entgeistert.

»Was denn? Er hat Flügel, der fällt schon nicht zu Boden.«

»Auch wieder wahr.«

»Und wir müssen vorsichtig sein. Keldan spioniert uns nach. Er wusste, dass du behauptet hast, wir wären Geschwister.«

Ben lachte auf. »Ich kann mir sehr gut denken, weshalb der Fürst danach gefragt hat.«

»Ach ja?«

»Ach komm, das ist doch unübersehbar. Während der ganzen Zeit, die wir bei ihm waren, konnte er die Augen nicht von dir lassen. Wahrscheinlich wollte er deshalb unbedingt, dass wir bleiben.«

»Also ist es jetzt meine Schuld?«

Er zuckte mit den Schultern. »Nein. Na ja, vielleicht. Irgendwie.« Mit jedem seiner Worte wurde Noras Gesichtsausdruck finsterer. »Ist doch egal! Wichtig ist, dass wir das ausnutzen können. Du kannst dich an ihn ranhängen und herausfinden, wann wir zuschlagen sollen.«

Sie schnaubte. »Großartig.«

»Hey, ich versuche auch nur, das Beste aus unserer Situation zu machen. Immerhin brauchst *du* dem Fürsten bloß schöne Augen zu machen. *Ich* wurde rekrutiert!« Er senkte die Stimme, denn die dünne Leinenwand versprach keine Dämmung. »Sehen wir das Gute daran: Wir können uns ungehindert im Lager aufhalten und bewegen, eine effektivere Tarnung gibt es nicht. Auf diese Art haben wir weit bessere Chancen, den Prinzen zu befreien.«

Nora rieb sich die Stirn. Überzeugt war sie wohl nicht, aber mehr hatte er im Augenblick eben nicht zu bieten. Sie seufzte. »Ja, aber, Ben …«

Jäh wurde der Stoff vor dem Zelteingang beiseite gerissen und Eryck steckte sein struppiges Haupt herein. »Habt ihr den Drachen rausgeworfen?«

»Äh … Irgendwie schon«, gab Nora zu.

Der Soldat schien fassungslos. »Aber es ist ein *Drache!*«

»Ist ja gut, es tut mir leid!«

»Du hast wirklich Mumm, Frau.«

Mumm? Um ein handspannenlanges Reptil anzufassen? War das etwa strafbar? Ben versuchte, sich an irgendeine Erwähnung von Drachen im Buch zu erinnern. Vergebens. Entweder es gab keine, oder er hatte einfach zu wenig darauf geachtet. Vermutlich Letzteres.

Eryck drückte ihm ein weiteres Kleiderbündel in die Hand. »Hier, das sollte ich für Nora bringen, von Herrn Keldan. Ruht euch gut aus, im Morgengrauen geht es los. Da stürmen wir die Burg!« Freudig schwang er die Faust. Dann verschwand er wieder nach draußen.

Ben keuchte, die Luft wurde ihm knapp. Im Morgengrauen? Das war alle Zeit, die ihm noch blieb?

»In deiner Geschichtsstunde zum mittelalterlichen Lebenswandel hast du nicht zufällig auch gelernt, wie man ein Schwert führt, oder?«, fragte Nora. Falls sie einen scherzhaften Ton beabsichtigt hatte, misslang dieser kläglich.

Ben schüttelte den Kopf.

»Kampfsport?«

»Golf.«

Sie stieß ein gequältes Lachen aus. »Dann musst du wohl auf die Waffen einer Frau vertrauen.«

Nora entfaltete das Kleiderbündel, das Keldan geschickt hatte, und hielt das Ergebnis an ihre Brust. Es entpuppte sich als ein Kleid in den Wappenfarben des Fürsten – fein gekämmtes grünes Leinen, übersät mit schwarzen Stickereien. Der Schnitt war einfach, wie es sich für eine Frau der Unterschicht gehörte.

Er war jedoch auch äußerst wirkungsvoll.

»Heda, Weib! Suchst du Gesellschaft?« Der Soldat kicherte und stieß seinem Kumpel in die Seite, woraufhin dieser rücklings von seinem Schemel kippte. Nora wusste nicht, ob vor Lachen oder als Nebenwirkung des Weins, den die beiden sich großzügig einverleibten.

Sie bemühte sich, die anzüglichen Bemerkungen und aufdringlichen Blicke der Männer zu ignorieren. Es waren nicht die ersten. Sie wurde davon verfolgt, seit sie ihr Zelt verlassen hatte. Zu diesem Zeitpunkt hatte sie ihr Vorhaben noch für eine gute Idee gehalten. Mittlerweile kamen ihr jedoch ernste Zweifel.

Und überhaupt: Was sollte jemand wie Keldan ausgerechnet von ihr wollen? Als ob der Kerl nicht jedes Bauernmädel in seinem Gefolge flachlegen konnte, und den halben Hof des Königs dazu.

Das würde doch passen – vielleicht hatte der böse Onkel seinem Neffen die Prinzessin ausgespannt. Oder umgekehrt. Die Gier nach dem Thron allein war ein zu banales Motiv, selbst für einen derart schlechten Roman wie *Eldinor.* Ben musste ihr endlich verraten, was er noch über diese Geschichte wusste. Aber zuerst musste sie dafür sorgen, dass er den kommenden Morgen überlebte, sonst konnte er ihr überhaupt nichts mehr erzählen.

Der nächste Pfiff ertönte. Nora marschierte stur weiter und rückte das Kleid zurecht, das Keldan ihr gesandt hatte. Es war äußerst bequem, besonders im Vergleich zu den Sachen, die sie aus der Herberge gestohlen hatte. Der Stoff war luftig und weich, der Saum umspielte ihre Knöchel genau in der richtigen Länge. Der Ausschnitt war gewöhnungsbedürftig, aber harmlos, verglichen mit dem, was manche ihrer Kolleginnen im Büro trugen. Durchaus hübsch, eher Fantasystil als authentischer Mittelalter-Look.

Trotzdem fühlte sie sich darin nackt. Was zum guten Teil an der Wirkung lag, die ihr verändertes Aussehen auf die Soldaten hatte. Die hätte sie sicher bezirzen können. Bloß würde wohl kaum einer von denen sein Leben für Ben riskieren, nur damit sie ihre Dankbarkeit bewies. Nein, sie musste es mit Keldan versuchen. Wobei ihr noch immer nicht klar war, wie sie das anstellen sollte. Sollte sie flirten? Dem Fürsten ein Liebespfand schenken? Oder etwa …?

Nora straffte die Schultern. Von wegen! Alles hatte seine Grenzen. Das konnte er nicht von ihr verlangen!

Wird er auch nicht. In den letzten Jahren hatte der Trend zu realistischer Fantasy, in der kein Blatt vor den Mund genommen wurde, zwar deutlich zugenommen – aber bisher hatte sie nicht den Eindruck gehabt, dass *Eldinor* in diese Kategorie fiel. Und für einen historischen Liebesschinken mangelte es Keldan an der wallenden Haarpracht. Also garantiert jugendfrei.

»Heda, Weib!«

Nora verdrehte die Augen. Statisten! Konnten diese Kerle nicht wenigstens unterschiedliche Textzeilen bekommen?

»Heda, Weib! Wo willst du hin?«

Gut, das war neu. Sie wandte sich dem Mann zu, der sie angesprochen hatte. Grün-schwarzer Wappenrock, Helm mit Naseneisen, unrasiert und staubig. Er sah aus wie so ziemlich jeder andere in diesem Gefolge. Nora deutete zur Mitte des Lagers, wo die Wimpel am Zelt des Fürsten fröhlich im Wind flatterten. »Ich möchte mit Herrn Keldan sprechen.«

Er maß sie mit abschätzigem Blick. »Herr Keldan ist beschäftigt. Wir bereiten einen Angriff vor. Komm morgen wieder, da kann er deine Dienste besser gebrauchen.«

Hielt dieser Widerling sie etwa für eine Trosshure?

Zugegeben, in Anbetracht ihrer Absicht lag er mit seiner Unterstellung nicht völlig falsch. Trotzdem wollte Nora das nicht auf sich sitzen lassen. Nicht einmal in einem Roman.

»Hör mal zu, du –«

»Du weißt offensichtlich nicht, mit wem du sprichst, mein Freund!«

Seinem Blick nach zu urteilen war der Soldat von diesem Zwischenruf ebenso überrascht wie Nora. Dann gruben sich winzige Krallen in ihre Schulter, und ihr wurde einiges klarer. Sie sah zu dem kleinen Eidechsendrachen, der sich auf seine Hinterbeine gesetzt hatte, herausfordernd mit dem Schwanz peitschte und mit der Vordertatze auf ihr Gesicht zeigte.

»Das ist Frau Nora, und wenn sie zu Herrn Keldan will, dann wirst du sie durchlassen. Sonst wird er erfahren, wer sich der Dame in den Weg gestellt hat. Und das willst du doch nicht, oder?«

»Äh …« Der Soldat kratzte sich am Kinn.

Rashuk kniff die Augen zusammen und züngelte böse.

»Nein. Ich schätze, das will ich nicht. Entschuldige. Frau Nora.« Er tippte sich an den Helm und trat zur Seite. »Darf ich Geleitschutz anbieten?«

»Den hat sie doch schon! Dummer Trampler.«

»Ja, natürlich. Verzeihung.« Hastig machte sich der übereifrige Wachmann davon.

Rashuk stieß vergnügt ein paar Rauchwölkchen aus. »Allmählich macht das wirklich Spaß mit dir.«

Nora sah ihn verblüfft an. »Ja, sieht aus, als hättest du es lustig.«

Was zum Teufel ging in diesem irren Drachen vor? Und

warum hörte der Soldat auf ihn? Wenn Keldan herausfand, dass sie seinen Namen so unverfroren für ihre Zwecke benutzten, war er bestimmt nicht begeistert. Und Nora würde wetten, dass der kleine Frechdrache dann schnurstracks das Weite suchte.

»Was kommt jetzt?« Rashuk sah sie aus leuchtend gelben Augen an und blinzelte.

Nora seufzte. »Jetzt sehen wir nach, wie viel an deinen großen Worten dran ist, kleiner Drache.«

»Hmpf!« Er züngelte wieder.

Nora hatte das Gefühl, dass er ihr damit die Zunge entgegenstreckte. Immerhin schwieg er, bis sie die drei herrschaftlichen Zelte im Zentrum des Lagers erreicht hatten.

Nora warf einen Blick zu dem Zelt, in dem Luar gefangen gehalten wurde, doch der Eingang war geschlossen. Nur die grimmigen Wachmänner standen nach wie vor an Ort und Stelle.

Als sie auf das rechte Zelt zusteuerte, in dem Keldan sie am Morgen empfangen hatte, kniff Rashuk sie in die Schulter.

»Autsch!«

»Du musst in das große Zelt, es ist Besprechungstag!«

»Und woher weißt du das?«

»Hast du dem Trampler nicht zugehört?«

»Ja, schon ...« Sie hatte gehofft, unter vier Augen mit dem Fürsten sprechen zu können. »Besprechungstag« klang nach Zeugen. Verdammt.

»Na dann, hopp!«, rief der Drache. Er sprang auf ihrer Schulter auf und ab.

Zögerlich setzte sie sich in Bewegung. Auch vor diesem Eingang waren Wachen postiert. Sie warfen jedoch nur einen flüchtigen Blick auf die beiden Ankömmlinge und gaben den Weg frei. Fast war Nora geneigt zu glauben, dass die vorlaute Eidechse die Wahrheit gesagt hatte und Keldan sie erwartete.

Sie nahm allen Mut zusammen, drückte den Stoff am Eingang beiseite und trat hindurch.

Im Inneren brannten Fackeln in schmiedeeisernen Ständern und erhellten das Besprechungszelt, das von einem gigantischen hölzernen Tisch dominiert wurde. Darauf verstreut lagen Landkarten, farbige Steine und Holzklötze, ein Abakus, ein Zirkel, ein Kompass ... Kurzum: alles, was man benötigte, um eine Schlacht vorzubereiten. Aber es war nur ein einziger Mann, der sich nachdenklich über diese Dinge beugte.

Rashuk flog auf, kreiste einmal durch das Zelt und platzierte seinen schuppigen Hintern auf der Tischkante, direkt neben Keldan.

Was zur Hölle tut der da? Noras Herz raste.

Rashuk betrachtete das Chaos auf dem Tisch und verkündete mit ernster Stimme: »Den Bauern auf C4, sonst bist du schachmatt.«

Das war's, wir sind geliefert! Ein Bösewicht versteht keinen Spaß. Gleich wird er nach den Wachen rufen. Oder er spart sich die Mühe und erledigt uns selbst, gleich hier und jetzt ...

Keldan lachte. Er sah auf und ließ seinen Blick anerkennend über Noras Körper gleiten. »Ich sehe schon, es ist die Dame, vor der ich mich in Acht nehmen muss.«

Nora schoss die Hitze ins Gesicht. Gerade rechtzeitig erinnerte sie sich an die angebrachte Höflichkeit. Sie sank in einen tiefen Knicks. »Herr Keldan.«

»Welch entzückende Überraschung, dass wir uns so bald wiedersehen. Wie ich sehe, hast du mein Geschenk erhalten.«

»Das habe ich, Herr.« Nora hielt den Blick gesenkt. *Bloß nicht zu viel preisgeben.* »Ich danke Euch dafür, Ihr seid sehr großzügig zu uns.«

»Umso mehr erfreut es mich zu sehen, wie vortrefflich du aussiehst, wenn du meine Farben trägst.« Seine Stimme klang näher. Viel näher.

»Danke, Herr.«

Nora erschrak, als er ihren Ellbogen berührte und sie hochzog. Sie sah auf, direkt in sein Gesicht. Wieder bemerkte sie die kleinen Fältchen um seine Augen, die seinem Lächeln Wärme schenkten. Auch ihr wurde warm davon.

»Sparen wir uns die Floskeln, meine Schöne. Nenn mich Keldan, das genügt.«

Von wegen schöne Augen machen – flirten war dafür gar kein Ausdruck! Er gab sich nicht die geringste Mühe, seine Absichten zu verschleiern.

»Das würde ich gerne, Herr.« Ihre Stimme zitterte ein wenig, aber das schien den Fürsten nur weiter zu entflammen. Seine Hand wanderte von ihrem Ellbogen hinauf zu ihrem Oberarm. »Doch es gibt etwas, um das ich Euch bitten muss.«

»Sprich nur, Schöne.«

»Mein Bruder ...«

»Was ist mit ihm?« Keldans Atem streifte ihr Ohr. Der Kerl konnte es einem wirklich schwer machen, sich auf sein Vorhaben zu konzentrieren.

»Er hat noch nie in seinem Leben eine Waffe geführt. Nicht, bis wir Euch heute begegnet sind. Wenn Ihr morgen die Burg stürmt ... dann ist er verloren, Herr.«

»Du scheinst wahrhaft besorgt zu sein um ihn.« Diesmal war es das andere Ohr.

»Natürlich, Herr. Er ist mein Bruder.«

»Es ist schön, wenn Familienbande derart geschätzt werden. Das ist selten geworden heutzutage.«

Wem sagst du das. Besuch mal das einundzwanzigste Jahrhundert.

Er nahm ihre Hand in die seine und strich mit dem Daumen ihre Fingerknöchel entlang, einen nach dem anderen. »Wenn ich ihn zurücklasse, würde er vor den anderen Männern als Feigling dastehen«, sagte er nachdenklich. »Und Feiglinge werden nicht gern gesehen.«

»Aber …«

»Aber ich könnte ihn in mein engstes Gefolge befehligen. Würde das deine Sorge lindern?«

Erleichterung durchflutete Nora. Keldan würde wohl kaum selbst an vorderster Front kämpfen. Außerdem umgab er sich bestimmt nur mit den besten Männern. Sicherer als an seiner Seite konnte Ben inmitten einer Schlacht nicht sein. »Das würde es, Herr.«

»Dann soll es so sein.«

»Ich danke Euch vielmals, Herr!«

Er lächelte. »Allerdings unter einer Bedingung.«

Sofort war die Angst zurück. *Was kommt jetzt?*

»Nenn mich Keldan.«

Nora schluckte. »Danke, Keldan.«

Immer noch lächelnd hauchte er einen Kuss auf ihre Fingerknöchel.

Als Nora in ihr Zelt zurückkehrte, rieb Ben mit einem öligen Tuch auf der Klinge seines Schwertes herum.

»Was tust du da?«

»Mein Schwert pflegen. Eryck meint, es rostet sonst.«

»Okay …«

»Hat was Beruhigendes«, erklärte Ben. »Sonst gibt es ja nicht viel zu tun, außer zu warten.« Er legte Tuch und Schwert beiseite und sah sie an. »Wie ist es gelaufen?«

»Gut, denke ich.«

»Und das heißt?«

Sie nahm neben ihm Platz und zog die Beine an. »Du wirst in Keldans Trupp gepackt. Dort solltest du einigermaßen sicher sein.«

Ben sah sie nur an. Dann griff er erneut zu seinem Schwert und fuhr mit dem Reinigen fort. »Sicher wäre ich nur, wenn wir verschwinden würden. Aber ich schätze, der Fürst wird Deserteure nicht gerne sehen.«

Hilflos zuckte Nora mit den Schultern. »Er ist eine Hauptfigur, er wird nicht sterben.«

»Ja, er nicht.« Bitterkeit lag in Bens Stimme. »Aber auch das ist nicht in Stein gemeißelt. Die Geschichte ist verändert, das hast du doch selbst gesagt. Alles ist möglich.«

Seine Worte trafen sie. Natürlich war ihre Situation gelinde gesagt miserabel und Ben hatte allen Grund zu klagen. Aber was hätte sie tun sollen?

»Es tut mir so leid«, flüsterte sie. Nie wieder hatte sie eine Geschichte betreten wollen. Und jetzt das. Sie würden hier drinnen sterben. Und es war ihre Schuld. Er hatte sie zu den Experimenten gedrängt, aber sie hätte es besser wissen müssen.

Ben ließ das Schwert sinken. »Ich schätze, es ist besser als nichts. Danke, dass du es versucht hast.«

Nora nickte bloß. Ein kleiner, gemeiner Teil in ihr wisperte, dass sie auch ohne den Psychologen zurückkehren konnte. Er war auf sie angewiesen, nicht umgekehrt. Falls er umkam ... Rasch verscheuchte sie den Gedanken. Sie war für Ben verantwortlich, ihretwegen war er hier gefangen. Gemeinsam würden sie das durchstehen. Außerdem war er ihr irgendwie ans Herz gewachsen.

»Dir wird nichts passieren«, versicherte sie ihm.

Und wünschte, sie könnte dieses Versprechen wahr machen.

5. Kapitel

Wieder zerriss ein Fanfarenstoß die Stille. Die ganze Nacht über war Ben immer wieder aus dem Schlaf geschreckt in der Gewissheit, der Aufbruch stünde unmittelbar bevor. Und gerade als er endlich ein Auge zubekommen hatte …

Neben ihm ertönte ein gedämpftes »Oh Gott«. Ein Knie rammte sich in seine Rippen. Nora hatte darauf bestanden, dass sie Kopf an Fuß schliefen – in der Enge des Zeltes war das die einzige Möglichkeit, um sittsamen Abstand voneinander zu wahren. Ein durchaus nachvollziehbarer Gedanke. Dennoch hätte Ben seinen vermutlich letzten Tag auf Erden – oder Buchseiten – lieber etwas sanfter begonnen.

Rundum hörte er die Geräusche des erwachenden Lagers. Männer riefen, gähnten und furzten, Zelte wurden abgebrochen und verstaut. Er stieß Nora an und machte sich daran, ihre neu erworbenen Habseligkeiten zusammenzupacken.

Draußen herrschte noch finstere Nacht. Die Burg war bestimmt einen halben Tagesmarsch entfernt, und es dauerte einige Zeit, ein Heer von knapp zweitausend Mann samt einem Gefangenen zu mobilisieren.

Von den Versorgungszelten – insgesamt fünf über das gesamte Areal verteilt – wehte der Duft von gebratenen Eiern herüber. Eine letzte Stärkung, bevor es in die Schlacht ging.

Ihre Henkersmahlzeit war karg, überfressene Soldaten kämpften ebenso schlecht wie hungrige. Ben kostete jeden Bissen davon aus, wenn auch nur, um den Aufbruch noch ein paar Momente aufzuschieben. Nora stocherte stumm in ihrem Essen herum.

Seit dem morgendlichen Ächzen hatte sie kein Wort gesprochen. Unter anderen Umständen hätte ihn das gekränkt, doch heute war er dankbar für das Schweigen. So musste er nicht so tun, als wäre er auch nur annähernd davon überzeugt, dass ihre Bemühungen seine Chancen irgendwie verbessert hatten. Denn Bens Erfahrung nach überlebten zwar die Helden ihre großen Kämpfe – nicht jedoch die Handlanger an ihrer Seite. Davon abgesehen war Keldan kein Held, sondern der Bösewicht. Und dessen Schicksal stand auf einem völlig anderen Blatt.

So sehr er es auch wünschte, ewig konnten sie das Unausweichliche nicht hinauszögern. Die Befehlshaber trieben sie zum Aufbruch. Man wies Ben an, sich zur Mitte der Wiese zu begeben, wo die Schlachtrösser von Keldans Eskorte gesattelt wurden. Nora blieb dicht hinter ihm. Bei dem Anblick der stämmigen Pferde verlangsamte Ben seine Schritte. Misstrauisch beäugte er die Tiere, die mit den Hufen scharrten und mit den Schweifen schlugen. Kein sehr beruhigender Anblick. Pferde gehörten ebenfalls nicht zu seinem Spezialgebiet. Aber so schwer konnte das nicht sein, oder? Beim Zusehen wirkte es ganz einfach, immerhin war es das Pferd, das die Arbeit erledigen musste. Der Reiter saß bloß obenauf.

»Ben!«, tönte eine Stimme über den Platz. Gleich darauf zwängte sich Eryck an den Tieren vorbei und eilte auf sie zu. »Du bist also auch in Herrn Keldans Einheit?

Guter Mann!« Er klopfte Ben auf die Schulter. »Aber für deine Schwester ist das kein Ort hier.«

Nun machte Nora doch den Mund auf. »Ich kann auch kämpfen.«

»Bist du verrückt geworden?«, flüsterte Ben ihr zu. »Wenn dir etwas passiert, kommen wir hier nie wieder raus!«

Nora kniff die Augen zusammen. »Ich kann kämpfen«, wiederholte sie. »Nach *Romeo und Julia* hatte ich Fechtunterricht, zwei Jahre lang.«

»Fechten ist nicht kämpfen!«

Sie reckte das Kinn in die Höhe. Doch die Erwiderung, zu der sie ansetzte, wurde von Eryck im Keim erstickt.

»Frauen in der Schlacht bringen Unglück«, erklärte er. »Sie lenken die Männer ab. Nichts für ungut, aber sie wecken den männlichen Beschützerinstinkt, und das geht einfach nicht. Außerdem hat Herr Keldan angeordnet, dass du sicher verwahrt werden sollst während des Angriffs.«

»Verwahrt? Ich bin kein Schmuckstück!«

Für Keldan bist du das, dachte Ben bitter. *Etwas, dem man hübsche Sachen schenkt – und das man vergisst, sobald das nächste Schmuckstück in Reichweite glitzert.*

Nora fluchte und zeterte, dass die Soldaten aus dem Gaffen gar nicht mehr herauskamen.

Eryck kratzte sich verschämt im Nacken. Ben war sicher, dass der Soldat nicht einmal die Hälfte der Kraftausdrücke kannte, die sie benutzte. Und ganz gewiss hatte er derlei noch nie aus dem Mund einer Dame gehört. Hilflos sah Eryck sich um.

Ben kannte das Gefühl. Nora reagierte scheinbar aus Prinzip nicht so, wie man es erwartete. Aber falls er nicht aus der Schlacht zurückkam, wollte er keinesfalls, dass ihr Abschied ausgerechnet so ablief.

Daher nahm er sie sanft an den Schultern und drehte sie

zu sich herum. Mit aller Ruhe, die er aufbringen konnte, beschwor er sie: »Nora. Tu, was er sagt. Er hat recht, ich würde mich um dich sorgen, und das würde mich vom Kampf ablenken. Willst du das?«

Schlagartig verlor ihr Blick sein Feuer und wurde traurig. Vielleicht lag auch ein wenig Schuldgefühl darin. »Nein.«

Einem inneren Impuls folgend, drückte er sie an sich.

Als er sie wieder freigab, rieb sie mit dem Ärmel über ihr Gesicht. »Schön«, maulte sie. »Meinetwegen. Ich bleibe.« Sie wandte sich Eryck zu. »Also, wo genau soll ich *verwahrt* werden?«

Wenig später stand Nora vor einem der wenigen Zelte, das den Abbruch des Lagers überdauern würde. Immer noch wehten die Wimpel im Wind, nur die Anzahl der Wachen hatte sich verdoppelt. Diesmal versperrte ihr keine Hellebarde den Zugang, im Gegenteil. Hilfsbereit drückte einer der Wachposten den Stoff am Eingang beiseite und winkte sie hindurch.

Prinz Luar lag auf seiner Bettstatt. Träge wandte er ihr den Kopf zu – und kam mit einem Satz auf die Beine. Seine Fußkette klirrte über den Boden.

»Wer seid Ihr?«, fragte er forsch. »Seid Ihr gekommen, um mich auszukundschaften?«

Was für ein Idiot. Als ob ein Spitzel zugeben würde, dass er ein Spitzel war. Nora verbiss sich den Kommentar und knickste artig. »Nein, mein Prinz. Ich bin eine Gefangene wie Ihr.«

So leicht ließ Luar sich nicht beruhigen. »Weshalb tragt Ihr dann die Farben meines verräterischen Onkels?«

»Es ist das Gewand, das man mir gab, mein Prinz.«

Er ließ seinen Blick über ihren Körper gleiten. Allmählich ging ihr diese Art der Aufmerksamkeit wirklich auf die Nerven. Es war ja nicht so, als würde sie in Strapsen herumlaufen! Und sie hatte die Dirnen gesehen, die nachts durchs Lager gelaufen waren – deren Gewänder waren weitaus aufreizender und mit gelben Bändern markiert.

»Man *gab* Euch dieses Kleid? Weshalb?«, fragte Luar weiter.

»Ich …« Tja, gute Frage. »Ich bin nicht von Adel, mein Prinz. Meine einfache Kleidung war Eurem Onkel ein Dorn im Auge.« *Abgesehen davon hat sie gekratzt und gestunken.*

Sie schien einen Nerv getroffen zu haben, denn Luar entspannte sich augenblicklich. »Ich verstehe. Nun, mein Onkel mag so manchen Irrungen unterliegen, doch in einem stimme ich ihm zu: Anmut wie die Eure ist immer adelig, ganz gleich, welcher Herkunft Ihr seid.«

Darauf wusste Nora nun beim besten Willen nichts zu erwidern. Litten in diesem Eldinor alle unter irgendwelchen Rauschzuständen? Hatten die hier keine anderen Frauen, denen sie nachstellen konnten?

Luar kam auf sie zu, so weit seine Fessel ihm Bewegungsfreiheit gewährte. Weit war es zu ihrem Glück nicht. Die Kette war an dem Pfeiler gegenüber des Zelteingangs befestigt, und viel weiter als bis zu Luars Liege reichte sie nicht. »Es ist eine wohltuende Überraschung, ein solch liebreizendes Geschöpf zu erblicken«, gurrte er. »Besonders in dieser trostlosen Zeit. Sprecht, wie ist Euer Name, mein Herz?«

»Ähm … Nora?« Sie räusperte sich. »Nora Winter, mein Prinz.«

»Eine Maid des Nordens also? Die kalte Jahreszeit ist noch fern. Aber wenn Ihr Euch ein wenig wärmen wollt …« Er deutete auf sein Bett.

Dieser arrogante Widerling! »Danke, mein Prinz, aber das wäre bestimmt unangebracht.« Nora verschränkte die

Arme vor der Brust und ließ sich im Schneidersitz nieder. Auf dem Boden, in sicherem Abstand. Außerhalb von Luars Reichweite.

Auf dem Gesicht des Prinzen erschien ein wissendes Lächeln. »Ganz wie Ihr wünscht, mein Herz.«

Nora seufzte innerlich. Das würde ein langer Tag werden.

Aber er war nichts gegen den Tag, den Ben vor sich hatte. Solange sie den verrückten Psychologen wohlbehalten wiedersah, war Luars Gesellschaft ein geringes Übel. Den Prinzen würde sie sich schon vom Leib halten.

Immerhin war er angekettet.

Das Heer setzte sich träge in Bewegung, wie ein behäbiges, tausendfüßiges Tier, das erst einmal all seine Gliedmaßen in Einklang bringen musste. Keldans Trupp befand sich nicht an vorderster Front, wie Ben befürchtet hatte – aber auch nicht weit dahinter.

Das langsame Tempo der Fußsoldaten half ihm, im Sattel zu bleiben. Denn das störrische Biest, auf das man ihn gesetzt hatte, reagierte nicht im Geringsten auf seine Anweisungen. Zum Glück konnte das Tier im Trott des Vormarsches nicht anders, als sich der allgemeinen Bewegung anzupassen, und so blieb Ben die Blamage eines unfreiwilligen Absitzens erspart. Dass die Männer seine Unfähigkeit im Umgang mit einer Waffe sahen, würde sich ohnehin nicht vermeiden lassen.

Unaufhaltsam rückte die Burg näher. Die Nacht wich allmählich dem Morgengrauen, das den Himmel im Osten mit einem zarten Rosa färbte. Es würde ein schöner Tag werden. Meteorologisch gesehen.

»Du schaust so verkniffen«, gab Eryck kund. Seit ihrem Aufbruch ritt der Soldat neben Ben her und quälte ihn mit seiner ungebrochen guten Laune. Bisher hatte er jedoch den Anstand gehabt, das schweigend zu tun.

»Ich bin kurzsichtig«, erklärte Ben knapp.

»Ach so. Ich verstehe. Meine Schwester hat das auch. Sie würde das nie zugeben, aber wenn sie versucht, etwas zu erkennen, das weiter weg ist, fängt sie vor lauter Anstrengung an zu schielen. Sehr lustig, für uns jedenfalls. Mein Schwager nennt sie Hühnchen.« Er lachte. »Du weißt schon, weil auch ein blindes Huhn einmal ein Korn findet.« Er lachte noch lauter und klopfte sich vor Vergnügen auf den Schenkel. Sein Pferd machte folgsam einen Schritt zur Seite, was dem Tier einen oberflächlichen Biss von Bens Biest einbrachte.

Ben hätte gerne dasselbe mit dem Reiter gemacht. Solche Worte waren das Letzte, was er im Moment gebrauchen konnte.

Der Soldat schien es nicht zu bemerken, er fuhr unbeeindruckt fort. »Nora erinnert mich ein wenig an sie. Natürlich nicht wegen des Schielens! Aber kleine Schwestern sind doch irgendwie alle gleich, findest du nicht?«

Ben gab ein unbestimmtes Brummen von sich.

»Weißt du, meine Schwester …«

»Sag, warum stürmen wir eigentlich diese Burg?«, unterbrach Ben Erycks Redefluss. Wenn der Kerl schon nicht den Rand halten wollte, konnte er wenigstens etwas Brauchbares ausspucken.

»Weißt du denn nicht, wo wir sind? Das ist Luars Burg!«

Das erklärte einiges, aber bei Weitem nicht alles. »Doch, das weiß ich natürlich«, log Ben. »Aber wir haben doch den Prinzen, wieso müssen wir dann noch seine Burg erstürmen?«

»Weil …« Eryck schien aufrichtig verwirrt. »Na, es gehört sich eben so!«

»Aha.« *Dann werde ich also sterben, nur weil dieser*

Idiot von Autor unbedingt die Eroberung einer Burg in seine Geschichte einbauen wollte? Oder ist Eryck einfach zu unbedeutend, um so etwas zu wissen? Ben stöhnte auf. *Jetzt denke ich schon wie Nora!*

»Mein Neffe ist ein schlechter Mensch, wie du zweifellos weißt, mein Freund«, mischte sich Keldan in ihre Unterhaltung ein. Er zügelte sein Pferd und wartete, bis seine Eskorte und damit auch Ben und Eryck zu ihm aufgeholt hatten.

Hatte Ben etwas gesagt, das ihn in den Augen des Fürsten verdächtig erscheinen ließ? Wie viel hatte Keldan von dem Gespräch mitbekommen?

»Mein Bruder ist blind für die Vergehen seines Sohnes. Die Krankheit trübt sein Urteil«, fuhr der Fürst fort. Er deutete auf die robuste Festung vor ihnen. »Womöglich finden wir dort etwas, das seine Augen öffnet.«

Daran hegte Ben ernsthafte Zweifel. Luar war ein Weiberheld, ein Hitzkopf. Nach allem, was Ben bisher in *Eldinor* gelesen hatte, waren das allerdings bekannte und akzeptierte Tatsachen und keine Gründe, dem Prinzen den Thron zu verwehren, der ihm rechtmäßig zustand.

»Es ist wahr, Luar befindet sich in unserer … Obhut. Doch seine Männer sind angewiesen, die Festung mit allen Mitteln zu verteidigen. Und deshalb, mein Freund, stürmen wir diese Burg.«

»Und wie?«, fragte Ben. Der Fürst hielt ihn vermutlich für einen Idioten, der keine Ahnung von Krieg hatte. Er irrte sich. Ben hatte mehr Schlachten gesehen als Keldans gesamte Armee. Zugegeben, nur in Filmen und Dokumentationen, aber der Ablauf war doch immer irgendwie gleich. »Sie ist gut befestigt und wir haben keine Belagerungsgeräte, um sie zu schwächen.«

»Wir haben zweitausend Mann. Das Tor wird uns nicht ewig standhalten.«

Nein, aber während wir das Tor bearbeiten, lassen wir

uns schön mit Pech und Öl übergießen oder Steine auf die Schädel schmeißen.

Ben hatte gedacht, dass Keldan ihn nicht leiden konnte und deshalb keinerlei Skrupel hatte, sein Leben aufs Spiel zu setzen, selbst nachdem Nora um Nachsicht gebeten hatte. Doch so wie es aussah, war das nichts Persönliches. Keldan ging achtlos mit all seinen Männern um. Ein toller Heerführer.

»Außerdem ist die Mauer nicht sehr hoch. Wir haben Leitern, mit denen wir sie an der Seite erklimmen können, während die Verteidiger am Tor abgelenkt sind.«

Ein Ablenkungsmanöver. Männer würden sterben, und das nur, um als Ablenkung zu dienen. Ben fühlte die Wut in seinem Bauch wie ein Geschwür. Er versuchte in Erinnerung zu behalten, dass es sich nur um Figuren in einem Buch handelte und nicht um echte Menschen. Doch es fiel ihm schwerer, je länger er hier war. Er hatte mit ihnen gegessen, getrunken, geredet ... Er brauchte nur hinüberzugreifen, um Eryck am Schnauzbart zu zupfen. Wenn das nicht echt war, was war es dann?

Vielleicht war Ben selbst nicht besser. Seine Struktur wurde durch DNS und nicht durch Buchstaben auf Papier festgelegt, aber war da wirklich so viel Unterschied? Sterben konnte er hier ebenso wie sie.

»Warum nehmen wir nicht ...« Ben bemerkte Keldans Blick und brach ab. *Verflucht!* Ein Teil der Geschichte – so weit Ben sie gelesen hatte – spielte in Luars Festung. Auch wenn Ben sie sich ein wenig anders vorgestellt hatte, wusste er einiges darüber. Dinge, die er eigentlich nicht wissen konnte – es sei denn, er war ein Spion. Und gerade hatte er sich beinahe selbst verraten.

Verfluchtverfluchtverflucht.

»Nehmen wir nicht was?«, bohrte Keldan nach. Alle Freundlichkeit war aus seinem Gesicht verschwunden.

Ben brach der Schweiß aus. »Es sind nur Gerüchte,

mein Herr«, beeilte er sich zu sagen. »Ich möchte Euch damit nicht behelligen.«

»Oh doch, bitte. Behellige mich. Nur zu.« Die unverbindlichen Worte des Fürsten bildeten einen scharfen Kontrast zu der plötzlichen Härte, die in seiner Stimme lag.

»Man spricht über Euren Neffen, Herr. Es … Es heißt, dass er dem schönen Geschlecht sehr zugetan ist.«

»Das ist nichts Neues.«

Ben schluckte. »Es heißt auch, dass er einen geheimen Zugang zur Burg anlegen ließ, um diesen Bekanntschaften nachzugehen.«

Keldan musterte ihn scharf. »Und woher weiß das ein Reisender wie du?«

Keine Zeit für Überlegungen, eine Antwort musste her. »Eine dieser Damen lag mir am Herzen«, sagte Ben und sah beschämt zu Boden.

Es war nicht ganz eine Lüge. Die Figur der Elissa war tatsächlich sehr sympathisch beschrieben gewesen. Luar hatte sie nicht gerade wie ein Gentleman behandelt, aber gerade deshalb hatte ihre Geschichte aus dem sonst so eintönigen Buch hervorgestochen. Sie war … anders.

Die Züge des Fürsten wurden sanfter. Eryck klopfte aufmunternd auf Bens Schulter. »Hat dir dein Mädel geklaut, der Prinz?«

Ben nickte steif.

»Und diese Dame hat dir verraten, wo der geheime Zugang liegt?«, fragte Keldan.

Wieder nickte Ben. Wenn man die Details außer Acht ließ, kam das in etwa hin.

»Hervorragend!« Keldan wandte sich dem Hauptmann an seiner Seite zu. »Benachrichtige die Trossführer, wir ändern die Taktik: Marschiert weiter auf die Burg zu und belagert das Haupttor, aber aus sicherer Entfernung. Dort soll der Tross sich bereithalten und auf mein Zeichen warten. Meine Eskorte und ich, wir dringen indes durch den geheimen Zugang in die Festung ein und öffnen das Tor von innen. Unser Freund hier wird uns den Weg zeigen.«

»Jawohl, Herr!« Der Hauptmann scherte aus der Gruppe aus, um die Befehle weiterzugeben.

Keldan musterte Ben anerkennend. »Mir scheint, es war eine gute Entscheidung, dich in mein Gefolge aufzunehmen.«

»Äh ... Danke, Herr.«

So viel zu Noras Plan, ihn aus dem Gröbsten herauszuhalten. Jetzt steckte er in dem einzigen Trupp, der überhaupt in die Burg eindrang! Warum konnte er auch seinen Mund nicht halten?

»Keine Sorge, Kamerad.« Eryck grinste ihn an. »Ich werd schon auf dich aufpassen.«

Diese Aussicht beruhigte Ben keineswegs.

»Nun? Wo ist es?« Ein Anflug von Zorn lag in Keldans Stimme.

Ben rieb sich nervös über die kratzige Wange. Das ungewohnte Gewicht des Kettenhemds zerrte an ihm, doch das war es nicht, was ihn ins Schwitzen brachte. So ausführlich die Umgebung im Buch auch beschrieben worden war – mittendrin zu stehen war etwas völlig anderes. Ben hatte keine Ahnung, wo sie sich befanden, geschweige denn, wo er den Eingang des Geheimtunnels finden sollte.

Das kleine Städtchen Ramenda schmiegte sich an den Fuß des Berges, auf dem Luars Burg thronte. Ihr Trupp von sieben Männern hatte sich unters Volk gemischt, auch wenn Keldan nicht begeistert davon gewesen war, ihre grün-schwarzen Wappenröcke zurückzulassen. So weit war alles nach Plan gelaufen.

Doch die mittelalterlich engen Gässchen sahen für Ben alle gleich aus. Hie und da unterschied sich ein Haus von den anderen – eine Schmiede, eine Schreinerei, der duftende Laden eines Bäckers oder die zur Gasse hin offene

Stube des Schusters. Doch es reichte nicht aus, um ihm den Weg zu dem Etablissement zu weisen, das er suchte.

Verzweifelt wünschte Ben, er hätte die elendslangen Beschreibungspassagen nicht so achtlos überflogen. Aber Elissas Geschichte hatte ihn gefesselt, und nicht die Details über ihre Heimatstadt.

»Seit einer Stunde führst du uns nun im Kreis. Welche Absichten verfolgst du?« Keldans Zorn war nicht mehr zu überhören. Was nicht gerade hilfreich war.

»Frische Fische!«, ertönte es weiter die Gasse hinunter. »Gebratene Fische! Gammelige Fische! Alles nach Art des Hauses!«

Der Marktplatz! Das war es!

Diesen Ruf kannte Ben.

»Es ist nicht mehr weit, Herr. Ganz in der Nähe des Marktes.« Er steuerte darauf zu, mit mehr Selbstsicherheit, als er tatsächlich fühlte.

»Ich warne dich, solltest du gedenken, uns in eine Falle zu locken ...«

Hilfe suchend sah Ben zu Eryck, doch der mied seinen Blick und blieb so stumm wie die anderen Soldaten. Ben war auf sich allein gestellt. Also führte er seine Gefährten weiter und hoffte, dass es endlich der richtige Weg war. So sehr war er auf diesen Gedanken konzentriert, dass er beinahe das Schild übersehen hätte, nach dem er die ganze Zeit über gesucht hatte: Ein stilisierter Blütenkopf umrandet von kunstvollem Geschnörkel, darunter stand für diejenigen, die des Lesens mächtig waren, der Name des Hauses: *Zur roten Knopse.*

Knopse? Ben hatte das für einen Tippfehler im Buch gehalten. Andererseits formte das Geschriebene ja diese Welt, also war es eigentlich nur logisch, dass ...

Ach verflucht, das war doch vollkommen egal. Den Eingang musste er finden!

Er ließ seinen Blick über die lehmige Fassade gleiten. Es

gab eine Markierung, er wusste nicht mehr genau, was es war, aber ... Da! Eine zweite Blüte, geöffnet. Sie war kaum fingernagelgroß, aber deutlich erkennbar. Ben klopfte an die Mauer knapp darüber.

Nichts geschah.

»Das genügt jetzt. Männer!«

Auf Keldans Kommando hin zogen die Soldaten in einer synchronen Bewegung ihre Waffen. Auch Eryck.

»Nein, wartet!« Ben hob die Hände, um sie abzuwehren. In diesem Moment knirschte es hinter ihm, und das Mauerstück glitt zur Seite. Ein schmaler Gang tat sich auf, doch schon nach wenigen Metern verlor er sich in der Dunkelheit.

»Ist es das?«, fragte Keldan.

Ben nickte.

Der Fürst sah sich um. Als er sich davon überzeugt hatte, dass niemand sie beobachtete, murmelte er einige unverständliche Silben. Aus dem Nichts erschien ein kleines weißes Licht an seiner Seite. Ben kniff die Augen zusammen. In der Mitte des leuchtenden Gespinsts konnte er schemenhaft ein winziges Gesicht ausmachen. Was war das für ein Ding? Ein Irrwisch?

»Flieg voran«, befahl Keldan dem fremden Wesen, das bereitwillig mit einem leisen Sirren in den Tunnel schwebte. Zu Ben sagte der Fürst: »Und du folgst ihm.«

Deutlicher musste er nicht werden. Falls Ben sie in einen Hinterhalt führte, der dort im Finsteren lauerte, würde es ihn selbst zuerst erwischen. Ben hatte nichts dergleichen im Sinn – aber womöglich hatte Luar Vorkehrungen gegen unerwünschte Besucher getroffen.

Mit einem leichten Schaudern stieg Ben durch die Öffnung und betrat den Tunnel. Als ob sechs bewaffnete Männer nicht ausgereicht hätten, um ihm Beine zu machen; nun musste Keldan auch noch vorführen, dass man ihn nicht umsonst einen Zauberer nannte. Im Buch hatte es geheißen, dass er in seinem Schloss geheime Experimente durchführte und Kontakt zu magischen Wesen hielt. Der Irrwisch, der Ben vor der Nase herumtanzte und das Gewölbe erhellte, war der beste Beweis dafür.

Ihre Schritte und das Klirren der Waffen und Rüstungen hallten von den gemauerten Wänden wider. Eigentlich hätten hier unten Staub und Spinnweben vorherrschen müssen, denn selbst wenn Luar regelmäßig durch diesen Gang marschierte – *putzen* würde er ihn sicherlich nicht. Doch nichts dergleichen war hier zu finden. Nur ebenmäßig behauene Steine, einer auf dem anderen.

»Wo endet dieser Tunnel?« Die Stimme des Fürsten war nur ein Flüstern, trotzdem brach sie sich mehrfach in der Dunkelheit und kam als feindseliges Wispern zurück.

»In einer Kemenate, direkt neben dem Schlafgemach des Prinzen«, antwortete Ben leise.

Schweigend marschierten sie weiter.

Nach ein paar undert Metern stieg der Gang an. Erst war der Unterschied kaum spürbar, aber schon bald wurde der Weg unangenehm steil. Sie erklommen den Berg von innen, Tausende Tonnen Gestein und Fels befanden sich über ihren Köpfen. Ein mühsamer, langwieriger Marsch, der kein Ende zu nehmen schien. Als Ben bereits dachte, seine Beine würden dem Zerren in den Muskeln nachgeben und einfach zerreißen, endete der Gang abrupt. Das geisterhafte Licht des Irrwischs beleuchtete eine Wendeltreppe. Jemand hinter Ben stieß bei diesem Anblick ein müdes Stöhnen aus.

Der Irrwisch kannte kein Erbarmen. Ohne eine Pause einzulegen, schwebte er die steinerne Treppe empor. Die Männer folgten ihm mit deutlich weniger Elan.

Stufe um Stufe quälten sie sich empor. Schnaufend und kettenhemdrasselnd bewegten sie sich durch das Gemäuer der Festung, wie Schlossgespenster aus Fleisch und Blut. Immer enger wurden die Windungen, immer näher rückten die Wände. Eigentlich war Ben nicht klaustrophobisch veranlagt, aber dieser Aufstieg testete seine Grenzen in mehrerlei Hinsicht. Und von der ständigen Drehung nach rechts wurde ihm schwindelig. Dabei konnte er wenigstens sehen, wohin er seine Füße setzte, solange der Irrwisch nicht allzu weit vorausflog. Bis zu Keldan reichte das Licht gerade noch – die Männer dahinter mussten sich dank der Treppenkrümmung in absoluter Dunkelheit vorantasten.

Endlich hielt der Irrwisch inne. Sie hatten das Ende der Treppe erreicht – und eine glatte Felswand versperrte den Ausgang. Von der anderen Seite ließ sie sich öffnen, indem man einen verborgenen Schalter im Relief des Kamins betätigte. Bloß nützte Ben dieses Wissen hier nichts. Hektisch tastete er über den Fels, suchte nach einer Markierung, einer Erhebung, *irgendetwas.* Auf jeder Unebenheit drückte er herum, doch nichts tat sich.

Geh auf, du verfluchtes Ding, beschwor er die Tür in Gedanken. *Keldan bringt mich um, wenn er denkt, ich hätte ihn belogen. Also geh auf, geh auf, GEH AUF!*

In seiner Verzweiflung rammte er die Schulter gegen den Stein und taumelte, als dieser mit einem leisen Schaben einfach nachgab. Ein schmaler Spalt entstand, durch den das warme Licht der Stube in den Gang fiel. Er war nicht breit genug, um hindurchzuspähen, aber ein Zeichen, dass er den Durchgang gefunden hatte. Ben wollte ihn weiter aufzwängen, doch Keldan hielt ihn zurück.

»Wir wissen nicht, ob uns dort jemand erwartet!«, flüsterte er und bedeutete Ben, sein Schwert zu ziehen. Als ob ihm das sonderlich helfen würde.

Ben atmete tief durch. Er umfasste den Griff seiner Waffe, drückte die steinerne Tür auf und sprang erhobenen Schwertes hindurch.

Nichts. Der Raum war menschenleer.

Ein Himmelbett mit geschnitzten Pfosten und schwerem Baldachin nahm den größten Teil des Zimmers ein, ein Spiegeltisch und eine kleine Kleidertruhe komplettierten die Ausstattung. Mehr hatte eine Gespielin des Prinzen offensichtlich nicht nötig.

»Was sollte das denn bitte?«

Verwundert wandte Ben zu sich seinen Kameraden um. »Was denn?«

»Man hüpft nicht einfach in einen Raum, in dem sich Gegner aufhalten könnten! Wie kommst du nur auf so etwas?« Eryck schüttelte den Kopf. Die anderen Soldaten sahen ebenso fassungslos drein.

»Ich ... Ich dachte ...« Im Fernsehen machten sie es eben immer so, aber damit konnte er ja wohl kaum argumentieren. »Tut mir leid.«

Keldan schmunzelte. »Du verfügst tatsächlich über keinerlei Kampferfahrung, nicht wahr? Nun gut, ich glaube dir, dass du nichts Unrechtes im Schilde führst. Hätte Luar einen Verräter gesandt, dann wohl einen, der sich ein wenig geschickter anstellt als du.« Er deutete auf einen der Soldaten, einen bulligen Rotschopf mit Muskeln wie Stahl. »Du da. Übernimm die Führung. Und du, mein Freund, bleibst hinter uns. Du hast uns gute Dienste geleistet, aber jetzt benötigen wir jemanden, der auch etwas vom Kämpfen versteht.«

Ben widersprach nicht.

Mit der Ruhe war es vorbei, sobald sie die Kemenate verließen. Gedämpfte Gesprächsfetzen drangen aus den angrenzenden Räumen zu ihnen, vom Burghof dröhnten die Schläge einer Schmiede herauf. Dazwischen erklang das Zischen der Esse, die Rufe der Stallburschen und das nervöse Wiehern eines Gauls. Jemand lachte, Kinder johlten. Ein friedlicher Burgalltag, wie er im Buche stand.

Für Ben hatte diese idyllische Geräuschkulisse allerdings nichts Beruhigendes. Angespannt lauschte er den

Geräuschen des Burgalltags, suchte darin nach Anzeichen für Gefahren: dem Schaben metallener Waffen, dem Klirren eines Kettenhemdes, den schweren Schritten einer Wache in Rüstung.

Erging es den anderen Männern genauso? Fiel es ihnen leichter, sich in der fremden Festung zu orientieren? Verspürten sie auch solche Furcht wie er – oder war all das für sie völlig normal?

Der Rotschopf spähte voraus. Auf sein Zeichen hin schlichen sie nacheinander durch die Gänge, Ben mittendrin – nicht einmal als Schlusslicht war er qualifiziert. Im Schutz der Männer hoffte er darauf, dass seine Kameraden ihn irgendwie heil hier herausbrachten. Immerhin waren sie dafür weit besser geeignet als er selbst. Er war nicht zum Helden geboren, so viel stand fest.

Vor ihnen erklang ein lautes Scheppern. Sofort machte die Gruppe halt. Der Rotschopf hob die Hand und drückte sich an die Wand. Ben folgte seinem Beispiel, wartete. Hatte man sie entdeckt? Folgte nun der Kampf, der seinen Tod bedeuten würde? Bens Herz schlug ihm bis zum Hals. Das war das Ende!

»Kannst du nicht aufpassen, du Rotzlöffel? Jetzt sieh dir diese Sauerei an!«, keifte jemand im Nebenraum.

Falscher Alarm. Ben stieß den Atem aus, den er unwillkürlich angehalten hatte.

Keldans Soldaten eilten weiter, Ben hinterher. Er erhaschte einen Blick auf eine beleibte Frau, die auf dem Boden kniete und eine rote Pfütze aufwischte, die verdächtig nach Wein aussah. Neben ihr stand ein kleiner Junge und rieb sich den Kopf. Offenbar hatte er eine kräftige Nuss bekommen.

Ein leises Stöhnen ertönte, gefolgt von einem dumpfen Plumpsgeräusch. Erschrocken sah Ben nach vorne. Eryck und ein zweiter Soldat schleiften einen leblosen Wachmann in eine Nische. Wo war der denn plötzlich hergekommen?

Kaum war der Wachposten verstaut – bewusstlos oder tot? –, drängte Keldan weiter. *Aus den Augen, aus dem Sinn.* Es zählte nur, was vor ihnen lag: noch mehr Treppen, diesmal hinab. Kreuzgänge, Abzweigungen links und rechts. Ben fehlte jede Orientierung, doch Keldan schien mit dem Inneren der Burg einigermaßen vertraut zu sein. Er zögerte selten, bestimmte durch Handzeichen, wohin sich die Gruppe wenden sollte.

Vor ihnen wurden Stimmen laut. Frauen, die zankten. Der Rothaarige spähte ums Eck. Hektisch wedelte er durch die Luft und scheuchte den Trupp in den nächsten Gang hinein. »Luars Auserwählte«, erklärte er verhalten.

Seit wann war der Prinz denn verlobt? Das war Ben neu. Gut, dass sie der Dame aus dem Weg gingen. Wenn einer derart wichtigen Figur etwas zustieß, würde Nora die Krise bekommen. Dieser ganze verfluchte Sturm auf die Burg war ein Desaster, sollte er derlei nicht eigentlich verhindern?

Und dich selbst für die Geschichte opfern? Bist du irre?

Besser erst überleben und dann geradebiegen.

Die Stimmen wurden leiser, entfernten sich. Also weiter. Sie durchquerten eine breite Halle mit einer langen Tafel darin. Dunkles Holz, viele Stühle, dekorative Wandteppiche – ein Rittersaal wie aus dem Lehrbuch. Von irgendwoher drang der Duft von gebratenem Fleisch.

Aber sollten nicht weit mehr Leute in dieser Festung sein? Bisher war ihnen kaum jemand begegnet. Die Anlage war weitläufig, sie bot sicherlich Platz für einige Hundert Bewohner. Wo waren all diese Menschen? Und wo waren die Wachen?

Diese Leere war gespenstisch. Selbst das Chaos auf dem Burghof war verklungen. Stille lag über der Burg, doch sie hatte nichts Erwartungsvolles an sich. Es wirkte, als hätte die Schlacht längst stattgefunden. Als würden sie um Jahre zu spät kommen.

Sie eilten weiter, in den nächsten Gang, in die nächste Abzweigung, bis sie plötzlich an der frischen Luft standen, umflutet von Tageslicht. Sie hatten das Tor erreicht! Entgegen Bens Erwartung befanden sie sich allerdings nicht im Burghof, sondern direkt darüber, in einem hölzernen Wehrgang. Und hier fanden sie auch die Wachen. Dutzende davon.

Sie sammelten sich vor den Schießscharten und starrten angestrengt hindurch. Ihre gesamte Aufmerksamkeit galt etwas außerhalb der Burg. Ben warf ebenfalls einen raschen Blick nach draußen und erkannte, was Luars Wachmänner derart ablenkte: Keldans Heer hatte vor der Burg Aufstellung genommen. In strenger Formation standen die Männer des Fürsten vor den Toren, Reihe um Reihe bis hin zum Horizont, und harrten auf Befehle.

Ben löste sich von dem Anblick, gerade als eine von Luars Wachen dasselbe tat. Einen Moment lang sahen sie einander direkt ins Gesicht.

Der Wachmann überwand seine Verblüffung als Erster. »He, was ... Angriff! Ein Hinterhalt, wir werden angegrrrllll ...«

Sein Warnruf endete in einem blutigen Gurgeln. Erycks Schwert hatte Bekanntschaft mit seiner Kehle geschlossen. Der Kampf war eröffnet.

Luars Wachen stürmten brüllend auf ihren kleinen Trupp zu. Es brauchte nicht viel, um zu erkennen, dass Bens Gruppe zahlenmäßig weit unterlegen war.

Ben drückte sich an die Wand und bemühte sich, den erfahreneren Soldaten nicht im Weg zu stehen. Er zuckte mitfühlend zusammen, als Eryck für seinen Erstschlag einen Schwerthieb in die Seite erhielt und zu Boden ging. Sofort rückten Keldans Männer nach. Die drei in vorderster Reihe bildeten einen geschlossenen Wall aus Schwertern.

Der Wehrgang war eng. Er war zur Verteidigung des Innenhofes gedacht, nicht für ausgedehnte Kämpfe im

Gang selbst. Immerhin konnten Luars Wachen ihre Überzahl dadurch nicht zur Geltung bringen, sie behinderten sich gegenseitig.

Doch ihre Verstärkung ließ nicht lange auf sich warten und zu Bens Entsetzen kam sie von seiner Seite des Ganges. Mit einem Mal sah er sich einer beängstigenden Horde von kampfwütigen Verteidigern gegenüber, und das ohne den schützenden Wall aus Keldans Soldaten vor sich.

Ben packte den Griff der Waffe fester. Er zog durch, wie er es schon hunderte, tausende Male getan hatte – allerdings mit einem Schläger auf dem Fairway und nicht mit einem Schwert quer über die Brust eines Gegners. Blut quoll aus der Wunde des Wachmanns und er brach zusammen.

Entsetzt starrte Ben auf das Blut an seinen Händen. Fiktiv oder nicht, was hatte er getan?

Keine Zeit, darüber nachzudenken, die Feinde stürmten heran, mit erhobenen Waffen und wutverzerrten Gesichtern. Ben musste kämpfen oder sterben.

Er wollte leben.

Also korrigierte er seinen Stand. Das Schwert war in etwa so lang wie sein Sechser-Eisen. Auch wenn das Gewicht sich völlig anders verteilte: Es war einfacher, in Bällen zu denken als in Menschenleben.

Den nächsten Gegner traf er unglücklich, der Kerl duckte sich zur Seite, und Bens Klinge schabte über die Helmplatte. Dadurch geriet Ben aus dem Gleichgewicht, seine rechte Seite war offen und ungeschützt. Prompt traf ein Hieb des Gegners seinen Arm. Ben schrie auf.

Er taumelte einen Schritt zurück, doch er fühlte keinen Schmerz. Zu viel Adrenalin. Der Gegner setzte sofort nach. Erneut wich Ben zurück. Dabei stolperte er gegen Eryck, der sich neben ihm an der Brüstung abstützte und Bens Gegner das Schwert bis zum Heft in die Brust stieß. Gut, der lebte also noch.

Gemeinsam droschen sie auf die angreifenden Verteidiger ein und bald fanden sie zu einer Art Rhythmus: Hieb, Treffer, den Gegner mit einem Fußtritt zur Seite befördern, nächster Hieb. Es war ein bizarrer Kampf. Die Leichen von Luars Wachen lagen kreuz und quer in dem schmalen Wehrgang und behinderten die nachstürmenden Soldaten. Bens Arme zitterten. Niemals hätte er gedacht, auch nur einen einzigen Gegner auszuschalten. Und lange würde er das auch nicht mehr durchhalten.

Da ging ein gewaltiger Ruck durch die Wehrmauer. Beide Truppen gerieten ins Taumeln, suchten nach Halt. Ben klammerte sich an den Holzbalken der Brüstung und rappelte sich wieder auf.

Ein zweiter Stoß.

»Das Tor!«, rief jemand. »Sie rammen das Tor! An die Scharten!«

»Sichert die Scharten!«, brüllte ihr rothaariger Anführer dagegen an. »Lasst sie nicht durch!«

Verbissen verteidigte Ben seine Position. Solange sie den Wehrgang blockierten, konnten Luars Männer dem angerückten Heer nichts anhaben. Der Sieg war so nah, Keldans Armee stand vor dem Tor. Sie durften jetzt nicht aufgeben!

Jedes Krachen und Splittern, das unter ihren Füßen ertönte, stärkte seinen Kampfeswillen. Sie würden standhalten, bis die Verstärkung es durch das Tor schaffte.

Dann flog der erste Pfeil heran und durchbohrte den Hals des Rotschopfs, der dicht neben Ben kämpfte. Er spuckte Ben einen Schwall Blut vor die Füße und kippte um.

»Deckung!«, schrie Eryck.

Gleich darauf brach ein ganzer Hagel der gefiederten Geschosse über sie herein. Bogenschützen hatten im Innenhof Aufstellung genommen und feuerten, was das Zeug hielt. Ben duckte sich hinter einen Stützbalken, doch die Pfeile flogen in hohen Bögen heran, zwischen dem Dach und der Brüstung hindurch. Sie prasselten in den Wehrgang, auf die Männer beider Fronten.

Schmerz flammte in Bens Schulter auf. Er stürzte und schlug auf den groben Bohlen auf. Stöhnend tastete er nach der Wunde. Ein Pfeil hatte ihn gestreift, Blut quoll aus einem handbreiten Riss in seinem Wams. Ben versuchte, sich wieder aufzurichten. Dabei bemerkte er Keldan, ebenfalls am Boden, eine Hand auf der blutüberströmten Brust. Die Augen des Fürsten waren geschlossen.

Verflucht, ist er etwa tot? Dann würde alle Verstärkung der Welt nicht mehr helfen, dann war alles aus …

Keldan war nicht tot. Ben kniff angestrengt die Augen zusammen. Er mochte kurzsichtig sein, aber Bewegungen konnte er durchaus erkennen. Und die verrieten ihm, dass der Fürst bei Bewusstsein war, denn seine Lippen bewegten sich unablässig. Sie formten lautlose Silben, ganz so, als würde er beten.

Ben hätte es ihm gerne gleichgetan, doch der Gott seiner Welt würde ihn in diesem Buch wohl kaum erhören.

Die Schläge gegen das Tor verstummten. Nur das Schnalzen der Sehnen und die Schreie der Verwundeten waren noch zu hören. Hatten ihre Truppen aufgegeben? War dies das Ende?

Ein gequältes Husten ließ Ben wieder zum Fürsten blicken. Keldan öffnete die Augen. Er sah geradewegs zu Ben, und ein Lächeln erschien auf seinen blutig geschlagenen Lippen. Er deutete zum Hauptteil der Burg.

Ben rappelte sich auf, lugte vorsichtig über die Brüstung und sah einen gigantischen Schatten über der Festung. Im nächsten Moment hüllte ein Feuerwall den Burghof ein, verschlang die Bogenschützen und löschte jeden Widerstand aus, den Luars Männer noch hätten aufbringen können.

6. Kapitel

»Und mit einem einzigen Hieb schlug ich der Bestie den Kopf ab!« Luar untermalte seine Erzählung mit einer ausholenden Geste, die wohl seinen Kampf mit dem Ungeheuer darstellen sollte. In Wahrheit hüpfte er nur auf lächerliche Weise auf seinem Bett herum.

»Aha«, machte Nora. Seit Stunden musste sie sich nun schon das aufschneiderische Gebrabbel des Prinzen anhören. Währenddessen kämpften unweit von hier Männer in seinem Namen, verloren ihr Leben in einer Schlacht, von der nur die beiden Möchtegernthronfolger profitierten.

Ben war in diesem Krieg zwischen die Fronten geraten, und sie saß hier und konnte absolut nichts tun, um seine oder ihre Lage zu ändern. Die Wachposten vor dem Zelteingang stellten sicher, dass ihre Schutzbefohlenen nicht flohen oder verschwörerische Gespräche führten.

Davon waren sie weit entfernt. Luars idiotische Prahlerei strapazierte Noras karge Geduld – und sie nahm einfach kein Ende!

»Alles Gras verdorrte, wo sein faules Blut den Boden tränkte, und der widerliche Gestank –«

Ein Räuspern am Zelteingang ersparte Nora die nächsten unnötigen Details. Ihre Erleichterung darüber verschwand jedoch schlagartig, als sie erkannte, wer sich da zu ihnen gesellte. Es war keiner der Wächter, nicht einmal ein einfacher Soldat – der Mann gehörte zu Keldans Eskorte. Auf seiner Wange prangte eine grob genähte Schnittwunde, und er war von oben bis unten mit Blut besudelt. Er würdigte den Prinzen keines Blickes.

»Frau Nora«, grüßte er mit einer knappen Verbeugung. »Fürst Keldan möchte Euch sprechen. Euer Pferd wartet draußen.«

Ein banges Gefühl machte sich in ihrer Brust breit. Für eine solche Aufforderung gab es nur eine Erklärung: Ben. Was war passiert? War ihm etwas zugestoßen? Er sollte doch sicher sein!

Sie sprang auf, trat dabei in den Saum des ungewohnten Kleides und stürzte auf die Knie. Der Soldat eilte herbei, fasste ihren Ellbogen und half ihr auf die Beine.

»Weshalb folgt Ihr dem Ruf dieses alten Mannes?«, entrüstete sich der Prinz.

Nora beachtete ihn nicht. »Was ist mit meinem Bruder?«, fragte sie den Soldaten.

»Er hat sehr tapfer gekämpft.«

»Oh Gott! Ist er …?«

»Nein, nein! Er ist wohlauf. Nun ja, er wurde verwundet … Aber sonst geht es ihm gut.«

Offensichtlich hatte Nora eine etwas andere Definition von »wohlauf«. Zumindest war Ben am Leben, und das allein zählte. »Wo ist er?«

»Bei Herrn Keldan. Ich bringe Euch zu ihm.«

»Warum sagst du das nicht gleich?«, fuhr sie den armen Kerl an, der aussah, als hätte er bereits genug mitgemacht. Er tat ihr leid. Aber sie war es schließlich nicht, die ihn zum Boten auserkoren hatte.

Ergeben nickte er. Nora marschierte festen Schritts an

ihm vorbei zum Zelt hinaus. Die Wachen hielten sie nicht auf. Nur Luars Ruf folgte ihr nach draußen: »Kommt Ihr wieder, mein Herz?«

»Ist der immer so?«, fragte Nora ihren Begleiter.

»Er bekommt so viel Wein, wie er möchte«, antwortete dieser. »Das macht ihn umgänglicher.«

Klar. Wein und wer weiß, was sonst noch. Egal, sollten sie den Prinzen doch zudröhnen, wenn sie meinten, dass er dadurch handzahm wurde. Alles, was sie wollte, war Ben zu sehen. Und dem Fürsten ordentlich die Meinung zu geigen.

Der Geruch von Ruß und verbranntem Fleisch lag über der Festung, als sie durch die Überreste des zersplitterten Burgtors ritten. Nora sah geborstene Schilde, verwaiste Schwerter ... und unzählige Pfeile, die ihr Ziel verfehlt hatten und nun den hölzernen Steg spickten, der über ihrem Kopf an der Burgmauer entlanglief. Brandflecken prangten auf dem Boden und am Gemäuer des Innenhofs. Einige davon hatten bei genauerer Betrachtung eine vage Ähnlichkeit mit menschlichen Umrissen.

Nora kannte nur eine Waffe, die imstande war, Menschen in bloße Schatten zu verwandeln – aber einer Atombombe würden sie hier doch wohl hoffentlich nicht begegnen.

Unbehaglich sah sie zu ihrem Begleiter, dessen Aufmerksamkeit bereits dem nächsten Tor galt, das sie durchqueren mussten. Dahinter erstreckte sich ein größerer Hof, in dessen Zentrum sich ein überdachter Brunnen befand, neben dem einige umgestoßene Kübel lagen.

Am hinteren Ende des Hofes erhob sich ein massiver, fensterloser Turm. Keldans Männer hatten eine Leiter an die Mauer gelehnt und halfen Frauen und Kindern durch eine winzige Luke in gut zwanzig Metern Höhe hinaus. Sofern man es helfen nennen konnte. Manche schienen das

Innere des Turms der Gesellschaft der fremden Soldaten nämlich durchaus vorzuziehen.

»Was machen die Männer da mit den Frauen?«, wollte Nora wissen.

Ihr Begleiter zuckte mit den Schultern. »Die Weiber hatten sich im Bergfried verschanzt. Aber wir sind keine feindlichen Besatzer. Vor uns haben sie nichts zu fürchten.«

Nein, natürlich nicht. Ihr zerstört nur ihr Heim und ermordet ihre Männer, sonst seid ihr ganz friedlich. Nora ballte die Hände zu Fäusten. Eine solche Diskussion wäre in ihrer Situation kontraproduktiv. Es war ohnehin alles schon schlimm genug. Ben war verletzt, und mittlerweile hatten sie nicht nur den Prinzen, sondern auch seine Burg verloren. Je länger sie abwarteten, desto schwieriger würde es werden, die Geschichte wieder in ihre vorhergesehene Richtung zu lenken. Die Zeit drängte, doch sie mussten unauffällig vorgehen, sonst würden sie das Ende nicht mehr erleben.

Also stieg sie folgsam vom Pferd und ließ sich eine Treppe hinaufgeleiten, hinein in die unfeindlich besetzte Burg. Ihr Hintern und ihre Schenkel schmerzten von der ungewohnten Anstrengung des gestreckten Galopps. Zum Glück hatte man ihr keinen Damensattel untergeschoben. Ihre Eskorte war derart vorangestürmt, dass sie alle Reitkenntnisse hatte aufbieten müssen, über die sie verfügte, und die waren spärlich genug. Durch die Eile waren dem Soldaten wenigstens die Schnürstiefel entgangen, die beim Reiten unter dem Saum ihres Kleides hervorgesehen hatten. Diese verdammten Details! Die brachten sie noch in Teufels Küche.

Aber nicht heute. Alle Leute, denen sie begegneten, hatten Wichtigeres zu tun, als sie zu betrachten. Wachen führten gefangene Soldaten in Luars Wappenfarben vorbei, Frauen eilten mit Schüsseln voll Wasser durch die Gänge,

Männer schleppten Werkzeug und Planken nach draußen, um das Tor und die Schäden im Hof zu reparieren. Rollenverteilung im Fantasy. Da konnte die Gleichberechtigung noch so weit fortschreiten, in diesem Genre hatte sie wohl nichts verloren. Nora hatte einmal gehört, dass im gesamten *Herr der Ringe* keine einzige Szene existierte, in der zwei Frauen ein Gespräch miteinander führten. Sie nahm sich fest vor, mit der erstbesten Frau zu reden, die ihr über den Weg lief, sobald ein wenig Ruhe eingekehrt war.

Ihr Begleiter öffnete die breite Doppeltür zur Halle und alle Absichten waren vergessen.

Sie hatte erwartet, dass Keldan sie in einem ritterlichen Saal empfangen würde. Dass er sich Luars Thron geschnappt hatte, sofern der Prinz einen besaß. Stattdessen fand sie sich in einem provisorischen Lazarett wieder.

Auch hier roch es nach erkaltetem Feuer, doch der Geruch von Blut und Kampfer war stärker. Überall lagen verwundete Männer. Erstaunlicherweise gehörten die meisten davon zu Luar. Wie es aussah, versorgte Keldan seine Feinde, bevor er sie ins Verlies warf.

Aber was sollte Nora hier?

Der Soldat an ihrer Seite deutete zum Ende der Halle, wo sich eine Art Podium erhob. Drei Stufen führten auf eine leicht erhöhte Plattform, und darauf …

Nora stockte der Atem. Ben sah aus, als wäre er in eine Kneipenschlägerei geraten, und zwar in eine von der Art, die mit einem Messer endete. Sein Hemd hatte er eingebüßt, stattdessen trug er einen Verband, der kreuz und quer über seinen Oberkörper geschlungen war und seinen linken Arm fixierte. Blut sickerte an mehreren Stellen durch den Stoff. Der Fürst an seiner Seite war in keiner besseren Verfassung.

Nora eilte durch die Halle und die Stufen hinauf. Ohne darüber nachzudenken, schlang sie Ben die Arme um den Hals. Der Psychologe stöhnte auf. Mit seiner rechten Hand tätschelte er ihren Rücken.

»Meine Teure, wenn das nicht dein Bruder wäre, den du da umarmst, würde ich der Eifersucht anheimfallen. Erhalte ich denn keine Begrüßung?«, fragte Keldan mit einem Schmunzeln.

Hastig knickste Nora. »Verzeiht, mein … Keldan.«

Erheiterung flackerte über das Gesicht des Fürsten. »Ich muss gestehen, ich habe euch beiden unrecht getan.«

Verunsichert runzelte Nora die Stirn. »Inwiefern?«

»Ich befand mich in dem Glauben, ihr wärt Kundschafter meines Neffen. Besonders, da du so ergreifend um das Leben deines Bruders gefleht hast.«

Erschrocken sah Nora zu Ben, aber der winkte müde ab.

»Ich halte meine Feinde gerne nah bei mir«, fuhr Keldan fort, »und wie sich herausstellte, war das eine glückliche Fügung, wenn auch aus einem völlig anderen Grund. Ben hat uns tapfer im Kampf beigestanden. Ohne seine Hilfe hätten heute viele anständige Krieger ihr Leben verloren. Er hat den gesamten Verlauf dieser Schlacht geändert.«

Ihr nächster Blick in Bens Richtung war gänzlich anderer Natur. Schuldbewusst zuckte er mit den Schultern und verzog gleich darauf gequält das Gesicht.

»Deshalb werde ich ihn zu meinem Berater ernennen«, erklärte Keldan.

Nun war es Ben, der ihn überrascht ansah. »Wen, mich?«

Der Fürst lachte. »Natürlich! Wessen Einfall war es denn, den geheimen Tunnel zu nutzen?«

Geheimer Tunnel? Was in aller Welt hatte Ben getan? Wie viel hatte er verraten? Ahnte Keldan etwa, dass sie mehr waren, als sie vorgaben zu sein?

Ein Blick zu ihm zerschlug diese Befürchtung. Ben mochte ihm einen wertvollen Hinweis gegeben haben, aber das war nicht der einzige Grund, weshalb der Fürst sie beide in seiner Nähe wissen wollte. Seine Aufmerksamkeit ruhte auf ihr allein, ein Lächeln umspielte seine Lippen.

Als Nora es zaghaft erwiderte, streckte er eine Hand aus und ließ seine Finger sanft an ihrem Kinn entlanggleiten. »Auch dich möchte ich um etwas bitten, meine Schöne.«

»Ja?« Ihr Herz schlug viel zu heftig in ihrer Brust.

»Die Auserwählte meines Neffen«, sagte Keldan.

So viel dazu. Es ging ihm um eine andere Frau! Nora stellte mit einiger Verwunderung fest, dass sich eine leise Eifersucht in ihr regte. Wegen eines fiktiven Mannes! So tief war sie also gesunken.

»Sie ist ein seltsam starrköpfiges Geschöpf, selbst für ein Weib. Solange mein Bruder seinen Nichtsnutz von Sohn jedoch nicht enteignet hat, gilt sie als zukünftige Prinzessin und muss als solche behandelt werden. Das fällt allerdings schwer, da sie sich weigert, mit mir oder meinen Männern zu sprechen. Womöglich vertraut sie sich einer Frau eher an.«

Nora neigte den Kopf. »Natürlich.«

Eldinor: 1, Herr der Ringe: 0. Zumindest, was Frauendialoge anging. Nora hatte zwar nicht damit gerechnet, ihren Vorsatz derart rasch in die Tat umzusetzen, aber ihr Leben verlief schließlich nie nach Plan. Warum sollte etwas so Belangloses wie ein Gespräch die Ausnahme bilden?

Es wunderte sie nicht im Geringsten, dass die Prinzessin nichts mit Keldan zu tun haben wollte. Immerhin ließ er gerade ihren Verlobten in den Kerker seiner eigenen Festung sperren. Nora gönnte dem aufgeblasenen Prinzen seine neue Unterkunft durchaus, dort konnte er sein Mütchen kühlen. Seine Auserwählte sah das sicherlich anders.

Und in einem gab Nora dem Fürsten recht: Um Luar zu ertragen, musste seine Verlobte seltsam sein. Das würde also ein höchst erbauliches Gespräch werden.

Nora klopfte. Niemand antwortete. Sie drückte die gusseiserne Klinke hinunter, doch die Tür war verriegelt. In Ermangelung einer besseren Idee klopfte sie erneut.

Unvermittelt wurde die Tür aufgerissen und eine aufgebrachte Dame platzte aus dem Zimmer. Mit ihrem wütenden Blick und dem wallenden, blonden Haar, das ihr bis auf die Hüfte herabfiel, sah sie aus wie eine Furie.

»Habe ich nicht deutlich gemacht, dass ich Euch nichts zu sagen habe?«, schrie sie. Dann erst schien sie zu bemerken, wen sie vor sich hatte. »Ihr seid nicht Keldan.«

»Nein, Prinzessin. Mein Name ist Nora.«

»Und was wollt Ihr?«

»Man hat mich in die Gemächer neben den Euren einquartiert. Falls Ihr etwas benötigt.«

»Zum Beispiel?«

»Na ja … Prinz Luar hat soeben die Festung erreicht. Vielleicht möchtet Ihr ihn sehen?«

»Wo wird er untergebracht?«

Nervös zupfte Nora an ihrem Kleid herum. »Im Verlies, Prinzessin.«

»Gut. Dort kann er bleiben.«

Nora war derart verblüfft, dass sie auflachte.

»Was findet Ihr daran so amüsant?«, fragte Luars Verlobte forsch.

»Verzeiht. Es ist nur … Das waren auch meine Gedanken.«

Die Furie musterte Nora. Ihr Blick war nicht zu deuten. Hatte Nora eine Grenze überschritten? Gleich würde ihr diese Frau die Tür vor der Nase zuknallen, und dann …

»Dann könnte das doch interessant werden«, sagte die

Prinzessin in spe und lächelte. Sie zog die Tür weiter auf und winkte Nora ins Zimmer.

Der Raum war groß, aber die dunklen Teppiche an den Wänden und auf dem Fußboden ließen ihn bedrückend wirken. Jagdszenen waren in blutigen Details darauf dargestellt. Sicherlich keine Ausstattung, die eine Frau für ihr Zuhause wählen würde, oder?

Die Prinzessin bemerkte Noras Interesse. »Grauenhaft, nicht wahr? Luar kann das Maul so weit aufreißen, wie er will, von Frauen hat er keine Ahnung. Oder er weiß, wie sehr mir diese Tapisserien zuwider sind, und hat sie nur aufgehängt, um mich zu quälen. Zuzutrauen wäre es ihm. Bitte.« Sie deutete auf einen breiten, gepolsterten Sessel. Sie selbst nahm in einem zweiten Exemplar auf der anderen Seite des Kamins Platz.

»Danke, Prinzessin.«

Die Frau winkte ab. »Vergiss das mit dem ›Prinzessin‹. Nora, nicht wahr? Ich bin Elissa.« Sie griff nach einem tönernen Krug und goss Wein in zwei irdene Becher. »Erzähl mir von deiner Bekanntschaft mit Luar.«

»Ich kenne ihn nicht besonders gut.« Nora nippte an ihrem Wein.

»Hat offensichtlich ausgereicht.«

»Man hat mich einen Tag lang mit ihm in ein Zelt gesteckt«, erklärte sie.

Elissa zog interessiert eine Augenbraue hoch. »Hat er sich an dir vergangen?«

Nora prustete den Wein zurück in den Becher, hustete den Teil, der ihr dabei in die Nase gekommen war, wieder aus und keuchte ein entrüstetes: »Nein!«

»Ach?«

»Er war angekettet.«

»Ah. Na, das erklärt einiges.«

Welche Vorstellung hatte diese Frau denn bitte von ihrem Verlobten? Oder besser gesagt: Nachdem sie eine derart realistische Erwartungshaltung hatte, was seine Treue und Ehrbarkeit anging, wieso hatte sie sich ihm überhaupt versprochen?

»Er hat nur viel erzählt«, sagte Nora. »Von seinen Heldentaten.«

»Und du wunderst dich, dass in all diesen Geschichten nie die Eroberung seiner Herzensdame vorkam?«, fragte die Prinzessin mit einem säuerlichen Lächeln.

»Irgendwie schon.«

Elissa leerte ihren Becher in einem Zug und schenkte nach. »Bevor Luar mich *auserwählt* hat, wie er es so schön nennt, bin ich für meinen eigenen Unterhalt aufgekommen. Es war kein leichtes Leben, doch die meisten meiner Kunden waren in Ordnung. Luar dagegen …« Sie verzog das Gesicht. »Er mag es grob. Je wehrhafter eine Frau ist, umso mehr reizt sie ihn. Er wirkt wie ein Tollpatsch, aber glaub mir, das ist er nicht. Er bekommt, was er will, und zwar mit Gewalt.«

Nora wurde schwindelig. Und mit so einem Kerl hatte Keldan sie zusammengesperrt?

»Der einzige Grund, weshalb Luar mich hierher verschleppt hat«, fuhr Elissa fort, »ist, um seinem Vater eins auszuwischen.«

»Wie meinst du das?«

»König Balwin verlangt von Luar ein geregeltes Leben. Er soll Verantwortung übernehmen, ehe Balwin ihm das Reich vermacht. Eine Frau und ein Thronerbe sollen her. Niemand wäre wohl auf den Gedanken gekommen, dass er sich dafür eine Hübschlerin aussucht.«

Endlich begriff Nora. Die Frau war eine ehemalige Prostituierte! Wusste Keldan davon? Erst ein königlicher Triebtäter und jetzt das.

Widerwillig besann Nora sich auf ihren Auftrag. »Hast du Angst, was geschieht, wenn der Prinz entmachtet wird?«, fragte sie. »Wolltest du deshalb nicht in den Bergfried?«

Elissa sah sie scharf an. »Nein, ich habe keine Angst. Vor Soldaten schon gar nicht. Ich bin in dieser Burg eingesperrt, das reicht mir. Den Bergfried können sie mit furchtsamen Mägden vollstopfen. Eine Belagerung macht mir nichts aus, im Gegenteil. Ich warte darauf, dass Luar endlich aus dem Verkehr gezogen wird, damit ich nach Hause kann. Er hat mir mein Leben gestohlen! Und wenn ich wüsste, wo die Beweise für Luars Schandtaten sind, nach denen Keldan sucht, würde ich sie ihm lieber jetzt als später aushändigen. Aber ich *weiß* es nicht!«

Nora kannte dieses Gefühl, aus seinem Leben gerissen zu werden und von niemandem Hilfe erwarten zu können. Den Ausweg vor sich zu sehen und feststellen zu müssen, dass er unerreichbar war. Eigentlich hatte sie gehofft, mithilfe der Prinzessin ihr Problem lösen zu können. Aber wie sollte sie Elissa bitten, Luar zu befreien – nach allem, was sie nun erfahren hatte?

Was war das nur für ein elendes Buch, in dem der Held ein derartiger Widerling war? Nichts hier unterlag ihrer Kontrolle und das zehrte an ihren Nerven. Sie brauchte Regeln, Klarheit. Irgendetwas, an dem sie sich festhalten konnte. Doch da war nichts.

Also griff sie nach der Alternative: ihrem Weinbecher. Sie tat es Elissa gleich und trank den Inhalt auf ex.

»Weißt du denn, wonach Keldan genau sucht?«, fragte sie, während die Prinzessin den Becher wieder füllte.

»Ich denke, das weiß er selbst nicht. Und ich fürchte, er wird es auch nicht finden. Luar ist kein Dummkopf. Etwas, das ihn dermaßen belastet, hätte er niemals dokumentiert. Wenn nur die Hälfte dessen wahr ist, womit er sich brüstet, um im Schlafgemach in Fahrt zu kommen, würde selbst Balwin davor zurückschrecken, ihn auf den Thron zu setzen. Die Provinz, die er ihm zur Verwaltung überlassen hat, beutet Luar jedenfalls rücksichtslos aus. Er nimmt sich, wonach ihm der Sinn steht. Waren, Vieh,

Frauen … Und wer es wagt, dagegen aufzubegehren, den lässt er beseitigen. Aber er verwischt seine Spuren gut und, soweit ich weiß, mithilfe der königlichen Kasse, auf die Balwin ihm Zugriff gewährt. Und all die kleineren Dinge weiß sein Vater längst. Dinge wie das hier.« Sie griff unter ihr Sitzkissen und warf Nora ein Papier in den Schoß.

Es war eng mit einer feinen Schrift aus Tusche bedeckt. Nora wäre beinahe aufgesprungen, nur um diesem gefährlichen Ding zu entgehen. Sie kniff die Augen zusammen, um keinen genauen Blick darauf zu erhaschen und hob es mit spitzen Fingern auf. Sie musste es loswerden. Fieberhaft überlegte sie nach einer Ausrede, bis ihr die rettende Erkenntnis kam: Sie befand sich im Mittelalter.

»Tut mir leid, ich kann nicht lesen.«

»Wirklich?« Elissa sah sie verwundert an. »Das sollten wir beheben! Gerade für uns Frauen ist das Lesen unerlässlich. Oder meinst du, die Männer würden uns in irgendetwas die Wahrheit sagen?«

»Ähm …«

Elissa schnappte ihr das Papier aus der Hand und setzte sich auf die Armlehne von Noras Sessel. Sie hielt ihr den Wisch unter die Nase und erklärte: »Das ist mein Kaufvertrag. Dieses Schwein hat für mich bezahlt, als wäre ich nichts weiter als ein Stück Vieh. Und siehst du das?« Sie deutete auf einen kleinen runden Stempel, in dem eine Krone saß. Darunter war ein Name gekritzelt. »Das ist Balwins Siegel. Der König selbst hat den Vertrag gebilligt.«

Keldan sackte zusehends zusammen. Er atmete schwer, und als er den Rücken vorsichtig gegen die Lehne des Stuhls sinken ließ, schützte er mit der Hand die frisch versorgte Wunde an seiner Brust. Seine Haut war bleich und von einem dünnen Schweißfilm überzogen. Ben vermutete, dass der Fürst zu viel Blut verloren hatte. Heißes Wasser und Kräuter konnten eben nicht alles heilen.

Ihm selbst ging es auch nicht gerade rosig, und der Alkohol, den man ihm verabreichte, half wenig gegen die Schmerzen. Bei seinem Glück würde er an einer Blutvergiftung sterben. Wo blieb Fleming mit seinem Penicillin, wenn man es brauchte? Nora hatte recht gehabt, sie hätten sich von der Geschichte fernhalten sollen. Irgendwo ein ruhiges Plätzchen suchen und ausharren, das war ihr Plan gewesen. Er hätte auf sie hören sollen. Dann hätten sie die Geschichte niemals durcheinandergebracht und er hätte nicht kämpfen müssen … Moment.

»Mein Herr?«, wandte er sich an Keldan.

Der warf ihm einen fragenden Blick zu und nahm einen kräftigen Schluck Wein aus seinem Becher.

»Falls Ihr mir die Frage gestattet, weshalb habt Ihr meine Schwester und mich in Euren Tross befohlen?«

»So merkwürdig, wie ihr euch verhalten habt? All diese Ausflüchte, die ihr bei unserem ersten Gespräch machtet. Wie hätte ich da keine feindseligen Absichten unterstellen sollen? Ich sagte doch bereits: Ich halte meine Feinde gerne nah bei mir.«

»Wir wären friedlich unserer Wege gezogen, wenn Ihr uns nicht zu eben diesem Gespräch hättet rufen lassen«, entgegnete Ben. »Wir waren zugegen, als Ihr Prinz Luar gefangen genommen habt, und da wart Ihr nicht besonders interessiert an unserer Geschichte.«

Keldan strich geistesabwesend über seinen Verband. »Zwei Fremde, die exakt zum richtigen Zeitpunkt auftauchen, um in unseren Kampf einzugreifen. Ein äußerst bemerkenswerter Zufall, nicht wahr?«

Ben versuchte, sich sein Unbehagen nicht anmerken zu lassen. Hatte Keldan sie von Anfang an für Verräter gehalten?

»Und kaum war mein Neffe sicher verwahrt, wurde mir

von zwei seltsamen Menschen berichtet, die sich bereits am Abend zuvor im Wald von Aegwann herumgetrieben hatten, unweit der Herberge, in der Luar und seine Eskorte eingekehrt waren.«

So viel zu unserem Versuch, unauffällig zu bleiben. Wer mochte sie noch alles gesehen haben?

»Nun, Zufall oder nicht«, fuhr der Fürst fort, »im Auftrag meines Neffen handelt ihr nicht, davon habt ihr mich überzeugt. Ich frage mich nur, welche Wahrheit ihr verbergt.«

»Was meint Ihr?«

»Soweit ich informiert bin, gabt ihr Auskunft, erst am Morgen an der Herberge angekommen zu sein. Weshalb habt ihr gelogen?«

Bens Gedanken überschlugen sich. Wann hatten sie das gesagt? Ihre Ankunft schien Jahre her zu sein. Aber er durfte jetzt nicht zögern. Ein Zögern war verräterisch. »Die Wahrheit, mein Herr«, sagte er deshalb, »ist folgende: Wir hatten uns im Wald verirrt. Es war bereits Nacht, als wir zum Gasthof kamen. Wir hatten kein Geld bei uns, deshalb übernachteten wir im Stall, ohne Wissen des Wirtes. Am Morgen wollten wir gerade aufbrechen, als Euer Kampf losbrach. Den Rest der Geschichte kennt Ihr.«

Keldan sah ihn durchdringend an. »Und das ist die Wahrheit?«

»Ja, Herr.« Bis auf den Teil mit Büchern, anderen Welten und die Tatsache, dass sie eigentlich nicht auf seiner Seite standen.

»Wieso wolltet ihr das verheimlichen?«

»Nun, wir …« Ben mimte den Beschämten. »Es war uns unangenehm, von unserer unbezahlten Nächtigung zu erzählen. Besonders dem Bruder des Königs gegenüber.«

Keldan lachte auf. Gleich darauf hielt er sich mit schmerzverzerrtem Gesicht die Seite. »Mach dir darüber keine Gedanken, mein Freund. Du stehst jetzt in meinem

Dienst. Dir und deiner Schwester wird es an nichts mehr mangeln.«

»Danke, Herr.« Ben fühlte sich wie nach seiner Studiumsabschlussprüfung. Sein Puls raste, seine Hände waren schweißnass. Mit Keldan wurde jedes Gespräch zum Spießrutenlauf mit potenzieller Entlarvungsgefahr.

Der Fürst verzog das Gesicht. »Aber diese vermaledeite Wunde bringt mich noch um den Verstand! Wo bleibt meine ... Ah, da kommt sie endlich.«

Erwartungsvoll sah Ben zur Tür, doch die blieb fest verschlossen. Stattdessen kam etwas vom Fenster auf sie zu. Klein, schwarz ...

»Rashuk!«, entfuhr es Ben.

Das erklärte einiges. Der Mistdrache hatte für Keldan spioniert! Zum Glück hatten sie die gefährlichen Gespräche nie in seiner Gegenwart geführt ... oder? Was musste der Drache auch so verflucht winzig sein!

Das Biest flatterte heran, ließ sich auf Keldans Knie nieder und hielt ihm die kleine Glasphiole hin, die er zwischen seinen spitzen Zähnen eingeklemmt hatte. Eine giftgrüne, leicht fluoreszierende Flüssigkeit schwappte darin umher.

»Was ist das?«, fragte Ben.

»Meine Medizin.« Der Fürst nahm die Phiole an sich, entkorkte sie und kippte sich den unappetitlichen Inhalt in den Rachen.

Keldan schloss die Augen.

Ben dachte schon, der Fürst hätte sich jetzt dem Drogenrausch ergeben, da verschwand die Blessur an seinem linken Jochbein. Auch die Schürfwunden an Keldans Händen verschorften und heilten ab. Nach wenigen Sekunden war nichts mehr von den Verletzungen zu sehen, die er im Kampf davongetragen hatte.

Keldan schlug die Augen wieder auf und rülpste ein giftgrünes Wölkchen aus. »Danke, Rashuk.«

»Stets zu Diensten, mein Herr«, erwiderte der Drache. Behutsam wickelte Keldan den Verband von seinem Brustkorb. Wo eben noch eine tiefe Wunde geklafft hatte, war nur noch eine schmale weiße Narbe zu erkennen.

»Ich verstehe das nicht«, murmelte Nora. Je länger sie in diesem Buch festsaßen, desto weniger Sinn schien die Geschichte zu ergeben. Ein Held, der sich eine Prostituierte als Frau erkaufte? Ein König, der diesen Handel absegnete? Wer schrieb solche Bücher?

»Männer sind alle Schweine«, fasste Elissa zusammen. »Gib ihnen Macht und sie glauben, sich für nichts mehr rechtfertigen zu müssen. Für mich gibt es keinen Ausweg. Solange Luar lebt, bin ich ihm versprochen.«

»Aber geehelicht hat er dich nicht.«

Die Prinzessin stieß ein freudloses Lachen aus. »König Balwin hat auf eine Frist bestanden. Ein Jahr soll vergehen, ehe die Hochzeit vollzogen werden darf. Um sicherzustellen, dass ihm keine böse Überraschung droht und er nicht aus Versehen einen Hurenbastard als Enkel anerkennt. Ein Grund mehr für Luar, fremden Kitteln nachzujagen.«

Fremden Kitteln wie dem von Nora. »Ein echter Charmebolzen. Und das Jahr …?«

»Ist nächsten Monat vorüber. Die Vorbereitungen am Königshof laufen bereits.«

Nora rieb sich die Schläfe. »Mit einem Wort: Je schneller Keldan Luar entmachtet, desto besser.«

»So ist es. Wir können nur hoffen, dass der König von all dem nichts erfährt, ehe Keldan etwas Eindeutiges in der Hand hat. Er wäre bestimmt nicht erfreut darüber, welche Behandlung sein Sohn hier erfährt.«

Daran hatte Nora noch gar nicht gedacht. Der König! Er konnte Luar befreien. Das war die Lösung! Die Geschichte würde zu ihrem richtigen Ende kommen und Ben und sie konnten nach Hause. Keine Gefahren mehr, keine Kämpfe mehr … Jedenfalls nicht für sie.

Ein Blick auf Elissa genügte, um Noras Freude über diese Erkenntnis im Keim zu ersticken. Indem sie Keldan verriet, verdammte sie Elissa zu einem Leben mit diesem Monster von einem Prinzen.

Aber womöglich wurde er ja nett, wenn er erst einmal in festen Händen war?

Außerdem – all diese Leute waren nicht echt! Sie konnte doch nicht ernsthaft erwägen, fiktive Leben über ihr eigenes und das von Ben zu stellen!

Dennoch blieb ein ungutes Gefühl in ihr, als sie sich von der Prinzessin verabschiedete. Ein Teil von ihr wünschte sich nichts sehnlicher, als Luar im Kerker verrotten zu sehen, Elissa ein schönes Leben zu ermöglichen und Keldan … Nun, zumindest sollte ihm nichts zustoßen.

Aber das hier war nicht ihre Welt. Sie wollte nach Hause. Und das bedeutete, dass sie den Fürsten sabotieren und eine Nachricht an den König schicken mussten.

Sie war so versunken in ihre Gedanken, dass sie beinahe mit Ben zusammengestoßen wäre, der sich die gewundene Treppe hinaufquälte, die Nora gerade hinabsteigen wollte.

»Ich hasse Stufen«, schnaufte er. »Ich bin dafür, dass wir den Lift erfinden.«

Besorgt musterte sie seine Verbände, aber die Blutung schien gestillt zu sein, die Blutflecken auf dem Stoff waren braun und verkrustet.

»Geht's?«, fragte sie.

»Ja, ja, alles in Ordnung. Wie lief es mit der Prinzessin?«

»Sie hat mich auf eine Idee gebracht. Aber das sollten wir lieber später besprechen.« Wenn niemand sie belauschen konnte. »Erst muss ich zu Keldan.«

»Dann gehst du falsch. Er hat Luars Gemächer bezogen. Dort entlang.«

»Danke.« Ehe sie über Argumente nachdenken konnte, die dagegensprachen, den Fürsten in einem Schlafzimmer aufzusuchen, marschierte Nora davon.

Es fiel ihr nicht schwer, die Räumlichkeiten des Prinzen ausfindig zu machen: Sie nahmen einen guten Teil des Herrentrakts ein. Die Schnitzerei eines stattlichen Einhorns zierte die Tür.

Nur ein junges Mädchen kann ein Einhorn fangen, hatte Noras Großmutter ihr erzählt. *Es sind scheue Tiere, doch der Unschuld können sie nicht widerstehen. Wenn sie ein Mädchen sehen, kommen sie und legen den Kopf in seinen Schoß.* Man musste nicht Sigmund Freud sein, um die versteckte Bedeutung dieses Bildes zu erkennen.

Als Kind war es Nora jedoch völlig natürlich erschienen. Stundenlang hatte sie auf irgendwelchen Wiesen gesessen in der Hoffnung, einem Einhorn zu begegnen. Verschwendete Zeit. Aber Großmutter hatte darauf bestanden, dass sie es einfach nur auf den falschen Wiesen versuchte.

Nora schüttelte den Kopf, um die Erinnerung zu vertreiben. Vielleicht gab es ja in Eldinor Einhörner, aber unschuldig war sie schon lange nicht mehr. Sie betätigte den geschmiedeten Türklopfer, der die Form eines Drachen hatte. Eines eindeutig weiblichen Drachen. Angewidert ließ Nora die metallenen Brüste los.

Keine Antwort. Die Zeit verstrich.

Gerade als sie erneut klopfen wollte, klackte es und die Tür schwang auf. »Ah, Nora. Tritt ein, meine Schöne. Möchtest du Wein?«

Ihr stockte der Atem, als sie Keldans unverletztes Gesicht sah. Wie war das möglich? Vorhin hatte er noch ausgesehen wie der Verlierer eines Boxkampfes! »Lieber nicht, ich hatte soeben welchen. Danke.«

Amüsiert griff der Fürst nach dem Wasserkrug. »Eigentlich ist es unhöflich, ein angebotenes Getränk abzulehnen. Doch dir sei es verziehen. Ich entnehme deinen Worten, dass du bei der Prinzessin Gehör gefunden hast?«

»Das habe ich. Allerdings fürchte ich, das allein genügt nicht.«

»Was meinst du damit?«

»Sie bietet jede Unterstützung, die sie geben kann. Aber sie bezweifelt, dass Beweise für Luars Untaten existieren, und selbst wenn, ob diese den König umstimmen könnten.« Knapp berichtete Nora von dem Inhalt des Briefes und dem königlichen Siegel darauf.

Mit der Spitze seines Zeigefingers klopfte Keldan an den Rand seines Bechers. »Das sind in der Tat keine erfreulichen Nachrichten. Ich hatte etwas anderes erhofft.« Abrupt stellte er den Becher ab. »Dennoch, ich kenne meinen Bruder. Auch wenn er vor vielem die Augen verschließt, er wird das Ansehen der Krone nicht über das Wohl seines Volkes stellen. Nicht einmal, um seinen einzigen Sohn zu schützen. Doch dafür muss er erst die Gefahr erkennen, die Luar für das Reich bedeutet.«

»Darf ich einen Vorschlag machen?« Als ihr Gegenüber nickte, fuhr Nora fort: »Vielleicht kann ein Besuch seiner Auserwählten Luar einen Hinweis entlocken?«

Die Antwort war ein abfälliges Schnauben.

Nora ließ sich nicht beirren. Sie wollte Zutritt zum Kerker, und Keldan war der Einzige, der ihr diesen verschaffen konnte. »Ihr unterschätzt die Fertigkeiten einer Frau, mein Fürst.«

Seine Augen verengten sich bedrohlich, doch auf seinen Lippen erschien ein herausforderndes Lächeln. Mit zwei raschen Schritten überwand er die Distanz zwischen ihnen und nahm ihr den Becher aus der Hand.

»Ganz im Gegenteil, meine Schöne.« Er zupfte eine Haarsträhne aus dem Zopf, den sie sich geflochten hatte, wickelte sie um seinen Finger und zog Nora an sich heran, bis ihr Gesicht nur noch Millimeter von seinem entfernt war. »Diesen Fehler würde ich niemals begehen.«

7. Kapitel

Als Nora am nächsten Morgen im Saal erschien, prangten dunkle Ringe unter ihren Augen. Wortlos ließ sie sich neben Ben auf die Bank plumpsen. Es erweckte den Anschein, als hätte sie keine besonders geruhsame Nacht verbracht.

Die Tatsache, dass sie am Abend zuvor in Keldans Räumen verschwunden war, würde die Schlaflosigkeit erklären – nicht aber ihre miese Laune.

»Guten Morgen«, grüßte Ben. Das Brummen, das er als Antwort erhielt, nahm er als Aufforderung, ihr Teller und Becher zu füllen und beides vor sie hinzustellen.

Nora starrte ausdruckslos darauf. »Was ist das?«

»Suppe. Und Milch.«

Sie stöhnte und barg den Kopf in ihren Händen. »Ich brauche Kaffee.«

»Keinen Schlaf bekommen heute?«, fragte Ben süffisant.

Sie wandte den Kopf gerade weit genug, um an ihren Fingern vorbeiblinzeln zu können. »Mir tut alles weh. Wer baut bitte solche Betten? Da passt doch kein Mensch rein.«

Ben lachte. Auch in seinem Zimmer stand eines der nur rund anderthalb Meter langen Exemplare. Ausgestreckt zu schlafen war darin unmöglich.

»Die sind nicht zum Liegen gedacht«, erklärte er.

»Wofür denn bitte sonst?«

»Man sitzt. Was hast du denn mit den ganzen Kissen gemacht?«

»Na rausgeschmissen, damit ich wenigstens irgendwie Platz hatte. Wie sollte ich denn auf die Idee kommen, im Bett zu sitzen? Das ist doch unnatürlich!«

»Mit dem ganzen Feuerrauch und der zugigen Luft hatten im Mittelalter viele Menschen Atemprobleme. Im Liegen zu schlafen konnte tödlich sein. Deshalb hat sich der Aberglaube eingebürgert, dass nur Leichen auf dem Rücken liegen und man Gevatter Tod herausfordert, wenn man sich sozusagen selbst aufbahrt.«

Noras Blick nach zu urteilen war ihre Müdigkeit das Einzige, was ihn vor einer Schimpftirade bewahrte – oder davor, die Suppenschüssel an den Kopf geknallt zu bekommen. Ben seufzte. Um diese Uhrzeit konnte er mit seinem Wissen offensichtlich nicht bei ihr punkten.

»Der Prinz hat ein riesiges Bett«, konterte sie schließlich.

Tja, wofür wohl. Ben fragte sich, bei welcher Gelegenheit sie das herausgefunden hatte.

»Mit Stoffhimmel und allem Drum und Dran«, sagte sie schmollend.

»Wusstest du, dass der Stoffhimmel nur dazu dient, zu verhindern, dass sich Bettwanzen auf den Schlafenden fallen lassen?«

»Igitt, warum *sagst* du mir so was?«

Entschuldigend zuckte Ben mit den Schultern.

»Ich will nach Hause«, jammerte sie. Immerhin zog sie endlich den Teller heran und begann, ihre Suppe zu löffeln.

Er konnte ihr nur zustimmen – obwohl jetzt, da die

akute Gefahr gebannt war, seine Neugier ein wenig die Oberhand gewann. Er fühlte sich wie ein Zeitreisender. Aber je länger sie die Geschichte einen falschen Verlauf nehmen ließen, desto unwahrscheinlicher war es, dass sie jemals nach Hause kamen. Ein Ausflug ins Mittelalter war reizvoll, sein ganzes Leben wollte er nicht hier verbringen.

»Wir werden einen Weg finden«, versprach er.

Nora setzte den Löffel ab. »Ich habe gestern mit Keldan gesprochen. Er hat mir erlaubt, gemeinsam mit der Prinzessin Luar im Verlies aufzusuchen. Ich werde mich dort umsehen, vielleicht fällt mir etwas auf. Außerdem hat mich Elissa auf eine Idee gebracht, aber die wird dir nicht gefallen.«

Kurzzeitig hatte Ben den Anschluss verloren. »*Elissa?* Sie ist hier?«

»Du kennst sie?«

»Ich habe von ihr gelesen.« Wie kam jemand wie Elissa hierher, noch dazu als Prinzessin? Immerhin war sie alles andere als eine holde Jungfrau.

»Willst du meinen Plan jetzt hören oder nicht?«

»Hm?«

»Du hörst mir überhaupt nicht zu!«

»Doch, doch. Entschuldige. Natürlich, erzähl.«

Einen Moment sah sie ihn noch vorwurfsvoll an, dann beugte sie sich näher zu ihm. Ihr Atem kitzelte über seine unrasierte Wange. »Also, der König ist doch von seinem ach so tollen Sohn nach wie vor überzeugt, nicht wahr? Ich habe mir überlegt …« Sie stockte. »Was macht der denn hier?«

Neben ihrem Teller hockte ein kleiner schwarzer Drache und sah sie treuherzig an.

Wie lange war Rashuk schon hier? Und was hatte er gehört? Dieses Vieh wurde allmählich zu einer Plage. Sie mussten aufpassen, was sie sprachen, selbst wenn sie sich alleine glaubten. Möglicherweise besonders dann.

»Darf ich vorstellen«, sagte Ben, »mein Kollege.«
»Was ist ein Golege?«, fragte Rashuk. Sein Eidechsenschwanz peitschte umher.
»Es heißt, wir tun dasselbe.«
»Nein, tun wir nicht«, widersprach der Drache.
»Wir unterstützen beide Herrn Keldan.«
»Das tut jeder hier.«
Diese Echse raubte einem wirklich den letzten Nerv. Ben versuchte es noch einmal. »Wir beraten ihn.«
Rashuk legte den Kopf schief. »Ach so?«
»Moment mal!«, mischte sich Nora ein und stupste den Eidechsendrachen in die Seite. Rashuk fauchte. »Du unterstützt Keldan? Ich dachte, Menschenangelegenheiten interessieren dich nicht!«
»Ich habe doch gesagt, den Prinzen mag ich nicht. Er missachtet unsere Wälder, obwohl die Grenzen seit Hunderten von Jahren bestehen. Und seine Jagdgesellschaften beschränken sich nicht auf gewöhnliches Wild. Er hält sich für etwas Besseres und uns bloß für Tiere. Sucht nach dem Weißen Hirschen, jagt nach goldenen Vögeln und nach Feen. Nennt sich Drachentöter, pah!« Rashuk fletschte die Zähne. »Wir hätten ihn einfach verschwinden lassen können. Wer die Grenze übertritt, der gehört uns. Aber das hätte Krieg gegeben, und mir liegt viel an unseren Wäldern. Keldan ist der Magie zugeneigt. Wenn er den Thron besteigt, sind wir sicher.«
»Also hilfst du ihm dabei«, fasste Nora zusammen.
Der Drache gluckste. »Was dachtest du denn, wer ihm den Hinweis gegeben hat, Luar in dieser albernen Essenshütte aufzugreifen? Oder mit euch zu sprechen?«
Also doch: Der Drache war Keldans fliegender Minispion. Und sie waren auf ihn und sein unschuldiges Getue hereingefallen. In dieser Welt durfte man wirklich niemandem trauen, nicht einmal einer Eidechse.
»Da wir gerade dabei sind: Keldan will euch sprechen.

Dich, um genau zu sein.« Seine gelben Augen ruhten auf Nora. Dann sah er zu Ben und blinzelte. »Aber du kannst vermutlich auch mitkommen.«

Und ob er mitkam! Den Teufel würde er tun und Nora alleine mit dem Fürsten lassen. Nicht, nachdem sie sein Bett zu sehen bekommen hatte!

Mühsam erhob er sich von der Bank und quälte sich hinter Nora und dem Drachen die Stufen hinauf. Als hätten seine Verletzungen nicht genügt, machte ihm inzwischen auch noch ein gigantischer Muskelkater zu schaffen.

Die Tür, zu der Rashuk sie führte, unterschied sich Bens Ansicht nach kaum von den anderen in dieser Festung. Doch der Raum dahinter musste den puren Horror für Nora bergen. Bücher reihten sich in unzähligen, wuchtigen Regalen bis hinauf zur Decke. Wie erstarrt stand sie an der Schwelle, als könnte das bloße Betreten der Bibliothek all die Schrecken heraufbeschwören, die für sie zwischen den beschriebenen Seiten lauerten.

Keldan bemerkte von ihrem Unwohlsein nichts, oder er überging es geflissentlich. »Ah, meine Schöne. Willkommen.« Er streckte die Hand nach ihr aus. Da erst gewahrte er Ben, der hinter Nora stehen geblieben war. »Du bist auch gekommen?«

Bildete Ben es sich nur ein oder klang der Fürst enttäuscht?

Der Möchtegern-Casanova hatte sich jedenfalls schnell wieder im Griff. »Gut, gut. Je mehr wir sind, desto eher haben wir diese Manuskripte durchgesehen.«

Nun schüchterte die Ansammlung an Büchern auch Ben ein. »Das alles?«, entfuhr es ihm.

Keldan lachte. »Keine Sorge, mein Neffe ist ein Aufschneider. Belesen ist er nur in den Dingen, die er sich zunutze machen kann. Die meisten Bände hier sind Attrappen.«

Nora, die bei der Erwähnung der Manuskripte unwillkürlich einen Schritt zurückgewichen war, atmete hörbar auf. Ein wenig unbeholfen legte ihr Ben eine Hand auf die Schulter. Sie schenkte ihm ein dankbares Lächeln dafür, das Ben innerlich triumphieren ließ. Keldan war vielleicht ein Fürst, aber er hatte keine Ahnung davon, was Nora wirklich brauchte. Und wovor sie Angst hatte.

Doch als der Fürst ihr erneut die Hand entgegenstreckte, ergriff Nora sie ohne zu zögern und folgte ihm ins Reich der Bücher.

Missmutig stiefelte Ben hinterher. Dem Reiz des hier versammelten Schatzes konnte er sich allerdings nicht lange erwehren. Er betrachtete die ledernen, goldgeprägten Rücken. So etwas sah man eigentlich nur in Museen, und dort war es verboten, sie zu berühren. Die Säure im Schweiß und der fettige Schutzfilm der Haut zerstörten das empfindliche Material. Hier dagegen durfte er nicht nur nach Herzenslust darin blättern, er wurde sogar dazu aufgefordert!

Auch Nora sah sich mit großen Augen um. Ben erahnte die Liebe, die die junge Frau einmal mit den Büchern verbunden hatte, bevor ihre Gabe ihr diese Freude genommen hatte. Hätte er ihrem Wunsch nachgegeben und sie das Lesen vergessen lassen, wäre diese Liebe unwiederbringlich verloren gegangen.

Es musste einen anderen Weg für sie geben und den würde er finden.

Auffordernd deutete Keldan auf die überquellenden Regale. »Greift zu.«

»Wonach suchen wir?«, fragte Ben, während er einen schweren, abgegriffenen Wälzer aus dem Regal zog.

»Bücher, in denen tatsächlich etwas geschrieben steht, wären ein Anfang. Möglicherweise hat Luar auch irgendwo lose Blätter verborgen. Wir werden es erkennen, wenn wir es finden.«

Ben schlug den Wälzer auf. Fleckige, unbeschriebene Seiten starrten ihm entgegen.

Leere Bücher in einer Bibliothek in einem Buch. Auf eine verquere Weise ergab das sogar Sinn. Und unter diesen Umständen kamen sie rasch voran, auch wenn Nora die Arbeit mit zusammengekniffenen Augen verrichtete. Buch auf, schütteln, ob etwas herausfällt, Buch zu und zum nächsten greifen.

Als Ben auf befüllte Seiten stieß, hätte er den Band beinahe aus Gewohnheit wieder zugeschlagen. Er sah ihn sich genauer an. Großflächige Malereien auf Pergament, die Handschrift sauber mit Tusche angefertigt. Ein Kunstwerk. Ben konnte kein Wort davon lesen, es war in einer merkwürdigen, kurzsilbigen Sprache verfasst. Er reichte das Buch Keldan und suchte weiter.

Als er ein erschrockenes »Nein!« hörte, sah er auf und erkannte, was der Fürst mit dem Fund tat: Er hielt ihn Nora unter die Nase.

»Es ist in Ordnung, Nora!«, rief Ben ihr zu. »Du kannst es dir ruhig ansehen, vertrau mir.«

Der Blick, den sie ihm zuwarf, hatte eher etwas von »Fahr zur Hölle« als von Vertrauen. Doch sie kehrte an Keldans Seite zurück und betrachtete die Bilder. Faszination löste ihren Widerwillen ab und zauberte ein Lächeln auf ihr Gesicht. Ein Buch, in dem sie gefahrlos blättern konnte.

Ben ärgerte sich, dass er nicht selbst auf den Gedanken gekommen war, es ihr zu zeigen.

Erneut wandte er sich den Regalen zu. Er war noch nicht viel weiter gekommen, als es klopfte. Die Klinke wurde hinuntergedrückt und ein blonder Frauenkopf schob sich herein.

»Ihr habt mich rufen lassen?«, fragte sie.

»Ah, Prinzessin!«, grüßte Keldan. »Vielen Dank für Eure Hilfe.«

Nora legte das Buch beiseite und winkte dem Neuankömmling erfreut zu. Tuschelnd wie zwei Freundinnen verzogen sich die beiden an die andere Seite des Raumes, wo sie sich an die Arbeit machten.

Das also war Elissa? Ben beobachtete die blonde Frau voller Neugier. Sie war etwas größer als Nora und zierlicher. Mit ebenmäßigen Gesichtszügen und Kurven an den richtigen Stellen. Eine Schönheit. Verstohlen suchte er ihre Haut nach Narben ab. Er fand keine. Luar wusste, was er tat.

Elissas kunstvoll geflochtener Zopf pendelte über ihren Rücken, jedes Mal, wenn sie nach einem weiteren Band griff. Sie wirkte so unbeschwert. Es wollte Ben nicht gelingen, diese Frau mit der Figur in Einklang zu bringen, deren Schicksal er während des Lesens bedauert hatte.

»Vorsicht, mein Freund«, sagte Keldan und drückte Ben ein neues Buch in die Hand. »Noch ist die Prinzessin fest versprochen. Doch lass dir gesagt sein, sie ist weit mehr, als sie zu sein scheint.«

Was du nicht sagst. Ben hatte eine ziemlich genaue Vorstellung davon, was Elissa war. Und absolut kein Interesse daran, sich mit einer fiktiven Figur einzulassen. Nicht, wenn eine Frau aus Fleisch und Blut so nah an seiner Seite weilte.

Stunden verstrichen. Sie wären wesentlich schneller vorangekommen, hätte Keldan seine Leute zu Hilfe gerufen, die ohnehin tatenlos in der Burg herumwuselten. Doch wie es aussah, traute der Fürst seinen eigenen Männern weniger als ein paar dahergelaufenen Fremden und der Verlobten seines Widersachers. Also wühlten sich zu viert durch die unendlichen Reihen von Büchern. Fanden Gebetsbände, Geschichtsbände, bizarre Karten, die wie hübschere Versionen der Zeichnung aussahen, die in Bens *Eldinor*-Buch enthalten waren – und Staub. Jede Menge Staub. Er klebte an ihren Fingern, saß in ihren Lungen und ließ ihre Augen tränen.

Ben sah zu Keldan. Der schüttelte den Kopf – nichts. Es war zum Verrücktwerden. Aber was hatte der Fürst erwartet? Dass Luar geheime Dokumente ausgerechnet in seiner Bibliothek deponierte? So einfallslos war nicht einmal Luar.

»Ich habe etwas!«, rief Elissa von der gegenüberliegenden Wand. Triumphierend hielt sie ein Schriftstück hoch.

Andererseits war eine Bibliothek tatsächlich ein hervorragendes Versteck für Geheimdokumente. Wer suchte schon inmitten tausender Bücher danach?

Sie versammelten sich an dem Tisch, der in der Mitte des Raumes stand, und studierten das Blatt Papier.

»Das ist …«, begann Ben.

»Eine Bilanz!«, entfuhr es Nora. »Beziehungsweise eine frühe Form davon. Siehst du? Hier sind die Eingänge verzeichnet, hier die Ausgaben.«

Elissa musterte sie irritiert. »Ich dachte, du kannst nicht lesen?«

»Nicht besonders gut«, wich Nora aus. »Aber ich verstehe etwas von Zahlen.«

Sonderlich überzeugt sah Elissa nicht aus. Nora zuckte unsicher mit den Schultern.

»Und was sagen diese Zahlen?«, fragte Keldan.

Nora ließ ihren Finger über die Zeilen gleiten. »Eingenommene Steuern. Ausgaben für Haushalt, Steinmetze, Wein, Nahrungsmittel …« Ein Seufzer. »Nichts Ungewöhnliches, soweit ich das erkennen kann. Oder doch, wartet. Was ist das?« Sie deutete auf einen Betrag, der keinen Buchungstext besaß.

»Das bin ich«, murrte Elissa. »Das ist die Summe, die Luar für mich bezahlt hat.«

Er hat was? Ben glaubte, sich verhört zu haben.

Die anderen nickten wissend. Wie es aussah, war er der Einzige, der nicht im Bilde war. Wieder einmal.

Enttäuscht sank Nora zurück. »Also stehen wir wieder am Anfang. Sollen wir weitersuchen?«

Keldan schüttelte den Kopf. »Das ist wohl Zeitverschwendung. Ich fürchte, ich werde auf deinen Vorschlag zurückgreifen müssen, meine Schöne. Stattet Luar einen Besuch ab. Vielleicht könnt ihr meinem Neffen etwas entlocken, das uns nützlich ist.«

Elissa – die *Prinzessin* – hakte sich bei Nora unter. »Na dann.« Sie grinste. »Wir beide und Luar. Das wird ein Spaß.«

Spaßig fand Nora es keineswegs, den engen Gang hinab in den Kerker zu steigen. Das Licht der Fackel tanzte über die grob behauenen Wände und zeichnete schaurige Schatten, wo eigentlich nichts als Fels war.

Elissa und Nora hielten sich dicht hinter Dulbar, dem Soldaten, den Keldan als Begleiter zu ihrem Schutz abgestellt hatte. In den heimeligen Wohnräumen der Festung war ihr diese Vorkehrung lächerlich vorgekommen. Nun war sie froh um die Anwesenheit des wortkargen Kerls, der ihnen den Weg leuchtete.

Ein unheimliches Stöhnen drang aus den Tiefen herauf. War das der Prinz? Oder waren noch andere hier unten eingesperrt? Womöglich war es auch gar kein Mensch. Was, wenn es eines der Wesen war, die Luar gejagt hatte? Etwas Gefährliches, das in der Dunkelheit lauerte und nur darauf wartete, sie mit kalten Klauen in Empfang zu nehmen?

Ketten rasselten, etwas Schweres schabte über Stein. Dulbar verzog keine Miene. Er schritt unbeeindruckt voran, als könnte ihm nichts und niemand etwas anhaben. Nicht einmal die Hand legte er an den Schwertgriff! War das denn nicht üblich in düsteren, bedrohlichen Gewölben?

Sie sah zu Elissa. Die Prinzessin bemühte sich, Haltung zu bewahren, doch ihre Lippen waren fest aufeinandergepresst. Selbst ihr setzte die Atmosphäre zu. Vielleicht behagte ihr auch bloß die Aussicht nicht, erneut ihrem *Verlobten* gegenüberzustehen, nachdem sie so lange Zeit von seiner Anwesenheit verschont geblieben war.

Ihre kleine Gruppe kam zum Stillstand. Ein beschlagenes Tor versperrte den Weg. Wie man das überhaupt hier heruntergebracht hatte, war Nora ein Rätsel. An manchen Stellen war der Gang so schmal, dass Dulbar mit seinen breiten Schultern seitwärts hatte gehen müssen, und das Tor war deutlich massiver als er. Der Soldat hantierte umständlich an seinem Schlüsselbund herum. Mit nur einer Hand war es nicht so leicht, die beiden Enden des Eisenrings gegeneinander zu schieben, damit sich der Widerhaken löste und er den Bund vom Gürtel nehmen konnte.

Rasch verlor Elissa die Geduld. »Ach, gib schon her!« Sie entriss ihm die Fackel.

Heißes Pech tropfte zu Boden und verfehlte nur knapp Noras Fuß. Sie zuckte zurück und nutzte die Bewegung, um nicht nur aus der Reichweite der Fackel, sondern auch näher ans Tor zu gelangen. Wenn sie Luars Gefängnis auskundschaften wollte, war das die Gelegenheit.

Möglichst unauffällig spähte sie nach dem Schlüssel, den der Soldat ins Schloss schob. Zwecklos. Sobald er ihn wieder herauszog, glitt der Schlüssel in die Anonymität seiner geschmiedeten Kumpanen zurück. Nora hätte beim besten Willen nicht sagen können, welcher davon das Tor entriegelt hatte. Wie es schien, war sie eine lausige Beobachterin.

Dulbar zog an den Eisenbeschlägen. Die Kraftanstrengung ließ seine Muskeln hervortreten, er sah aus wie ein Fitnessjunkie auf Steroiden. Nora verdrehte die Augen. Dann bemerkte sie Elissas Grinsen und wandte ertappt den Kopf ab. Was auch immer die angemessene Reaktion auf eine solche Zurschaustellung von Männlichkeit sein mochte – sie hatte es verbockt.

Mit einem lang gezogenen Quietschen öffnete sich das Tor und gab den Weg frei ins Verliesgewölbe.

»Ach du ...« Nora biss sich auf die Zunge. Ihr Ausruf hallte aus dem Kerker zurück, verzerrt und unheimlich, was die vor ihnen liegende Szenerie umso beunruhigender wirken ließ.

Sie hatte kleine Zellen erwartet, Nischen in einem finsteren, engen Gang. Was sich stattdessen vor ihnen auftat, glich eher einem der berühmten *Carceri*-Kupferstiche von Piranesi. Gewaltige Gewölbe spannten sich über ihren Köpfen, durchzogen von Brücken, deren Ursprung und Zweck Nora nicht erkannte. Vor ihnen führte eine breite Treppe hinab auf die unterste Ebene, von wo aus weitere Gänge, Nischen und Treppen in die Dunkelheit liefen. Hinter halb runden Gitteröffnungen in den Mauern hörte Nora Wasser rauschen, wie von einem unterirdischen Fluss.

»Heimelig, nicht wahr?«, flüsterte die Prinzessin. »Ich durfte hier ebenfalls eine Zeit lang zu Gast sein. Das Essen ist miserabel, aber an den Gestank gewöhnt man sich. Und solange man nicht Besuch vom Foltermeister bekommt, ist die Unterbringung eigentlich in Ordnung.«

»Foltermeister?« Das war ja wohl hoffentlich ein Scherz!

Elissa deutete auf eine Auswahl von Werkzeugen, die an der Wand hing. Zangen, Hämmer, Sägen, Schraubstöcke ... Dazwischen Dinge, denen Nora lieber keinen Namen geben wollte. Ein birnenförmiges Metallgestell mit Schraubvorrichtung zum Beispiel. Ben hätte bestimmt gewusst, wozu es diente, aber sie würde ihn sicherlich nicht danach fragen. Allein beim Anblick dieser Instrumente krampfte sich alles in Nora zusammen.

Wie konnte Elissa so gelassen sein? Hatte Luar auch bei ihr ...?

Als erahnte sie ihre Frage, schüttelte Elissa den Kopf. Natürlich nicht. Seine Braut würde der Prinz nicht beschädigen, jedenfalls nicht so. Nora schauderte. Und diesen Kerl wollte sie befreien?

Reiß dich zusammen!, schalt sie sich selbst. *Glaubst du etwa, Keldan ist besser? Du bist im Mittelalter, vergiss das nicht! Folter ist hier völlig normal, ob es dir passt oder nicht.*

Sie beeilte sich, Dulbar und der Prinzessin zu folgen, die breite Treppe am gegenüberliegenden Ende der Halle wieder hinauf. Je höher sie gelangten, desto penetranter wurde der Gestank von abgestandenem Urin, von Fäkalien, Schweiß und Erbrochenem … Weiter unten hatte das Wasser ihn überdeckt, hier oben gab es keine Linderung.

Das Stöhnen wurde lauter, als sie einen Gang voller Gittertüren entlangschritten. Vereinzelte Rufe hallten ihnen aus der dahinterliegenden Dunkelheit entgegen. Bitten um Gnade, um Essen, um den Tod. Es gab Dutzende Zellen hier, und jede einzelne davon war belegt.

Die des Prinzen befand sich ganz am Ende. Dulbar steckte die Fackel in eine Halterung an der Wand und postierte sich in respektvollem Abstand der Tür, ein paar Meter entfernt. Das Gitter öffnete er nicht.

Als Nora zögerte, schob Elissa sie auf die Gefängniszelle zu.

»Ah, mein Herz«, drang Luars Stimme aus der Finsternis. Sie klang heiser, dabei saß er erst seit einem Tag hier unten. »Deine Anwesenheit ist wie ein Stern in tiefster Dunkelheit.«

Elissas Finger bohrten sich in Noras Oberarm, doch ihrem Verlobten gegenüber gestattete sich die Prinzessin keine Blöße. Sie trat hinter Nora hervor und in den Lichtkreis der Fackel.

»Elissa, mein Herz!« Das überraschte Gesicht des Prinzen tauchte am Gitter auf. Er legte die Hände um die eisernen Stäbe. »Auch du bist hier? Dann seid ihr also gekommen, um mich zu befreien?«

Mistkerl, dachte Nora. In welcher Welt lebte dieser Spinner eigentlich? Wobei, ganz unrecht hatte er nicht. Verdammt, langsam wurde die Sache kompliziert. Sie durfte sich nicht von ihren Gefühlen leiten lassen, nur die Geschichte zählte. Über irgendwelche Qualitäten musste Luar schließlich verfügen, sonst wäre er nicht der Held in diesem Buch. Sie war einfach nur beeinflusst, weil sie auf der falschen Seite gelandet war. Stockholm-Syndrom oder so.

»Wenn es nach mir geht, kannst du hier unten verrotten, *mein Herz*«, erwiderte Elissa giftig. »Aber dein Onkel ist da großzügiger als ich. Gib ihm, was er will, und er verschont dich.«

»Und was will er, mein großzügiger Onkel?« Jede Spur von Tändelei war aus Luars Stimme gewichen, seine Züge wurden hart und drohend. »Denn bislang hat er sich nicht die Mühe gemacht, mich irgendetwas zu fragen.«

Elissa trat näher an das Gitter, blieb jedoch wohlweislich außerhalb Luars Reichweite. Das Fackellicht erhellte die Gesichter der beiden und betonte den unverhohlenen Hass, der sich darin spiegelte.

»Verzichte auf deinen Anspruch auf den Thron«, forderte die Prinzessin.

Überrascht sah Nora sie an. Das war nicht, wozu Keldan sie hier heruntergeschickt hatte. Er wollte eine legale Lösung, keinen Putsch. Das musste Elissas eigene Methode sein, Luar unschädlich zu machen. Oder hatte sie vom Fürsten Instruktionen erhalten, von denen Nora nichts ahnte? Nora fühlte einen winzigen, nagenden Schmerz bei diesem Gedanken. Sie schüttelte ihn ab. Sollte Keldan seine Pläne doch besprechen, mit wem er wollte. Auf die Vertrautheit mit einer Romanfigur war sie nun wirklich nicht angewiesen.

Elissa fuhr ungerührt fort. »Dein Name wird aus der Königslinie gestrichen, du verlierst alles, was an der Krone hängt. Aber du behältst dein Leben, vielleicht sogar deine Annehmlichkeiten. Das Königreich ist voll von unnützen Grafen und Adelsherren, gewiss fällt einer mehr nicht weiter ins Gewicht. Auf den Schutz der Krone wirst du allerdings verzichten müssen.«

Luar lachte sie aus, laut und unbarmherzig. Sein Gelächter hallte gespenstisch durch den Kerker. »Und dafür schickt dich mein teurer Onkel zu mir herunter, Weib? Dass du mir mit solchem Unfug ankommst?« Er spuckte ihr vor die Füße. »Du vergisst, wer ich bin. Ohne mich wärst du gar nichts, bloß eine Hure in der Gosse, zuschanden geritten vom Pöbel. Ist es das, wonach du dich sehnst? Diesen Wunsch kann ich dir gerne erfüllen.« Prinz Charming war verschwunden, Luar griff sich mit einer obszönen Geste ans Gemächt. »Hier und jetzt, wenn es dir beliebt.«

Elissa tat eine rasche Handbewegung und der Prinz machte einen Satz rückwärts. Gelber, beißender Rauch drang aus seiner Zelle, zusammen mit dem Gestank von Schwefel. Was auch immer sie nach ihm geworfen hatte, es war äußerst wirkungsvoll. Hustend und spuckend wich Luar zurück.

»Du verdammte Kröte!«, krächzte er. »Ich zieh dir die Haut ab, jeden einzelnen Knochen werde ich dir brechen! Du wirst noch darum betteln, vor mir kriechen zu dürfen, du vermaledeites Weibsstück!«

Elissa beachtete ihn nicht länger. Sie hob die Fackel aus der Halterung. »Lass uns gehen.«

Sie wartete nicht ab, ob Nora ihr folgte, sondern marschierte kurzerhand zum Ausgang. Das Licht und Dulbar nahm sie mit. Nora blieb nichts anderes übrig, als den beiden hinterherzueilen.

Na, der Besuch hat sich ja so richtig ausgezahlt.

Wenigstens hatte Nora die Lage von Luars Gefängnis ausfindig gemacht. Allerdings hatte sie keine Ahnung, was ihr dieses Wissen nutzte, wo der Prinz doch hinter Schloss und Riegel verwahrt wurde. Außerdem konnten sie ja schlecht einfach mit Luar hier herausspazieren, selbst wenn es ihr gelingen sollte, ihn aus seiner Zelle zu befreien. Vielleicht gab es ja noch einen geheimen Zugang zum Verlies? Der unterirdische Fluss beispielsweise. Sie musste nur eine Gelegenheit finden, sich unbeobachtet ein wenig umzusehen …

»Kommst du? Oder gefällt es dir hier unten so gut?«

Erschrocken blickte Nora auf, direkt in Elissas ebenmäßiges Gesicht. Die Prinzessin sah sie erwartungsvoll an. Nora hatte zu lange in das tosende Wasser auf der anderen Seite der Gitter gestarrt.

»Entschuldige.« *Wie dumm!*, schimpfte sie sich selbst. *Auffälliger geht's ja wohl nicht!*

Sie schlüpfte an der Prinzessin und ihrem Soldaten vorbei in den Gang. Hinter ihr fiel das schwere Tor ins Schloss. Einmal mehr war der Kerker verriegelt.

Kein Weg hinaus. Kein Weg hinein.

»Danke, Dulbar. Du kannst dem Fürsten Bericht erstatten.«

Überrascht sah Nora auf. Wollte Elissa das denn nicht selbst tun? Immerhin hatte sie nicht gerade nach Keldans Wunsch gehandelt. Außerdem war der Muskelprotz ihr Beschützer, kein Bote! Doch der Soldat verneigte sich ergeben, löschte die Fackel und marschierte davon, um dem Befehl Folge zu leisten.

Elissa wartete, bis er außer Hörweite war, dann wandte sie zu Nora. »Komm, begleite mich noch ein Stück.«

Eigentlich wollte Nora nur eines: zu Ben, um mit ihm einen Plan zu entwickeln, wie sie weiter vorgehen sollten. Aber sie machte sich nichts vor – Elissa mochte in der

Gosse geboren sein, mittlerweile verfügte sie jedoch nicht nur über den Rang, sondern auch über das Gehabe einer Adeligen. Widerspruch war zwecklos.

»Machst du dir keine Sorgen, was er Keldan erzählt?«, fragte Nora.

»Was sollte er deiner Meinung nach erzählen?« Die Prinzessin schüttelte amüsiert den Kopf. »Wir haben Luar befragt, so wie es uns aufgetragen wurde.«

»Wir hätten aber nach Hinweisen fragen sollen …«

Elissa musterte sie scharf. »Und du denkst, die hätte er uns gegeben?«

Nora stutzte. »Nein.«

»Was für einen Sinn hätte es dann gehabt, danach zu fragen?«

So gesehen hatte Elissa natürlich recht. Nora musste endlich aufhören, allen Leuten hier akute Blödheit zu unterstellen, nur weil es fiktive Personen waren. Sie dachten wie Menschen, fühlten …

Nein, dieser Gedanke war gefährlich. Niemand hier in Eldinor existierte wirklich, sie waren nichts als gedruckte Buchstaben auf Papier. Nur Ben und sie waren real. Die Welt, aus der sie kamen, war real. Und in die mussten sie zurück. Das allein zählte.

»Ich sollte zu meinem Bruder«, sagte sie, noch halb in Gedanken.

»Dein *Bruder.* Natürlich.«

Nora geriet ins Stolpern. Sie zwang sich, weiterzugehen, als wäre ihr nichts Ungewöhnliches an Elissas Worten aufgefallen. Als hätte ihr Herz nicht gerade einen Schlag ausgesetzt.

Ein wissendes Lächeln erschien auf Elissas Lippen. »Hältst du mich für blind? Ich bin eine Frau, vergiss das nicht. Erst erzählst du mir, du könntest nicht lesen. Und dann auch noch dieser Bruder, der dich viel zu aufmerksam betrachtet.«

Aufmerksam? Was wollte Elissa damit andeuten? Ben war ihr Therapeut! Er machte sich Sorgen und er wollte nach Hause. Ihm andere Absichten zu unterstellen, war lächerlich.

»Keine Angst.« Elissa zwinkerte ihr zu. »Ich verrate euch nicht. Ich bin nur neugierig. Wer seid ihr wirklich? Arme Bauersleute jedenfalls nicht.«

Nora sah sich um. Belauschte sie jemand? In Büchern waren solche Burgen voll von Geheimgängen, und die Wände hatten Ohren. Und Rashuk … Der kleine Mistdrache konnte überall sein.

Sie ballte die Hände zu Fäusten, um ihr Zittern zu verbergen. »Wir haben die Wahrheit gesagt. Wir sind Reisende, nichts weiter.«

»Und was wollt ihr hier?«

»Nichts! Wir sind durch Zufall in Keldans Armee gestolpert und wurden in diese ganze Sache bloß verwickelt!«

»Und Ben? Wie steht ihr beiden zueinander?«

Wie sollte sie das erklären? Nora hatte keine Ahnung, ob man in Eldinor Verständnis für jemanden mit Bens Profession aufbringen würde.

»Er ist ein Freund«, wich sie deshalb aus. »Er passt auf mich auf. Hilft mir, nicht in Schwierigkeiten zu kommen.«

Elissa hob eine Augenbraue. »Ein Liebhaber?«

»Nein!« Nora hatte schon genug Probleme, auch ohne einen Kerl, der derartige Ansprüche stellte.

»Verstehe.« Die Prinzessin klang merkwürdig zufrieden. »Und, klappt es wenigstens?«

»Was?«

»Das mit den Schwierigkeiten.«

Klar, und wie. Abgesehen davon, dass wir in einem verdammten Buch festsitzen, und zwar auf der Seite des Bösewichts, während der Gute mich hasst und ein kleiner

Mistdrache jeden unserer Schritte beobachtet, ist alles wunderbar! »Nicht so ganz.«

»Verstehe«, wiederholte Elissa. Sie hielt an. »Wir sind da.«

Irritiert sah Nora sich um. Das war nicht der Bereich, in dem ihre Kemenaten untergebracht waren. »Wir sind wo?«

Elissa deutete auf die Tür links von ihnen. »Das Zimmer deines Bruders. Da wolltest du doch hin, nicht wahr?« Sie lächelte schelmisch. »Oder soll ich dich lieber zu Keldans Gemächern bringen?«

Verärgert schüttelte Nora den Kopf, riss, ohne anzuklopfen, die Tür auf, schritt hindurch und knallte sie der Prinzessin vor der Nase zu.

8. Kapitel

»Bist du verrückt geworden?« Hastig zog Ben die Decke vom Bett und schlang sie um seine Schultern. Er trug nichts außer dem dünnen Nachthemd, das man ihm zur Verfügung gestellt hatte. Bisher hatte er das ganz bequem gefunden, aber das war, bevor eine Frau in sein Zimmer gestürmt war. »Warum klopfst du denn nicht an?«

Nora stand wie erstarrt an der Tür, ihre schreckensweiten Augen auf die Papiere gerichtet, die er bei ihrem unvermuteten Eintreten fallen gelassen hatte. Ben seufzte und machte sich daran, die Unterlagen einzusammeln – immer darum bemüht, die Decke an Ort und Stelle zu halten.

»Wie lief es mit Luar?«, fragte er, um sie von dem Anblick abzulenken.

»Was hast du da?« Ihre Stimme klang angespannt.

»Schriftstücke, die Keldan mir gegeben hat. Ich bin sein Berater, schon vergessen? Vielleicht finde ich in diesen wirren Aufzeichnungen etwas, das uns nützlich sein kann. Du weißt schon.«

Sie erwiderte nichts. Ihre Blicke folgten jeder seiner

Bewegungen, bis er die Papiere wieder fein säuberlich zu einem Stoß zusammengesammelt und auf dem Tisch platziert hatte.

»Also?«, hakte er nach. »Was war jetzt mit dem Prinzen?«

Langsam, als würde sie aus einer Art Trance erwachen, schüttelte sie den Kopf. Endlich sah sie ihn an. »Sicher verwahrt. Keine Chance, zu entkommen.«

»Verstehe.« Nachdenklich rieb Ben an den Tintenflecken, die seine Finger zierten. Mit einem Federkiel zu schreiben war schwieriger, als es aussah. Besonders, wenn man einen Arm kaum bewegen konnte und einem das blöde Papier bei jedem Strich davonrutschte. Seine Schulter schmerzte immer noch, wo der Pfeil ihn getroffen hatte.

Mit einem unglücklichen Gesichtsausdruck ließ Nora sich auf das Bett sinken – die einzige Sitzgelegenheit, die sein Zimmer bot, abgesehen von der kleinen Bank am Fenster, die er zu einem Arbeitsbereich umfunktioniert hatte.

»Elissa ahnt etwas«, sagte sie.

»Was meinst du?«

»Sie weiß, dass du nicht mein Bruder bist.« Der Gedanke schien sie eher zu verstören als zu ängstigen. »Ben, bist du sicher, dass wir die Geschichte richtig deuten?«

Er horchte auf. »Wie kommst du jetzt darauf?«

»Es ist nur … Luar wirkt so gar nicht wie ein Held. Er ist ein Großkotz, ein echter Widerling. Nicht einmal seine Verlobte will ihn wiederhaben. Und wenn an den Gerüchten über seine Taten etwas dran ist … Kann es nicht sein, dass du da etwas falsch verstanden hast?«

»Nein, habe ich nicht.« Auch wenn Ben nachvollziehen konnte, wie sie auf diesen Gedanken kam. Er dachte an Elissa. An die Dinge, die Luar mit ihr getan hatte. Ben hatte sie im Buch als Figur sehr gemocht. Und trotzdem hatte er diese Stellen mit einer gewissen Faszination gelesen, weil sie … anders waren. Aber das würde er Nora gegenüber niemals zugeben.

»Luar ist der Held, glaub mir. Es ist doch klar, dass ihn hier keiner leiden kann. Wir sind immer noch im Lager seines Feindes, auch wenn wir jetzt in einer Burg sitzen statt in Zelten.«

»Ein typischer Held sieht anders aus«, beharrte Nora. »Warst du denn beim Lesen auf seiner Seite?«

Ben zögerte. Doch beschönigen würde ihnen nicht dabei helfen, nach Hause zu kommen. »Ja, war ich. Natürlich ist er kein netter Kerl, aber er hat ganz in Ordnung gewirkt. Ein sympathischer Mistkerl eben. Große Klappe, lockere Sprüche …« *Und eine lockere Hand.*

Nora musterte ihn. »Das findest du also sympathisch?«

Er runzelte die Stirn. Wer war jetzt hier verblendet? Nur weil ihr Keldan unter den Rock wollte, machte ihn das noch lange nicht zu einem besseren Menschen als den Prinzen. Im Gegenteil.

»Es war aus Luars Sicht geschrieben«, wandte er ein. »Da sieht man die Dinge eben ein wenig anders. Außerdem ist unsere Meinung doch nebensächlich. Es geht nicht darum, was wir beide als eine gerechte Handlung ansehen, sondern darum, das Buch zum richtigen Ende zu führen.«

»Das weiß ich!«, murrte sie. »Es ergibt nur alles irgendwie keinen Sinn.«

»Natürlich nicht. Du hast doch selbst gesagt, wir haben die Geschichte verändert.«

»Das schon. Aber trotzdem. Warum bringt Keldan seinen Neffen beispielsweise nicht einfach um, wenn er doch der Bösewicht ist? Wäre das nicht logischer? Stattdessen schlägt er sich hier mit Zettelwirtschaft herum.«

»Vielleicht ist das so etwas wie das Prinzip der Beharrlichkeit? Ich bin mir sicher, dass Luar in der ursprünglichen Version der Geschichte überlebt. Vielleicht sträubt sich das Buch deshalb, ihn sterben zu lassen. Als Hauptfigur könnte diese Trägheit besonders wirksam sein.«

»Du redest von Physik, nicht Literatur.«

»Physik ist überall. Ursache und Wirkung. Ob im Alltag, der Psychologie oder in Romanen. Vermutlich wäre es logischer, Luar zu töten, um ihn zu beseitigen. Aber Keldan ist eben kein Mörder, ebenso wenig, wie er ein König ist. Er ist schwach.«

»Ist er nicht!« Unter Bens Blick stieg Nora die Röte ins Gesicht, doch sie wiederholte beharrlich: »Er ist nicht schwach.«

»Du magst ihn«, stellte Ben fest.

»Blödsinn! Er ist nicht echt, das weißt du.«

Ja, das wusste Ben. Und Nora ebenso, aber Gefühle ließen sich selten vom Wissen um ihre Unmöglichkeit beeinflussen. Für diese Erkenntnis musste man kein Psychologe sein. Er setzte sich zu ihr.

Sie duldete seine Nähe knappe fünf Sekunden, dann sprang sie auf und trat ans Fenster. »Erzähl mir alles, was du über die Geschichte weißt«, verlangte sie.

Die kontrollierte Nora war zurück. Irgendwann würde sie zerbrechen unter der Last all der Dinge, die sie zu beherrschen versuchte. Dann würde sie die Therapie wirklich brauchen, und er würde ihr zeigen, wie heilsam es sein konnte, einfach einmal loszulassen.

Irgendwann, aber nicht heute. Bis sie wieder sicher in ihrer eigenen Welt waren, brauchte Ben sie als die willensstarke Person, die dank ihrer Gabe durch Welten reiste, und nicht als Patientin. Also erzählte er. Vom Königreich Eldinor, das über die Jahrzehnte von zahlreichen Kriegen zerrüttet und gebeutelt worden war. Von Luar, der sich bislang zwar vor jeder Verantwortung gedrückt hatte, aber vom Volk zumindest respektiert wurde. Und von Keldan, der mit seiner Zauberei fernab aller kirchlichen Ordnungen sein Dasein fristete. Kein Wunder, dass er auf die

Hilfe von Eidechsen angewiesen war – den Rückhalt des Volkes würde er niemals gewinnen.

Nora lauschte seinem Bericht mit ausdrucksloser Miene. Die Arme hatte sie vor der Brust gekreuzt, ihre Finger umklammerten die Oberarme so kräftig, dass es schmerzen musste.

Schließlich fragte sie: »Also bleiben wir bei dem Plan? Wir helfen Luar?«

»Je eher wir ihn auf den Thron befördern, desto eher können wir nach Hause. Oder siehst du eine andere Möglichkeit?«

Ben sah Resignation in ihrem Blick. Sie ließ die Arme sinken. »Nein.« Ihre Antwort war kaum mehr als ein Flüstern. Dann straffte sie die Schultern, und der Eindruck verflog. »Wie gehen wir vor?«

Ben erzählte es ihr.

∽

»Dieser hier vielleicht?«, fragte Nora. Ihre Augen schmerzten von den Stunden, die sie nun schon im flackernden Licht einer einzelnen Kerze auf die Tuschezeichnungen starrte.

Ihr Plan wäre ja gewesen, eine Nachricht an den König zu schicken und ihn die Arbeit erledigen zu lassen, aber das Risiko wollte Ben nicht eingehen. Wenn man die Nachricht abfing, wäre es ein Leichtes, sie zu ihm zurückzuverfolgen. So berechtigt der Einwand auch war, Nora empfand ihn als feige. Das hätte sie dem Psychologen auch ins Gesicht gesagt, hätte sie ihm nicht in einer anderen Sache beipflichten müssen: Sie hatten keine Möglichkeit, mit ihrer Nachricht überhaupt bis zum König vorzudringen. Schließlich konnten sie schlecht einen Boten beauftragen.

Also quälte sie sich durch den Stapel Papiere, die Ben als

lesesicher eingestuft hatte, und suchten nach irgendeinem Hinweis, der ihnen weiterhalf.

Als Ben nicht auf ihre Frage reagierte, stieß sie ihm in die Seite.

»Hmm?« Er sah in etwa so aus, wie sie sich fühlte: müde und überdrüssig.

»Das da. Sieht aus wie ein Tunnel, findest du nicht?« Sie deutete auf einen kleinen, krakeligen Strich, der mit viel Optimismus einem Gang ähnelte. Natürlich konnte dem Zeichner auch bloß die Feder ausgerutscht sein.

Ben schob seine Listen beiseite, nahm die Brille von der Nase und rieb geistesabwesend mit dem Zipfel seines Nachthemds über die Gläser. Nach Noras Empfinden verschmierte er sie damit bloß noch mehr, aber das war sein Problem, nicht ihres. Für sie kam es ohnehin einem Wunder gleich, dass die Brille ihre Reise bisher unbeschadet überstanden hatte.

Ben warf einen kritischen Blick auf die Karte, die Nora in der Hand hielt, und verglich sie mit seinen Listen. »Ha!« Er schnappte nach dem brüchigen Papier und musterte es genauer. »Laut Aufzeichnungen existiert da kein Tunnel.«

»Das ist gut, oder nicht? Ich meine, ein geheimer Zugang wäre wohl kaum in den Unterlagen verzeichnet.«

»In den Karten aber vermutlich auch nicht.« Ben klang nüchtern bei dieser Feststellung, doch seine Erregung konnte er nicht verbergen. Sie hatte etwas gefunden, da war sich Nora sicher.

Dabei hatte sie ernsthaft bezweifelt, in Keldans Papieren tatsächlich auf eine Möglichkeit zu stoßen, um Luar zu befreien. Schon gar nicht in den Karten, auf die sie sich beschränken musste.

»Hast du diesen Bereich gesehen, als du im Verlies warst?«, fragte Ben. Sein Finger lag auf dem Fleckchen Papier, auf dem der seltsame Tintenkringel aus dem Hauptbereich der Kerkeranlage abzweigte.

Sie schüttelte den Kopf. »Es war zu dunkel. Die Räume dort unten sind riesig.«

Ben kratzte sich den Bart, der seit ihrer Ankunft in Eldinor auf seinen Wangen spross. Im Vergleich zu den anderen Männern in Keldans Gefolge sah er trotzdem noch aus wie aus dem Ei gepellt, vor allem jetzt, da die Brille wieder an ihrem Platz saß.

»Schwer zu sagen, ob das wirklich ein Tunnel ist. Wir müssen uns das vor Ort anschauen.«

Nora sah ihn ungläubig an. »Und wie stellst du dir das vor?«

»Ich dachte, du kennst den Weg?«

»Ja, aber ohne Schlüssel …«

Ben winkte ab. »Das lass meine Sorge sein.« Er schenkte ihr ein zuversichtliches Lächeln. »Ich bin zwar kein toller Schwertkämpfer, aber ein paar Tricks habe ich auf Lager.«

»Klar.« Nora kaufte ihm seine Zuversicht keine Sekunde lang ab.

»Ich werde eine Möglichkeit finden, vertrau mir. Tust du mir bis dahin einen Gefallen?«

Misstrauisch zog sie die Augenbrauen zusammen. Immer waren es die Geheimniskrämer, die Vertrauen verlangten. Und Gefälligkeiten. »Was denn?«

Ben legte den Tunnelplan beiseite, sammelte die restlichen Unterlagen ein, rollte sie zusammen und band eine lederne Schnur darum. »Ich muss noch ein paar Nachforschungen anstellen und Keldan diese Listen zurückbringen. Aber ich habe in der Bibliothek einen Umgebungsplan gesehen. Eine gemalte Landkarte, in etwa so groß.« Er deutete mit den Händen eine Größe von gut einem Meter mal einem halben an. »Während ich ihn ablenke, könntest du die Karte besorgen? Dann hätten wir zumindest eine grobe Vorstellung davon, was auf der anderen Seite des Tunnels liegt.«

»Falls da ein Tunnel ist«, ergänzte Nora. Sie wollte sich

keiner falschen Hoffnung hingeben, aber der Drang, etwas zu tun, räumte ihre Zweifel beiseite. Zeit, die Dinge wieder in die Hand zu nehmen. Sei es auch nur als Laufbursche.

Der altvertraute Geruch von Büchern empfing sie in Luars Bibliothek. Staub und Papier, Tinte und Geschichten. Wehmütig strich Nora über die ledernen Rücken, erspürte die geprägten Lettern. Die einzige Art, wie sie Büchern gefahrlos nahe kommen konnte.

Es sind nur Attrappen, erinnerte sie sich. Doch das änderte nichts an der Sehnsucht, die sie bei ihrem Anblick verspürte. Ben hatte recht: Es hatte eine Zeit gegeben, in der sie ihren Fluch als Gabe gesehen hatte. In der sie begierig darauf gehofft hatte, die fremden Welten auf diese einzigartige Weise zu erforschen. Wann hatte die Furcht begonnen, ihr gesamtes Leben zu beherrschen?

Endlose Reihen von kleinen Bänden und dicken Wälzern. Sie ballte die Hände zu Fäusten und wandte den Blick ab. Eine Karte musste sie finden, also sollte sie sich lieber auf die Schriftrollen konzentrieren, die sich in Kisten und Regalen stapelten.

Wenn Ben die Karte einmal gefunden hat, wird er doch wohl wissen, wo sie liegt. Warum muss ausgerechnet ich danach suchen? Ich könnte den Fürsten ebenso gut ablenken!

Sei nicht naiv, rief sie sich selbst zur Ordnung. *Je mehr Zeit du mit Keldan verbringst, umso weniger willst du, dass er scheitert. Und dann sitzt ihr hier fest. Für immer.*

Lustlos zog sie eine Rolle nach der anderen hervor und entrollte sie gerade weit genug, um zu sehen, ob sie Text oder Zeichnungen enthielt. Vermutlich versuchte Ben bloß wieder, sie mit geschriebenen Worten zu konfrontieren. Er war und blieb eben ein Therapeut.

Oder er will einfach nach Hause, und du bist für ihn das Mittel zum Zweck.

Nein, so berechnend war er nicht. Oder doch?

Und wenn sie wirklich hierbleiben würden? Wäre das so schlecht? Keldan behandelte sie gut. Ben war zum Berater aufgestiegen, und sie selbst galt als Dame, sie konnte sich relativ frei bewegen, wurde respektiert …

Ja, aber wie lange noch, bis es dir ergeht wie Elissa?

Verkauft, gefangen in einer Welt, in der Frauen nichts zählten. Ohne Kaffee, ohne Dusche … *Und ohne meine Familie, meine Freunde, meine Selbstständigkeit. Ohne alles und jeden, den ich kenne.* Zu fest umklammerte sie die Schriftrolle, die sie in der Hand hielt. Das trockene Papier zerbröselte unter ihrem Griff.

Schluss damit! Sie mussten nach Hause, Punkt. Allein schon wegen Ben. Immerhin tat er alles, um ihr zu helfen.

Unwillkürlich glitt ihr Blick ein weiteres Mal über die Buchrücken. Was, wenn er das wirklich konnte? Wenn sie endlich keine Angst mehr haben müsste? Wenn sie wieder *lesen* könnte?

Ein kleines Lächeln schlich sich bei dieser Vorstellung auf ihre Lippen – und erstarb schlagartig, als sie das Symbol auf dem schmalen dunkelgrauen Einband erkannte, der vor ihr aus dem Regal ragte.

Ein leises Kribbeln machte sich in ihren Fingerspitzen breit, ihr wurde schwindelig. Sie bekam kaum Luft. Ihre Lunge weigerte sich, den Atem aufzunehmen, den sie krampfhaft einsog. Und doch konnte sie nicht widerstehen. Es war wie ein Zwang. Sie musste es berühren. Sehen, ob es echt war.

Sie streckte die zitternden Finger aus und berührte altes, brüchiges Leder. Zaghaft strich sie über den Rand, betastete die abgewetzte Kante. Dann zog sie das Buch mit einem Ruck aus dem Regal.

Auf der Vorderseite war dasselbe Symbol eingeprägt. Ein Gewirr aus Linien, die einander überlappten, folgten und wieder voneinander abließen. Sie verwoben sich zu einem dichten, kreisförmigen Muster, das keinerlei Symmetrie aufwies und doch einer verborgenen Logik zu folgen schien. In die Mitte war das Relief einer Kugel eingebettet.

Nora kannte dieses Zeichen, hatte es tausende Male gesehen. Dennoch konnte sie es nicht glauben. Sie griff in ihren Ausschnitt und zog die Kette hervor, die sie darunter trug. Daran baumelte ein kleiner Anhänger. Ihr Glücksbringer, den sie seit ihrer Kindheit besaß und nie ablegte. Eine kleine silberne Scheibe mit einem ziselierten Muster darauf und einer Kugel aus Bergkristall, die im Zentrum des Schmuckstücks festsaß.

Sie legte den Anhänger auf das geprägte Bild des Buches. Sie waren identisch. Selbst die kleinen Sprenkel, die Nora bisher für Einschlüsse im Kristall gehalten hatte, waren abgebildet. Sie glichen winzigen Sternen. Fremden Welten.

Mit einem Mal fror Nora erbärmlich. Alles in ihr schrie danach, das Buch so weit wie möglich von sich zu schleudern, zu fliehen, zu vergessen. Das hier war gefährlich, das fühlte sie. Ein Damoklesschwert. Sie wollte nicht wissen, was es damit auf sich hatte, wollte fort, in Sicherheit …

Sie schlug das Buch auf, blätterte zur ersten Seite. Ihr Blick fand die erste Zeile.

Den Beginn der Geschichte …

»Au!«

Nadelfeine Krallen bohrten sich in ihre Schulter. Vor Schreck klappte sie das Buch wieder zu.

»Rashuk!«, schimpfte sie. »Das tut weh!«

Der kleine Drache flatterte auf und ließ sich auf einem Bücherstapel im Regal vor ihr nieder. Sichtlich unglücklich über seinen neuen Sitzplatz trippelte er ein wenig hin und her, bis er sich schließlich auf seinen Hinterbeinen platzierte. »Ich habe dich in der ganzen Burg gesucht«, sagte er vorwurfsvoll.

»Warum denn das?«, entfuhr es ihr.

»Fürst Keldan bittet dich, mit ihm zu dinieren.«

»Aber …« Sie klappte den Mund wieder zu. Schließlich konnte sie kaum sagen, dass eigentlich Ben beim Fürsten sein sollte. Verunsichert senkte sie den Blick.

Er fiel auf das merkwürdige Buch in ihrer Hand. Hatte sie wirklich versucht, darin zu lesen? Ganz allein? Was hatte sie sich nur dabei gedacht? Sie kannte das Risiko! Und dennoch fühlte sie den beinahe übermächtigen Drang, es erneut aufzuschlagen und zu sehen, welche Geschichte darin geschrieben stand.

»Weißt du, was das ist?«, fragte sie den Eidechsendrachen.

Er machte eine merkwürdige Bewegung, die wohl ein Schulterzucken darstellte. »Ein Buch.«

Nora seufzte. Was hatte sie erwartet? Rashuk würde sich nicht für Menschengeschichten interessieren. Sie musste jemand anderen um Hilfe bitten. »Denkst du, ich darf mir das hier ausleihen?«

Er stieß ein kleines Rauchwölkchen aus. Dann schien er sich daran zu erinnern, dass er zwischen tonnenweise trockenem Papier saß, denn er drückte eine Tatze auf seine qualmende Schnauze.

»Warum nicht«, nuschelte er und rieb über seine Nasenlöcher, als würde der Rauch ihn kitzeln. »Wenn es dir Freude macht, wird der Fürst bestimmt einverstanden sein.«

Keldan kommentierte das kleine Lederbüchlein in ihren Händen mit einer hochgezogenen Augenbraue. Verschämt schob sie es hinter ihren Rücken, als könnte sie es dadurch, wenn schon nicht aus der Welt, so doch wenigstens aus seiner Gegenwart entfernen.

»Ich weiß nicht, was mich mehr überrascht«, meinte der Fürst. »Die Erkenntnis, dass mein lieber Neffe über ein Märchenbuch verfügt, oder dass du ausgerechnet darauf ein Auge geworfen hast.«

»Märchen?«, fragte Nora verwundert. Sie musterte den Einband ein weiteres Mal. *Eine Geschichte in einer Geschichte.*

»Nun, die meisten Damen, deren Bekanntschaft ich bisher machen durfte, hatten mehr Interesse an Minnegesängen und Heldenliedern.« Er lächelte. »Du hörst nicht auf, mich zu überraschen, meine Liebe. Eine gute Eigenschaft, wie ich finde.«

Sein Lächeln war warm, voller Zuneigung. Es vertrieb die Kälte, die sie seit dem Fund des Buches in ihrem Inneren verspürt hatte. Sie gestattete sich kurz, es zu erwidern.

Er ist der Bösewicht, rief sie sich in Erinnerung. *Er wird sterben.*

Bloß wirkte er nicht böse, als er ihr einen Stuhl zurechtzog, damit sie darauf Platz nehmen konnte, und ihren Becher mit Wein füllte. *Vielleicht ist ja Gift darin.*

»Esst Ihr immer alleine, Keldan?«

»Oh, ich bin nicht alleine. Gerade genieße ich deine Gesellschaft.« Er reichte ihr einen Teller mit Fleisch, das nach gebratener Ente aussah. Der Duft entlockte Noras Magen ein lautes Knurren. Seit dem Frühstück hatte sie nichts mehr zu essen bekommen, und die Suppe war nicht besonders nahrhaft gewesen. Entsprechend herzhaft langte sie zu.

»Doch für gewöhnlich speise ich alleine, ganz recht. Meine Männer brauchen Stärkung, ich dagegen benötige vor allem Ruhe.«

Nora folgte seinem Blick zu einem Papierstapel, der am anderen Ende des Tisches lag, in Griffweite des Fürsten, sodass er sich während des Essens jederzeit bequem in seine Arbeit vertiefen konnte. Workaholics im Mittelalter. Ob Keldan schon einmal etwas von Burn-out gehört hatte?

Die Papiere sahen verdächtig nach denselben Dokumenten aus, die Ben vorhin durchgesehen hatte. Was bedeutete, der Psychologe war hier gewesen – und wieder hinausbefördert worden. So viel zu seinen Ablenkungsfähigkeiten.

Ob Keldan auffallen würde, dass er die Schriftrolle mit dem Grundriss der Burg nicht wieder zurückbekommen hatte? Schnell wandte sie den Blick von den Papieren ab und lächelte ihm zu. Möglichst unschuldig, so hoffte sie.

»Gönnt Ihr Euch denn keine Pause?«

»Selten. Für dich mache ich jedoch gerne Ausnahmen, meine Schöne.« Er hob seinen Becher, nickte ihr zu und trank in tiefen Schlucken. Nora sah seinen Adamsapfel auf und ab hüpfen, als wäre Keldan ein ganz gewöhnlicher Mensch.

Rasch konzentrierte sie sich auf ihren eigenen Teller. »Ihr habt mir noch nicht gesagt, weshalb Ihr nach mir verlangt habt.«

Er setzte seinen Becher ab. »Du kannst jederzeit gehen, wenn du es möchtest.«

Erschrocken sah sie auf. War sie zu weit gegangen?

Ihre Reaktion schien ihn milde zu stimmen, denn er griff über den Tisch und strich sacht mit den Fingern über ihren Handrücken. »Ich genieße deine Gesellschaft, deshalb habe ich den Wunsch geäußert, den Abend mit dir zu verbringen.«

»Oh. Danke.« Was sonst sollte sie antworten?

Keldan umfasste ihre Hand. Seine Berührungen waren sanft, doch sie hatten auch etwas Besitzergreifendes an sich. Ihre Finger verschwanden nahezu in seiner mächtigen Pranke. Es wäre ein Leichtes für ihn, ihre Hand einfach zu zerquetschen.

»Sag mir, fürchtest du mich?«, fragte er.

Oh Gott, jetzt kommt es! Er wollte eine Bestätigung, wie furchterregend er war. Ben hatte recht, Keldan *war* der Bösewicht! Und er musste ein gewaltiger Sadist sein, um Luar in den Schatten zu stellen.

»Ihr seid ein sehr mächtiger Mann«, sagte sie ausweichend.

»Und das macht dir Angst?« Sie versuchte, sich ihm zu entziehen, doch er verstärkte seinen Griff und hielt sie fest. »Ist es meine Magie, die du fürchtest?«

Unwillkürlich sah Nora auf seine Brust, an der tags zuvor noch tiefe Wunden geprangt hatten. Kein Verband war unter seiner Kleidung zu sehen.

»Es wäre dumm, Euch zu unterschätzen.« Ihr Herz klopfte wie wild. Ein falsches Wort, und sie verlor womöglich nicht nur seine Gunst, sondern auch ihren Kopf. Nichtsdestoweniger nahm sie ihren Mut zusammen und sah ihm in die Augen. »Wenn ihr mir ein Leid zufügen wolltet, könntet ihr das auf viele Arten tun. Dazu braucht es keine Magie. Ihr verfügt über ein ganzes Heer von Soldaten.«

Ein Lächeln umspielte seine Mundwinkel, als er ihre Hand freigab. »Das mag sein. Doch Magie ist böse.«

»Denkt Ihr das?« War Keldan seiner Magie womöglich ebenso ausgeliefert wie sie ihrer Gabe? Letztendlich … Was war das Fallen denn, wenn nicht Magie?

Er verzog abfällig den Mund. »Das ist es, was der Glauben lehrt.«

»Aber?«

Unvermittelt stand er auf, trat um den Tisch herum und hinter ihren Stuhl. Nora konnte seinen Atem an ihrem Ohr spüren, warm und gleichmäßig. »Ich glaube, Magie ist wie alle Dinge im Leben. Es kommt darauf an, welche Absichten man im Herzen trägt.« Er hielt seine geschlossene Hand vor sie hin und öffnete sie langsam. Helles goldenes Licht drang daraus hervor und aus dem Nichts in seiner Handfläche erblühte eine weiße Rose. Ihr Duft füllte den Raum, verdrängte alles andere darin.

Nora wollte nach der Blüte greifen, doch da strichen seine Lippen an ihrem Hals entlang. Ein wohliges Schaudern lief durch ihren Körper. Für einen Moment schloss Nora die Augen. Als sie sie wieder aufschlug, hatte Keldan wieder ihr gegenüber Platz genommen.

Er reichte ihr die Blüte. »Dir wird kein Leid geschehen, solange es in meiner Macht liegt, das zu verhindern, Schöne.«

Du irrst dich, dachte sie. *Sobald du erfährst, woher ich komme und was hier eigentlich Sache ist, wirst du selbst alles daransetzen, mich zu vernichten.*

Mit zitternden Fingern nahm sie die Rose entgegen.

Diesmal klopfte Nora an Bens Tür, statt sie wie zuvor einfach aufzureißen. Das war auch nicht nötig. Ben stieß die Tür auf und zerrte Nora in den Raum.

»Wo warst du?«, fuhr er sie an.

»Was soll das?«, schnauzte sie zurück.

»Du warst nicht beim Essen! Ich habe mir Sorgen gemacht!« Er musterte sie von oben bis unten. »Wo ist die Karte?«

Richtig, die Karte! Die hatte sie vollkommen vergessen. »Das ist egal. Schau, was ich gefunden habe!« Sie drückte ihm das Märchenbuch in die Hände.

»Ein Buch?« Er wirkte nicht sonderlich begeistert. »Wie soll uns das helfen?«

Statt eine Antwort zu geben, öffnete Nora den Verschluss ihrer Kette, zog den Anhänger unter ihrem Kleid hervor und reichte ihn Ben. »Siehst du? Es ist dasselbe Symbol!«

Der Psychologe kramte nach seiner Brille, ehe er das Schmuckstück entgegennahm. Er setzte sie auf und verglich das filigrane Muster des Amuletts mit dem Bildnis auf dem Einband. Schließlich runzelte er die Stirn. »Ja. Und?«

»Was hat mein Glücksbringer auf einem Buch in einem Buch zu suchen?« Ihre Finger fuhren über ihren Hals, tasteten aus purer Gewohnheit nach der Kette, die sie doch gerade erst abgelegt hatte. Verärgert ließ Nora die Hand sinken und verschränkte die Arme vor der Brust. »Er ist älter als *Eldinor,* schon meine Großmutter hat ihn getragen!«

Ben gab einen abschätzigen Laut von sich. »Das hat nichts zu bedeuten. Vermutlich ist es ein alchemistisches Sinnbild oder etwas Ähnliches, solche Zeichen sind sehr alt. Immerhin basiert diese Welt im Groben auf unserer. Da werden Übereinstimmungen schon vorkommen. Ich kenne das Symbol zwar nicht, aber das ist auch nicht gerade mein Fachgebiet.« Er wollte ihr beides zurückreichen.

Nora legte die Kette wieder um, doch sie verweigerte das Buch. »Lies es!«, verlangte sie.

»Wegen eines Schmuckstücks?«

»Bitte, Ben. Ich kann es nicht erklären, aber ich muss wissen, was da drinsteht. Es ist ...« Krampfhaft suchte sie nach dem richtigen Wort. Vergebens. »Es ruft mich. Es zwingt mich. Ich hätte vorhin beinahe selbst darin gelesen. Allein! Ich habe Angst, Ben.«

Schlagartig hatte sie seine Aufmerksamkeit. Und seinen Zorn. Mit einem schnellen Schritt brachte er sich selbst und damit auch das Buch aus ihrer Reichweite. »Du wolltest es alleine lesen?«

»Ich *wollte* nicht! Das ist es ja. Ich würde dich niemals hier zurücklassen, das weißt du!«

»Schon gut.« Das Misstrauen in seinem Blick blieb. Er schlug das Buch auf. Dabei wandte er sich von ihr ab, sodass sie keine Gelegenheit hatte, etwas von dem Geschriebenen zu entziffern. »Valcheja«, las er vor. »Sagt dir das etwas?«

»Nein, gar nichts. Keldan meint, es wäre ein Märchenbuch.«

»Keldan?« Er klappte das Buch derart abrupt zu, dass es knallte.

Nora zuckte zusammen.

»Hast du ihm erzählt …?«

»Natürlich nicht! Gar nichts habe ich ihm erzählt, ich habe mir das Buch von ihm ausgeliehen, das war alles. Hältst du mich für blöd?«

Sein Gesicht sprach Bände.

Sie wusste selbst, welchem Risiko sie sich ausgesetzt hatte, verdammt! Das brauchte er ihr nicht auch noch vorzuhalten. Wäre Rashuk nicht gewesen … Aber dass es ausgerechnet der kleine Mistdrache gewesen war, der sie vom Lesen abgehalten hatte, musste sie Ben nun wirklich nicht unter die Nase reiben.

Ben ging zum Bett und verstaute das schmale Buch zwischen den Kissen. »Ich werde es lesen«, versprach er. »In der Zwischenzeit solltest du dich von Keldan lieber fernhalten.«

Du hast leicht reden, dich zitiert er ja auch nicht ständig in sein Zimmer. Sie dachte an Keldans Lippen an ihrem Hals und schauderte erneut.

»Wie du wünschst, *Bruderherz.*«

9. Kapitel

Das Licht der Kerze flackerte und erlosch mit einem leisen Zischen. Blieben nur noch zwei.

Ben vermutete, dass er innerhalb dieser einen Nacht bereits einen ganzen Wochenvorrat davon verbraucht hatte. Öllampen wären wesentlich sparsamer, aber der Gestank von brennendem Talg und Fett machte sich wohl nicht so gut in der romantischen Vorstellung, die manche Fantasyautoren vom Mittelalter hatten.

Schade, dass der Autor von *Eldinor* sich nicht die Mühe gemacht hatte, auch den Abortbesuch mit beschönigenden Worten angenehmer zu gestalten. Oder generell die hygienischen Zustände in dieser Epoche.

Nachdenklich kratzte Ben über den juckenden Verband an seinem Arm und sah zum Fenster hinaus. Die Morgendämmerung kroch hinter dem Waldrand hervor und färbte den unteren Rand des Horizonts in einem blassen Grau. Die Nacht war vorüber und er hatte noch kein Auge zugetan.

Er legte Noras Buch beiseite, nahm die Brille ab und rieb die Druckstellen an seiner Nasenwurzel. *Valcheja.* Er wusste nicht so recht, was er davon halten sollte.

Es war kein gewöhnliches Buch, so viel stand fest. Ben konnte sich an keinen einzigen Satz darin erinnern. Er wusste nicht mehr, ob es kurz und knapp formuliert war oder voll von ausladenden Beschreibungen. Nicht einmal die Sprache, in der es verfasst war, konnte er benennen. Die Geschichte war direkt von den Seiten in seinen Kopf geflossen. Ohne Wörter, ohne Bilder.

Nur ihr Sinn.

Lag das an dieser Welt im Allgemeinen? Oder hatte Nora recht, und dieses Buch war tatsächlich etwas Besonderes?

Ben hatte ihre Versuche noch deutlich vor Augen. Damals hatte er den Eindruck gehabt, dass die Bücher etwas von Nora einforderten, regelrecht nach ihr verlangten. Ganz ähnlich hatte sie ihre Empfindungen bei diesem Exemplar beschrieben.

Damals. Es schien eine Ewigkeit her zu sein, dabei waren in Eldinor gerade einmal vier Tage vergangen. Und draußen? Möglicherweise nicht mehr als ein paar Minuten.

Und sie hätte beinahe in dem verfluchten Buch gelesen, Herrgott!

Was wäre dann aus ihm geworden? Sein altes Leben hätte er damit vergessen können. Wie lange würde er in dieser Welt durchhalten, bis er in einem von Keldans Kämpfen den Kürzeren zog? Noch war es friedlich auf der Burg, aber dieser Zustand würde nicht ewig anhalten. Sie mussten raus hier, und zwar bald.

Kurz entschlossen schlüpfte er einmal mehr in Wams und Hosen. Keldans Wappenfarben zu tragen war ihm ein Graus, aber im Nachtgewand konnte er schlecht durch die Gänge geistern. Davon abgesehen würde er Luars Farben genauso ablehnen. Er wollte keiner Partei angehören – und solchen, die verpflichtet waren zu kämpfen, schon gar nicht. Er war ein eigenständiger Mensch. Sich den willkürlichen Vorstellungen anderer Leute unterzuordnen widerstrebte ihm zutiefst. Eine Mitgliedschaft im Golfklub war das Äußerste, zu dem er sich hatte hinreißen lassen. Um die kam man nicht umhin, wenn man als Arzt etwas gelten wollte. Ob er wohl je wieder Golf spielen konnte, ohne dabei den Schwung des Schwertes zu spüren und blutige Szenen vor Augen zu haben?

Er würde es erst herausfinden, wenn er wieder heil in der Realität angekommen war. Jetzt ging es darum, zu überleben. Dafür folgte er Noras oberster Regel: Tarnung. Trotz aller Annehmlichkeiten, die sie genossen, waren sie Gefangene in diesem Buch und auf dieser Burg. Also tat er besser so, als wäre er der treue Berater des Fürsten, während er nach einem Ausweg aus diesem Schlamassel suchte. Vielleicht konnte er die Geschichte ja beenden, indem er Keldan einfach beseitigte?

Ben schüttelte den Kopf. Nein, so weit war es dann doch noch nicht mit ihm. Er begnügte sich damit, Luar auf freien Fuß zu setzen. Der würde das schon regeln.

So leise wie möglich tappte Ben durch die Burg. Da auf Nora kein Verlass war, musste er die Karte selbst aus der Bibliothek holen. Und wenn er schon einmal dort war, fand er womöglich auch etwas über Valcheja – den Nimbus zwischen den Welten.

Er war davon ausgegangen, zu dieser frühen Morgenstunde die Bibliothek für sich allein zu haben. Doch als er durch die niedrige Tür trat, erblickte er eine vertraute Figur, die am Ostfenster saß und in einen der wenigen richtigen Bände vertieft war. Das lange, blonde Haar fiel ihr frei über den Rücken, und das gerüschte Nachtkleid war deutlich offenherziger, als es von einer edlen Dame zu erwarten war.

»Verzeiht, Prinzessin«, stieß er hervor. »Ich wusste nicht, dass Ihr …«

Sie blickte auf und lachte. Der breite Ausschnitt rutschte

zur Seite und entblößte eine weiße Schulter. »Guten Morgen. Warum schaust du denn so erschrocken?«

Elissa war eben nur dem Namen nach eine Dame.

Einladend klopfte sie auf die freie Fläche der Holzbank. »Möchtest du mir Gesellschaft leisten? Ben, nicht wahr? Jetzt, da Luar im Verlies weilt, kann ich mich endlich ungezwungen in diesen Räumen bewegen. Mir fehlen die Worte, um zu beschreiben, welche Wohltat das ist.« Sie zwinkerte ihm zu. »Vielleicht suche ich deshalb nach neuen Worten hier in diesen Gedichten. Und was führt dich zu dieser frühen Stunde her?«

»Ich ...« Von der Karte zum Verlies konnte er ihr nichts erzählen, geschweige denn darüber, was er damit vorhatte. Also hob er den Band, den Nora mitgebracht hatte. »Ich hatte gehofft, hierzu noch einige Informationen zu finden.«

»Märchen?« Elissa schmunzelte. »Bist du nicht schon ein wenig zu alt für so etwas?«

»Mag sein«, wich er aus. »Es interessiert mich eben.«

Amüsiert deutete sie auf die Regale rundum. »Dann viel Glück. Ich glaube nicht, dass Luar besonderes Augenmerk auf Ordnung gelegt hat. Und seinen Archivar ließ er im Frühjahr hinrichten, weil dieser seinen Heldentaten nicht genug gehuldigt hatte.«

Entmutigt sah Ben sich um. Er hatte weder Zeit noch Lust, sich einmal mehr durch die unzähligen Buchattrappen zu wühlen. Wo er die Karte finden würde, wusste er dagegen genau – doch die konnte er schlecht direkt vor den Augen der Prinzessin aus dem Zimmer schummeln.

Prinzessin, dachte er spöttisch, während er die Regale abschritt und sich dabei unauffällig aus ihrem Sichtfeld bewegte. Diese Bezeichnung war und blieb ihm fremd. Es fiel ihm schwer, die kokette, selbstbewusste Person mit dem schüchternen, jungen Freudenmädchen aus dem

Roman in Einklang zu bringen. Vielleicht hatte Luars Behandlung ihr nicht so sehr geschadet, wie er gedacht hatte?

Aber das ging ihn eigentlich gar nichts an. Elissas Schicksal lag nicht in seiner Hand; er und Nora hatten nichts mit dieser Welt zu schaffen, und je weiter sie sich in diese Geschichte verstrickten, umso schwieriger würde es für sie werden, jemals wieder nach Hause zu kommen. Jede Einmischung trieb sie weiter von der ursprünglichen Handlung weg.

»Glaubt Ihr, dass Valcheja wirklich existiert?«, fragte er.

»Meinst du im wörtlichen Sinn oder als Metapher?« Ihre Stimme kam weiterhin aus der Richtung des Fensters. Gut so.

»Ich würde gerne Eure Meinung darüber hören.« Er betrat den Gang, der die Landkarten enthielt, und bewegte sich langsam auf das Regal zu, in dem er die Karte zuletzt gesehen hatte.

»Vielleicht. Es gibt so viele Namen dafür. Das große Nichts, der Nimbus, das Jenseits ... Manche glauben, es wäre der Ort, dem die Drachen und übrigen Zauberwesen entstammen. Andere gehen sogar so weit zu behaupten, es wäre der Ursprung aller Magie. Aber da musst du wohl eher den Fürsten fragen.«

»So?« *Den Teufel werde ich tun.*

Erneut vernahm er ihr Lachen. »Magie ist nun wahrlich nicht meine Spezialität.«

Er machte die Karte zwischen den anderen Schriftrollen aus. Sie war größer als die übrigen Papiere, abgegriffen an den Rändern. Hastig entrollte er sie und versuchte, die Lage des Berges mit der Skizze des unterirdischen Kerkerlabyrinths zu vergleichen.

»Und was glaubst du?«, fragte sie. »Existiert Valcheja?«

»Ich würde mich eher als Atheisten bezeichnen. Ich glaube vorwiegend an das, was ich sehen und erklären kann.« Wohin führte der Tunnel? Ins Dorf? Oder doch in den Wald daneben?

»Das könnte dir so manch einer übel nehmen.« Elissas Stimme klang mit einem Mal sehr viel näher. Hastig stopfte er die Karte zurück und ging ein paar Schritte weiter. Der Tunnel endete im Wald, da war er sich nun sicher. Nun ja, fast sicher.

»Oh, an Magie glaube ich.« *In jeder Welt.* »Nur ob es wirklich das Jenseits ist, das als Verbindung zwischen den Welten fungiert?«

Sie trafen einander am Ende des Ganges. Die ersten Sonnenstrahlen fielen ins Zimmer und ließen ihr Haar erstrahlen. Elissa neigte interessiert den Kopf. »Wenn nicht das Jenseits, was denn sonst?«

Noch ehe er eine Antwort fand, ertönten Fanfarenstöße vor dem Fenster. Laut und klagend hallten sie von den Mauern der Festung wider und schienen kein Ende zu nehmen. Bisher waren die Fanfaren nur als einzelne, prägnante Signale zu hören gewesen. Das hier klang eher nach dem Sirenengeheul einer Bombenwarnung.

»Was hat das zu bedeuten?«, fragte Ben.

Elissa sah ihn verwundert an. »Nichts Gutes, befürchte ich.«

Gemeinsam eilten sie los, und kaum hatten sie die Bibliothek verlassen, wurden sie von dem Chaos verschluckt, das in der Burg herrschte. Keldans Truppen liefen hektisch durch die Gänge, Gesinde und Bewohner machten eilig Platz.

»Was ist geschehen?«, rief Ben einem drahtigen Greis zu, den er lange genug aufhalten konnte.

»Ein Bote«, erhielt er als Antwort. »Eine Nachricht vom Hof des Königs!«

Elissa wurde blass. »Schnell!« Sie zerrte Ben in Richtung der Haupthalle, vorbei an den aufgeregten Burgbewohnern. Immer mehr Leute verstopften die schmalen

Gänge und Treppen, doch die Prinzessin zwängte sich erbarmungslos hindurch.

»Ben!« Aus dem Stimmengewirr drang ein Ruf die Stufen herauf, gefolgt von wütendem Geschimpfe. »Lasst ihn durch, ihr dummes Pack. Das ist Fürst Keldans Berater!«

Erycks bullige Gestalt löste sich aus dem Gewimmel. Er packte Ben am Arm und zog ihn weiter. Als er der Prinzessin gewahr wurde, deutete der Soldat eine knappe Verbeugung an. »Wenn Ihr wünscht, könnt Ihr uns begleiten, meine Dame.«

»Da kannst du Gift drauf nehmen!« Elissa hob ihr Nachtkleid an, damit sie auf dem Weg die Treppe hinab nicht darüberstolperte, und eilte ihnen voran.

»Was ist denn los?«, fragte Ben noch einmal. Er wurde durch die Gegend geschleppt wie ein Mehlsack, und seine lädierte Schulter schmerzte von den Kollisionen, die sich in dem Gedränge nicht vermeiden ließen.

»Keldan ruft seine Berater zusammen«, erklärte Eryck, ohne anzuhalten. »Dringende Besprechung.« Es wunderte Ben, wie unermüdlich der Soldat sich in dem Gedränge vorankämpfte, immerhin hatte er bei der Schlacht auch einiges abbekommen.

Vor der breiten Doppeltür zur Haupthalle klebte eine Menschentraube. Eryck schob die Schaulustigen gnadenlos beiseite, stieß das Tor auf, winkte Ben und Elissa hindurch und drückte das Portal trotz der Protestrufe des Pöbels wieder zu.

Mit einem Knall rastete das Schloss ein. Der Lärm verstummte und eine bedrückende Stille hüllte sie ein. Die Zahl der Anwesenden war überschaubar. Neben Keldan waren das Rashuk, der sich auf der Schulter des Fürsten platziert hatte, die beiden Leibwachen des Fürsten, der staubige Bote … und Nora.

Habe ich ihr nicht gesagt, sie soll sich von diesem Kerl fernhalten?

Keldan registrierte Bens Ankunft mit einem Nicken. »Gut, damit wären wir also vollzählig.« Einen Augenblick lang verharrte sein Blick auf Eryck, doch statt ihn hinauszukommandieren, wandte er sich an seine Wachen. »Kümmert euch um unseren Boten.«

Die beiden Soldaten neigten knapp die Köpfe, flankierten dann den Fremden und führten ihn ohne ein Wort hinaus.

»Was tun sie mit ihm?«, flüsterte Ben seinem Begleiter zu. Wenn der arme Kerl der Überbringer einer schlechten Nachricht war …

»Etwas zu Essen geben natürlich«, antwortete Eryck leise. »Still jetzt.«

Keldan wartete, bis die drei Männer verschwunden waren. Dann zog er eine schmale Schriftrolle hervor, kaum breiter als seine Hand. Seine Miene war steinern.

»Unsere Lage ist prekär«, verkündete er und reichte das Papier an Ben.

Nach einem verwunderten Blick in die Runde entrollte Ben die Nachricht und las die wenigen Worte, die in perfekter Handschrift darauf geschrieben standen, laut vor. »Es sei verkündet, dass König Balwin, Sechster seines Namens, verschied nach schwerer Krankheit am Dreizehnten des Juno im Jahre 1329. Es lebe sein Erbe, König Luar, Erster seines Namens.«

Schweigen folgte seinen Worten. Niemand wagte auszusprechen, was das bedeuten mochte. Bis auf Elissa.

»Das ist eine Lüge!«, empörte sie sich.

Keldan schüttelte sacht den Kopf. »Dem Bericht des Boten zufolge kam der Tod des Königs überraschend. Nicht alle sind überzeugt, dass es tatsächlich sein Leiden war, das ihn dahingerafft hat. Es scheint einen Aufstand zu geben in Tarrean. Demnach haben Luars Gefolgsleute keine Zeit verloren, als es darum ging, die Vormacht an sich zu reißen.«

Natürlich nicht, dachte Ben. *Tarrean ist die Hauptstadt von Eldinor und Luar der rechtmäßige Erbe. Worauf sollte er also warten?*

»Ein allzu passender Zeitpunkt für das Dahinscheiden des Königs. Wenn es da mit rechten Dingen zugegangen ist, fresse ich einen Biber«, sagte Elissa.

»Der Leibarzt des Königs äußert jedenfalls keinen Zweifel an der Todesursache.«

Im Stillen schlug Ben drei Kreuze, dass er nicht auf Noras irrsinnige Idee eingegangen war, ausgerechnet den König um Hilfe zu bitten. Nun gab es keinen Zweifel mehr, dass die Nachricht abgefangen worden wäre, wenn nicht bereits auf der Festung, dann spätestens in Tarrean. Das wäre ihr Todesurteil gewesen.

Rashuk räusperte sich. »Gift und Heilmittel liegen oft nah beisammen«, gab er zu bedenken. »Ihr Menschen denkt immer nur an die Dinge, die ihr sehen könnt. Ein wenig von der falschen Medizin kann ebenso tödlich sein wie ein Beil in der Brust.«

Ach, auf einmal kennst du das Wort Mensch also doch. Keldan traute sich der Drache wohl nicht als Großlatsch zu bezeichnen. Dennoch musste Ben Rashuk recht geben. Eine Autopsie hatte bestimmt niemand durchgeführt.

Aber ob es nun ein natürlicher Tod oder Mord gewesen war – das war eigentlich völlig gleich. Ben sah zu Nora, die sich bislang zurückhielt, und las in ihrem Gesicht dieselbe Furcht, die auch er verspürte: Jetzt, da der König tot war, hatte Keldan keine Möglichkeit mehr, Luar den Thron ganz offiziell streitig zu machen.

Und somit gab es auch keinen Grund für ihn, den Prinzen am Leben zu lassen.

Nora nahm alles rundum wie durch einen dumpfen Schleier wahr. Die Welt hatte an Farbe und Substanz verloren, nur die Stimme in ihrem Inneren war laut und deutlich: *Du hast versagt. Der König ist tot, Luar wird sterben. Die Geschichte geht zu Ende, mit dir darin.*

So viel zu Bens Theorie des Trägheitsgesetzes.

Sie sah zu Elissa, aber die schien von der Schreckensnachricht vor allem erbost zu sein.

»Du wirst dich doch wohl von diesem Brief nicht aufhalten lassen!«, forderte die Prinzessin. »Wenn Luar gekrönt wird –«

»Das wird er nicht«, unterbrach Keldan sie. »Der Tod meines Bruders mag ein herber Schlag sein, doch er bedeutet keineswegs das Ende unserer Sache.«

Tut er nicht? Nora sah einen leisen Hoffnungsschimmer durch den Schleier dringen. Solange Keldan dem Kampf und somit dem Prinzen kein Ende setzte, hatten sie noch eine Chance, auch wenn diese stündlich kleiner wurde.

»Das Schreiben des Boten war an Luar gerichtet«, fuhr Keldan fort. »Demnach ist die Nachricht über unsere Einnahme der Festung bislang nicht bis nach Tarrean gedrungen.«

»Aber das wird nicht mehr lange dauern«, wandte Elissa ein. »Insbesondere, wenn Luar nicht zur Krönungszeremonie erscheint.«

Keldan ergriff ihre Hand. Eine unbedeutende Geste, davon war Nora überzeugt, dennoch fühlte sie einen Druck in der Brust, der ihr für einen Moment den Atem nahm. Sie wandte sich ab.

»Sei gewiss, dass mein Neffe nie wieder Hand an dich legen wird«, versprach Keldan. »Niemand in Eldinor soll noch einmal unter seinen Launen zu leiden haben.«

Und wie willst du das anstellen?, wollte Nora ihn anschreien. *Wirst du ihn umbringen? Noch ein König, der seiner schweren Krankheit erliegt?*

Aber Ben hatte ihr versichert, dass Keldan kein Mörder war. Daran musste sie jetzt glauben. Er durfte kein grausamer und kaltblütiger Mann sein. Sie durfte sich nicht so in ihm getäuscht haben.

Der Aufruhr in ihrem Inneren verstummte, als sie eine sanfte Berührung an der Schulter spürte. Sie blickte auf, doch statt in die warmen Augen des Fürsten sah sie in Bens angespanntes Gesicht.

Sie wandte sich an Keldan. »Was wollt Ihr jetzt tun?«

Der lächelte ihr aufmunternd zu. »Wir senden einen unserer eigenen Boten zurück, in Luars Wappenfarben, und bestätigen den Erhalt der Nachricht. Das sollte uns genügend Zeit verschaffen, um Luar davon zu überzeugen, den Thron freiwillig zu räumen.«

»Und falls er das nicht tut?« Bens Stimme klang gepresst, als wollte er die Antwort gar nicht hören. Er bekam auch keine, jedenfalls nicht von Keldan.

Es war Rashuk, der seine Flügel spreizte und das schwarze Maul zu einem Brüllen aufriss. Es dröhnte durch die Halle, und zum ersten Mal glaubte Nora zu begreifen, weshalb man dem Drachen solchen Respekt entgegenbrachte. Sein Gebrüll war Furcht einflößend, hasserfüllt, gierig – und viel zu laut für den kleinen Körper.

Als sie die Versammlung verließen, hatte sich der Trubel in der Festung ein wenig gelegt, die erste Neugier war gestillt. Alles Wissenswerte hatten die Burgbewohner von dem Boten erfahren, der in der Küche saß und bereitwillig erzählte, was er mit eigenen Augen gesehen und mit eigenen Ohren gehört hatte. Nun trugen sie ihre Informationen weiter an all jene, die nicht in der Küche Platz gefunden hatten. Ihr Wispern erfüllte das alte Gemäuer und begleitete Nora und Ben auf ihrem Weg.

»Uns bleibt nicht viel Zeit«, raunte der Psychologe ihr zu. »Luar wird niemals klein beigeben.«

»Ich weiß.« Nora kannte den Prinzen inzwischen gut genug. »Aber welche Möglichkeit haben wir?«

Er senkte die Stimme weiter, legte die Lippen beinahe an ihr Ohr. Die Nähe war ihr unangenehm, seine Worte noch mehr. »Wir holen ihn aus dem Verlies. Noch heute.«

»Spinnst du?«, flüsterte sie zurück. »Wie stellst du dir das vor?«

»Wir nehmen den Tunnel, den du entdeckt hast. Ich glaube, ich weiß, wo er endet.«

»Du glaubst? Das ist ja sehr ermutigend!«

»Hast du einen besseren Plan?« Ben klang gekränkt.

Sie wünschte, sie hätte einen, aber ... »Nein.«

»Gut. Ich hole dich ab, sobald es dunkel wird. Halt dich bereit.«

»In Ordnung«, sagte sie.

Ben eilte davon.

Was hatte er vor? Wie wollte er durch das Tor und an der Wache vorbei gelangen? Und Luar befreien ... Nora schüttelte sich angewidert. Nach ihrer letzten Begegnung würde der Prinz über ihren Anblick kaum erfreut sein. Und was würde aus Keldan werden? Sie konnte sich schlecht von ihm verabschieden, und doch wünschte Nora, sie könnte ihm noch ein einziges Mal nahe sein. Sichergehen, dass ihm nichts zustieß, wenn sie fort war.

Fürchtest du mich?, hatte er sie gefragt. *Meine Magie?*

Nein. Gerade das war das Tückische daran. Sie fühlte sich zu ihm hingezogen. Nicht nur körperlich. Es war seine Magie, die sie faszinierte. Die eine seelische Verbundenheit hervorrief, die Nora bisher niemals gespürt hatte. Ihre Gabe hatte sie immer zur Außenseiterin gemacht. Auf eine seltsame Art und Weise war Keldan ihr ähnlicher als jeder reale Mensch, gerade weil er nicht echt war. Nicht *normal.*

Wenn sie sich ihm anvertrauen würde, ihm offenbaren

könnte, was sie war, wozu sie fähig war ... Würde er dann ebenso empfinden? Oder würde er sie verstoßen, als Hexe, als Verräterin?

Nora schlang die Arme um ihren Oberkörper und presste sie so lange zusammen, bis der Schmerz sie wieder zur Vernunft brachte.

Niemals durfte sie Keldan verraten, woher sie kam. Sie war sein Feind, sein Untergang. Er würde sie hassen, sie womöglich töten. Er war der einzige Mensch, von dem sie lernen konnte – und gerade bei ihm war sie dazu verdammt, zu schweigen.

Scheiße, fluchte sie im Stillen. *Hätte ich doch nie ...* Was? Ben aufgesucht? In *Eldinor* gelesen?

Das war alles Blödsinn. Ihr Leben hatte diesen Weg eingeschlagen, lange bevor sie dem Psychologen begegnet war. Ihr Schicksal war von dem ersten Buch bestimmt worden, das sie aufgeschlagen hatte, um darin zu lesen.

Das Buch! Abrupt blieb sie stehen. Das Buch, das sie aus der Bibliothek ausgeliehen und Ben gegeben hatte. Sie musste es wiederhaben!

Plötzlich schien ihr dieser Gedanke wichtiger als alles andere. Von Keldan konnte sie nichts lernen – über ihren Fluch, ihre Gabe, ihre Magie, was auch immer es war. Das Buch war alles, was sie hatte. *Valcheja.* Der Name schien ein Echo in ihrem tiefsten Inneren hervorzurufen, einen Gleichklang mit ihrer Seele. Valcheja war mehr als ein Name.

Es war ... *Alles.*

Noras Finger umspielten die Kette an ihrem Hals, glitten daran entlang, Glied um Glied, bis sie ihre Hand um den Anhänger schloss. Mit dem Daumen ertastete sie das Relief der verschlungenen Linien darauf, den glatten Kristall in der Mitte. Und die tiefe Einkerbung auf der Rückseite des Amuletts. Die andere Seite der Medaille, die noch weniger Sinn ergab als die Vorderseite. Ein einzelnes, krudes Symbol. Vielleicht ein Schriftzeichen, eine Rune – doch Nora wurde nicht schlau daraus. Es gab so vieles, das sie nicht verstand.

Wenn sie nun in dem Buch die Antworten auf wenigstens einige der Fragen fand, die in ihrem Inneren brannten? Sie könnte etwas von dieser Reise mitnehmen. Vielleicht konnte etwas über ihre Gabe lernen. Sie durfte nicht zurückkehren, ohne dass sie wusste, was in diesem verdammten Buch stand!

Entschlossenen Schritts machte sie sich auf den Weg zu Bens Zimmer. Sie würde das Buch zurückfordern, ob er es nun gelesen hatte oder nicht. Es gehörte zu *ihr*.

Sie klopfte, doch niemand antwortete. Vorsichtig öffnete sie die Tür und lugte hinein.

»Hallo?« Stille. »Ben?«

Nichts. Der Raum war menschenleer. Allerdings musste Ben seit dem Morgen bereits einmal hier gewesen sein, denn das Buch lag auf dem Bett, als hätte jemand es achtlos dorthin geworfen. Bei der Versammlung hatte er es noch bei sich gehabt, Nora hatte es in seiner Hand gesehen, als er hereingekommen war. Gemeinsam mit Elissa.

Eine interessante Entwicklung. Ob harmlos, würde sich erst noch zeigen. Aber Nora hatte ein gutes Gefühl, was die Prinzessin anbelangte. Elissa hatte zwar durchschaut, dass die Bruder-Schwester-Geschichte eine Lüge war, schien darin allerdings keine große Sache zu sehen. Vielleicht mochte sie Ben und hatte deshalb Sorge gehabt, er könnte vergeben sein?

Nora gönnte den beiden ein bisschen Romantik. Schließlich wusste man nie, wann das Leben einem alles nahm, was man kannte. Besser, man war dankbar für die Dinge, die es einem schenkte.

»Was machst du da?«

Der entsetzte Ruf des Psychologen ließ Nora herumfahren. Ben stand mit aufgerissenen Augen hinter ihr in der offenen Tür. Weit hinter ihr. Da erst wurde ihr bewusst, dass sie das Zimmer durchquert hatte. Nicht nur das, sie hatte das Buch aufgehoben und bereits angefangen, darin zu blättern.

»Ich ... ich wollte nicht ...«

Grob riss er ihr den Band aus der Hand. »Bist du völlig übergeschnappt?«

Seine aggressive Art überraschte Nora. Bisher war er doch derjenige gewesen, der wollte, dass sie sich ihren Ängsten stellte und lernte, ihre Gabe zu beherrschen!

Er hatte sich rasch wieder unter Kontrolle. »Wir müssen nur noch bis heute Abend durchhalten, dann bringen wir die Geschichte in Ordnung«, fuhr er gefasster fort. »Lass uns bis dahin nichts riskieren.«

Nora seufzte. Er hatte recht. Es brachte ihnen rein gar nichts, Luar zu befreien, wenn sie sich in einer anderen Welt verirrte und Ben hier zurückließ. »Du könntest mich doch zurückholen ...«

Nachdrücklich schüttelte Ben den Kopf. »Als ich das vorgeschlagen habe, hast du mehr als deutlich gemacht, dass wir nicht wissen, ob du in diese Welt und in diese Version davon zurückkehren würdest.«

»Aber Valcheja besagt ...« Erschrocken hielt sie inne. Sie starrte auf das Buch in seiner Hand. Zögernd sprach sie weiter. »Es besagt: Der Nimbus ist wie das Meer. Alle Wege sind offen.«

»Du hast darin gelesen?« Ben packte sie an den Oberarmen. Fest. Nora wand sich in seinem Griff, bis er sie schüttelte. »Woher weißt du von dem Nimbus?«

»Ich weiß nicht«, stieß sie wahrheitsgemäß hervor. »Lass mich los, du tust mir weh!«

Er ließ von ihr ab und fluchte. »Hier.«

Überrascht nahm Nora das Buch wieder entgegen.

»Lies!«, forderte er.

»Warum?« Sein plötzlicher Sinneswandel verwirrte sie.

Meinte er das ernst? Oder würde er ihr den wertvollen Schatz gleich wieder aus den Händen schlagen?

»Weil du noch hier bist, deshalb.«

Was sollte das? Sie konnte sich nicht erinnern, überhaupt etwas gelesen zu haben! Aber woher wusste sie von der Bedeutung des Wortes Valcheja?

Zögernd schlug sie den Band auf, wagte es jedoch nicht, den Blick auf die Seiten zu richten. Ben nickte ihr bekräftigend zu. Dem Ruf des Buchs konnte sie ohnehin nicht widerstehen. Ihre Hände zitterten, doch die Schrift war groß und sauber. Es war leicht, die Zeilen zu behalten.

Am Anfang war das Nichts, weite Stille im Weltennebel. Sie konzentrierte sich auf die einzelnen Wörter. Auf den Klang der Sätze. Ein Lächeln stahl sich auf ihre Lippen, sie konnte es fühlen. Das Buch war Poesie, schön und formvollendet. Doch ebenso war es Wahrheit, klar und eindeutig.

Nora genoss die eigenartige Melodie der Geschichte beinahe genauso sehr wie das Erlebnis des Lesens, frei von aller Furcht ... Bis eine sanfte Berührung sie zurück in Bens Kammer holte.

»Lass mich.« Ihre Stimme war weich von der Ruhe, die sie einhüllte.

»Du bist nicht gefallen«, stellte Ben fest.

»Ja.« Natürlich nicht. Begriff er denn nicht, dass das dem Prinzip von Valcheja widersprechen würde? Aber wie sollte er das auch verstehen? Er war kein Teil davon. »Lass mich weiterlesen. Ich will wissen, was weiter passiert.«

»So viel Zeit haben wir nicht, Nora.« Klang er immer so belehrend? Wieso war ihr das früher nicht aufgefallen? »Ich kann dir gerne erzählen, was in der Geschichte steht.«

Ben meinte es als ein Friedensangebot, das war ihr bewusst. Trotzdem fühlte sie sich von ihm verraten. Sie könnte es selbst lesen, vollkommen gefahrlos! Sie würde nicht fallen, das wusste sie jetzt. Valcheja war weit und tief, das Meer und das Nichts. Es war der Wandel, der Übergang, es verband alle Welten. Es gab keinen Traum im Traum, wie Poe dachte. Es gab nur den Nimbus und sein Geheimnis lag zum Greifen nah. Und Ben wollte sie um dieses Erlebnis betrügen.

Sie schluckte ihren Groll hinunter. »Und? Worum geht es?«

»Wie dein Freund Keldan schon sagte, es ist ein Märchen.«

Nora setzte zu einer bissigen Bemerkung an, doch Bens nächste Worte brachten sie aus dem Konzept.

»Woher, sagtest du, hast du deinen Anhänger?«

Schützend schloss sie ihre Hand darum. »Warum? Du hast selbst gesagt, es ist nur irgendein Symbol.«

»Mag sein. In diesem Buch allerdings ist es das Zeichen der Weltenwächter.«

»Der was?« *Weltenwächter…* Der Begriff sagte ihr nichts, doch der Klang war vertraut.

»Laut dem Märchen ist es eine Gilde von Magiern, die den Übergang zwischen den Welten und Valcheja bewachen. Damit die Schrecken des Nimbus gebannt bleiben.«

»Schrecken?« Nein, das war eine Lüge! Valcheja war leer, es war nur eine Zwischenschicht, keine eigene Welt. Warum sollten die Wächter so etwas behaupten?

»Ein Mythos, den sie verbreiten. Vielleicht wollen sie nur ihre eigene Macht dadurch rechtfertigen, denn außer ihnen darf niemand die Grenze durchschreiten. Jeder soll in seiner eigenen Welt bleiben. Wie dem auch sei, ihre Worte wurden zur Wahrheit, und mit der Zeit wuchs etwas im Nebel des Nichts heran. Ein namenloser Schrecken, ein Torhüter zur Hölle.«

Nora schauderte. »Und dann?«

Lebte dieses Unding etwa immer noch? War sie ihm

womöglich bereits begegnet, als sie eines der Bücher besucht hatte? Sie hatte genug gesehen, das den Namen »Schrecken« verdient hätte.

»Sie versiegelten die Grenzen, sperrten es ein und ließen den Mythos in Vergessenheit geraten, in der Hoffnung, ihm damit die Lebensenergie zu nehmen.«

»Hat es geklappt?«

»Wie man es nimmt. Die Wächter und der Schrecken von Valcheja wurden aus dem Gedächtnis verbannt, und das Unglück nahm seinen Lauf. Eine junge Diebin drang in die Gilde ein, um das Geheimnis der Weltenwächter zu lüften. Sie wurde gefasst und man bestrafte sie, indem man sie in den Nimbus sandte. Dafür allerdings musste erst das Siegel gelöst werden – und der Schrecken, der nur auf diese Gelegenheit gewartet hatte, entkam.«

»Und die Diebin?«, fragte sie.

Ben hob die Hände, verzog das Gesicht und rieb über seine verletzte Schulter. »Darüber steht hier nichts geschrieben. Was danach noch kommt, ist die typische Heldenaufopferung. Die Gilde vernichtete den Schrecken unter schweren Verlusten, und die verbliebenen Wächter flohen nach Valcheja, damit die Grenze für immer versiegelt bleibt.«

»Aber das Siegel ist zerstört.« Ein undefinierbares Grauen breitete sich in Nora aus. »Sonst würde ich nicht in Bücher fallen.«

»Es ist nur ein Märchen, es hat nichts mit deiner Gabe zu tun.«

»Doch, das hat es!« Sie konnte sich nicht erklären, woher sie ihre Überzeugung nahm. Diese Geschichte ging ihr nahe. Sie war keine bloße Erzählung. »Ich konnte das Buch lesen, ganz normal! Wenn es nur ein Märchen ist, warum bin ich dann nicht hineingefallen?«

»Ich weiß es nicht. Aber auch bei mir hat es sich seltsam verhalten. Nicht wie ein normales Buch.«

Nora horchte auf. »Sondern? Was meinst du? Was ist passiert?«

»Nichts ist passiert. Es war einfach merkwürdig, das ist alles. Als hätte es nur Handlung und keine Wörter. War das bei dir nicht so?«

Sie schüttelte den Kopf. »Überhaupt nicht. Es war wundervoll. Ich habe seit Ewigkeiten nicht mehr so entspannt gelesen. Es hat sich so ... *richtig* angefühlt.« Als wäre sie ein ganz normaler Mensch. Aber das würde Ben nicht verstehen.

Keldan schon.

Dieser Gedanke holte sie schmerzhaft auf den Boden der Tatsachen zurück. Keldan durfte es niemals erfahren.

Nora drückte das Buch an ihre Brust und wandte sich zur Tür. »Danke, dass du dir die Zeit genommen hast.«

»Ist alles in Ordnung?« Für einen Psychologen war Ben manchmal erstaunlich empathielos.

»Natürlich.« Sie konnte bloß seine ignorante Gesellschaft nicht länger ertragen. Ohne ein weiteres Wort zog sie die Tür hinter sich ins Schloss.

Ben sah Nora verwundert nach. Hatte er etwas Falsches gesagt? Er wurde einfach nicht schlau aus dieser Frau. So gerne er ihr helfen würde, als Therapeut und als Freund – er konnte sie nicht zwingen, sich ihm zu öffnen.

Der Aufenthalt in dieser Welt tat ihr nicht gut.

Natürlich sah auch er die Parallelen zwischen dem Märchen von Valcheja und Noras Fähigkeiten. Aber das Buch erklärte nicht, was es mit ihrem Fallen auf sich hatte – oder wie sie es steuern konnte. Es half ihnen nicht, nach Hause zu kommen, und darum gab es im Moment andere Dinge, auf die sie sich konzentrieren sollten. Solange Nora keinen Weg kannte, um durch eigene Kraft in die Realität zurückzugelangen, mussten sie es auf die einzige Weise tun, die ihnen blieb: indem sie die Geschichte zu Ende brachten.

Ben kramte seine Brille hervor und setzte sie auf. Die Umgebung gewann an Schärfe und Konturen. Besser. Aber nicht perfekt.

Er wünschte, er hätte Zugriff auf seine eigene Bibliothek. Nora gegenüber hatte er vorgegeben, es sei kein Problem für ihn, sie in den Kerker zu bringen. Dabei hatte er keine Ahnung, ob es ihm gelingen würde, oder ob sie beide auf eine ganz andere Art im Verlies landeten – nämlich als Insassen.

Hypnose erforderte das richtige Umfeld und ein geeignetes Opfer. Vor allem jedoch benötigte es Vertrauen und daran konnte alles scheitern.

Für die Therapie setzte er auf lange Vorbereitungen, die einen sicheren Einstieg und eine stabile Arbeitsbasis für die Aufarbeitung psychischer Probleme boten. Blitzhypnose war seiner Meinung nach etwas für Showeinlagen und Ungeduldige, denen es nur um einen raschen Effekt und nicht um eine langzeitige Wirkung ging. Sie war zu oberflächlich.

Blitzhypnose hatte jedoch einen Vorteil: Sie funktionierte durch Überraschung. Nur zu gerne hätte er noch ein wenig in seiner Fachliteratur geschmökert. Von der Zeit während seiner Ausbildung einmal abgesehen, hatte er an diese Methode seit Jahren nicht mehr gedacht. Geschweige denn sie angewandt.

Ben fühlte sich nicht wohl dabei, Nora in ein derart gewagtes Experiment hineinzuziehen, aber er brauchte sie. Wenn alles gut ging, würden sie diese verfluchte Burg ein für alle Mal hinter sich lassen.

Er hatte sich gründlich vorbereitet. Er kannte den Wachmann, er hatte den Arbeitsablauf der Kerkermeister studiert. Sie hatten nur diese eine Chance. Es durfte nicht schiefgehen.

10. Kapitel

Gedankenverloren saß Nora am Kaminfeuer. Die Flammen leckten knisternd über das Holz. Im unsteten Lichtschein schienen die Sterne in ihrem Amulett lebendig zu werden. Sie funkelten, wanderten, bewegten sich in geheimnisvollen Bahnen, als wäre ein ganzes Universum in dem winzigen Kristall gefangen.

Das Amulett eines Weltenwächters.

Was hatte das nur zu bedeuten? Sie hatte das Buch verschlungen, aber die erhoffte Weisheit blieb aus. Woher kannte sie diese Geschichte? Sie hatte sie schon einmal gehört, in groben Zügen, vor langer Zeit. Die Erinnerung war da, ganz nah unter der Oberfläche ihres Bewusstseins. So sehr Nora sich bemühte, sie konnte nicht danach greifen.

Doch vertreiben ließ sich das lästige Déjà-vu auch nicht.

Ob es noch andere Bücher gab, die sie gefahrlos lesen konnte? Am liebsten würde sie aufspringen und die gesamte Bibliothek durchwühlen auf der Suche nach mehr. Ein einzelnes Buch genügte nicht, um den Hunger zu stillen. Zu lange hatte sie sich schon beherrschen müssen. Zu viel hatte sie sich selbst verwehrt und deshalb versäumt.

Doch die Angst lähmte sie. Das Risiko war zu groß, sie durfte nicht leichtsinnig werden. Also saß sie am Kamin und starrte ins Feuer, klammerte sich an das Amulett und versuchte, den Nebel ihrer Erinnerung zu durchdringen. Bisher vergebens. Der Tanz der Flammen machte sie müde.

Ein leises Klopfen drang durch die Tür. Nora wartete. Niemand kam herein und das Klopfen wiederholte sich nicht. Sie hatte es sich nur eingebildet. Ein altes Gemäuer wie dieses hier verursachte eben Geräusche. Vielleicht ging ja ein Schlossgespenst um. Bei dem Gedanken musste sie grinsen, bis sie sich daran erinnerte, dass ihr in dieser Welt durchaus ein echter Geist begegnen konnte. Auch wenn es nichts gegen Gespenster half, stand sie auf, ging zur Tür und schob den Riegel vor.

»Nora?«, flüsterte eine Stimme auf der anderen Seite.

Erschrocken zuckte sie zurück. *Ben!* Den hatte sie vollkommen vergessen. Er hatte sie abholen wollen, sobald es dunkel wurde. Sie sah aus dem Fenster. Dunkel war es.

Sie entriegelte die Tür und lugte nach draußen. Der Psychologe stand auf dem Gang. Den Wappenrock hatte er abgelegt, trug nur das schwarze Wams und die dunklen Hosen. Solange er sich aus den Lichtkreisen der Fackeln fernhielt, würde niemand auf ihn aufmerksam werden.

Sie selbst war immer noch in das Kleid gehüllt, das Keldan ihr geschenkt hatte. Grün war zwar keine Signalfarbe, aber unauffällig war doch etwas anderes. Sie lief zum Bett, schnappte sich die dunkelgraue Wolldecke darauf und schlang sie um ihre Schultern. Möglicherweise half das ja.

Sie trat zu Ben und zog leise die Tür hinter sich ins Schloss. Elissas Kemenate lag nebenan und die Aufmerksamkeit der Prinzessin konnten sie jetzt nicht brauchen.

Bens Gedanken schienen in ähnlichen Bahnen zu verlaufen, denn er griff ohne ein weiteres Wort nach ihrer

Hand und zog sie Richtung Treppe. Sie schlichen durch die verworrenen Gänge und Gewölbe der Festung. Je tiefer sie hinabgelangten, desto angespannter wirkte er.

»Bist du sicher, dass das eine gute Idee ist?«, fragte Nora.

»Ja, ja«, gab er unwirsch zurück. »Ich weiß schon, was ich tue.«

So nervös, wie er aussah, konnte Nora das nicht so recht glauben, aber sie schwieg. Männer auf ihr Manko hinzuweisen machte es meist nur schlimmer.

Als sie nur noch wenige Meter von der Abzweigung entfernt waren, die hinab zum Verlies führte, hielt er an. »Verhalt dich ruhig. Sag nichts.«

Misstrauisch hob sie die Augenbrauen.

»Ich muss kurz mit ihm sprechen«, erklärte Ben.

»Mit Luar?«

Er schüttelte den Kopf. »Dem Wachmann.«

Demnach war der Wachmann noch da? Na großartig. Ben hatte doch gesagt, dass er sich darum kümmern wollte! Wie sollten sie seiner Meinung nach an der Wache vorbeikommen? Mit *reden?* Nora schnitt eine Grimasse.

Aber sie nickte und das genügte ihm. Er winkte sie weiter und trat den Weg hinab zum Kerker an. Notgedrungen folgte sie ihm.

Der Gang war so unbequem, wie sie ihn in Erinnerung hatte. Das beklemmende Gefühl zwischen den engen Steinwänden wurde mit jedem Schritt schlimmer. Seltsamerweise schien Ben immer mehr Ruhe zu finden. Sein Atem ging langsam und gleichmäßig, während Noras Herz schneller und schneller schlug. Wieso machte Ben sich nicht die Mühe, sie in seinen tollen Plan einzuweihen?

Es dauerte nicht lange, bis sie vor sich den warmen Schein einer Fackel ausmachte, und bald darauf das schwere Tor, das den Eingang zum Verlies versperrte. Direkt daneben baute sich der Wachmann auf: Dulbar, der Muskelprotz, der Elissa und sie am Tag zuvor zu Luars Zelle begleitet hatte. Er musterte sie voller Argwohn.

»Dame Nora?«

»Hallo, Dulbar«, grüßte sie ein wenig steif.

»Guten Abend, Wachmann.« Bens Stimme klang ruhig und fest. Seine Nervosität war verschwunden. »Weißt du, wer ich bin?«

»Natürlich, Ihr seid Fürst Keldans Berater.«

»Gut.« Er trat näher an Dulbar heran und zog ein Stück Papier hervor, das er dem Wachmann viel zu nah vors Gesicht hielt. »Ich habe hier einen Befehl von ihm.«

Dulbar starrte auf das Schriftstück und versuchte, es mit dem Blick zu fokussieren. »Aber ich kann doch gar nicht …«

Ben schnippte mit seinen Fingern direkt neben Dulbars Ohr, sagte: »Schlaf« – und der muskelbepackte Wachposten kippte einfach um.

Nora musste einen überraschten Aufschrei unterdrücken; Ben fasste beherzt zu und lehnte Dulbar gegen die Wand.

»Du schläfst tief und fest«, flüsterte er dem Wachmann zu. »Du kannst ganz einfach stehen bleiben, du bist völlig sicher. Du bist ganz entspannt, du wirst nicht umfallen. Mit jedem Atemzug wirst du entspannter, immer entspannter, und du schläfst tief und fest.«

Staunend beobachtete Nora den Vorgang. Dulbar war einfach weggetreten. Er stand da wie eine lebensgroße Marionette, der man alle Fäden durchgeschnitten hatte.

»Ich zähle jetzt von zehn an rückwärts, und dann bist du so entspannt, dass du die Augen öffnen kannst und trotzdem nicht aufwachst. Zehn, neun, acht …«

Gespannt wartete Nora ab.

»… eins. Mach die Augen auf.«

Dulbar schlug die Augen auf. Eine schreckliche Sekunde lang war Nora überzeugt, dass er Ben packen und gegen die nächste Wand schleudern würde, doch er blieb reglos stehen.

»Du kannst mir jetzt den Schlüssel zur hintersten Zelle geben«, sprach Ben weiter. »Den brauchst du nicht mehr.«

Mit langsamen Bewegungen griff der Wachmann nach dem Schlüsselbund an seinem Gürtel, suchte einen Schlüssel heraus, löste ihn ab und reichte ihn Ben.

»Danke«, sagte der. »Jetzt kannst du das Tor öffnen. Wenn du es hinter uns wieder geschlossen hast, wirst du aufwachen. Du wirst ganz entspannt sein. Du wirst dich wohl und entspannt fühlen und vergessen, dass wir hier waren.«

Dulbar grunzte und setzte sich in Bewegung. Er schob den Schlüssel ins Tor, entriegelte es und zog es mit einem Ächzen auf.

Ben schubste Nora hindurch und schon wurde das Tor hinter ihnen zugedrückt. Erneut waren sie von Dunkelheit umgeben.

»Warte«, hörte sie Ben neben sich sagen. »Gleich hab ich's.«

Es ertönte ein Klacken wie von Steinen, die aufeinanderschlugen, und eine kleine Flamme züngelte empor. Ben hielt eine Kerze hoch.

»Was sollte das denn bitte?«, fragte Nora und deutete mit dem Daumen hinter sich, auf das Tor und den Wachmann dahinter.

»Blitzhypnose. Sie hält nicht lange an, aber für einfache Befehle reicht es.«

»Ach was.« Der Kerl hatte vielleicht Nerven. »Und wie war das mit den Risiken der Hypnose und so weiter?«

»Hätte ich ihn mit einem Knüppel niederschlagen sollen?« Ben war sichtlich erbost über ihren Mangel an Begeisterung über seine Demonstration. Der Angeber hatte wohl vergessen, dass sie ihn wegen einer Hypnosetherapie bekniet hatte – und er hatte sie verweigert.

»Wäre doch genauso effektiv gewesen«, brummelte sie.

»Bloß hätte ein bewusstloser Wachmann jedem signalisiert, dass etwas nicht stimmt. Ganz zu schweigen davon, was passiert wäre, wenn er wieder zu sich gekommen wäre.«

»Wenn du meinst.« Blödmann. »Und wie kommen wir zurück?«

»Gar nicht. Wir schnappen uns Luar und verschwinden durch den Tunnel.«

Falls Dulbar ihnen den richtigen Schlüssel ausgehändigt hatte. Falls Luar anstandslos mitkam. Falls der Tunnel wirklich existierte und nicht nur ein Tintenkringel auf dem Papier war ... Eine ganze Menge *Falls*.

»Und was, wenn –«, begann sie, doch Ben unterbrach sie.

»Dann klopfen wir ans Tor und der Wachmann bekommt eine zweite Hypnose ab, klar?« Der Psychologe klang eher verzweifelt als optimistisch. Er hob die Kerze über seinen Kopf und sah sich um. »Also, wohin?«

Die winzige Flamme reichte kaum aus, um die Umgebung zu erkennen. Nora hatte Schwierigkeiten, sich in der Finsternis zu orientieren. Der Gestank, das Stöhnen aus den Kerkerzellen ... Dann erkannte sie das leise Rauschen des Flusses und das Bild setzte sich vor ihrem geistigen Auge zusammen. Sie deutete in die Richtung, in der die große Treppe liegen musste. »Dorthin zu Luar. Der Tunnel müsste irgendwo da drüben liegen.«

»Sehen wir uns erst einmal den Tunnel an«, meinte Ben und marschierte in die Dunkelheit.

Nora widersprach nicht. Der Prinz war bereits unter den besten Voraussetzungen ein Ekel. Mit ihm durch das stockfinstere Verlies zu irren, während er sich über die unwürdige Art seiner Rettung beschwerte ... Nein, danke. Besser, sie kannten den Weg.

Also hielt sie sich dicht bei Ben. Im Licht der einzelnen Kerze wirkte die weitläufige Verliesanlage noch gruseliger als bei ihrem ersten Besuch. Sie bewegten sich an den Gittern entlang, die sie vom Fluss trennten, hinein in einen verwinkelten Bereich im unteren Gewölbe, weitab der Kerkerzellen. Bald stießen sie an eine Wand. Große, glatt behauene Steine, die sich nahtlos ineinanderfügten.

Der Anblick löste leichte Panik in Nora aus. Ben hatte den Eingang hinter ihnen verriegeln lassen. Was, wenn der Tunnel nicht existierte? Würde Dulbar sie durch das schwere Tor überhaupt hören? Was, wenn er ihnen nicht öffnete? Wie lange würden sie hier unten ausharren müssen, in der Finsternis, ohne Nahrung, ohne eine Ahnung, was in den anderen Teilen des Verlieses lauerte?

Ben schritt unbeirrt weiter. Und tatsächlich, nach ein paar Metern flackerte das Kerzenlicht über eine zerklüftete Kante. Dahinter gähnte schwarze Leere.

»Ist er das?«, fragte sie hoffnungsvoll.

»Sieht ganz so aus.« Ben streckte die Kerze in die Öffnung. Ein unmerklicher Luftzug ließ die Flamme erzittern. »Ich glaube, wir haben Glück …«

Da ertönte hinter ihnen ein anhaltendes Schaben. Gleich darauf wurden Stimmen laut.

Das Tor! Jemand kam ins Verlies. Man würde sie finden!

»Rein da!« Recht unsanft bugsierte Ben sie in den Tunneleingang. Sie sah noch, wie er ihr folgte, dann löschte er die Kerze.

Dunkel wurde es trotzdem nicht. Ein Fackelträger betrat den Kerker. Selbst auf diese Distanz erkannte sie ihn problemlos.

Keldan!

Wie weit reichte sein Licht? Keinesfalls durfte er sie hier sehen! Nora wich tiefer in den Tunnel hinein. Noch einen Schritt, zwei … Ihr Rücken stieß gegen grobes Felsgestein.

Sie tastete nach links, nach rechts … und die Panik schwappte über ihr zusammen.

»Ben!«, keuchte sie. Das Atmen fiel ihr schwer.

»Was?«, wisperte er zurück.

»Der Tunnel … Er ist verschüttet!«

Diese Nachricht traf Ben wie ein Schlag. Er hatte alles einkalkuliert. Dass sie ohne Luar fliehen mussten. Dass der Tunnel nicht existierte und sie gezwungen waren, unverrichteter Dinge in die Festung zurückkehrten. Nichts davon hätte sie nach Hause gebracht, aber es hätte ihre Position auch nicht verschlechtert. Doch jetzt standen sie wortwörtlich mit dem Rücken zur Wand und der Fürst versperrte ihnen den einzigen Weg nach draußen.

Ach, verflucht. Er hatte alles auf eine Karte gesetzt und sich auf einen Tunnel verlassen, der nicht existierte. Die Befreiungsaktion war gründlich in die Hose gegangen und Keldans Auftauchen machte die Sache noch vertrackter.

Immerhin schien er nicht zu wissen, dass sie sich hier befanden. Die Hypnose des Wachmanns hatte also gewirkt. Kein allzu großer Trost in ihrer derzeitigen Situation, aber es hätte schlimmer kommen können. Das Tor war unversperrt, der Riegel war nicht wieder vorgeschoben worden. Sie mussten nur unbemerkt an Keldan vorbei zum Kerkereingang gelangen. Und den Wachposten überwinden, ohne dass der Fürst es mitbekam.

»Was macht der Kerl überhaupt hier unten?« Der hochwohlgeborene Königsbruder hatte es doch nicht nötig, seine Gefangenen selbst zu versorgen.

»Ist doch egal, wir müssen hier weg!« Nora krallte ihre Finger in seinen Arm. »Lass uns gehen, solange wir können!«

»Und was ist mit Luar?« Ben konnte sich nur einen

Grund vorstellen, weshalb der Fürst sich ins Verlies bequemen sollte: Er wollte seinen Neffen beseitigen. Sie hatten den Schlüssel zu Luars Zelle, sie konnten den Prinzen immer noch befreien.

Er spürte eine leichte Bewegung neben sich. Hatte sie gerade den Kopf geschüttelt?

»Durch die Burg können wir ihn nicht mitnehmen«, flüsterte sie.

»Aber wenn Keldan ihm etwas antut?« Das durften sie nicht zulassen, und wenn er den Fürsten dafür eigenhändig niederringen musste. Er wollte endlich raus aus diesem Buch! Seine Wunden schmerzten von Tag zu Tag mehr, der Verband juckte höllisch. Sollte er warten, bis er hier an einer banalen Infektion starb?

»Wir können nichts tun!«, beharrte Nora.

Sie hatte recht. Egal, was sie taten, es würde ihre Lage nur verschlimmern. Außer …

Er löste ihre verkrampften Finger von seinem Arm und nahm sie bei der Hand. »Ich will sehen, was Keldan vorhat.«

Nora sträubte sich, doch Ben zog sie einfach mit. Alleine zurückbleiben wollte sie bestimmt nicht. Sobald er den Griff um ihre Hand locker ließ, klammerte sie sich fester an ihn.

Der Fürst ließ sich leicht verfolgen, das Licht der Fackel war in der Dunkelheit gut auszumachen. Es schwebte vor ihnen eine Treppe hinauf und verschwand in einem höher gelegenen Gang. Hastig schlichen sie die steinernen Stufen empor.

»Guten Abend, Neffe.«

Keldans Stimme drang klar und von nur leichtem Hall verzerrt zu ihnen. So leise wie möglich kroch Ben weiter, bis er über den Treppenabsatz spähen konnte. Keldan hatte vor der letzten Zelle Aufstellung genommen. Hinter dem Gitter bewegte sich ein Schatten, der sich langsam ins Licht schob.

Luar war verschmutzt und heruntergekommen. Stroh hing ihm in Haaren und Kleidern, sein Gesicht und die Hände starrten vor Dreck. Doch dem Spott in seiner Stimme konnte das nichts anhaben. »Abend? Mein lieber Oheim, du beliebst zu scherzen. Lösch deine Fackel, dann wirst du erfahren, was Nacht bedeutet.«

Keldan ging nicht darauf ein. »Weißt du, weshalb ich gekommen bin?«

»Du sehnst dich nach meinem sonnigen Gemüt? Womöglich sind dir auch bloß die Weiber ausgegangen, die du so gerne zu mir in den Kerker schickst.«

»Dein Vater, König Balwin, ist von uns gegangen.«

»Bedauerlich.«

»Du wirkst nicht sonderlich erstaunt.«

»Er war alt und krank. Du bist ihm da nicht unähnlich, Onkel.«

»Hüte deine Zunge, Luar. Wärst du nicht mein eigen Fleisch und Blut –«

»Und dein rechtmäßiger König, vergiss das nicht«, fügte Luar hinzu.

»Diesen Thron wirst du niemals besteigen!«

»Und wer soll mich daran hindern? Du?« Luar lachte.

Keldan klang, als würde er bald die Geduld verlieren. »Du hast Glück, dass ich dich noch nicht töten ließ.«

»Glück? Bilde dir nichts ein.« Der Prinz trat näher an das Gitter. »Du bist schwach. Du willst den Thron? Du bist doch nicht einmal fähig, ihn an dich zu nehmen. *Halten* könntest du ihn niemals.«

»Du wirst abdanken. Ob du willst oder nicht.«

»Und wie gedenkst du, mich dazu zu zwingen?«

Mit einer plötzlichen Bewegung warf Keldan sich gegen das Kerkergitter. Seine Hand schlüpfte durch die Metallstäbe und packte Luar an der Kehle. Ben konnte ein leises Murmeln hören. Es musste von Keldan stammen, denn der

Prinz schnappte nach Luft. Und das nicht nur, weil Keldan seinen Hals umklammert hielt.

Der Fürst begann eine unheimliche Verwandlung. Das dunkle Haar wurde länger, bis es in weichen Locken auf seine Schultern fiel. Die Muskeln in seinem Gesicht zuckten, verformten seine Züge. Seine gesamte Gestalt veränderte sich. Er wuchs in die Höhe und zog sich zugleich zusammen, bis er schlank und groß gewachsen aufragte – ein exaktes Ebenbild des Prinzen.

»Du wirst abdanken«, sprach der Luar außerhalb der Kerkerzelle. Selbst die Stimme hatte sich verändert – die Verwandlung war perfekt. »Entweder tust du es freiwillig, und anschließend verschwindest du aus Eldinor, oder ich werde es für dich tun. Und dann kann ich keinen Zeugen gebrauchen. Haben wir uns verstanden?«

Ben hörte Nora neben sich wimmern. Er drückte ihre Hand.

Der Luar in der Zelle nickte heftig. Sein Gesicht war dunkel angelaufen.

»Gut«, sagte der falsche Luar und schleuderte den Prinzen von sich.

Sofort verlor der Zauber seine Wirkung, und Keldan schrumpfte in seine ursprüngliche Gestalt zurück. Er wischte die Hände an seinen Hosenbeinen ab, als hätte ihn die Berührung mit seinem Neffen beschmutzt. Was gut möglich war. Wieso bot er ihm auch keine Unterkunft, die seinem Stand angemessen war?

Luar hustete. »Du wirst niemals siegen. Meine Männer werden mich befreien. Du wirst sehen.«

Keldans Stimme klang hart und unbarmherzig, als er einen letzten Blick auf seinen Neffen warf. »Sie sollen nur kommen.«

Nora wollte ihren Ohren nicht trauen. Keldans magische Demonstration erschreckte sie nicht. Die Kaltblütigkeit in seinen Worten dagegen schon. Konnte derselbe Mann, der ihr so voller Sanftheit begegnete, wirklich dermaßen gefühllos agieren?

Ben zog an ihrer Hand. Sie schüttelte ihn ab.

»Schnell, bevor er uns sieht!«, raunte er in ihr Ohr.

Er hatte recht. Wenn Keldan sie auf der Treppe antraf, würde er ihren Verrat erkennen. Und wenn sie warteten, bis er durch das Tor nach draußen verschwand, würde Dulbar es hinter ihm verriegeln, und sie saßen fest. Trotzdem schrie alles in ihr danach, sich dem Fürsten in den Weg zu stellen und ihm ihre Enttäuschung an den Kopf zu werfen.

Ben schubste sie derart kräftig an, dass sie um ein Haar die Treppe hinuntergefallen wäre. Sie warf ihm einen erbosten Blick zu – den er in der Dunkelheit natürlich nicht sehen konnte. Doch der Schreck reichte aus, um sie wachzurütteln.

Blind tastete sie sich mit Ben an der Hand Richtung Ausgang. Die einzige Lichtquelle befand sich hinter ihnen, orientieren konnte Nora sich nur am Rauschen des Wassers und den Stufen unter ihren Füßen.

Keldan hatte sich ebenfalls zum Gehen gewandt, sie hörte seine Schritte im Gang hinter sich. Dank seiner Fackel kam er viel schneller voran als Nora und Ben, bald würde er die Treppe erreichen.

Sie stolperte, als die Treppe abrupt endete. Ben stieß gegen sie, ihm war es nicht anders ergangen. Sie waren im unteren Bereich des Kerkers angelangt.

Nora atmete einmal tief durch. Sie mussten die Halle durchqueren, um zum Tor zu gelangen. Weit und breit gab es keine Wand, an der sie sich entlangtasten konnten, keinen Anhaltspunkt. Nur die Dunkelheit und leeren Raum. Sie fühlte sich verloren, ihr Gleichgewichtssinn spielte ihr

Streiche. Ihrem Gefühl nach war die Halle unendlich lang und endlos hoch.

Ben hatte solche Probleme offensichtlich nicht. Er lief voran, zog sie einfach mit, mitten hinein ins Nichts. Nora schloss die Augen. Seltsamerweise half das, um ein wenig Sicherheit zurückzugewinnen. Es war nicht mehr weit, gleich mussten sie es geschafft haben.

Ihr Fuß fand die erste Stufe. Hastig erklomm Nora die Treppe, einen Arm weit vor sich gestreckt. Nicht mehr weit, nur noch ein paar … Schmerzhaft stieß ihre Hand gegen die Steinmauer. Sie wollte nach dem Ausgang tasten. Ben zog sie weiter nach rechts.

»Ein Stück noch«, hörte sie ihn leise flüstern.

Tatsächlich, nur ein paar Meter weiter glitten ihre Finger über Holz und Metall.

Und jetzt?, wollte sie fragen, doch Ben kam ihr zuvor.

Er hieb die Faust zweimal kräftig gegen das Tor.

Noras Herz setzte einen Schlag lang aus. *Bist du verrückt?*

Das Tor erzitterte und geriet langsam in Bewegung, ein kleiner Lichtstreifen fiel durch den Spalt herein. Der Wachposten war jedoch nicht der Einzige, der sie gehört hatte.

»Dulbar?«, hörte sie Keldans Ruf. Seine Fackel bildete einen kleinen Kreis aus Licht auf der gegenüberliegenden Treppe, die der Fürst unaufhaltsam hinabeilte. Bald würde er sie erreichen, oder zumindest nahe genug heran sein, um sie zu erkennen.

Immer schneller öffnete sich das Tor, als würde es in Schwung kommen.

»Auf drei wirfst du dich mit aller Kraft dagegen«, befahl Ben. Er ließ ihr keine Zeit für einen Widerspruch. »Eins, zwei – drei!«

Gleichzeitig rammten sie ihre Schultern gegen das Holz, stießen das Tor auf – und dem armen Dulbar genau ins

Gesicht. Ein dumpfer Schlag ertönte, dazu ein gedämpfter Schmerzensschrei.

Ben schlüpfte durch die Toröffnung. Nora sah seinen Schatten vorbeihuschen. Ein Blick zurück zeigte ihr, dass Keldan rasch näher kam. Ihr blieb keine Wahl. Sie folgte Ben nach draußen.

Der Psychologe kniete neben Dulbar und betastete seinen Hals. Der Wachmann sah erbärmlich aus, sein Gesicht war blutüberströmt, die Augen verdreht. Der Schlag mit der Tür musste ihm die Nase gebrochen haben.

Ben erhob sich und winkte ihr, mitzukommen.

»Was ist mit ihm?«, fragte Nora, als sie den Gang gut zur Hälfte hinter sich gelassen hatten.

»Er ist bewusstlos«, gab Ben zurück, »der wird wieder.«

Nora fühlte sich elend. Sie hatte nie gewollt, dass dem Muskelprotz etwas passierte. Er war immer nett zu ihr gewesen ... Und trotzdem hatte sie vorhin ohne zu zögern vorgeschlagen, ihn niederzuknüppeln. Sie war ein furchtbarer Mensch!

Und wofür das alles? Was hatten sie denn erreicht? Gar nichts! Außer, dass sie nun Keldans wahre Natur kannten.

»Ob er uns gesehen hat?«, fragte sie.

»Keine Chance. Der war völlig weggetreten.«

»Nicht Dulbar. Keldan!«

»Wir waren zu weit entfernt. Da blendet so eine Fackel mehr, als sie hilft.«

»Sagen deine Dokumentationen.«

»Und die empirische Erfahrung.«

Dieser Kerl konnte einem wirklich den letzten Nerv rauben.

Demonstrativ wandte Nora sich dem Weg zu, der sie zu ihrer Kemenate bringen würde. »Ich muss mich waschen«, verkündete sie. Ihr war, als würde der Geruch von Fäkalien und Tod an ihr haften wie eine klebrige Schicht. Falls

Keldan sie wieder einmal überraschend zu sich bestellte, wollte sie keineswegs nach Kerker stinken. Schon allein, um zu überleben. Die Erinnerung an die Kälte in seinen Augen ließ sie schaudern.

»Aber wir müssen uns überlegen …«

»Nein«, unterbrach sie ihn. »Nicht heute.«

»Nora, begreifst du nicht? Wenn Luars Leute kommen, steht eine neue Schlacht bevor. Etwas Großes!«

»Ja. Aber nicht heute.« Sie war müde. Seit sie hier waren, wurde ihr gesamtes Weltbild immer wieder durcheinandergewirbelt. Bens Experimente, Keldan, Valcheja … Das alles war ihr heute Nacht einfach zu viel. Sie hatte keine Lust auf Verschwörungstheorien, Fluchtpläne und weiß der Teufel, welche Ideen der Kerl noch ausspucken würde.

»Nora …«

Sie ließ ihn stehen.

Eigentlich hatte Nora an ein rasches Abschrubben mit dem Lappen gedacht, doch die Nacht war kühl, und als sie Elissa aus sicherer Entfernung nach der besten Methode fragte, um das Wasser für ihre Waschschüssel zu wärmen, hatte diese kurzerhand nach einer Magd gerufen. Nora schämte sich in Grund und Boden, zu so später Stunde noch einen solchen Aufwand zu verursachen.

Wenig später wurde ein großer Bottich in Noras Kammer geschleppt und mit kochend heißem Wasser gefüllt. Bis der Zuber voll war, war der erste Teil des Wassers so weit abgekühlt, dass sich eine angenehme Badetemperatur ergab. Etwas ungelenk stieg Nora in den Zuber, doch sobald sie die Wärme in den Muskeln spürte, war sie froh, Elissa nicht widersprochen zu haben. Sie hatte gar nicht gemerkt, wie sehr sie unter der Anspannung der letzten Tage gelitten hatte.

Die Seife war hart und schäumte kaum, aber sie war erstaunlich ölhaltig und verströmte einen unaufdringlichen

Blütenduft. Nora schrubbte sich von oben bis unten, bis ihre Haut rot war. Dann erst befand sie, dass der Kerkergeruch erfolgreich beseitigt war.

Sie ließ sich mit einem wohligen Seufzen ins Wasser sinken. Da der Nachttisch in Reichweite stand, griff sie nach ihrem Buch und einem Becher Wein.

Wie ein völlig normaler Mensch.

Nora wackelte mit den Zehen und genoss die Wärme, die jede Zelle ihres Körpers einhüllte. Ein Buch in der Wanne zu lesen … Das war ein Luxus, den sie sich noch nie hatte gönnen können. Fast hatte sie den Eindruck, als könnte sie in dieser fiktiven Welt ungezwungener leben als in ihrer eigenen. Sah man einmal von Mord, Krieg und unheimlichen Magiern ab.

Verdrossen legte sie das Buch wieder beiseite. Sie schloss die Augen und strich einmal mehr über ihr Amulett. *Weltenwächter.*

»Stirbst du?«

Kreischend fuhr Nora hoch. Rashuk saß am Rand des Waschzubers, starrte sie mit seinen goldenen Augen treuherzig an und schien absolut nichts dabei zu finden, dass sie splitterfasernackt war.

»So viel Wasser ist nicht gesund«, informierte er sie.

»Was machst du hier? Wie bist du hier hereingekommen?« Hektisch sah sie sich nach einem Handtuch um. Das lag natürlich auf dem Stuhl – *außerhalb* ihrer Reichweite.

»Dich retten«, erklärte er. »Menschen, die ins Wasser fallen, ertrinken.«

»Ich bin nicht ins Wasser gefallen, ich bade!« Da er verständnislos den Kopf schief legte und mit dem Schwanz peitschte, fügte sie hinzu: »Mit Absicht.«

»Du *willst* sterben?« Rashuks Augen wurden groß. Er beugte sich so weit vor, dass er selbst Gefahr lief, in den Bottich zu plumpsen. »Warum?«

»Nein, ich …« Sie gab es auf. »Vergiss es. Könntest du dich bitte umdrehen?«

»Nein! Wenn du stirbst, weil ich wegschaue, ist Keldan mir böse.«

»Ich sterbe nicht, ich will bloß aufstehen!«

»Und?«

»Dreh dich um!«

Rashuk blähte beleidigt die Wangen auf, trippelte auf dem schmalen Zuberrand um die eigene Achse und starrte an die gegenüberliegende Wand. Dennoch wartete Nora ein paar Augenblicke ab, ehe sie sich erhob, umständlich aus dem Bottich kletterte und zum Stuhl eilte. Ihre Füße hinterließen eine Spur aus kleinen Pfützen auf dem kalten Holzboden. Sie wickelte sich in das Handtuch, das gerade eben die nötigsten Bereiche abdeckte. So ging das nicht. Hastig rubbelte sie sich trocken und schlüpfte in ein Unterkleid aus hellem Leinen. Viel besser.

»Hat Keldan dich geschickt?«, fragte sie.

»Ich bin doch keine Brieftaube!«, protestierte der Drache. »Ich wollte dich besuchen. Ich dachte, du freust dich.«

»Natürlich freue ich mich.« Irgendwie mochte sie das kleine Mistvieh tatsächlich. Man konnte ihm einfach nicht böse sein. »Du kannst dich wieder umdrehen, wenn du magst.«

Rashuk wandte sich um, musterte sie von oben bis unten und kniff die Augen zusammen. »Ihr Großlatsche mit euren Stoffdingern.«

Die Bemerkung war so unschuldig, dass Nora auflachen musste. Sie hätte die kleine Echse gerne an sich gedrückt, aber das hätte ihn sicher in seiner Drachenehre gekränkt.

»Wir Menschen müssen dir wirklich komisch vorkommen.«

»Manche von euch sind wirklich sehr lustig.«

»Ich meinte *seltsam.*«

»Dann sag das doch.« Er plusterte sich auf. »Ja, seltsam seid ihr auch. Ihr kümmert euch so sehr um völlig unwichtige Dinge und die wichtigen fallen euch nicht einmal auf.«

»Was wäre denn deiner Meinung nach wichtig?«

Der Drache legte den Kopf schief, züngelte und schwieg.

Auch gut.

Nora machte es sich auf ihrem Sitzbett bequem und klopfte einladend auf die Kissen. »Würdest du mir dann vielleicht ein wenig von den Drachen erzählen?«

Rashuk flatterte durch das Zimmer, zog über Noras Kopf einen Kreis und landete neben ihrer Hand. »Du möchtest etwas über mein Volk wissen?«

Sie nickte.

Rashuk sah sich um, als fürchtete er, belauscht zu werden. Mit verschwörerischer Miene rückte er näher. »Drachen sind die Hüter der geheimen Welt«, verriet er. »Wir bewahren die alten Grenzen und Gesetze, schützen diejenigen, die zu friedfertig und verletzlich sind, um gegen euch Menschen zu bestehen.«

Das hatte er schon einmal angedeutet. Nora hatte keine Vorstellung davon, wie eine kleine Eidechse etwas beschützen sollte, das größer war als eine Fliege – aber Rashuk schien seine Aufgabe sehr ernst zu nehmen.

»Du musst wissen«, erklärte er, »die Welt ist voller Magie. Sie ist überall, die Essenz allen Seins. Für euch Menschen ist sie nur ein abstrakter Gedanke, ähnlich der tatsächlichen Bedeutung von Unendlichkeit. Euer Geist ist nicht dafür geschaffen, diese Dinge zu begreifen. Manche von euch sind offen genug, um sich dennoch dem Unbekannten zu stellen. Keldan ist einer davon. Du ebenfalls, nicht wahr? Ich kann die Magie an dir riechen.« Er züngelte demonstrativ in ihre Richtung. »Nicht mehr so stark wie bei unserer ersten Begegnung, aber dafür … *anders.* Bestimmter.« Seine Zunge schnellte ein weiteres Mal hervor. »Ich mag das.«

»Du kannst meine Magie *riechen?*« Also hatte sie recht, was ihre Gabe anbelangte? War es tatsächlich Magie?

Rashuk grinste. »Deshalb habe ich euch ja auch durch meinen Wald laufen lassen. Der Großlatsch an deiner Seite hat mich ein wenig irritiert. Aber dein Ben scheint ganz in Ordnung zu sein.«

Nora war hin- und hergerissen zwischen Angst und Aufregung. Konnte Rashuk ihr helfen, ihr Fallen zu beherrschen? Hatte er Keldan davon erzählt? Hatte der Fürst ihr deshalb diese Fragen gestellt? Hatte sie sich verdächtig gemacht, weil sie ihre Gabe für sich behalten hatte?

»Ich habe es immer für einen Fluch gehalten«, presste sie hervor.

»Oh, das ist es auch«, stimmte der Drache großmütig zu.

Nora schluckte. Mit einem einzigen Satz machte Rashuk all ihre Hoffnungen zunichte.

Rasch korrigierte er sich: »Magie ist immer ein zweischneidiges Schwert. Sie ist wie Feuer, wie alle Elemente: weder gut noch böse. Aber zu viel davon an einer Stelle, und niemand, der sie kontrolliert …« Seine Vordertatzen machten eine kräftige Bewegung, die wohl eine Explosion darstellen sollte. Er unterstrich die Bedeutung mit ein paar Rauchwölkchen. »Entgegen der landläufigen Meinung deiner Artgenossen schadet sie dabei jedoch vor allem dem Träger und nicht irgendwelchen Unbeteiligten.«

»Und du glaubst, ich könnte es kontrollieren?«

»Natürlich! Mit dem richtigen Lehrer …«

»Hm.« Womit sie wieder bei ihrem ursprünglichen Problem angelangt waren.

»Keldan ist ein guter Magier. Er zeigt dir sicher gerne etwas.«

Tja, genau das war des Pudels Kern. »Denkst du, er ist auch ein guter Mensch?«

Rashuk legte den Kopf schief. »Was meinst du?«

»Ich weiß nicht.« Wie sollte sie ihr Gefühlswirrwarr einem Drachen erklären? Sie verstand es ja selbst nicht. »Denkst du, er würde wirklich seinen eigenen Neffen töten?«

Eine weitere Rauchwolke war die Antwort. »Ich habe es ihm oft genug geraten.«

Himmelherrgott. Hatte hier denn überhaupt niemand so etwas wie ein Gewissen? Mord und Totschlag konnten doch keine Lösung sein, und die erstbeste schon gar nicht!

»Ich weiß nicht, was ihr Menschen als gut oder schlecht empfindet. Ich kann dir nur sagen: Wenn Luar König wird, werden viele darunter leiden. Sowohl dein als auch mein Volk. Keldan ist kein großer Krieger, er sucht den friedlicheren Weg. Aber sollte es zum Kampf kommen, werde ich für ihn kämpfen. Gebe ich mein Leben für ihn, dann in dem Wissen, es für die Meinen gegeben zu haben.«

So klein und so voller Heldenmut. Nora kuschelte sich, so gut es ging, in das kurze Bett und legte ihren müden Kopf neben Rashuk. Der Drache hatte recht: Keldan war ein friedliebender Mensch. Er hätte Luar längst töten können, wenn er es gewollt hätte. Dass die Wege dieser Welt nicht immer dieselben waren, die sie kannte, bedeutete nicht, dass sie deshalb weniger richtig waren. Nach den Maßstäben von Eldinor war Keldan bestimmt ein guter Mensch.

»Rashuk?«

»Ja?«

»Kannst du noch bei mir bleiben, bis ich eingeschlafen bin?«

Eine dumme Frage. Sie würde bloß wieder einen verständnislosen Vorwurf ernten. Doch sie hatte im Augenblick das Bedürfnis, nicht allein zu sein – und zu ihrer Überraschung schmiegte sich ein warmer, schuppiger kleiner Körper an ihre Wange.

Und ich dachte immer, Eidechsen wären kalt. Sie lächelte. *Gut, dass Rashuk ein Drache ist.*

Mit diesem Gedanken schlief sie ein.

11. Kapitel

Sie verfolgten Nora. Unerbittlich kamen sie näher. Nora konnte sie nicht sehen, doch sie waren dicht hinter ihr, das wusste sie. Sie fühlte ihre bohrenden Blicke, den kalten Atem, der ihren Nacken streifte. Sie lief schneller. Sie lief nicht schnell genug. Sie holten sie ein.

»Nora!« Eine Stimme. Sie klang nah. Vertraut. »Kindchen, was machst du denn?«

Nora sah auf ihre Finger, die zerfetztes Papier umklammerten. Seiten um Seiten hatte sie aus dem Buch gerissen, wollte alles zerstören, was damit zusammenhing. Es hatte ihr Angst gemacht, und jetzt fühlte sie sich schuldig. Sie begann zu weinen.

Warme Arme umfingen sie. »Ist ja gut. Wir gehen nicht mehr dorthin.« Es war kein Trost für Nora. Es war eine Warnung.

Vergiss das Buch. Lauf!

Nora floh erneut. Aber so sehr sie sich auch anstrengte, sie kam nicht vom Fleck. Rund um sie wurde es dunkel, kalt. Die Nacht wurde Nichts. Nur die Sterne funkelten in der Schwärze vor ihr. Über ihr. In ihr. Kalt und fremd.

Nora wollte fliehen, doch sie wusste nicht mehr, wo oben oder unten war. Sie spürte ihren Körper nicht, verlor sich im Nebel, wurde zu einem Teil der Weltenkonstellation. Raum und Zeit waren verschwunden. Da war nur noch das Nichts – und die Stimme in ihrem Kopf, die sie warnte. Immer und immer wieder.

Hüte dich vor den Wächtern!

Nora riss die Augen auf. Ihr Puls raste. Blendende Helligkeit füllte den Raum. Sie blinzelte dagegen an und die Welt gewann ihre Konturen zurück.

Keine Sterne, keine Dunkelheit. Sie befand sich auf dem Bett in ihrer Kemenate. Doch sie konnte sich nicht bewegen. Ein unsichtbares Gewicht lag auf ihr, drückte sie in die Matratze und hielt sie erbarmungslos gefangen. Panik stieg in Nora hoch. Sie schnappte nach Luft. Verzweifelt kämpfte sie gegen die Starre an. Quälend langsam stemmte sie sich aus den Kissen, bis ihre Muskeln endlich gehorchten und sie sich aufsetzen konnte.

Mit dem Ende der Schlafstarre ebbte auch die Furcht ab.

Es war vorbei. Ein Albtraum. Sie war nicht wirklich in Gefahr.

Zitternd ließ sie sich zurück in die Kissen sinken. Dabei fiel ihr Blick auf Rashuk.

Der Eidechsendrache lag immer noch auf dem Polster, auf dem er am Abend zuvor Platz genommen hatte, alle viere von sich gestreckt und die Augen geschlossen. Der Stoff unmittelbar vor seiner Schnauze war leicht angekokelt, und bei jedem leisen Schnarchen stiegen Rauchwölkchen aus seinen Nasenlöchern auf. Nora lächelte. Das kleine Mistvieh verfügte über einen bemerkenswert tiefen Schlaf, wenn er trotz ihres unruhigen Erwachens so selig schlummern konnte. Nora gönnte es ihm.

Sie kletterte an ihm vorbei aus dem Bett, verbiss sich einen Schmerzenslaut und drückte eine Hand gegen ihren

Rücken. Dieses verdammte Bett würde sie noch umbringen! Aber sie weigerte sich, im Sitzen zu schlafen, da konnte Ben kluge Reden schwingen, so viel er wollte. Davon würde ihr bloß alles noch mehr wehtun.

Nora schlüpfte in das Überkleid, das für sie bereitlag – schwarz diesmal mit weiten grünen Ärmeln. Das würde ein Spaß werden beim Essen. Sie warf einen Blick in den Spiegel an der Wand. Aber hübsch war es, zugegeben. Schnell fuhr sie sich mit gespreizten Fingern durchs Haar, um ein wenig Ordnung hineinzubringen. Das musste vorerst genügen. Sie wollte keine Zeit vergeuden. Sie wollte mit Ben sprechen, solange die Erinnerung an ihren Traum noch frisch war. Vielleicht konnte er ihn deuten. Wofür hatte man schließlich einen Psychologen?

Sie eilte die Gänge entlang. Mit zarten Klopfversuchen hielt sie sich nicht auf, sondern hieb die Faust ein paarmal krachend gegen das Holz seiner Tür. Dafür, dass er sie am Tag zuvor völlig unvorbereitet in eine derart gefährliche Situation gebracht hatte, hatte er es nicht anders verdient. Sie hörte gedämpfte Geräusche aus dem Zimmer. Was trieb der Kerl da drin?

Erneut pochte sie an die Tür. Wieder kam keine Antwort, also drückte sie die Klinke nieder. Die Tür war versperrt.

»Ben?« Noch einmal hieb sie auf die Tür ein. »Was soll das? Mach auf, verdammt!«

Ein Riegel wurde zurückgeschoben. Vorsichtig öffnete er die Tür einen Spaltbreit. »Nora?«

»Nein, der Weihnachtsmann. Wen hast du denn erwartet?«

Ein leiser Fluch war zu hören, dann riss er die Tür auf, zog Nora ins Zimmer und verriegelte sie hinter ihrem Rücken wieder.

»Spinnst du?«, fuhr sie ihn an.

»Dasselbe könnte ich dich fragen! Nach allem, was

gestern war, hätte genauso gut Keldan vor der Tür stehen können. Mit einem Trupp Soldaten, um mich abzuholen!«

»Blödsinn.« Nora winkte ab. »Die hätten nicht geklopft.«

Ben schnaubte und legte das Schwert beiseite, das er in der freien Hand gehalten hatte. So viel zu seiner Zuversicht, dass sie unerkannt geblieben waren.

Konnte sie denn überhaupt auf irgendetwas vertrauen, das er von sich gab? Ständig sagte er das eine, meinte oder tat jedoch das andere. Hinzu kamen all die Dinge, die er vor ihr verheimlichte. Seine Pläne. Seine Fähigkeiten. Was war das zum Beispiel mit dieser … Wie hatte er es genannt? Blitzhypnose? Also wenn das nicht unheimlich war …

»So oder so«, sagte er, »wir müssen verschwinden, und zwar bald.«

»Ben, du übertreibst.« Sie durften jetzt nicht gehen. Sie stand so knapp davor, endlich etwas über ihre Magie zu lernen. Sie brauchte diese Welt. Nur noch ein kleines bisschen.

»Du hast die beiden doch gehört!«, rief er. »Willst du wirklich warten, bis die nächste Schlacht losbricht?«

»Bis dahin ist noch Zeit …«

»Du hast leicht reden! Dich stecken sie ja auch nicht in ein Kettenhemd und verlangen, dass du Leute ermordest und dabei dein Leben riskierst. Mir ist verflucht egal, wer auf dem Thron sitzt. Ich will hier nicht sterben! Du hast versprochen, dass du mich aus diesem elenden Buch wieder rausbringst, also tu etwas!«

»Was soll ich denn deiner Meinung nach tun?«, blaffte sie zurück. »Den Prinzen eigenhändig befreien und auf den Thron zerren? Angeblich ist doch bereits ein Befreiungskommando unterwegs. Das hat weit bessere Chancen als wir zwei alleine.«

»Und was bringt mir das, wenn ich vorher draufgehe?

Sofern der Rettungstrupp wirklich kommt, wird Keldan mich zwingen, ihn zu bekämpfen! Wir müssen uns rechtzeitig in Sicherheit bringen. Samt Luar!«

»Wie stellst du dir das vor?« Nora funkelte den Psychologen böse an. »Dank dem Großmaul von Prinzen ist der Fürst jetzt vorgewarnt. Sobald wir Luar befreien, haben wir eine ganze Armee an der Backe. Wir schaffen es nie, ihn in diese Hauptstadt zu verfrachten, um ihn dort auf den Thron zu setzen. Wir kennen ja nicht einmal den Weg!«

Ben sollte sich gefälligst zusammenreißen! Natürlich verstand sie seine Ängste, aber er musste begreifen, dass sein Weg der falsche war. Man konnte Geschichten nicht so einfach von innen heraus umschreiben. Je mehr man eingriff, desto tiefer wurde man darin verstrickt. Das hatten die vergangenen Tage bereits zur Genüge demonstriert. Egal, was sie bisher versucht hatten, es hatte ihre Situation immer noch schlimmer gemacht. Es musste einen anderen Weg geben.

Sie wusste auch, welchen.

Aber der würde ihm nicht gefallen.

»Nein.« Nachdrücklich schüttelte Ben den Kopf. »Auf keinen Fall. Das kannst du vergessen.«

»Vertrau mir. Es wird nichts passieren. Ich weiß es.«

»Warum willst du es dann unbedingt noch einmal tun?«

Weil sie schon viel zu lange mit der Angst gelebt hatte. Ben hatte recht, es musste einen Weg geben, ihr Fallen zu kontrollieren. Der Nimbus war kein Loch, in das man stürzte wie Alice in das Kaninchenloch. Er war ein Meer aus Möglichkeiten, so stand es im Buch *Valcheja* geschrieben. Und wenn es Nora gelang, diese Möglichkeiten bewusst zu wählen, konnte sie nicht nur verhindern, erneut in irgendwelche Bücher zu fallen – sie konnte sie auch wieder verlassen. Theoretisch jedenfalls. Sie würde es selbst erst dann glauben können, wenn sie es erlebt hatte.

Aber diese Wahrheit würde Bens Vertrauen in ihre Theorie nicht gerade stärken. *Was soll's,* dachte sie. *Er hat genauso Geheimnisse vor mir.*

»Um etwas zu beweisen«, wich sie aus.

»Toll. So was hat uns ja noch nie in irgendwelche Schwierigkeiten gebracht.«

Nora warf ihm einen zornigen Blick zu. »Unter Laborbedingungen zu experimentieren war *deine* Idee. Dass du mich in ein verdammtes Kriegsbuch schickst, war nicht ausgemacht! Und dass du mitkommst auch nicht. Halt dich fern von mir, dann gehst du kein Risiko ein.«

»Außer, dass du nicht zurückkommst.«

Daher also weht der Wind. Von wegen Fürsorge. Alles, was Ben kümmerte, war sein Weg nach Hause! Das war der Grund, weshalb er sich so großzügig um sie bemüht hatte, als sie ebenfalls kämpfen wollte – sie war für ihn nur ein Mittel zum Zweck! Aber da war er an die Falsche geraten. *Ich bin kein Mittel, ich bin ein Mensch. Und wenn irgendjemand meine Gabe für seine Zwecke benutzt, dann bin das verdammt noch mal ich!*

»Du hast mich einmal gefragt, ob auch ein anderes Mitglied meiner Familie über eine ähnliche Fähigkeit verfügt wie ich. Weil es vererbt sein könnte.«

»Ja?« Er tat immer noch beleidigt. Aber den Köder hatte er geschluckt.

»Ich glaube, dass es da jemanden gab.« Sie erzählte ihm von dem Traum, der sie hergeführt hatte.

»Und was soll das beweisen?«, fragte Ben. »Du stehst unter Stress, du verarbeitest die Eindrücke der vergangenen Tage. *Valcheja* war das erste Buch seit einer Ewigkeit, das du gelesen hast. Kein Wunder, dass sich diese Geschichte in deinen Träumen widerspiegelt. Und dass du in gewisse Welten nicht zurückwillst –«

»Nein, da ist mehr!«, protestierte sie. »Ich weiß es! In meinem Traum war ich noch ein Kind. Zu dieser Zeit konnte ich noch gar nicht in Bücher fallen!«

»Träume sind eben nicht immer logisch.«

»Es war eine Erinnerung«, beharrte Nora.

Ben rieb seine verletzte Schulter. »Also gut, ich spiele mit. Eine Erinnerung woran?«

»Das weiß ich nicht. Du bist doch der Therapeut! Verdrängte Erinnerungen und Traumata, deren Ursprünge in der Kindheit liegen – auf dieses Klischee habt ihr Psychodoktoren doch quasi das Copyright.«

Er lachte. Sonderlich amüsiert klang es nicht.

»Hypnotisier mich«, forderte sie.

»Wie bitte?«

»Du hast schon richtig gehört! Den armen Dulbar haust du mit einem Schnippen um, und bei mir weigerst du dich. Ich verlange ja auch gar nicht mehr, dass du mir irgendetwas aus dem Hirn rauslöschst. Ich möchte nur ein paar Erinnerungen auffrischen.«

»Die real sein können oder auch nicht.«

»Genau das will ich ja herausfinden.« Wieso stellte Ben sich nur so an? Jedes Mal, wenn er als Therapeut etwas für sie tun sollte, zickte er herum. War das eine Art Berufskrankheit? Halte den Patienten möglichst lange hin? Dabei arbeitete er doch jetzt überhaupt nicht auf Stundenlohn.

Jedenfalls nicht, dass sie wüsste.

Ben machte ein nachdenkliches Gesicht. »Du willst also eine Rückführung.«

Der Begriff kam ihr bekannt vor. »Ist das nicht die Sache mit den früheren Leben? Das brauche ich nicht.«

»Unter anderem. In den meisten Fällen beschränkt sich eine Rückführung auf das aktuelle Leben. Man spricht auch davon, wenn man den Hypnotisierten in die ersten Lebensjahre zurückführt, beziehungsweise in die Zeit vor der Geburt.«

»Frühe Kindheit genügt mir, danke.« Sie hatte kein Bedürfnis danach, das *Wunder* ihrer eigenen Geburt zu erleben. »So kann ich vielleicht etwas über meine Gabe erfahren. Und darüber, wie wir hier herauskommen.«

Ben machte ein unglückliches Gesicht, doch er nickte. »Vorausgesetzt, es war tatsächlich eine Erinnerung und nicht bloß ein Traum, könnte das funktionieren.«

»Na siehst du!« Nora rieb sich die Hände. Sie hatte das Gefühl, schon ewig in dieser Burg festzusitzen und permanent darauf zu warten, dass irgendetwas geschah. Zeit, die Zügel in die Hand zu nehmen. »Also, was soll ich machen?«

Er deutete auf sein Bett, das genauso wenig Platz bot wie ihres. »Leg dich dorthin. Mach es dir bequem. Achte darauf, dass du möglichst locker liegst, dass dir nicht kalt ist –«

»Schon verstanden. Bequem.«

Kurzerhand verfrachtete sie sämtliche Kissen auf den Boden, legte sich rücklings quer über das Bett, sodass sie die Beine aus dem Bett baumeln lassen konnte, und verschränkte die Hände über dem Bauch.

»Leg die Arme links und rechts neben deinen Körper. So stellst du dir das Blut ab«, korrigierte Ben ihre Haltung.

Hinter geschlossenen Lidern verdrehte Nora die Augen. Aber sie gehorchte.

»Gut. Entspann dich. Atme tief ein. Halt die Luft an … und lass sie wieder entweichen. Ganz ruhig einatmen … und aus …«

Nach ein paar verkrampften Atemzügen gelang es Nora, ihre Atmung an Bens Vorgabe anzupassen. Er ließ sie immer weiteratmen. Es kam ihr wie eine Ewigkeit vor.

»Jetzt stell dir eine Treppe vor. Diese Treppe hat zehn Stufen, die vor dir in die Tiefe führen. Mit jeder Stufe, die du hinabsteigst, wirst du entspannter. Stell es dir einfach vor. Ich zähle die Stufen ab, und mit jeder Stufe wirst du entspannter. Zehn. Deine Füße werden ganz schwer und entspannt. Neun. Die Schwere kriecht deine Unterschenkel hinauf. Du wirst noch entspannter. Acht …«

Er teilte ihren gesamten Körper in Stufen ein. Nora atmete tief. Angespannt wartete sie darauf, das Bewusstsein zu verlieren, einzuschlafen, oder was auch immer geschehen sollte. Dann kam endlich die Eins … Und Ben begann dasselbe Spiel mit einem Schalter, der zehn Stufen hatte. Und danach war es eine Uhr …

»Kannst du nicht einfach schnippen? Ich bekomme allmählich Hunger. Und Rückenschmerzen.«

Ben seufzte. »Also gut. Setz dich auf. Aber langsam!«

Seine Warnung kam zu spät. Nora hielt sich den Kopf und verfluchte das schwankende Zimmer.

»Du musst dich entspannen«, sagte Ben.

»Das versuche ich ja!«

»Ja, und dabei verkrampfst du immer mehr. Du musst zulassen, die Kontrolle zu verlieren. Dich fallen lassen.«

»Bei Dulbar hast du das auch nicht gebraucht!«, maulte sie.

»Blitzhypnose funktioniert nur durch diesen kurzen Überraschungsmoment. Der öffnet für mich ein Fenster zu deinem Unterbewusstsein. Wenn du darauf wartest, dass etwas passiert, klappt das nicht.«

»Na toll. Und was jetzt?«

Ben zuckte mit den Schultern, verzog das Gesicht und hielt seine Hand schützend über den Verband, ohne ihn jedoch zu berühren.

»Was ist los?«, fragte sie besorgt. Die Wunde von seinem Kampf müsste inzwischen fast verheilt sein, oder nicht? Stattdessen schien er immer wehleidiger zu werden. »Ben?«

Auf seiner Stirn sammelten sich dicke Schweißtropfen. Er war erschreckend blass.

»Du siehst nicht gut aus …« Nora streckte ihm eine

Hand entgegen. »Komm, ich bringe dich hinunter. Die haben hier bestimmt einen Arzt oder so.«

Prinz Luar hauste gewiss auf keiner Festung, der es an etwas derart Essenziellem mangelte wie einem Mediziner. Bei der Versorgung der Verwundeten nach der Eroberung der Burg hatten jedenfalls genug zwielichtige Gestalten ihr Unwesen getrieben und die Verletzten mit Tinkturen und Blutegeln behandelt. Das mochte altmodisch anmuten, aber es hatte den Betroffenen offensichtlich geholfen. Und irgendeiner der Heiler würde sich wohl noch hier befinden.

Der Psychologe murmelte ein Wort, das stark nach »Quacksalber« klang.

»Mir wäre ein hochmodernes Krankenhaus auch lieber für dich«, sagte Nora. »Aber wir müssen mit dem arbeiten, was wir haben.« Sie packte seinen rechten Arm, der ihm weniger Probleme zu bereiten schien als die bandagierte Schulter, und schlang ihn sich um den Hals. »Los, Abmarsch.«

Langsam und vorsichtig führte sie Ben aus dem Zimmer. Nach ein paar Schritten begann er zu protestieren, er könne selbst gehen. Aber da er immer noch grau im Gesicht war, konnte er so viel schimpfen, wie er wollte – den Arztbesuch würde es ihm nicht ersparen.

Ben ließ sich von Nora durch die Gänge schleifen. Er konnte kaum Schritt halten mit ihr, bemühte sich aber, da sie ihm beinahe den Arm ausrenkte.

»Ich brauche einen Arzt!«, herrschte sie die erstbeste Magd an, die ihr unter die Augen kam.

»Natürlich, Herrin.« Und schon zerrten sie zu zweit an ihm herum.

»Ich kann alleine gehen«, wiederholte Ben. Allerdings kam kaum mehr als ein müdes Krächzen aus seinem Mund.

Er leckte sich über die trockenen Lippen. Seine Schulter tobte, als würde sich eine tollwütig gewordene Ratte hindurchfressen, und bei dem Tempo, das die beiden Frauen vorlegten, kam er kaum dazu, die Füße auf den Boden zu setzen.

»Was fehlt ihm, Herrin?«, fragte die Fremde.

»Seine Verletzung heilt nicht«, behauptete Nora.

Sie hatte überhaupt nicht nachgesehen. Es ging ihm gut. Er konnte nicht wegen einer Lappalie einen solchen Aufstand machen. Nach seinem grandiosen Auftritt bei der Einnahme der Burg dachten Keldans Männer ohnehin, dass er ein Versager war. Er wollte nicht auch noch als Jammerlappen dastehen.

Also versuchte er erneut, sich gegen ihren Griff zu wehren. Für eine Frau ihrer Größe konnte Nora jedoch verflucht kräftig zupacken. Sie bugsierte ihn durch eine Tür und auf die nächste Bettstatt. Kein luxuriöses Lager, aber groß genug, dass er ausgestreckt darauf zu liegen kam.

»Ich hole Meister Aldeban«, hörte Ben die Magd sagen. Das Mädchen verschwand aus seinem Blickfeld. Nora umfasste seine Hand und lächelte ihm aufmunternd zu.

»Mir geht es gut«, brachte Ben hervor. Jetzt, da er nicht mehr wie ein nasser Sack durch die gesamte Burg geschleift wurde, fiel ihm das Artikulieren um einiges leichter. »Es ist nur die Pfeilwunde, das dauert ...«

Nora schüttelte den Kopf. »Ich habe die anderen Männer gesehen, die bei dem Kampf verwundet worden sind. Die Kräuter, mit denen die Verletzungen behandelt wurden, zeigen Wirkung. Keinem von ihnen geht es derart mies wie dir.«

Vielleicht durften die auch etwas von Keldans Wundermittel kosten.

Er verbiss sich diese Bemerkung, da die Tür aufging und ein hagerer, alter Mann mit Greisenbart hereinkam.

Der Alte musterte erst Ben, dann Nora. »Ich dachte, es gäbe nur einen Patienten.«

»Er ist der Patient«, verkündete Nora in bester Nora-Winter-Manier. Als der Arzt zu einem Einwand ansetzte, fügte sie ein festes »Ich bleibe hier« hinzu.

Aldeban widersprach nicht, trat ans Bett und besah sich den Verband. Er presste den Zeigefinger mitten auf die Wunde. Ben schrie auf. Der Medikus murmelte unverständliches Zeug vor sich hin, nickte und hob mit spitzen Fingern die Bandage an. Kleine rote Punkte kamen darunter zum Vorschein.

»Och, na, das haben wir bald. Setz dich auf, Junge.«

Der Greis begann, den Verband abzuwickeln. Ein widerlicher Gestank breitete sich aus, den Ben nur zu gut kannte: Eiter. Er drehte den Kopf weg und sah Nora an. Die wurde blasser mit jeder Lage Stoff, die der Alte entfernte. Bis sie schließlich würgte und die Finger in seinen Handballen krallte.

»Nicht!«, brachte sie noch hervor, aber da hatte Ben den Blick bereits auf seine Schulter gerichtet. Und wäre am liebsten vor sich selbst geflohen.

In seiner Wunde wimmelte es von winzigen Tieren. Bebeinte Maden, die sich an sein Fleisch klammerten, übereinanderkrochen – und an ihm fraßen.

»Was ist das?« Seine Stimme kratzte am Falsett.

»Läuse«, kam die lapidare Antwort. »Waren bestimmt im Stroh deiner Matratze.«

Ein Stuhl kippte um. Nora stürzte aus dem Zimmer.

In aller Ruhe nahm Aldeban einen schmutzigen Stofflappen, tunkte ihn in etwas, das nach Schnaps roch, und rieb damit die Lauslarven von Bens Schulter.

Ben biss die Zähne zusammen. Das Zeug brannte wie die Hölle.

Als der Alte mit dem Betupfen fertig war, kniff er die Augen zusammen, legte die Nase an die Wunde und schnüffelte. »Sollte man ausbrennen«, meinte er.

Ben schluckte. Ausbrennen klang nicht gut. Was sollte das überhaupt bringen, er blutete doch kaum mehr! Außerdem war da noch der Eiter. Er brauchte Antibiotika, kein Brandeisen!

Ich hab's gewusst, ich werde an Blutvergiftung sterben. Wenn mich nicht vorher die Läuse fressen.

Der Medikus ließ ihm keine Wahl. Er drückte Ben auf die Bettstatt nieder. Ben konnte bloß versuchen, nicht zu schreien, als Aldeban ein rot glühendes Eisen aus dem Herdfeuer zog und es auf seine Wunde presste.

Er schrie trotzdem.

Bei jedem schmerzerfüllten Schrei, der aus dem Raum hinter ihr drang, biss Nora die Zähne fester aufeinander. Sie kniff die Augen zusammen, doch das Bild der Läuse, die sich auf der Kruste aus Blut und Eiter tummelten, weigerte sich zu verschwinden.

Nora schüttelte sich vor Ekel. Wieder hallte ein Schrei durch den Gang. Was passierte da drin? Sie hätte Ben nicht allein lassen sollen. Aber sie konnte sich einfach nicht überwinden, zurück in das Behandlungszimmer zu gehen.

»Nora?«

Überrascht sah sie auf.

Keldan musterte sie mit besorgter Miene. »Meine Schöne, was tust du hier? Ist dir unwohl?«

»Nein, es ist … mein Bruder.« Die Schreie waren verstummt. War das ein gutes Zeichen? »Seine Verletzung ist entzündet.«

Keldan nickte verständnisvoll. »Meister Aldeban ist ein hervorragender Medikus. Er wird gut für deinen Bruder sorgen.«

»Und warum schreit er dann so?« Sofort bereute sie ihre Worte.

Der Fürst lächelte. »Ich habe nicht behauptet, die Behandlung wäre schmerzfrei. Doch wie du weißt, verfüge ich über ein wenig Magie. Die Salben und Tinkturen, die Meister Aldeban mit meinen Ingredienzien zubereitet, sind äußerst wirkungsvoll.«

Er bot ihr den Arm an, als würde er sie zu einem Spaziergang am Strand einladen. »Erweist du mir die Ehre, mich ein Stück zu begleiten?«

Unsicher warf Nora einen Blick zu der Tür. Was, wenn Ben dahinter im Sterben lag?

Keldan schien ihre Gedanken zu erraten. »Sieh nach ihm.« Er griff an ihr vorbei und öffnete die Tür. »Ich warte.«

Sie lugte ins Zimmer. Ben lag auf dem Rücken, die Augen hatte er geschlossen. Der alte Mann legte soeben einen Tiegel mit übel riechender Paste beiseite, dessen Inhalt er großzügig auf Bens Schulter verteilt hatte. Er nahm einen frischen Verband aus einer Truhe, sah auf und bemerkte Nora.

»Es geht ihm bald wieder besser«, behauptete der Greis.

Ben stöhnte.

Aldeban drehte seinen Patienten in aller Seelenruhe zur Seite und wickelte den Stoff in dicken Bahnen um Arm, Brust und Schulter. »Morgen bist du wieder auf den Beinen, Jungchen«, versprach er dabei. »Dann bist du bereit für deinen nächsten Kampf.«

Ben stöhnte noch lauter.

Unschlüssig verharrte Nora am Zimmereingang. Was konnte sie tun, um Ben zu helfen? Nachdem der Medikus ihn an den bevorstehenden Kampf erinnert hatte, wäre die größte Hilfe vielleicht, Ben ein paar kräftige Hiebe zu verpassen, damit er weiter im Krankenzimmer bleiben konnte und nicht wieder eingezogen wurde. So verzweifelt war sie allerdings doch nicht.

Also ließ sie zu, dass Keldan die Tür zuzog. Erneut bot er ihr seinen Arm an und sie hakte sich bei ihm unter. Die

Erinnerung an den Abend zuvor stand ihr deutlich vor Augen: der Fürst, der ihnen wutentbrannt und mit einer Fackel bewaffnet nachgesetzt hatte. Falls er sie erkannt hatte, war er ein begnadeter Schauspieler.

Seine freie Hand tätschelte ihre Finger in seiner Armbeuge. »Es trifft sich gut, dass wir einander so unverhofft begegneten«, meinte er. »Es gibt Dinge, die ich mit dir besprechen möchte.«

Ein kalter Schauer lief Noras Rücken hinab. »So?«

»Nicht hier. Es sind heikle Angelegenheiten.«

Er weiß es! Es spielte keine Rolle, welches ihrer Geheimnisse er durchschaut hatte; jedes einzelne davon kam einem Todesurteil gleich. *Er weiß es und jetzt will er mich beseitigen.*

Die Gewissheit lag ihr wie ein Stein im Magen. Sie wollte fliehen, sich losreißen und in Sicherheit bringen, doch ihre Beine gehorchten ihr nicht. Sie hätte auf Ben hören und noch in der Nacht verschwinden sollen. Aber wie weit wären sie gekommen, bis er an seiner Verletzung zugrunde gegangen wäre?

Keldan umfasste sie fester. Seine Lippen streiften ihr Ohr. »Ein Verräter«, flüsterte er.

»Wie bitte?« Ihre Knie blockierten, gaben nach.

»Deine Glieder sind ja kalt wie Eis«, bemerkte er. »Ist dir auch bestimmt nicht unwohl?«

Nora schüttelte den Kopf. Ihrer Stimme traute sie nicht.

Sie versuchte, sich seiner Berührung zu entziehen, doch er hielt sie fest. Keldan griff nach ihrer zweiten Hand, barg beide Hände in den seinen und hauchte seinen Atem darauf. »Meine teure Nora, es gibt nichts, das du fürchten musst.«

Ihr wurde warm – und das nicht nur in den Fingerspitzen. Machte er sich tatsächlich Sorgen um sie? Dann dachte er also nicht, dass sie diejenige war, die …

»Folge mir.«

Als sie keine Anstalten machte, sich in Bewegung zu setzen, legte er den Arm um ihre Taille und zog sie sanft, aber beharrlich mit sich, die Treppen hinauf, in Richtung seiner Räumlichkeiten. Als sie die reichhaltig verzierte Tür mit dem Drachentürklopfer erreichten, schob Keldan sie kurzerhand hindurch und verriegelte den Eingang hinter ihnen. Dann atmete er tief durch.

»Verzeih mein ungestümes Verhalten«, sagte er. »Doch solange ich nicht mit Bestimmtheit weiß, wer der Verräter ist …«

»Schon gut.« Etwas Besseres fiel ihr nicht ein.

Keldan deutete einladend auf zwei gepolsterte Stühle, die nahe dem prasselnden Kaminfeuer standen. Sie setzten sich.

»Es muss jemand meiner eigenen Leute sein«, fuhr er fort.

»Wie kommt Ihr darauf?« Nora bemühte sich, ihre Frage möglichst unbeteiligt klingen zu lassen.

»Wer auch immer es ist, er konnte meinem Neffen Nachrichten zukommen lassen, ohne Aufsehen zu erregen. Und die Männer, die zu seiner Bewachung abgestellt sind, unterstehen allesamt meinem Kommando. Irgendeiner von ihnen hintergeht mich demnach.«

»Nachrichten?« Das klang tatsächlich nicht nach Ben und ihr.

Keldan verschränkte die Arme vor der Brust. »Luar wusste vom Tod meines Bruders. Nicht nur das, er scheint auch über Informationen zu einem bevorstehenden Angriff zu verfügen.«

Luars Befreiungstrupp. Sie setzte eine überraschte Miene auf. »Könnte er diese Informationen nicht bloß erfinden?«

»Das dachte ich zu Beginn auch«, sagte Keldan. »Doch dann fand ich den Wächter des Verlieses blutig geschlagen am Tor, und der Schlüssel zur Zelle meines Neffen fehlte.«

»Oh.« Das wiederum klang nach Ben und ihr.

»Keine Sorge, Luar wurde umgehend in eine andere Zelle verlegt. Dort ist er sicher verwahrt. Indes erhielt ich heute Nachricht von meinem eigenen Spion. Ganz Tarrean befindet sich in Aufruhr. Die Gerüchte erzählen von einem Soldaten, der in die Stadt kam, nur Stunden, bevor König Balwin leblos in seinen Gemächern aufgefunden wurde. Einer von Luars Männern.«

Nora verstand nicht, worauf er hinauswollte. »Aber wenn es einer von Luars Soldaten gewesen wäre, müsste der doch wissen, dass die Festung eingenommen wurde.«

»So ist es. Davon wusste der Mann jedoch nichts. Er überbrachte nur eine Neuigkeit: die von der Gefangennahme seines Prinzen.«

Nun endlich fiel der Groschen. »Der Soldat, der davongelaufen ist, als Ihr Luar festgenommen habt. Bei der Taverne!«

Keldan nickte. »Der Tod des Königs war keineswegs ein Zufall. Er wurde ermordet. Zugleich mussten Luars Gefolgsleute Gewissheit haben, dass der Prinz noch am Leben ist. Andernfalls hätten sie durch Balwins Ende nichts zu gewinnen.«

Nachdenklich starrte Nora ins Feuer. Waren das nun gute Nachrichten oder schlechte? Sollte sie froh sein, weil ihnen eine weitere Chance gegeben wurde, Luar doch noch auf den Thron zu befördern? Das bedeutete, Eldinor seinem Schicksal zu überlassen und Keldans Vertrauen zu missbrauchen. Ihn zu verraten, ebenso Rashuk und Elissa. Wollte sie das wirklich?

Auf der anderen Seite war da Ben, der bereits genug gelitten hatte. Er hätte niemals hierhergelangen dürfen. Der Psychologe war ein Kollateralschaden, und selbst wenn er Nora nur als Mittel für seine Flucht ansah – es war schließlich ihre Schuld, dass er hier war. Sie war für ihn verantwortlich.

Auf welchen Ausgang sollte sie also hoffen?

»Verzeih mir, meine Schöne.« Der Fürst beugte sich zu ihr, bis sein Gesicht nur noch eine Armeslänge von ihrem entfernt war. »Ich sollte dein zartes Gemüt nicht mit meinen politischen Sorgen belasten.«

Zartes Gemüt? Nora verzog das Gesicht.

»Keine Sorge.« Seine Fingerspitzen strichen sanft über ihre Wange. »Ich weiß, du bist keine einfältige Person und durchaus für solche Gespräche geeignet. Doch es gibt weit angenehmere Themen.«

Nein! In Noras Kopf begannen sämtliche Alarmglocken zu schrillen. *Wir haben nichts zu besprechen. Du bist nicht echt, und ich bin eine Verräterin. Das Einzige, das uns verbindet, ist Magie.*

Langsam schob er seine Hand in ihren Nacken. Nora sah ihm direkt in die Augen, sah die kleinen Fältchen, die ihr verrieten, dass er lächelte.

Er durfte nicht ... Sie musste ihn daran hindern, weiterzugehen.

»Ich bin keine gewöhnliche Frau«, brachte sie heraus.

Er zog sie näher zu sich. Sie konnte seinen Atem schmecken.

»Ich weiß«, flüsterte er. Nun legte er seine zweite Hand an ihre Wange, hielt ihr Gesicht in seinen Händen ...

Nora küsste ihn.

Erschrocken zuckte sie zurück. Sie hatte keine Ahnung, was in sie gefahren war. Gerade dachte sie noch, dass sie verrückt war, ihn so nah an sich heranzulassen, und plötzlich drückte sie ihren Mund auf seinen.

Sie wollte sich aufrichten, doch Keldan hielt sie bei sich. Sanft, ohne Druck, strichen seine Lippen über ihr Gesicht, bis sie schließlich wieder über ihrem Mund verharrten.

Nora schloss die Augen und genoss die weiche Wärme seines Kusses.

12. Kapitel

Nora eilte durch die Burg, hinaus in den Innenhof. Sie brauchte frische Luft, dringend.

Ihr Gesicht glühte. Scham, Freude, Erregung … Die Gefühle in ihrem Inneren wirbelten endlos umher. Besser, sie begegnete niemandem. Sie würde es nicht verbergen können, und verbergen musste sie es.

Oh Gott, wenn Ben das herausfindet!

Und er war ein verdammter Psychologe. Er brauchte sie bestimmt nur anzusehen, um zu merken, dass etwas nicht stimmte. Das würde sie nicht durchstehen. Jetzt noch nicht. Erst musste sie sich selbst darüber klar werden, was sie eigentlich fühlte.

Sie hatte Keldan geküsst. Lange.

Dann war sie gegangen – und er hatte sie nicht zurückgehalten.

Warum? Wollte er sie nicht? War es für ihn nicht schön gewesen? Für sie schon.

Vielleicht roch sie schlecht? Hätte sie gewusst, dass sie Keldan begegnen und so nah kommen würde, hätte sie sich darauf vorbereitet!

Oder hatte sie ein Tabu gebrochen, indem sie ihn zuerst geküsst hatte? Was hatte sie sich bloß dabei gedacht?

Gar nichts. Das war ja das Problem. Nora seufzte.

Endlich erreichte sie den Brunnen. Sie stellte sich an die steinerne Brüstung und blickte in die Tiefe. Dort unten sah sie nichts als schwarze Dunkelheit, aber es roch nach Wasser. Also packte sie die Kurbel an der Seite des Brunnens. Schwerfällig setzte sich die Kette in Bewegung. Nach ein paar Umdrehungen tauchte der Eimer auf. Nora hievte ihn auf den Brunnenrand, schöpfte Wasser daraus und spritzte es sich ins Gesicht.

Die Kälte tat gut. Nora fand ein wenig zu sich selbst zurück. Sie streckte die Hände bis zu den Unterarmen ins Wasser und presste dann die Finger an ihren Hals. Die Pulsadern zu kühlen half immer. Nur das Amulett ruhte nach wie vor warm auf ihrer Haut, als hätte ihr erhitztes Gemüt auf den Kristall darin abgefärbt.

»Frau Nora?«

Ein drahtiger Knecht eilte heran. Kannte sie ihn? Er kam ihr nicht bekannt vor, aber das bedeutete wenig. Hier gab es so viele Menschen … Und wirklich Kontakt hatte sie bisher zu kaum jemandem gesucht.

»Was tut Ihr denn da?«, ereiferte sich der Mann. »Ihr braucht doch nur um Wasser zu bitten. Eine edle Frau wie Ihr sollte sich nicht mit dem Brunnen abmühen!«

»Wieso denn? Ich schaffe das auch alleine.«

Tadelnd sah er auf die nassen Flecke auf ihren Flatterärmeln. Feuchter Sand vom Boden des Innenhofes klebte daran.

»Entschuldigung«, murmelte sie.

Unter dem argwöhnischen Blick des Knechts wandte sie sich wieder der Burg zu. Hinter sich hörte sie das Platschen, als er den Eimer zurück in den Brunnen beförderte. Sie verzichtete darauf, sich umzusehen. Der Kerl hielt sie vermutlich bereits für seltsam genug.

Außerdem erinnerte ihr Magen sie daran, dass sie noch nichts gefrühstückt hatte. Also nahm sie Kurs auf die Küche. Es war inzwischen später Vormittag, aber vielleicht bekam sie ja trotzdem noch etwas zu essen, wenn sie das »Keldan-sagt«-Spielchen probierte. Nora stieg die Gesindetreppe hinab. Der missglückte Hypnoseversuch schien Ewigkeiten her zu sein. So viel war seitdem passiert …

Sie stockte. An dem großen Tisch wurde eifrig ein Mittagsmahl zubereitet, doch am Ende der Tafel, keine drei Meter von ihr entfernt, saß Ben. Er war blass und konnte sich offensichtlich nur mit Mühe aufrecht halten. Elissa schmiegte sich an seine weniger malträtierte Seite und schob ihm einen Löffel Suppe nach dem anderen in den Mund.

Der Anblick irritierte sie. Dass Elissa ein Auge auf Noras angeblichen Bruder geworfen hatte, war leicht zu erraten gewesen nach all den Fragen, die die Prinzessin so freimütig gestellt hatte. Nur Bens angespannten Gesichtsausdruck konnte Nora nicht einordnen.

Sei nicht so blöd, schimpfte sie mit sich selbst. *Der arme Kerl hat Schmerzen, ist doch klar! Nur weil du ein nettes Erlebnis hattest, bedeutet das nicht, dass alle anderen auch nur das eine im Sinn haben.*

Elissa erspähte Nora und winkte fröhlich mit dem Löffel. »Guten Tag, Nora! Hast du schon gehört? Der bedauernswerte Ben hatte *Läuse* in seiner Wunde. Furchtbar, nicht wahr? Aber keine Sorge, ich habe sofort eine frische Matratze für ihn angefordert.«

Verdammt, auf die Idee war Nora nicht einmal gekommen. So viel dazu, dass sie für Ben verantwortlich war. Nun ja, immerhin hatte sie ihn zum Arzt geschleift, andernfalls hätte er vielleicht sogar den Arm verloren. Also sollte er sich nicht so anstellen.

Sie nahm den beiden gegenüber Platz und musterte den Psychologen. »Wie fühlst du dich?«

»Grauenvoll«, kam die mürrische Antwort. »Wo warst du?«

»Ich …« Nora fühlte, wie ihr das Blut in den Kopf schoss. »Ich musste etwas klären.«

Ben schenkte ihr einen misstrauischen Blick. Jetzt erst bemerkte sie, dass er seine Brille trug. War der Kerl wahnsinnig geworden?

Der Ärger vertrieb ihre Gefühlsverwirrung. Sie setzte eine eiserne Miene auf. Sie würde Ben nichts verraten; nicht von den Entwicklungen, die Keldan ihr erzählt hatte – und von dem Kuss erst recht nicht.

Gegen Elissas Fragen allerdings war sie nicht gefeit.

»Wir sprachen gerade über König Balwins Tod. Denkst du, der Fürst findet tatsächlich eine Möglichkeit, das Erbe seines Bruders anzutreten?«

Mit Magie bestimmt. Aber das konnte Nora schlecht ausplaudern. Sie griff nach dem kleinen, dunklen Brot, das unbeachtet neben Bens Teller lag. Das Ding war hart wie Stein. Nur mit Mühe konnte sie es auseinanderbrechen. Das gab ihr Zeit, ihre Antwort zu überdenken. »Ich glaube, Luar wird nicht freiwillig das Feld räumen.«

Die Prinzessin wiegte nachdenklich den Kopf. Sorgfältig füllte sie den Löffel erneut mit Suppe und fütterte Ben damit. Nora hätte am liebsten die Augen verdreht. So hilflos, wie er tat, war Ben bestimmt nicht.

»Ich fürchte, uns wird noch einiges an Ärger bevorstehen«, meinte Elissa. »Luar ist gut darin, harmlos und naiv zu wirken, um dann unerwartet und grausam zuzuschlagen. Egal, welche Antworten und Hinweise er gibt, was er uns auch glauben machen will – er führt uns damit bloß in die Irre.«

Also waren Keldans Informationen unter Umständen nichts weiter als ein Ablenkungsmanöver, das Luar steuerte? Oder irrte Elissa sich? War womöglich sie der Verräter? Mit ihren Geschichten von Leibeigenschaft und

Misshandlung hatte sie Nora sofort für sich eingenommen, aber was, wenn diese Geschichten erfunden waren? Ben hatte nichts von einer Verlobten gewusst, er konnte ihre Worte nicht bestätigen. Hatte die Prinzessin Noras Gutgläubigkeit ausgenutzt, um an Keldan heranzukommen und ihn von ihrer Unschuld zu überzeugen?

Zorn wallte in Nora hoch, obwohl sie selbst doch genauso falsch spielte. Sie wusste nicht, wer sonst noch gegen Keldan agierte – sich und Ben konnte sie jedoch getrost auf diese Liste setzen.

Dabei wollte sie ihm nicht schaden, im Gegenteil.

Mit jedem Tag wurde ihre Lage verzwickter.

Wenn es nach ihr ging, sollte Keldan den Thron bekommen und glücklich regieren bis ans Ende seiner Tage. Aber das würde bedeuten, dass sie mit Ben vielleicht für immer hier festsaß. Wäre Ben nicht hier … Vielleicht könnte sie dann den Dingen ihren Lauf lassen. Hätte es nur sie selbst betroffen, hätte sie das Risiko eingehen können. Doch sie hatte kein Recht darauf, Bens Leben mit aufs Spiel setzen.

»Nora?« Elissa sah sie erwartungsvoll an.

»Entschuldige, ich war in Gedanken. Was sagtest du?«

»Ob du denkst, dass es zum Krieg kommen wird.«

»Ich hoffe nicht.« Das immerhin konnte sie ruhigen Gewissens behaupten. Sie wollte nicht, dass irgendjemand starb, der ihr am Herzen lag.

Und wenn sie Keldan mit in ihre Welt nahm? Würde er das verkraften? Oder wäre er dort genauso verloren wie Ben in Eldinor?

Außerdem konnte sie Elissa nicht einfach zurücklassen. Ohne Keldan wäre sie Luar schutzlos ausgeliefert. Vorausgesetzt, sie war nicht die Verräterin. Nora presste die Hände an die Schläfen. Allmählich bekam sie Kopfschmerzen von diesem Mist.

»Geht es dir gut?«, fragte Ben.

»Ich fühle mich nicht wohl. Zu wenig Schlaf ... Ich sollte mich hinlegen.«

Sie stand auf und ließ die beiden ohne weitere Erklärungen zurück. Sollten sie einander doch näherkommen. Oder auch nicht. Ihr war es gleich und der Geschichte vermutlich ebenfalls. Nicht mehr lange, dann würden Krieg und Tod sie einholen. Ihnen lief die Zeit davon.

Sie musste einen Weg finden, Ben aus diesem Buch herauszuschaffen.

Einen Weg durch Valcheja.

»Und du möchtest bestimmt nicht, dass ich dich begleite?«

Ben entzog sich dem Arm, den Elissa um seine Hüfte schlang. Er hatte keine Ahnung, was die Prinzessin im Schilde führte. Sich ein wenig verhätscheln zu lassen war ja ganz nett, aber allmählich wurde ihm ihre Aufdringlichkeit zu bunt.

»Vielen Dank. Du hast mir schon so sehr geholfen, ich kann deine Zeit unmöglich noch weiter in Anspruch nehmen. Und die Schmerzen haben bereits nachgelassen.«

Der letzte Punkt entsprach der Wahrheit. Was auch immer der Arzt auf seine Verletzung gepappt hatte – es wirkte wahre Wunder. Möglicherweise hatte die Schmiere aber auch bloß eine schmerzstillende Wirkung und er schwebte immer noch in Lebensgefahr.

Die Prinzessin sah enttäuscht aus, als er sie mit sanfter Gewalt von sich schob.

»Ich werde mich für deine Fürsorge erkenntlich zeigen«, versprach er.

Das schien sie zu besänftigen. Sie lächelte und drückte ihm einen kleinen Kuss auf die Wange. »Ich freue mich darauf.«

Ben wartete, bis sie den Gang hinabgeschwebt war, und

machte sich auf den Weg. Er hätte es Nora gerne gleichgetan und in aller Heftigkeit gegen ihre Tür gehämmert, aber da machte seine lädierte Schulter nicht mit. Also hieb er stattdessen mit dem Fuß gegen das Holz.

Stimmen wurden dahinter laut, gefolgt von leisem Gerumpel. Die Tür öffnete sich und Nora sah heraus.

»Oh Ben, gut, dass du da bist!« Sie wollte nach ihm greifen, hielt mitten in der Bewegung inne, sah auf seinen frischen Verband und begnügte sich mit einem Winken.

»Hast du Besuch?«, fragte er. Eine überflüssige Frage, Selbstgespräche würde sie wohl kaum führen.

»Rashuk war hier. Er ist gerade weg.« Sie deutete auf das offene Fenster.

Auch das noch. »Was wollte er?«

»Nichts, nur plaudern.«

Ben hatte Mühe, seine Stimme gesenkt zu halten. »Du weißt, dass er Keldans Spion ist!«

Nora winkte ab. »Ja, ja. Ich verrate ihm unser Geheimnis schon nicht, keine Sorge. Hier, sieh dir lieber das an!« Sie zog etwas unter ihrem Kopfkissen hervor.

Ben stöhnte. »Dieses Buch schon wieder?«

Sie klopfte auf das Symbol auf dem Einband. »Ich habe nachgedacht. Wenn Valcheja alle Welten verbindet, dann muss es einen Weg geben, aus dieser Welt hier zurück in unsere zu gelangen. Ganz ohne Kampf!«

»Und wie? Mit einem Buch über unsere Welt?«

»Zum Beispiel.«

Jetzt hatte sie völlig den Verstand verloren. »Nora! Es gibt kein Buch über unsere Welt. Unsere Welt ist die Realität!«

»Für uns. Weil wir nichts anderes kennen. Für alle Menschen hier ist Eldinor die Realität, und würden wir von unserer Welt erzählen, wäre das die Geschichte. Begreifst du das nicht? Es ist alles nur eine Frage des Standpunkts.«

»Das ist doch Irrsinn.«

»Wir sind mithilfe von Magie in einer Welt voller Drachen gelandet. Wieso ist ausgerechnet Valcheja für dich Schwachsinn?«

»Weil es …« Hilflos rang er die Hände. »Weil wir echt sind! Du und ich. Und alles andere hier nicht!« War das denn so schwer zu begreifen?

»Das Essen, das du zu dir nimmst? Der Pfeil, der dich getroffen hat? Das Ungeziefer in deiner Wunde? Elissa? Wenn das alles nicht echt ist, wieso kannst du es dann berühren? Wieso kann es dir etwas anhaben?«

Er erwiderte nichts.

»Warum stellst du dich so an? Als wir angekommen sind, warst du noch derjenige, der darauf bestanden hat, dass wir alle rund um uns wie echte Menschen behandeln!«

»Da hat mir auch noch keiner ein Schwert in die Hand gedrückt und verlangt, dass ich damit in den Krieg ziehe!«

Ihre Züge wurden weich. Sie berührte ihn sanft an der unverletzten Schulter. »Ich weiß. Es tut mir leid, dass du das durchmachen musstest. Aber genau deshalb will ich einen Weg finden, dir das zu ersparen. Und wenn der bedeutet zu akzeptieren, dass wir genauso sind wie die Leute hier …«

Er schüttelte den Kopf. Das konnte und wollte er nicht akzeptieren. Dabei war es letztendlich nicht anders als damals, als sie in seine Praxis gekommen war und von Dingen gesprochen hatte, die einfach zu fantastisch waren, als dass er sie hätte glauben können. Und doch gehörten sie mittlerweile zu seiner Realität.

Schweren Herzens seufzte er. »Also gut. Was brauchst du von mir?«

Ein Grinsen erschien auf ihrem Gesicht. Beinahe erwartete er, sie würde vor Freude auf und ab hüpfen und dabei in die Hände klatschen. Sie nickte jedoch nur und setzte sich auf das Bett.

»Versuchen wir es noch einmal mit Hypnose. Ich möchte wissen, ob ich schon früher in Bücher gereist bin und ob mich auf diesen Reisen jemand begleitet hat. Vielleicht gibt es noch mehr, das ich vergessen habe. Etwas über den Weg aus den Büchern hinaus.«

»Einverstanden.« Diesmal würde er jedoch stärkere Geschütze auffahren. »Leih mir deine Halskette.«

Ihre Hand schloss sich in einer besitzergreifenden Geste um den Anhänger. Nur widerwillig hob sie den Arm und schlüpfte aus der Kette.

Er nahm das Schmuckstück und ließ den Anhänger nach unten gleiten, sodass ein provisorisches Pendel entstand. Langsam und gleichmäßig begann er, es zu schwingen. »Konzentrier dich nur auf den Kristall und auf den Klang meiner Stimme. Du brauchst meine Worte nicht zu verstehen, hör nur auf ihren Klang. Und mit den Augen folgst du dem Kristall. So ist es gut.«

Durch die Fokussierung auf das Pendel war ihr Bewusstsein abgelenkt und das Unterbewusstsein war für ihn leichter zugänglich. So hätte er es bereits am Morgen angehen sollen. Eine sture Person wie Nora Winter ließ sich nicht so einfach die Kontrolle über ihr Bewusstsein nehmen. Man musste es von der anderen Seite aus versuchen.

Und tatsächlich, als er diesmal herabzählte, fielen ihre Lider herab, so sehr sie sich auch bemühte, das Pendel im Auge zu behalten. Ihr Kinn sank auf die Brust. Er zählte noch eine Runde und sandte sie tiefer in die Trance.

Dann begann er mit dem schwierigsten Teil dieser Hypnose: der Rückführung.

»Du fühlst dich wohl und entspannt. Du bist absolut sicher. Alles, was du hörst und siehst, alles, was du erlebst, ist nur eine Erinnerung. Zeit spielt keine Rolle für dich. Du kannst dich frei bewegen, du kannst die Zeit anhalten und dir alles ganz genau ansehen. Wenn dir etwas unangenehm ist, kannst du jederzeit aufwachen.«

Nora atmete ruhig und tief. Gut.

»Vor deinem geistigen Auge tauchen jetzt die ersten Bilder auf. Du befindest dich in einem hellen Raum, an den Wänden stehen gepolsterte Sessel. Es ist das Wartezimmer zu meiner Praxis. Siehst du es vor dir?«

Ein leises Stöhnen. Dann, zögernd: »Ja.«

»Sehr gut. Nun kannst du die Tür nach draußen öffnen. Aber diese Tür führt nicht in ein gewöhnliches Treppenhaus, sondern in deine Vergangenheit. Wenn du also die Treppen hinuntersteigst, wanderst zu zurück in deiner Erinnerung, mit jeder Stufe gehst du tiefer hinab. Du gelangst zum ersten Treppenabsatz, und dort befindet sich ein Fenster. Siehst du es?«

»Ja.« Diesmal war ihre Antwort fest und sicher.

»Du kannst nun durch das Fenster sehen und du siehst dich selbst. Du hast ein Buch in der Hand.« Ben wünschte sich, er hätte seine Aufzeichnungen bei sich, aber es musste eben so gehen. »Es ist eine Ausgabe von Shakespeares *Romeo und Julia.* Du sollst es für die Schule lesen.«

»Ich würde lieber etwas anderes lesen, aber die blöde Tammerer quält uns mit klassischer Literatur«, maulte Nora im Tonfall eines genervten Teenagers.

»So ist es. Und diesmal ist es *Romeo und Julia.* Du schlägst es auf und liest darin. Du kannst die Zeilen ganz genau sehen.«

»Ja.«

»Du fühlst einen Windstoß. Ganz leicht nur, du musst keine Angst haben.«

»Aber ich habe Angst! Was passiert mit mir?« Noras Fingerspitzen zuckten, als würde sie in einem Traum versuchen, etwas abzuwehren.

»Es ist alles in Ordnung, du bist völlig in Sicherheit. Das Bild verblasst und du bist wieder im Treppenhaus.«

Sofort beruhigte Nora sich. Sie stieß zitternd den Atem aus und sank zurück in tiefe Trance.

»Du gehst nun weiter die Stufen hinab, zum nächsten Absatz. Dort findest du ein anderes Fenster. Wieder siehst du dich selbst. Du bist noch ein Kind. Du sitzt auf dem Boden, und rund um dich sind Papierfetzen. Seiten aus einem Buch, die du zerrissen hast.«

»Nein!« Sie schüttelte heftig den Kopf. »Nicht, ich will nicht.«

»Du bist in Sicherheit. Dir kann nichts geschehen. Du kannst die Zeit anhalten, und nichts wird sich verändern. So lange, bis du bereit bist, diese Erinnerung weiter anzusehen.«

Er wartete. Ihre Augen zuckten unter den Lidern, die Lippen presste sie fest aufeinander.

»Ich bin bei dir. Du bist in Sicherheit. Hör nur auf meine Stimme. Atme tief ein ... und langsam wieder aus ...«

Endlich fand Nora zur Ruhe. Ihre Haltung entspannte sich.

»Gut so.« Lange würde er sie nicht mehr unter Hypnose halten können. Sie hatten nichts davon, wenn sie es gleich in der ersten Sitzung übertrieben. Aber ein Stück weit noch ...

»Warum hast du das Papier zerrissen?«, fragte er.

»Es war böse. Es war nicht richtig dort.«

»Was war daran nicht richtig?«

»Sie wollten uns nicht. Sie wollten uns wehtun.«

»Wer wollte das?«

»Die Leute dort.«

Enttäuscht rieb Ben über den Bart an seinem Kinn. So kamen sie nicht weiter. »Sieh dir wieder die Papierfetzen an. Sie liegen vor dir. Siehst du sie?«

»Ja.«

»Gut. Dann kannst du dich jetzt umsehen, im ganzen Raum. Bist du alleine?«

»Nein. Oma ist da.«

Interessant. Dieselbe Großmutter, von der sie den Anhänger mit dem Symbol der Weltenwächter hatte?

»Und sagt deine Oma vielleicht etwas? Wegen der Papierfetzen?«

»Sie mochte es dort auch nicht. Sie ist nicht böse. Ich habe geglaubt, sie wird böse sein. Aber sie ist es nicht. Sie meint, das nächste Mal gehen wir woanders hin.«

Nora hat die Bücher gemeinsam mit ihrer Großmutter bereist? Warum konnte sie sich daran nicht erinnern? Und wieso hatte diese Oma ihr nicht geholfen, ihre Gabe zu verstehen?

»Nora, wie alt bist du?«

»Ich bin sechseinhalb!«

Gute Güte. So jung noch! Gerade alt genug, um lesen zu lernen. War die Gabe dabei zum ersten Mal zum Vorschein gekommen? Oder war es die Großmutter, die in Bücher reiste, und Nora hatte sie begleitet? Welcher verantwortungslose Mensch nahm ein kleines Kind mit auf so gefährliche Reisen?

Ein leises Stöhnen riss Ben aus seinen Überlegungen. Noras Kopf rollte von einer Seite zur anderen, ihre Augenlider flatterten. Er musste sie zurückholen.

»Nora, ich werde jetzt langsam von zehn an rückwärts zählen. Wenn ich schnippe, wirst du aufwachen. Du wirst dich erholt fühlen und dich an alles erinnern, was du gesehen und erlebt hast. Es sind nur Erinnerungen, du spürst keine Angst dabei. Du hast die Kontrolle. Zehn. Das Bild verblasst um dich, es wird dunkel. Neun …«

Ihr Atem wurde gleichmäßiger, das Flattern der Lider stärker. Als Ben schnippte, schlug sie die Augen auf, sah ihn an – und barg das Gesicht in ihren Händen.

Ben trat zu ihr und legte beruhigend seinen gesunden Arm um sie. »Es ist alles in Ordnung. Ist ja gut.« Sanft wog er sie hin und her.

Schließlich rückte sie von ihm ab und atmete tief durch. »Wow.«

»Woran erinnerst du dich?«, fragte Ben.

Statt zu antworten, stand sie auf, ging zum Tisch und goss einen kräftigen Schluck Wein in ihren Becher, den sie in einem Zug leer trank. »Ich würde echt was geben für einen ordentlichen Whiskey.«

Ben musste grinsen. Whiskey war sein Steckenpferd, Nora hätte er eher für eine Cocktail-Schlürferin gehalten. Als sie sich zu ihm umwandte, verbarg er sein Amüsement rasch hinter einem verhaltenen Räuspern. »Also, bist du zufrieden mit dem Ergebnis deiner ersten Hypnose?«

Sie rieb sich die Stirn. »Es ist alles wirr.«

»Es wird mit der Zeit klarer werden.« Ben gesellte sich zu ihr und nahm ihr den Weinbecher ab. Er brauchte sie bei klarem Verstand. »Erzähl mir von deiner Großmutter«, bat er. »Alles, was du weißt.«

»Ich hatte sie fast vergessen. Schrecklich, nicht wahr? Meine eigene Großmutter. Aber meine Eltern sprechen nur ungern über sie. Ich glaube, sie verschwand, als ich noch sehr klein war.« Nora deutete auf die Halskette, die er noch in der Hand hielt. »Das ist alles, was mir von ihr geblieben ist. Die hat sie mir geschenkt. Das muss gewesen sein, kurz bevor ...« Sie zuckte unsicher mit den Schultern. »Ich weiß nicht, was mit ihr passiert ist.«

Ich denke, wir haben beide eine Vorstellung davon, wo deine Großmutter abgeblieben ist, dachte Ben. *Sie ist in einem Buch verschollen.*

Vermutlich hatte Nora das bereits als Kind begriffen, wenn auch unterschwellig. Kein Wunder, dass sie die Erinnerung an ihre früheren Buchreisen verdrängt hatte. Sie fühlte sich schuldig.

Am liebsten hätte Ben sie noch einmal in den Arm genommen und getröstet, doch er musste sich auf das Wesentliche konzentrieren. »Nora. Du hast die Bücher gemeinsam mit deiner Großmutter bereist. Aber du sagtest, deine Eltern wussten nichts von deiner Gabe, als du ihnen Jahre später zum ersten Mal davon erzählt hast.«

Zögernd nickte sie. »Ich glaube, ja.«

»Wie seid ihr wieder aus den Büchern gekommen, wenn niemand sie geschlossen hat?«

Nora grübelte. Tiefe Furchen erschienen auf ihrer Stirn. »Ich kann mich nicht erinnern.« Hilflosigkeit und Frustration lagen in ihrer Stimme.

»Schon gut. Wir werden es später noch einmal versuchen.«

»Ja.« Überzeugt klang es nicht.

Mit der Hand strich sie suchend über ihren Hals, wo sie natürlich nicht fündig wurde. Noras Blick, der eben noch ins Leere gegangen war, wanderte zu dem Anhänger in seiner Hand. Ben reichte ihr die Kette zurück.

Damit gespielt hatte sie bereits in seiner Praxis ein paarmal, doch seit sie das Buch über Valcheja gefunden hatte, geschah es auffallend oft. Als wäre dieses kleine Schmuckstück der Rettungsanker, der sie bei Verstand hielt.

Nora war aufgewühlt – unsicher, in welcher Zeit und Welt sie sich befand, gefangen in Erinnerungen, die ihr lebhafter vor Augen standen als das, was tatsächlich um sie herum geschah. Dabei waren diese Erinnerungen unvollständig, wie zweidimensionale Bilder, die nur so lange real wirkten, bis man einen Schritt zur Seite tat und bemerkte, dass nichts dahinter lag außer Schatten.

Der Wein half, indem er ihre Sinne betäubte – aber die Desorientierung blieb. Ebenso die Angst, ein unbestimmbares Gefühl von Bedrohung. Ihr war, als läge vor ihr ein schlafendes Monstrum, dessen Gestalt sie nicht erkennen konnte. Sie hatte es gestört, und nun begann es, sich zu regen.

Ben machte keine Anstalten, sie allein zu lassen. Nora war nicht sicher, ob sie dankbar dafür sein sollte oder ob es Zeit war, ihn hinauszubefördern. Immerhin verhielt er sich professionell. Was wäre gewesen, wenn er sie in der Hypnose nach ihrem Verbleib heute Morgen gefragt hätte?

Dann hätte er sich den Schreck selbst zuzuschreiben, dachte sie trotzig. *Ich bin eine erwachsene Frau, und er hat mir nichts zu sagen. Es geht ihn nichts an, mit wem ich etwas anfange!*

Sie hielt inne. Wollte sie das tatsächlich? Etwas mit Keldan anfangen? In ihrer Brust regte sich ein leiser Schmerz. *Welche Zukunft hätte das denn?*

»Alles in Ordnung?«, fragte Ben. Er machte Anstalten, sie erneut zu umarmen, doch sie wich ihm aus.

Körperliche Nähe zu einem anderen Mann war so ziemlich das Letzte, was sie im Moment gebrauchen konnte. Es gab nur einen, dessen Arme sie spüren wollte – und das war der Mann, den sie hintergehen musste.

13. Kapitel

Jemand hämmerte ungeduldig an seine Tür. Ben setzte die Brille ab, massierte seine Schulter oberhalb der Verletzung und war erstaunt, wie gut er den Arm wieder bewegen konnte. Etwas, wofür er dankbar sein sollte. Vor allem, da Besucher, die mit einer solchen Vehemenz klopften, sicherlich nichts Gutes bedeuteten.

Entsprechend vorsichtig öffnete er die Tür. Erycks schnauzbärtiges Gesicht zwängte sich herein, gefolgt vom Rest seiner Gestalt. Ben hatte es geahnt: nichts Gutes.

Kaum hatte der Soldat die Tür hinter sich geschlossen, sprudelte er los wie ein Wasserfall. »Ben! Hast du es schon gehört? In Tarrean tobt der Aufstand. Luars Truppen sammeln sich vor der Hauptstadt!«

»Du meinst, sie werden Tarrean angreifen?«

Eryck machte ein unfreundliches Geräusch. »Wo denkst du hin! *Uns* werden sie angreifen! Schließlich haben wir ihren König im Verlies sitzen!«

Verflucht. Die Schlacht stand unmittelbar bevor. Er würde wieder kämpfen müssen und noch einmal würde ihm das Glück nicht hold sein. Mit seiner Verletzung schon gar nicht. Der nächste Kampf bedeutete das Ende für ihn.

Ben schüttelte die aufkeimende Panik ab und versuchte, es positiv zu sehen. Nora hatte recht: Ein ganzes Heer hatte weit bessere Chancen, den Prinzen zu befreien, als sie beide alleine. Sie mussten sich nur rechtzeitig in Sicherheit bringen, um nicht zwischen die Fronten zu geraten. »Was schätzt du, wie lange wird es dauern, bis sie hier aufmarschieren?«

»Hängt davon ab, wie viele Männer sie zusammentrommeln können. Eine Woche, eher weniger.« Er schnaufte. »Komm jetzt, wir müssen los.«

»Wohin?«, fragte Ben perplex. Etwa nach Tarrean?

»Zum Fürsten natürlich! Was hast du denn gedacht, weshalb ich dich aufsuche? Um Neuigkeiten auszutauschen?« Entrüstet schüttelte Eryck den Kopf. »Ich bin doch kein Weib!«

»Du hast recht. Entschuldige.«

Dabei könnte es ihm gleichgültig sein, welchen Eindruck er bei Eryck hinterließ. Aber sie hatten Seite an Seite gekämpft, und das bedeutete, dass der Soldat ihm in gewisser Weise nahestand. Zum ersten Mal verstand Ben den Begriff des Waffenbruders.

Stunde um Stunde dauerte die Besprechung an. Ben saß zwischen Keldans Hauptmännern und Truppführern und hatte keine Ahnung, was er zum Gespräch beitragen sollte. Selbst wenn er sich entscheiden könnte, ob er Keldans Heer besser unterstützen oder sabotieren sollte – in militärischer Taktik war er völlig unbewandert.

Es war eine Sache, von den wichtigen Schlachten der Geschichte zu lesen. Das waren Zahlen und Grafiken auf dem Papier. Vorherzusagen, wie der Gegner agieren würde, und daraus abzuleiten, wie die eigene Vorbereitung aussehen sollte, war etwas völlig anderes. Er kannte die Topografie nicht, wusste nichts über die Stärken und Schwächen der Truppen.

Alles was er tun konnte, war, zuzuhören und in Gedanken einen Fluchtplan für sich und Nora zu schmieden. Daher wollte er rasch das Weite suchen, als sich die Männer endlich auf einen Plan geeinigt hatten und aus dem Saal strömten. Doch Keldan hielt ihn zurück.

»Auf ein Wort, mein Freund«, sagte er.

»Selbstverständlich, mein Fürst.« Ben war weder nach Freundschaft noch nach einem Wort mit dem Zauberer zumute.

»Ich möchte dir versichern, dass ich alles in meiner Macht Stehende tun werde, um deine Schwester zu schützen. Ich weiß, sie ist ebenso dickköpfig wie Elissa, doch die beiden werden sicher verwahrt sein, das verspreche ich. Selbst wenn ich sie dazu eigenhändig in den Bergfried sperren muss.«

Sollte das etwa ein Trost sein? Aus dem Bergfried konnte Ben Nora unmöglich unauffällig herausholen. Und wem machte Keldan etwas vor? Der Großteil der Frauen hatte Männer, Brüder und Söhne, die für Luar kämpften, immerhin war das hier seine Festung. Wenn die Burg erobert wurde, würden sie ihren Angehörigen den Zugang zum Turm nicht verweigern, ganz gleich, ob andere diesen Schutz benötigten. Nora war für sie nur eine Fremde – und Elissa hatte sich gegen den Prinzen gestellt. Man würde die beiden Luars Heer zum Fraß vorwerfen – und wie das aussah, konnte Ben sich lebhaft vorstellen.

»Wäre es nicht besser, sie im Dorf zu verstecken?« Dort wäre Nora vor den Kämpfen sicher und er müsste bloß noch sich selbst aus der Schusslinie schaffen.

Keldan überlegte. »Ramenda steht unter Luars Einfluss. Anders als hier auf der Burg mussten die Bewohner seine Anwesenheit jedoch nicht oft genug erdulden. Für sie sind die Gerüchte von Luars Untaten nichts weiter als das – Gerüchte. Sie werden sich nicht gegen meinen Neffen stellen.«

»Elissa stammt doch aber aus Ramenda, oder nicht?« So weit, den Fürsten daran zu erinnern, dass sie im dortigen Bordell gearbeitet hatte, wollte Ben nicht gehen.

Keldan fand diese Schlussfolgerung auch ohne ihn. »Die *Rote Knopse* wäre womöglich ein geeigneter Ort, um die beiden zu verstecken.« Er nickte. »Danke, dass du mich darauf hingewiesen hast. Ich werde den Damen deinen Vorschlag bei Gelegenheit unterbreiten.«

Großartig, jetzt bin ich schuld, dass sie im Freudenhaus landen. Aber besser dort als im Bergfried.

»Danke, Herr.« Ben verbeugte sich. Endlich ließ der Fürst ihn gehen.

Umgehend suchte Ben Nora auf. Nicht, um ihr das mit dem Bordell zu erzählen – das würde sie noch früh genug erfahren. In die *Knopse* konnte Ben ihr immerhin durch den Geheimgang leicht folgen. Sobald der Kampf begann, hatte der Fürst bestimmt andere Dinge zu tun, als einen einzelnen Soldaten zu suchen. *Na, das klingt doch nach einem Plan!*

Voller Zuversicht klopfte er an Noras Tür.

Diesmal war es Elissa, die bei ihr saß. Was hatte Nora nur mit all diesen Leuten zu bereden? Was war aus ihrem ewigen Vorwurf geworden, dass sie sich nicht zu sehr einmischen durften?

»Guten Abend, Ben.« Die Prinzessin zwinkerte ihm zu und drückte sich an ihm vorbei in den Gang hinaus. »Vergiss dein Versprechen nicht.«

»Welches Versprechen denn?«, fragte Nora, sobald Elissa außer Hörweite war.

»Nicht wichtig«, brummte Ben. Bis eben hatte er völlig vergessen, dass er Elissa Wiedergutmachung für ihre Fürsorge am Morgen zugesagt hatte. Es war ja auch bloß so dahingesagt gewesen. Er hatte keine Ahnung, was die Prinzessin nun von ihm erwartete.

Nora zuckte mit den Schultern. »Deine Sache.«

Überrascht zog Ben die Augenbrauen hoch. »Ich dachte, wir sollen uns in die Geschichte nicht weiter verwickeln lassen?«

Sie lachte auf. »Über diesen Punkt sind wir längst hinaus, denkst du nicht?«

»Wenn du das sagst ... Du bist schließlich die Expertin.«

»Danke.«

Ob sie den Sarkasmus in seinen Worten tatsächlich nicht gehört hatte oder ihn einfach nicht hören wollte, konnte Ben nicht einschätzen.

»Also, was gibt es?«, fragte sie.

»Luars Männer sammeln sich. Sie wollen den Prinzen befreien – und zwar mit Gewalt.«

Nora erstarrte. »Was?«

In raschen Worten fasste Ben seine Erkenntnisse aus der Besprechung zusammen. Nachdem er sich vergewissert hatte, dass nicht irgendwo ein kleiner schwarzer Drache lauerte und lauschte, berichtete er außerdem von seinem eigenen Plan, was ihre Flucht anging. Er hatte erwartet, dass sie froh sein würde – immerhin standen die Zeichen gut, dass ihr unfreiwilliges Abenteuer in Eldinor endlich zu einem Ende kam. Doch je länger er sprach, desto blasser wurde sie.

Und noch bevor er geendet hatte, stürmte sie an ihm vorbei aus dem Zimmer.

Eine Woche. Nora eilte durch die Gänge. *Das ist viel zu wenig Zeit!*

Es gab noch so viel zu lernen, zu verstehen. So viel zu

tun. Und dann war da noch Keldan. Seit ihrem Kuss hatte sie ihn nicht wiedergesehen, und wenn das Buch zu Ende ging, würde sie ihn endgültig verlieren.

Abrupt blieb sie stehen, als ihr die gesamte Tragweite von Bens Nachricht bewusst wurde. Luars Männer kannten diese Festung besser als Keldan. Sie würden ihn besiegen, ihn töten!

Bei diesem Gedanken fühlte sie einen Schmerz in der Brust, als würden sich die Muskeln um ihr Herz zusammenkrampfen und ihr jede Luft zum Atmen nehmen. Und wenn es nach Ben ging, sollte sie sich verkriechen und es einfach geschehen lassen. Wie konnte er so etwas von ihr verlangen?

Nora hastete weiter, die Treppen hinauf. Sie musste Keldans Tod verhindern, um jeden Preis! Sollte die Geschichte doch zum Teufel gehen, sie würde ihn nicht seinen Feinden ausliefern.

Aber wenn Ben nun recht hatte mit seinem Gesetz der Trägheit? Wenn die Geschichte in ihren ursprünglichen Verlauf zurückkehren wollte …

Dann musste Keldan aufgeben! Auf den Thron verzichten, sich in Sicherheit bringen. Sie hatte akzeptiert, dass sie ihn verlieren musste, wenn sie nach Hause zurückwollte. Damit konnte sie leben. Aber ihn tot zu wissen, durch ihre Schuld … Das würde sie nicht ertragen. Sie musste ihn davon überzeugen, dass es das Beste war –

Ein kräftiger Arm packte sie und stoppte ihren Lauf.

Nora schlug um sich, trat nach dem Mann, der sie von hinten umfasst hielt, doch er war stärker.

»So eilig, meine Schöne?«, wisperte eine wohlvertraute Stimme in ihr Ohr.

Augenblicklich hielt sie inne. Seine Arme um ihren Körper, seine Lippen, die einen sanften Kuss auf ihre Schläfe drückten … Ihr Widerstand schwand.

Sie ergab sich Keldans Umklammerung, schmiegte ihren

Rücken an seine Brust und lehnte den Kopf an seinen Hals. Seine Berührung wärmte sie, und sie genoss die Geborgenheit, die sie darin fand. All ihre Zweifel waren mit einem Mal nichtig. Er hatte sie gehen lassen, als sie ihm davongelaufen war – na und? Er war hier. Das war alles, was zählte.

»Ich wollte zu dir«, flüsterte sie.

Sanft nahm er sie an den Schultern und drehte sie herum, sodass sie einander von Angesicht zu Angesicht gegenüberstanden. Ein Lächeln lag auf seinen Lippen, doch es erreichte seine Augen nicht. Sie wirkten traurig. Voller Sorge.

Wusste er, dass er die kommende Schlacht unmöglich gewinnen konnte? Noras Herz klopfte schmerzhaft in ihrer Brust. Tränen brannten in ihren Augen, schnürten ihr die Kehle zu. Umso mehr, als sie Keldans nächste Worte hörte.

»Ich befürchtete bereits, ich hätte dich vertrieben.«

Sie konnte nur heftig den Kopf schütteln. Niemals würde er sie verlieren. Nicht auf diesem Weg.

»Gut.« Sein Lächeln wurde wärmer. Er beugte sich zu ihr.

Der erste Kuss war sanft. Dann schlang Nora gierig die Arme um seinen Hals und er keuchte auf. Sie ließ zu, dass er sie an die Wand drängte, schmiegte sich eng an ihn, als er seinen Körper an ihren drückte. Diesmal würde sie nicht davonlaufen.

Vielleicht war eine Woche nur ein Augenblick. Doch ebenso gut konnte es auch der Rest seines Lebens sein. Nora wollte diese Zeit nutzen, sie in vollen Zügen genießen. Lieber ertrug sie den Schmerz, ihn zu verlieren, als das Wissen, ihn niemals für sich gehabt zu haben.

Seine Hände wanderten von ihrer Taille langsam nach oben. Nora bebte vor Ungeduld, zugleich genoss sie das zärtliche Herantasten. Die Schüchternheit, die es nur gab, solange sie eine gewisse Grenze noch nicht überschritten hatten.

Keldan löste seine Lippen gerade lange genug von ihren, um einen Blick zu der Tür zu werfen, die in seine Kammer führte. »Meine Schöne, wir sollten ...«

Nora legte ihre Hand in seinen Nacken und zog ihn wieder zu sich. »Ja«, flüsterte sie.

Die Zeit für Grenzen war vorbei.

Der nächste Morgen weckte sie mit warmen Sonnenstrahlen, die durch die Butzenfenster fielen und ein goldenes Muster auf das Laken zeichneten. Wohlig rekelte Nora sich zwischen den weichen Daunenkissen. Endlich ein Bett, das eine solche Bezeichnung verdiente. Der Mann an ihrer Seite schlief tief und fest. Seine Brust hob sich mit jedem Atemzug, das Haar stand wirr in alle Richtungen davon. Er sah so echt aus.

Er hatte sich auch echt angefühlt.

Oh Gott, was habe ich getan? Mit einer Romanfigur im Bett zu landen – wie hatte sie nur so dumm sein können? Sie hatte einen Fehler begangen, einen schrecklichen Fehler!

Aber wieso fühlte es sich dann so richtig an? Sie fühlte sich zufrieden und geborgen. Und die Erinnerung an die letzte Nacht löste ein angenehmes Kribbeln in ihr aus.

Warum auch nicht? Schließlich hätte sie es Ben genauso vergönnt, wenn er Elissa nähergekommen wäre.

Ja, weil du dann kein schlechtes Gewissen haben müsstest, dass du ihn hintergehst! Weil du daran denkst, ihn seinem Schicksal hier zu überlassen, bloß weil du ein bisschen einsam bist.

Keldan schlug die Augen auf, sah sie an und begann zu lächeln. Die kleinen Fältchen um seine Augen kehrten zurück und Noras Herz schmolz.

Nein, nicht weil ich einsam bin. Seinetwegen.

Nora war nie besonders romantisch veranlagt gewesen. Ihr Leben für einen Mann aufzugeben war ihr nie auch nur in den Sinn gekommen. Bis jetzt. Das Leben hatte ihr ein Geschenk gemacht, und sie würde es nicht missachten, bloß weil es nicht mit ihrem Plan zusammenpasste. Sie erwiderte Keldans Lächeln aus ganzem Herzen und kuschelte sich unter seinen Arm. Als er sie in eine festere Umarmung zog, drückte sie kichernd einen Kuss auf die Brust.

»Was amüsiert dich so, meine Liebe?«, wollte Keldan wissen.

Verspielt zupfte Nora an einem grauen Brusthaar. »Du wirst alt, mein Fürst.«

Er knurrte spielerisch, warf sie auf den Rücken und beugte sich über sie. »Falsch, meine Schöne. Ich werde *weise!*«

Nora schnaubte. Zur Strafe erhielt sie einen leichten Biss ins Kinn und quietschte auf, bis Keldan ihr den Mund mit einem weiteren Kuss verschloss, den sie vorbehaltslos erwiderte. Was auch immer kommen mochte, hier und jetzt war er bei ihr.

Sie hielt Keldan fest, aus Angst, seine Nähe zu verlieren. Keine Sekunde von diesem Glück wollte sie vergeuden. Am liebsten hätte sie die Zeit angehalten, doch über die Zeit besaß sie keine Macht.

Sanft lösten sie sich voneinander. Er ließ seine Finger über ihre Seite gleiten, sie strich ihm durchs Haar, unwillig, ihn gehen zu lassen. Nur noch eine Minute, nur noch einen Augenblick wollte sie bei ihm bleiben und verharren in dieser Seifenblase einer heilen Welt.

»Du hast die Neuigkeiten gehört?«, fragte er – und die Seifenblase zerplatzte.

Sie nickte. Er sprach von Luars Truppen, daran hatte sie keinen Zweifel.

»Sei unbesorgt. Dir wird nichts geschehen.«

Immer versprach er ihr, dass sie in Sicherheit war. Als ob das ihre einzige Sorge wäre! »Und was ist mit dir?«

Er lächelte. »Ich werde auf mich achtgeben. Außerdem verfüge ich über einen Drachen.«

»Rashuk?« So gern sie das kleine Biest hatte, aber was sollte eine handspannenlange geflügelte Eidechse im Kampf gegen erwachsene Männer ausrichten?

Keldan nickte zuversichtlich. »Er ist mein wertvollster Verbündeter.«

Als Feuerzeug vielleicht, dachte Nora missmutig.

Dann erinnerte sie sich daran, wie oft Rashuk sich unbemerkt in ihre Kammer geschlichen hatte. Wer konnte sagen, wo er sich noch herumtrieb? Als Spion war er nicht zu unterschätzen. Aber das genügte ihr nicht.

Sie drückte ihre Stirn an Keldans Schulter. »Ich habe Angst um dich.«

Er hielt sie fest und sagte nichts. Das war wohl die einzige Antwort, die sie bekommen würde. Was sollte er auch sagen? Jedes Versprechen wäre eine Lüge. Sie schob den Kopf in seine Armbeuge und weinte stumme Tränen.

Ihnen blieb noch eine Woche.

»Einen guten Morgen, Ben.«

Er fluchte innerlich. Es war Noras Tür, an die er geklopft hatte, doch stattdessen öffnete sich die von Elissa. Die Prinzessin lehnte am Türstock und war damit beschäftigt, ihr Haar zu einem unmöglich scheinenden Geflecht zu knüpfen, das vermutlich einen Zopf darstellen sollte.

»Guten Morgen, Prinzessin«, grüßte er notgedrungen zurück.

»Suchst du mich?« Sie untermalte ihre Frage mit einem klimpernden Augenaufschlag.

»Um ehrlich zu sein …« Ben geriet ins Stocken, was Elissa ein helles Lachen entlockte.

»Schon gut. Aber deine Schwester wirst du hier nicht finden, mein Bester.«

»Was macht dich da so sicher?«

Sie warf das fertig geflochtene Kunstwerk über ihre Schulter. »Ihre Geheimnisse sind sicher bei mir.«

Geheimnisse? Worüber hatten die beiden Frauenzimmer gesprochen, als er sie am Vorabend unterbrochen hatte? »Ich bin für sie verantwortlich!«

Elissa winkte ab. »Nimm es nicht so tragisch. Deine Schwester ist eine erwachsene Frau, und manche Dinge bespricht man eben nicht mit seinem Bruder.«

Ben stieß erleichtert die Luft aus. Also hatte Nora nichts von ihrer Herkunft oder Mission erzählt. Es ging bloß um … Was? Frauenbeschwerden? Launisch genug war Nora die letzten Tage jedenfalls gewesen. Oder hatten die beiden über Männer gesprochen? Über …?

Elissa durchbrach seinen Gedankengang. »Siehe da, deine Suche war doch erfolgreich.« Sie deutete hinter ihn, wo Nora den Gang entlangtapste. Ihr Haar war zerzaust, und sie sah nicht aus, als hätte sie sonderlich viel Schlaf gefunden.

»Nora!«, rief er ihr entgegen.

Sie sah erschrocken hoch. Waren ihre Augen etwa gerötet?

»Oh. Hallo, Ben. Tut mir leid, ich habe dich nicht gesehen.«

Kein Wunder, wenn du auf die eigenen Füße starrst! Sie konnte von Glück sagen, dass sie gegen keine Wand gelaufen war.

»Ist alles in Ordnung?«, fragte er.

»Natürlich.«

»Wo warst du?«

»Unterwegs«, wich sie aus. Als sie seinen zornigen

Blick bemerkte, ergänzte sie: »Ich musste nachdenken. Kommst du wegen des Buchs?«

Buch? Ben benötigte einen Moment, um zu begreifen, was sie meinte. *Valcheja*. Elissa stand noch hinter ihm in der Tür, deshalb konnte Nora nicht von einer Hypnosesitzung sprechen. Eigentlich war er nur gekommen, um mit ihr zu reden – immerhin war sie mitten im Gespräch einfach abgehauen, da durfte man sich doch Sorgen machen.

Aber wenn sie sich bereit fühlte für eine neue Sitzung, war es ihm nur recht. Je eher sie einen Weg hier raus fanden, desto besser. Und wenn sie damit nicht bis zu Luars Befreiungsaktion warten mussten, war es ihm umso lieber.

Also nickte er.

»In Ordnung. Ich … Ich möchte mich nur ein wenig frisch machen.« Mit diesen Worten knallte sie ihm die Tür vor der Nase zu.

Verdattert starrte Ben das genagelte Holz an.

»Du kannst so lange bei mir warten, wenn du möchtest«, bot Elissa an.

»Danke, aber ich denke, das wäre unangemessen.« Und es würde ihn von einer Schlangengrube in die nächste befördern. Er hatte kein Interesse an Elissa, in welcher Weise auch immer.

»Wie du meinst.« Damit verschwand auch sie in ihrer Kammer.

Ben blieb allein auf dem Korridor zurück und fragte sich, was zum Kuckuck hier eigentlich gerade abgelaufen war.

Ben musste knapp eine halbe Stunde warten, wenn er nach seinem Zeitgefühl ging. Die Langeweile mochte allerdings ein wenig dazu beitragen, das Ergebnis zu verfälschen.

Als Nora die Tür wieder entriegelte, schob er sich mit einem Brummen an ihr vorbei. »Erklärst du mir jetzt einmal, was das sollte?«

»Frauenprobleme«, gab Nora zurück, in einem Tonfall, der deutlich machte, dass er Details nicht wissen wollte – und selbst schuld war, falls er trotzdem danach fragte.

Er verzichtete darauf.

»Leihst du mir wieder deine Kette?«, fragte er stattdessen.

Einen Moment lang befürchtete er, sie würde seine Bitte ablehnen. Nicht seinetwegen – er konnte jedes beliebige Objekt als Pendel benutzen, sofern er eine geeignete Form besaß. Es wäre jedoch ein Zeichen, dass Nora langsam, aber sicher ans Ende ihrer Belastbarkeit gelangte, wenn sie den Trost eines vertrauten Gegenstands so sehr benötigte. Die andere Möglichkeit wollte er lieber nicht in Betracht ziehen: dass sie mehr darin sah als ein harmloses Schmuckstück.

Doch nach kurzem Zögern überreichte sie ihm die Kette samt dem kristallenen Anhänger und nahm auf dem Bett Platz, den Rücken bequem an die zahlreichen Kissen gelehnt.

Na dann. Ben atmete tief durch. *Auf ein Neues.*

Diesmal gelang es ihm um einiges schneller, Nora unter Hypnose zu bringen. Bei den meisten Patienten war es ähnlich – sobald sie wussten, was auf sie zukam, verschwand die Angst vor dem Kontrollverlust und damit auch der innere Widerstand.

Nun, da er eine genauere Vorstellung davon hatte, wonach er suchen musste, konnte er gezielter jene Erinnerungen ansteuern, von denen er sich neue Erkenntnisse erhoffte.

»Du bist sechseinhalb Jahre alt. Deine Oma ist bei dir. Vor dir liegen die zerfetzten Seiten eines Buchs. Du hast sie zerrissen. Siehst du es vor dir?«

Nora runzelte unwillig die Stirn. »Ja.«

»Wir frieren diesen Moment ein. Du kannst dir alles in Ruhe ansehen, nichts verändert sich, ohne dass du es willst.

Du bist völlig in Sicherheit. Kannst du mir den Titel des Buches sagen?«

»*Feenland.* Eine hübsche Fee ist auf dem Einband. Aber in Wahrheit sind sie gar nicht schön, und nett sind sie auch nicht.«

»Warst du zusammen mit deiner Oma bei den Feen?«

»Ja. Aber es war keine Absicht.«

Das klang interessant. »Was meinst du damit?«

»Oma war böse, weil ich mitgelesen habe. Sie sagt, dafür bin ich noch zu klein.«

»War sie überrascht, als ihr gefallen seid?«

»Wir sind doch gar nicht runtergefallen!«

So kam er nicht weiter. Zeit, tiefer zu gehen. »Wir gehen jetzt noch etwas weiter zurück. Du bist bei deiner Oma und ihr lest gemeinsam in dem Buch *Feenland.* Siehst du es?«

»Ja!« Diesmal ohne Zögern, scheinbar war die Erinnerung zu diesem Zeitpunkt noch positiv.

»Erzähl mir davon.«

»Oma liest mir vor. Ich kann auch schon ein bisschen lesen, ich habe brav geübt. In der Schule sind wir schon beim P! Ich schaue, wo sie mit dem Finger ist, und lese heimlich mit.«

»Was passiert dann?«

»Da ist Wind im Zimmer. Oma schreit mich an.« Noras Stimme klang verzweifelt. »Sie sagt, ich soll sofort aufhören, aber ich hab doch gar nichts gemacht!«

»Ich weiß. Es ist alles gut, du musst keine Angst haben. Es ist nur eine Erinnerung, es ist alles in Ordnung. Du bist in Sicherheit. Der Wind geht vorbei. Was siehst du jetzt?«

»Eine Wiese. Und ganz viele Blumen. Richtig große!«

»Erzähl weiter. Was geschieht?«

»Oma ist böse. Sie sagt, für solche Sachen bin ich noch zu klein, ich soll das nicht machen.«

Also war es Nora, die das Tor geöffnet hatte. Ihre Großmutter hatte sie nicht mitgenommen – es war umgekehrt gewesen. Doch die Großmutter wusste Bescheid. War Noras Gabe tatsächlich vererbt?

»Oma sagt, wir müssen nach Hause, sonst finden uns die Feen. Aber die sind schon da. Sie werfen mit Steinen! Sie schreien, weil wir keine Flügel haben. Sie mögen uns nicht!«

»Dir kann nichts geschehen«, versicherte Ben. »Du siehst nur zu, du bist in Sicherheit. Die Feen kommen. Was passiert dann?«

Noras Atem ging schnell und stoßweise. »Oma hält mich fest. Ihr Kopf blutet.« Sie stockte, schniefte laut und schüttelte sich. »Oma holt Pflaster.«

»Von wo holt sie Pflaster?«

»Aus dem Schrank.«

Bens Herzschlag beschleunigte sich. Konnte es sein …? »Seid ihr wieder zu Hause?«

»Ja.«

»Wie seid ihr nach Hause gekommen?«

»Ich weiß nicht. Wind.«

Wind. Sie waren zurückgefallen? Bei ihren Versuchen in der Praxis war Nora stets ohne Wind zurückgekommen. *Aber da habe ich ja auch das Buch geschlossen.*

Ben zwang seine Gedanken zur Ruhe. Er musste die richtigen Fragen finden. »Also gut. Deine Oma holt Pflaster. Wie geht es weiter?«

»Ich bekomme heiße Schokolade.«

»Sagt deine Oma noch etwas? Über die Feen?«

»Ich mag die Feen nicht.«

»Ich weiß. Aber was sagt deine Oma?«

»Ich soll Mama und Papa nichts von den Feen erzählen.«

Ben seufzte. Es wurde Zeit, die Sitzung zu beenden.

Doch Nora war noch nicht fertig. »Ich darf alleine nicht

lesen, sonst finden mich die Wächter und nehmen mich mit.«

Die Wächter? Meinte sie etwa die Weltenwächter? Das war doch nur ein Märchen, ein Buch in einem Buch ... Ben lief es kalt den Rücken hinunter. *Dann hat Nora vielleicht recht und unsere Welt ist auch nichts anderes als eine Geschichte.*

Bedeutete das, die Wächter konnten hinter ihnen her sein? Hier in Eldinor? Oder waren sie nur eine Version des schwarzen Mannes – ein Schreckgespinst, das Nora von Alleingängen abhalten sollte – und hatten überhaupt nichts mit Valcheja zu tun? Aber was war dann mit Noras Kette?

Nachdenklich betrachtete Ben das Schmuckstück. »Nora, deine Großmutter besaß eine Halskette. Ein Anhänger mit seltsamen Zeichen darauf und einem Kristall in der Mitte. Sie hat ihn dir geschenkt.«

Ihre Augenlider zuckten. Langsam schüttelte sie den Kopf. »Nein.«

Verflucht. Er verlor sie. »Du kennst den Anhänger.« Ben versuchte, sich an ihren genauen Wortlaut zu erinnern. Was würde er jetzt für ein paar ordentliche Therapieaufzeichnungen geben ... Endlich fiel es ihm wieder ein. »Dein Glücksbringer.«

»Ja. Mein Glücksbringer. Meine Oma hat ihn getragen.«

»Und sie hat ihn dir geschenkt.« Das jedenfalls hatte Nora ihm erzählt.

Sie schüttelte erneut den Kopf. »Nein. Ich habe ihn gefunden.«

Was sollte dann die Geschichte mit dem Geschenk? »Und wo hast du ihn gefunden?«

»Bei Omas Buch.«

»Was meinst du damit?« Eine Frau mit derselben Begabung wie Nora verfügte doch bestimmt nicht nur über ein einziges Buch!

Nora stieß einen tiefen Seufzer aus und drehte sich zur Seite. Ben dachte bereits, er würde keine Antwort mehr erhalten, da murmelte sie einen einzelnen, letzten Satz.

»Oma wollte immer nach Hause.«

Nora grub den Kopf ins Kissen und brüllte den Schmerz aus ihrer Seele. Es war zu viel. Es war einfach alles zu viel. Sie hatte das Gefühl, den Verstand zu verlieren.

Immer mehr Erinnerungen stürzten auf sie ein, und so sehr Nora auch versuchte, sie einzuordnen – sie ertrank in dem Gewirr aus Bildern und Emotionen, die vertraut erschienen, aber nicht zu ihr gehören konnten. Diese Teile ihres Lebens gab es nicht, sie hatte eine völlig normale Kindheit gehabt ... Doch die Erinnerungen, die Ben heraufbeschworen hatte, straften alles, was sie über ihr eigenes Leben zu wissen glaubte, eine Lüge.

Ben hatte sie mit Fragen bestürmt, kaum dass er sie aus der Hypnose zurückgeholt hatte. Nora hatte ihn aus dem Zimmer befördert. Er hatte kein Recht, in Dingen zu bohren, die sie selbst noch nicht verwunden hatte.

Oma wollte immer nach Hause.

Nach Hause. Das Buch, das Noras Großmutter stets bei sich getragen hatte, ohne jemals darin zu lesen. Warum? Hatte sie Angst gehabt? Wovor? Vor ihrer Vergangenheit? Vor dem Schock, die Figuren ihrer Kindheit unverändert wiederzutreffen? Oder davor, zu erfahren, wie es mit ihnen zu Ende ging?

Wie hieß das Buch? Nora wurde wütend. Warum hatte Ben sie nicht danach gefragt? Wieso verwehrte er ihr die Möglichkeit, die Welt ihrer Großmutter wiederzufinden?

Die Bücher rufen uns zurück. Diese Worte hatte sie einmal gehört. Wann und zu welcher Gelegenheit?

Oma kam aus einem Buch. Neue Tränen quollen aus Noras Augen, liefen heiß über ihre Wangen.

Die Bücher rufen uns zurück.

Uns. Diese Erkenntnis schmerzte mehr als alles andere. *Also bin ich wie sie. Was bedeutet das? Bin ich ein Mensch? Bin ich real?*

Sie ballte die Hände zu Fäusten, bis ihre Nägel sich schmerzhaft in ihre Haut bohrten. Sie fühlte sich real. So real wie Keldan. Und mindestens zu drei Vierteln so real wie Ben, denn ihr Großvater und ihre Mutter stammten eindeutig aus der richtigen Welt. Aus Bens Welt. Sofern das die Realität war.

Was ist mit Papa? Wieso fiel er nicht in Bücher? Er war doch immerhin ein halber … ein halber … Nora fand kein Wort dafür. Sie drückte das Kissen fester an sich. *Ich sollte hierbleiben. Diese Welt ist genauso gut wie jede andere. Wenigstens bin ich hier kein Sonderling. Und ich bin nicht allein …*

Der Gedanke an Keldan tröstete sie eine Weile, bis ihr einfiel, weshalb ihr auch dieser Weg verschlossen war: die Schlacht. In einer Woche verschwand Eldinor, wie sie es kannte. Entweder Luar gewann den Kampf und die Geschichte kehrte zu ihrer ursprünglichen Handlung zurück – oder Keldan wurde König.

Was wäre dann? Angenommen, Keldan bestieg den Thron – galt das trotzdem als Ende? Falls ja, wie ging es dann weiter? Für sie, für ihn?

Was geschah nach dem Ende einer Geschichte? Dieser Frage hatte sie sich bisher niemals stellen müssen. Würde Eldinor einfach aufhören zu existieren? Oder lief jede Geschichte endlos weiter – Millionen von Dimensionen, die alle zugleich existierten?

Nora schüttelte den Gedanken ab. Müßig, darüber nachzudenken. Es blieb ja immer noch Ben. Sie musste ihn aus dem Buch bringen, irgendwie. Es gab eine Möglichkeit, das wusste sie jetzt. Ihre Großmutter hatte sie gekannt. Einen Weg durch den Nebel. Durch den Nimbus, der alle Welten miteinander verband.

Nora streckte die Finger aus und berührte den dunklen Ledereinband von Valcheja. Das Buch hatte sie gelehrt, dass sie nicht fallen musste, wenn sie es nicht wollte. Vielleicht war der Weg hinaus derselbe wie der hinein? Nur ein Schritt in eine andere Welt …

Mit zitternden Fingern schob Nora das Buch von sich. Sie hatte eine ungefähre Vorstellung davon, wie es funktionieren könnte. Allerdings war ihr eines klar: Um Ben rauszuschaffen, musste sie Eldinor zusammen mit ihm verlassen. Und dann gab es kein Zurück mehr.

Jedenfalls nicht zu Keldan. Sobald sie Eldinor verließ, konnte sie nur noch in die ursprüngliche Version des Buches zurückkehren. Und in der wäre sie nicht nur erneut eine Fremde – die Chancen, dass der Fürst ihr ein zweites Mal sein Vertrauen oder gar sein Herz schenken würde, standen denkbar schlecht. Er war eine Hauptfigur und damit gefährlich für Eindringlinge wie sie. Vermutlich würde er sie töten lassen, ohne mit der Wimper zu zucken.

Egal, was sie tat, sie würde ihn verlieren. Sie hatte eine Woche Zeit, um Abschied zu nehmen – und um herauszufinden, wer sie war. Aber Ben würde ihr diese Woche niemals zugestehen. Er wollte fort, lieber heute als morgen.

Entschlossen verfrachtete Nora das Buch unter ihr Kissen. Bis zur Schlacht drohte Ben keine Gefahr, gehörte Keldan noch ihr. Bis zur Schlacht würde der Weg nach draußen ihr Geheimnis bleiben.

14. Kapitel

Ein Fanfarenstoß dröhnte durch die Nacht. Ben fuhr aus dem Schlaf. Dieses Geräusch kannte er. Und es hatte noch nie etwas Gutes bedeutet.

Wie um seine Befürchtungen zu bestätigen, wurden erste Schreie im Innenhof laut. »Sie kommen! Zu den Waffen!«

Sie sind zu früh! Die Vorbereitungen waren nicht abgeschlossen, die Vorräte nicht fertig aufgestockt, die Männer nicht auf ihren Posten eingewiesen ... Und Nora und Elissa befanden sich noch in der Burg.

Ben fluchte. Hastig warf er sich Wams und Kettenhemd über. Sich selbst unbemerkt aus der Festung zu schleichen, war schwer genug. Wie sollte er das mit Nora im Schlepptau schaffen? Jeder hier kannte ihr Gesicht, und eine Frau, die während eines Angriffs durch die Gänge spazierte, erregte zwangsläufig Aufmerksamkeit.

Mit ihrem großartigen Plan, das Buch auf anderem Weg zu verlassen, waren sie bislang nicht weitergekommen. Doch darüber konnten sie sich später weiter den Kopf zerbrechen, jetzt galt es erst einmal, die kommenden Stunden und Tage zu überstehen.

Er legte den Schwertgurt um, dann trat er auf den Gang hinaus.

Dort herrschte pures Chaos. Soldaten liefen durcheinander, um ihre Ausrüstung aus der Waffenkammer zu holen und auf ihre Posten zu kommen. Frauen und Kinder wurden mit allem beladen, was sie für das Ausharren im Bergfried benötigten.

Keldans Anhänger würden bis zum letzten Mann standhalten. Zu Bens Überraschung galt das ebenso für die restlichen Kämpfer, obwohl diese ursprünglich zu Luars Verteidigungstrupp gehört hatten. Als die Nachricht von dem bevorstehenden Angriff eingetroffen war, hatten sie sich ohne zu zögern Keldans Heer angeschlossen – schließlich waren es ihre Familien, die sich im Bergfried verschanzten. Und dem Gerede nach war es durchaus nicht üblich, dass eine feindliche Übernahme derart friedlich ablief wie diejenige, an der Ben beteiligt gewesen war. Keldan hatte die Anhänger seines Widersachers verschont, ihre Wunden versorgt und die Frauen ehrbar behandelt. Niemand konnte vorhersagen, welche Freiheiten sich Luars Soldaten herausnehmen würden, wenn sie ihren Sieg feierten. Oder wie sie mit den Männern verfahren würden, denen es nicht gelungen war, die Festung zu halten.

Trauen würde Ben den Überläufern nicht.

Wobei – eigentlich konnte ihm das alles gleichgültig sein. Wichtig war nur Luars Befreiung. Wenn dessen Männer Keldan in den Rücken fielen, umso besser. Allerdings erst, wenn er und Nora in Sicherheit waren.

Er ließ sich vom Gedränge der Kampfwütigen mittreiben, bis zur Abzweigung in den Bereich, in dem die hohen Damen untergebracht waren. Bereits auf halben Weg begann er, Noras Namen zu brüllen. Die Zeit wurde knapp. Solange sich die Burg im Ausnahmezustand befand, hatten sie noch eine Chance, im Getümmel unterzutauchen und unbemerkt zu entkommen. Keinesfalls würde Ben warten, bis Keldan ihn an die Front schickte.

Vor ihm wurde eine Tür aufgerissen. Es war jedoch nicht die von Nora.

»Ben!«, Elissa wirkte völlig durcheinander. »Was ist geschehen? Weshalb die Trompeten?«

Hatte niemand die Prinzessin darüber informiert, dass ein Angriff bevorstand? Na, sie würde es schon früh genug merken. Für sie war es immerhin nicht die erste Eroberung.

Ohne sich mit Elissa aufzuhalten, riss Ben die Tür zu Noras Kammer auf. Er erwartete einen empörten Aufschrei, doch ihn empfing eisige Stille. Der Raum war verlassen, selbst ihr heiß geliebtes Buch war verschwunden.

»Wo ist sie?«, fuhr er die Prinzessin an, die ihm ins Zimmer gefolgt war.

»Sie ... Sie verbringt ihre Nächte nicht mehr hier.«

Ein Fanfarenstoß dröhnte durch die Nacht. Nora stöhnte und wälzte sich herum. Sie wollte wieder eindösen, doch eine abrupte Bewegung neben ihr riss sie aus dem Schlaf.

»Was ist los?«, murmelte sie. »Wie spät ist es?«

»Morgengrauen. Das ist das Zeichen zum Angriff. Luars Truppen sind hier.«

»Was?« Nun war sie endgültig wach. »Aber ... Wir haben noch drei Tage ...«

Keldan hielt mitten im Ankleiden inne und schmunzelte. »Wer hat dir das denn erzählt?«

»Na ja ... Ben ...«

Keldan beugte sich vor und drückte ihr einen Kuss auf die Stirn. »Dann hat dein werter Bruder offensichtlich vergessen, davon auch unseren Feind in Kenntnis zu setzen.« Er ging zur Tür, zog an einem schmalen Seil, das ihr bisher nie aufgefallen war, und hob ihr Kleid vom Boden auf, wo er es am Abend zuvor achtlos hingeworfen hatte.

»Hier. Zieh dich an. Ich lasse dich in Sicherheit bringen.«

»Aber –«

»Keine Widerworte!« Er sah sie an und seine Stimme wurde sanft. »Ich muss wissen, dass du sicher verwahrt bist, andernfalls kann ich diesen Kampf unmöglich gewinnen.«

Da war es wieder. *Verwahrt.* Als ob sie ein Gegenstand wäre. Und wozu? Wem nutzte es, dass sie vor Luars Männern in Sicherheit war? Keldan konnte diesen Kampf so oder so nicht gewinnen, und ohne ihn ... Nora traten Tränen in die Augen. Der Abschied kam zu früh, sie hatte keine Gelegenheit gehabt, sich darauf vorzubereiten! Sie eilte zu ihm und schlang die Arme um diesen Mann, der alles für sie geworden war. Hielt ihn, so fest sie konnte.

Keldan erwiderte ihre Umarmung einen Moment lang innig, ehe er sich mit sanfter Gewalt von ihr löste. »Hier.« Er drückte ihr das Kleid in die Hände und strich ein letztes Mal über ihre Wange. »Wir wollen doch nicht, dass mein Bote in den Genuss deines unbekleideten Anblicks kommt.«

Der Bote war Nora im Augenblick völlig gleichgültig. Sie schlüpfte bloß Keldan zuliebe in das Gewand. Der quälte sich inzwischen in den dick gefütterten Gambeson, der in etwa so viel Eleganz ausstrahlte wie eine Pferdedecke – und auch einen ähnlichen Geruch.

Nora trat hinzu, um ihm mit den Schnallen behilflich zu sein. Mehr konnte sie nicht für ihn tun.

»Danke, Liebste.«

Es folgten das Kettenhemd und sein Waffengurt. Noras Hände wurden klamm, als sie ihm das Schwert reichte. Ihre Blicke trafen sich. Er lächelte.

»Alles wird gut.« Sanft küsste er ihre Fingerknöchel und ließ sie los. »Sei stark.«

Nora wollte nicht stark sein. Sie wollte schreien, weinen. Sich auf den Boden werfen und ihn anflehen, nicht zu gehen. Ihm alles anvertrauen, jedes Gefühl in ihr. Doch das hätte es ihm nur schwer gemacht, und es gab ohnehin keine Worte dafür. Also schwieg sie. Sie wollte nicht stark sein, aber für ihn konnte sie wenigstens so tun, als wäre sie es.

Dann kam der Bote und die Gelegenheit für einen Abschied war vertan.

Keldan nickte dem schmächtigen Burschen zu. Er reichte dem Fürsten gerade einmal bis zur Schulter.

Noch ein Kind, dachte Nora schockiert.

»Geleite die Dame Nora zur Prinzessin«, befahl Keldan. »Bring die beiden wohlbehalten nach Ramenda. Prinzessin Elissa wird dir den Weg weisen.«

»Jawohl, mein Fürst.« Der Junge verbeugte sich förmlich.

Nora hatte nicht vor, sich irgendwo einsperren zu lassen. Von einem Kind schon gar nicht. »Keldan ...«

Er wehrte sie mit einer Handbewegung ab. »Geh. Wir werden einander wiedersehen.«

Nein, werden wir nicht. Als sie seine Kammer verließ, hatte Nora das Gefühl, ihr ganzes Leben zurückzulassen.

Sie wartete, bis sich die schwere Tür zwischen ihnen geschlossen hatte. Dann endlich ließ sie ihren Tränen freien Lauf.

»Komm mit.« Ben hatte das förmliche Getue satt. Er packte Elissas Arm und zog sie den Gang hinab.

»Du tust mir weh!«, klagte die Prinzessin.

Er ließ sie los und marschierte ohne sie weiter. Ihm persönlich war es egal, ob sie mitkam oder nicht. Er brauchte sie nur, um Nora nach draußen zu schaffen, und die wiederum war unauffindbar.

Frauengeheimnisse, dass ich nicht lache! Elissa behauptete, keine Details zu kennen, aber das kaufte Ben ihr keine Sekunde lang ab. Er selbst konnte sich nur zu gut vorstellen, wo Nora ihre Nächte verbrachte. Wie viel hatte sie Keldan verraten? Was heckte sie aus? Wenn er doch bloß nicht auf sie angewiesen wäre! Am liebsten würde er ohne sie verschwinden. Sollte sie doch sehen, wie ihr eine Belagerung gefiel. Aber er brauchte sie, unversehrt.

»Wo willst du hin?«, rief Elissa ihm hinterher.

Ben wandte sich nicht um. »Ich gehe Nora holen. Ich bin für euch beide verantwortlich, also werde ich euch verflucht noch mal in Sicherheit bringen.«

Nach kurzem Zögern schloss sie zu ihm auf. Seite an Seite liefen sie durch die Gänge, zwängten sich zwischen den Soldaten hindurch, die ihren Weg kreuzten. Einer davon stellte sich Ben jedoch in den Weg. »Ihr lauft in die falsche Richtung!«, behauptete er. »Beeilt Euch, hier entlang!«

»Ich weiß schon, wo ich hinlaufe«, schnauzte Ben. »Sieh du lieber zu, dass du auf deinen Posten kommst!«

»Aber Herr Keldan ...«

Wütend stieß Ben den Mann beiseite. Sie mussten hier raus, er hatte keine Zeit für so einen Unfug!

»Was sollte das denn?«, empörte sich Elissa.

Ben gab keine Antwort. Er erreichte das Tor zu Keldans Gemächern und rüttelte an der Klinke. Vergebens, die Tür ließ sich nicht öffnen. Also hieb er mit aller Kraft dagegen.

»Herr Keldan ist bereits an den Zinnen der äußeren Befestigungsanlage«, verkündete jemand hinter ihnen. Es war der Soldat von vorhin, der Ben nun erbost anschaute. »Und er hat nach Euch verlangt.«

Das bedeutete, er sollte mitten ins Gemetzel. Auf keinen Fall. »Siehst du nicht, dass sich die Prinzessin in meiner Obhut befindet?«

Elissa stieß ein trockenes Lachen aus. »Ach, so nennst du das.«

Er hätte sie zurücklassen sollen. »Ja, so nenne ich das! Aber ihr Frauen seid ja schwieriger zu bändigen als ein Sack Flöhe!«

»Danke. Das fasse ich als Kompliment auf.«

Mit einem unwirschen Brummen griff Ben erneut nach Elissas Arm und zerrte sie den Weg zurück, den sie gekommen waren.

»Au! Wohin sollen wir denn jetzt schon wieder?«

»Zu den Zinnen. Wenn Keldan sich dort aufhält, ist Nora vermutlich nicht weit.«

»Hier ist niemand«, stellte Nora ohne große Verwunderung fest, als sie Elissas leere Kammer erreichten. Die Tür stand offen, das Bett war zerwühlt. Von der Prinzessin keine Spur.

Der junge Bote zuckte hilflos mit den Schultern. »Wo kann sie denn sein?«

Warum fragst du mich das, ich bin erst seit ein paar Tagen auf dieser verdammten Burg! Sie biss die Zähne zusammen und machte auf dem Absatz kehrt.

»Wartet!«, protestierte der Bursche. »Ich soll Euch doch nach Ramenda bringen …«

»Und, kennst du den Weg dorthin?«

Er druckste herum. »Nur, wenn wir durch das Haupttor gehen.«

»Tja, ich würde sagen, diesen Weg können wir heute ausklammern.« Sie ignorierte seinen gekränkten Gesichtsausdruck und fragte: »Wo sind Keldans Berater stationiert?«

Der Junge sah sie mit großen Augen an. »So etwas erzählen sie doch nicht ausgerechnet *mir!*«

Großartig. Sie musste Ben finden. Er kannte den Ausgang, immerhin war es sein Plan gewesen, durch den Geheimgang zu fliehen, der die Burg mit dem örtlichen Freudenhaus verband. Sie würde ihn schnappen, und dann ...

Ein Donnern erschütterte die Burg. Die Wände erzitterten, Schreie drangen durch die Fenster herein. Kleine Steine und Putz lösten sich aus der Decke und rieselten auf sie herab.

Nora hob schützend die Hände über den Kopf. »Was war denn das?«

Der Bursche war ebenso erschrocken wie sie selbst. Seine Augen waren weit aufgerissen, stumm schüttelte er den Kopf.

Da endlich begriff Nora. *Er ist noch ein Kind. Keldan wollte, dass er zusammen mit uns die Burg verlässt. Er sollte überhaupt nicht mehr hier sein!* Die anderen Kinder waren längst bei den Frauen im Bergfried untergebracht. Der Kleine war dem Sturm auf die Burg nur ihretwegen ausgesetzt. Nora musste ihn irgendwie in Sicherheit bringen. Für sich und Ben würde sie dann schon einen Weg finden.

Eine zweite Erschütterung warf sie beinahe zu Boden.

»Komm mit.« Sie griff nach der Hand des Jungen.

Gemeinsam liefen sie durch die Gänge, Seite an Seite. Je weiter sie in den äußeren Bereich der Burg kamen, desto undurchdringlicher wurde das Chaos. Halbwüchsige Burschen schleppten Nachschub an Pfeilen und heißem Pech zu den Mauern; in den Gewölben, die zu den Burghöfen führten, harrten die Schwertkämpfer auf ihren Einsatz und verstopften jeden Weg nach draußen.

»Wo ist Keldan?«, schrie Nora den Soldaten in regelmäßigen Abständen zu. Sie folgte den Richtungshinweisen der Männer, den Jungen zerrte sie einfach mit. Ohne zu zögern, schlängelte sie sich durch die engen Mauerpfade zu den äußeren Wehranlagen hinauf, vorbei an Geröll und Verwundeten.

Hier draußen waren die Erschütterungen viel deutlicher zu spüren, und sie erkannte nun auch den Grund dafür: Luars Männer hatten die Burg umstellt, und sie fuhren harte Geschütze auf. Immer wieder schlugen fußballgroße, eiserne Kanonenkugeln in das Gemäuer ein. Nora hielt nicht inne. Sie musste weiter – hinauf zu den Zinnen.

»Nora!« Was tat diese Wahnsinnige da? Völlig ungeschützt lief sie mit einem fremden Burschen im Schlepptau in den Wehrgängen herum, als hätte sie die Unsterblichkeit gebucht.

»Nora!«, brüllte Ben ein weiteres Mal, die Hände trichterförmig an den Mund gelegt.

Diesmal hörte sie ihn. Sie sah sich um und erkannte Ben und Elissa, die an die innere Burgmauer gepresst auf dem Boden ausharrten. Nora winkte – und zögerte. Ihr Blick wanderte nach oben, wo Keldan und seine Hauptmänner postiert waren. Von seiner Position aus konnte Nora den Fürsten unmöglich sehen, sie befand sich direkt unter ihm, im toten Winkel des Wehrgangs. Und dennoch zögerte sie.

Erst als er sie ein weiteres Mal rief, riss sie den Blick los und setzte sich in Bewegung. Sie kam zurück.

Gottseidank.

Just in diesem Moment krachte eine weitere Kugel ins Gemäuer. Stein zerbarst. Nora stolperte und verschwand in einer Staubwolke. Elissa schrie auf.

Ben starrte ungläubig auf das gewaltige Loch in der Mauer. Der Wehrgang war zusammengebrochen, von Nora fehlte jede Spur.

Nein! Das durfte nicht sein!

Dann sah er eine Bewegung in dem Trümmerhaufen. Jemand regte sich. Ben hielt den Atem an, hoffte … Aber es war nicht Nora, sondern der Bengel, den sie bei sich gehabt hatte. Bens Mut sank. Diese Wahnsinnige war direkt an die vorderste Front gestürmt und hatte sich umbringen lassen! Jetzt es war alles vorbei. Ohne Nora gab es für ihn keinen Weg nach Hause.

Der Bursche kroch auf dem Boden herum, fegte Schutt und Geröll beiseite. Dann packte der Junge etwas und zog daran. *Nora!*

Sie kam mühsam auf die Beine. Heller Staub klebte an ihr und ließ sie wie ein billiges Halloweengespenst aussehen. Blut drang aus einer Platzwunde an ihrer Stirn und lief ihre Wange hinab, sonst schien sie jedoch unverletzt zu sein. Ben atmete erleichtert auf.

Nun wurde auch Keldan darauf aufmerksam, wer sich da in Reichweite der Waffen seines Feindes aufhielt. Er erblickte Ben und rief: »Was machst du da? Schaff sie hier weg, aber sofort!«

Schlaumeier. Was glaubst du, was ich vorhabe?

Mit einigen raschen Schritten war er an der Seite des Bengels. Er nahm dem Jungen Nora ab, die ein wenig orientierungslos durch die Gegend taumelte, und stützte sie. »Los, komm.«

Nora betastete vorsichtig ihre Stirn und betrachtete verständnislos das Blut an ihren Fingern. »Tut mir leid«, murmelte sie.

Sie musste sich den Kopf stärker angeschlagen haben, als Ben gedacht hatte.

»Komm jetzt«, wiederholte er und wollte sie weiterziehen, fort von der Mauer und den Kämpfen.

Sie stand jedoch wie angewurzelt an der Stelle und starrte in den Himmel.

»Nora!«, schrie er ihr mit wachsender Verzweiflung ins Gesicht. Wenn sie hier nicht bald verschwanden …

»Schau doch«, sagte sie.

Er folgte ihrem Blick und sah den kleinen schwarzen Schatten, der mit hoher Geschwindigkeit durch die Luft jagte – direkt auf Keldan zu. Was wollte der Drache hier?

»Die Westseite!«, rief Rashuk dem Fürsten schon von Weitem zu. »Sie sprengen ein Loch in den Berg!«

Der Fürst erteilte einige Befehle, die Ben nicht verstand. Er sah nur die hektischen Gesten, die Keldans Worte unterstrichen, dann drehte der Drache ab und flatterte unter heftigen Flügelschlägen davon.

Keldans Soldaten feuerten indes unbeeindruckt weiter auf die Angreifer, die sich auf der Vorderseite der Burg tummelten, als hätten sie von der Unterhaltung nichts mitbekommen.

»Was ist denn auf der Westseite?« Noras Stimme klang ein wenig benommen, aber ihr Blick war klar.

»Das Verlies«, antwortete Elissa ungerührt. »Sie wollen Luar befreien.«

Der verschüttete Tunnel … Natürlich, Luars Leute kannten diese Festung besser als Ben oder Keldan. Und sie wussten, wie sie sich am schnellsten Zugang zu ihrem Herrn verschaffen konnten. Sie würden den Tunnel frei sprengen, Luar befreien und …

»Aber er wurde verlegt«, unterbrach Nora seinen Gedankengang.

»Wie bitte?«

Schreie wurden laut. Die ersten von Luars Rotröcken hatten die Mauer erklommen und gingen in den Nahkampf über. Stahl traf auf Stahl. Die Verteidiger machten sich daran, die Leitern der Angreifer umzukippen – samt den Männern, die sich darauf befanden.

»Es gab einen Vorfall«, erklärte Nora hastig.

Ben wandte sich wieder zu ihr um. »Was?«

»Im Kerker.« Sie sah ihn derart eindringlich an, dass sie nur auf ihren missglückten Befreiungsversuch anspielen konnte. »Luar wurde in eine andere Zelle verlegt.«

Und das sagte sie ihm erst jetzt? Was, wenn der Prinz sich nun zu nahe am Tunnel befand?

Es krachte. Brennendes Pech fiel herab, landete zischend im Staub des Vorhofes. Sie mussten hier weg!

»Wohin?«, blaffte Ben.

»Weiß ich nicht!«, schnauzte sie zurück.

»In den finstersten Winkel, dafür habe ich gesorgt«, sagte Elissa. Ein kaltes Lächeln lag auf ihren Lippen. »Sollen sie nur versuchen, ihn zu befreien. Das wird ihm nicht bekommen.«

Ben war fassungslos. Sie *wollte,* dass Luar umkam – und wenn er Noras Andeutung richtig verstand, hatte sie ihr dabei auch noch geholfen!

Ein Toter stürzte von der Mauer und schlug nur wenige Schritte von ihnen entfernt im Dreck auf. Die leblosen Augen blickten starr in Bens Richtung, im Gesicht des Toten prangte eine klaffende Wunde. Er trug Keldans Wappenfarben.

»Elissa«, Nora nahm die Prinzessin am Arm, »bring den Jungen hier weg, bitte.«

Überrascht sah Ben zu dem Burschen, der sich ängstlich an Nora klammerte. Was kümmerte sie dieses fremde Kind? Sie hatten genug eigene Sorgen!

»Was ist mit dir?«, wollte Elissa wissen. »Kommst du nicht mit?«

»Ich bleibe.« Noras Blick huschte die Mauer entlang, hinauf zu den Männern, die hinter den Zinnen ausharrten. Zu *ihm.*

Die Prinzessin zog Nora in eine kurze, herzliche Umarmung. »Sei vorsichtig.« Zu Ben gewandt fügte sie kühl hinzu: »Leb wohl, Ben.« Sie nahm den Jungen an der Hand.

»Aber ich soll Euch *beide* nach Ramenda bringen«, protestierte dieser schwach.

Elissa zog ihn fort. »Du hast deine Pflicht getan. Gegen

den Willen einer Frau kannst du nichts ausrichten«, hörte Ben die Prinzessin noch sagen. »Besser, du lernst diese Lektion rasch.«

Ben bebte vor Zorn. Ständig musste es nach Noras Kopf gehen und den schien sie momentan ebenso verloren zu haben wie ihr Herz. Weshalb belog sie ihn? Was enthielt sie ihm sonst noch vor? Wieso konnte sie ihn in ihre hirnrissigen Pläne nicht wenigstens einweihen, wenn sie ihn schon vor vollendete Tatsachen stellte?

»Und jetzt?«, fragte er mit Groll in der Stimme.

Ihr Blick war nicht zu deuten. »Jetzt befreien wir Luar. Bevor seine Männer ihn in Stücke sprengen.«

Das Tor zum Verlies stand offen. Nora hatte ein ungutes Gefühl, als sie den rötlichen Schimmer dahinter sah, und es wurde ärger, als sie näher kam und den Rauch roch. Zu viel, um von ein paar Fackeln zu stammen.

Ben deutete auf den kräftigen Riegel des Tors. »Es wurde nicht aufgebrochen.«

Sie nickte. »Keldan hat bestimmt Wachen heruntergeschickt.«

»Nicht gut«, kommentierte er.

Das wusste sie selbst. Sobald sie den Kerker betraten, flog ihre Tarnung unweigerlich auf. Sie hatten hier unten nichts zu suchen. Und erst recht hatten sie keinen Grund, den Eindringlingen zu helfen. Doch wenn sie es nicht taten, wurde der Lauf der Geschichte endgültig verändert und dann gab es kein Richtig oder Falsch mehr. Nur noch eine unumkehrbare Tatsache.

Bis jetzt hatte Nora sich in die Sicherheit ihrer Unentschlossenheit gerettet. Die Geschichte lief zwar nicht ab, wie sie sollte, aber sie hatte immer die Option vor Augen gehabt, sie wieder ins Lot zu bringen. Solange Nora sich nicht dafür oder dagegen entschied, war alles möglich. Sie konnte mit Ben nach Hause und zugleich Elissa und Keldan das Leben ermöglichen, das sie verdienten. Sie musste Keldan nicht aufgeben und Ben nicht enttäuschen. Solange sie nichts tat, musste sie nicht mit den Konsequenzen leben. Mit der Angst, die falsche Entscheidung getroffen zu haben. Sobald sie jedoch durch diese Tür schritt …

»Worauf wartest du?« Mit diesen Worten zog Ben sie ins Verlies und der Augenblick der Entscheidung war vorbei.

Vor ihnen tat sich das gigantische Gewölbe der Kerkeranlage auf und offenbarte das Chaos darin. Die Gefangenen schrien und warfen sich tobend gegen die Gittertüren, Feuer loderten in mehreren Zellen. Das schmutzige Stroh brannte wie Zunder und erhellte den Raum. In der Mauer, die den Zugang zum Fluss versperrte, prangte ein mannshohes Loch. Auf der freien Fläche am Fuß der Treppe tummelte sich ein Gewirr aus Schwertkämpfern.

Luars Männer hatten das Verlies erreicht, den Tunnel hatten sie dazu gar nicht benötigt. Der Prinz war nie in Gefahr gewesen und sein Gefolge war klar im Vorteil. Die Handvoll Grünröcke, die Nora ausmachte, stand einer vielfachen Überzahl gegenüber.

»Eryck!«, stieß Ben hervor.

Nora folgte seinem Blick und machte den schnauzbärtigen Soldaten im Getümmel aus. Er war umgeben von Luars rot gewandeten Kämpfern – und der Prinz war nur wenige Schritte von ihm entfernt.

Ben fluchte. »Wenn er Luar erwischt … Eryck!«

Nora zuckte zusammen, als der Psychologe den Namen seines Kameraden brüllte, laut genug, um die Aufmerksamkeit des Soldaten auf sich zu lenken. Eryck wandte sich zu ihnen um, und in diesem Moment sickerte in Nora die Erkenntnis dessen ein, was an diesem Bild falsch war: Die Roten bekämpften Eryck nicht, obwohl er mitten unter ihnen stand. Er war einer von ihnen.

Er war der Verräter!

Der Blick des Soldaten war kalt. Er deutete auf Ben und Nora, sein Gesicht abfällig verzerrt. Nora hatte ihn als Vertrauten gesehen. Er jedoch zögerte nicht, ihnen seine wahren Verbündeten entgegenzuschicken. Vier Rotröcke brachen aus dem Kampfgemenge aus und kamen erhobenen Schwertes auf sie zu.

Noras taumelte rückwärts, tastete nach Ben. Der zog seinerseits seine Waffe, doch was konnte er damit schon ausrichten? Es waren vier erfahrene Soldaten, die ihm gegenüberstanden. Vier gegen einen, denn Nora war unbewaffnet. Sie war schon oft in gefährliche Situationen geraten, aber das machte es nicht leichter, dem Tod ins Auge zu sehen. Sie sah nur eine Möglichkeit: Flucht.

»Raus!«, schrie sie Ben an. »Durch das Tor!« Zurück in die Burg, das Tor verriegeln …

»Aber wir sind auf ihrer Seite!«, widersprach Ben – und legte das Schwert zu Boden.

»Hast du sie noch alle?« Nora bückte sich nach der Waffe. Ben konnte ja gerne sein Glück mit Diplomatie versuchen – sie würde nicht kampflos aufgeben!

Die Männer waren fast heran. Noras Finger schlossen sich um das raue Leder des Schwertgriffs. Sie zog die Waffe zu sich. Schreie gellten. Hitze ließ Nora zurückweichen. Sie richtete sich auf und hätte um ein Haar das Schwert wieder fallen gelassen.

Wo eben noch vier Soldaten auf sie zugestürmt waren, fielen nun unförmige, verkohlte Gerippe in sich zusammen. Der Gestank von verbranntem Fleisch stieg Nora in die Nase und ließ sie würgen. Hinter sich hörte sie Ben nach Luft schnappen.

»Was war das?«, presste sie hervor.

Doch Ben schüttelte nur den Kopf.

Eine Antwort war auch nicht notwendig. Aus den Tiefen der Halle ertönte ein Brüllen, das von den Mauern widerhallte und sie erzittern ließ. Tief, wütend … und auf erschreckende Weise vertraut. Nora wandte sich um.

Sie erblickte Rashuk, und endlich begriff sie, weshalb man den Eidechsendrachen fürchtete.

Er war gewaltig, sein schwarzer Leib füllte beinahe das gesamte Gewölbe aus. Mehrere massive Hörner wuchsen aus seinem Kopf und gingen in unzählige Stacheln über, die bedrohlich aus seinem Rücken ragten. Dennoch hegte Nora keinerlei Zweifel daran, dass es Rashuk war, der da sein Maul auf die Kämpfenden niederfahren ließ und mit einem Biss gleich zwei von Luars Leuten zermalmte.

»Was zum Teufel …?« Bens Stimme klang um einiges höher als sonst.

Sie konnte es ihm nicht verdenken.

Unter den anfeuernden und panischen Rufen der Gefangenen wütete der Drache unter den Männern, ohne Rücksicht auf die Farben ihrer Wappen. Die Schreie der sterbenden Männer hallten durch das Verlies. Rashuks Schwanz peitschte durch die Luft und schleuderte mehrere Soldaten beiseite. Krachend schlugen ihre Körper gegen das Gemäuer und blieben reglos liegen.

Luars Männer droschen erbarmungslos auf den Drachen ein, doch ihre Waffen prallten wirkungslos von Rashuks Schuppen ab.

Und dieses Untier hatte neben ihr auf dem Kissen geschlafen? Das konnte nicht sein! Rashuk würde niemals jemandem etwas zuleide tun!

Ben wollte ihr die Waffe wieder abnehmen, aber Nora wand sich aus seinem Griff, den Blick weiterhin auf den ungleichen Kampf gerichtet. Das Schwert in ihrer Hand zitterte.

Wenn ein solches Monster in Rashuk steckte, welches Ungeheuer verbarg sich dann erst in Keldan? Schließlich war er der Hauptbösewicht …

»Dieses Vieh wird Luar fressen!«, mahnte Ben. »Willst du einfach dastehen und nichts tun?«

Er hatte recht. Sie musste handeln. Es war nur so schwer, damit anzufangen. Denn da war noch etwas. Eine unbestimmte Gewissheit in ihr: Sie übersahen etwas. Etwas Essenzielles.

»Sein Unterleib!«, brüllte Eryck seinen Männern zu. Den falschen Männern. Denen, die Luars Wappen trugen. »Greift seine empfindliche Unterseite an!«

Der Drache fuhr herum, seine Klaue traf den Verräter und presste ihn zu Boden. In all dem Getümmel konnte Nora das Knacken hören, das von Erycks Brustkorb stammen musste. Sie wimmerte.

Unsanft schob Ben sie zur Seite, drängte sich an ihr vorbei und eilte die Treppe hinab. Sie folgte ihm, unsicher, was sie tun sollte. Wem sie helfen sollte.

Rashuk brüllte erneut. Er bäumte sich auf und Nora sah rotes Blut auf seiner Brust glänzen. Tiefe Wunden prangten zwischen seinen Schuppen.

Er würde verlieren. Es waren zu viele …

Der Drache holte tief Luft und spie den Männern seinen feurigen Atem entgegen. Schreiend wichen sie zurück. Auch Ben hielt am Fuß der Treppe inne.

Endlich holte Nora ihn ein. Sie griff nach seiner Schulter, doch er schüttelte sie ab.

Vor ihren Augen verwandelte Rashuk das gesamte Kampffeld in ein brennendes Inferno, aus dem es kein Entkommen gab. Freund oder Feind – die Männer schrien, brannten, starben. Verkohlte Leiber waren alles, was von den Truppen übrig blieb. Ihre Leichen nährten Rashuks Feuer. Auch die Gefangenen in den unteren Zellen fielen den Flammen zum Opfer.

Die riesige schwarze Gestalt des Drachen schien im Licht der Flammen zu zucken und zu verschwimmen. Er wandte sich um, richtete seinen Blick auf Ben und Nora und öffnete sein Maul. Dabei entblößte er Reihen um Reihen Reißzähne, ein jeder so lang wie Noras Unterarm. Wut flammte in seinen Augen.

Er würde sie töten.

Diese Erkenntnis lähmte Nora, raubte ihr jede Kraft. Doch es war nicht Angst, die sie erstarren ließ – es war ein tiefer, drückender Schmerz. Sie fühlte sich verraten. Sie hatte Rashuk vertraut! Lieber wäre sie von Luars Männern erschlagen worden, die hätten wenigstens einen Grund dafür gehabt. Dem Drachen hatte sie nie etwas Böses gewollt.

Er tat einen Schritt auf sie zu. Seine Krallen bohrten sich knirschend in den steinernen Boden. Noch einen Schritt. Das Verlies bebte unter der Kraft seiner Klauen.

»Du Monstrum!«, brüllte plötzlich jemand hinter Nora.

Erschrocken fuhr sie herum. Sie erkannte Luar, blutend und rußgeschwärzt. Er musste sich hinter Rashuk vorbeigeschlichen haben, um den Drachen hinterrücks anzugreifen, und war so dem Flammeninferno entgangen. Nun stand Luar direkt hinter ihr – genau im Blickfeld des Drachen.

Er war es, den Rashuk so voller Hass anstarrte.

Nora hätte vor Erleichterung beinahe aufgelacht.

»Du magst meine Männer ermordet haben. Mich wirst du jedoch nicht besiegen, Bestie!«, schrie Luar. »Stell dich deinem Schicksal!«

»Du Narr!« Rashuks Stimme war tief und dröhnend wie ein Donnergrollen, und doch erkannte Nora den kleinen Mistdrachen darin. »Du bist nichts weiter als ein lästiges Insekt. Eine Schande für das Menschengeschlecht. Komm und empfange die Strafe der Altvorderen!«

Er tat noch einen Schritt. Blut tropfte von seiner Brust, zeichnete mit einer scharlachroten Spur seinen Weg nach. Eine Wunde war besonders tief. Bei jeder Bewegung des Drachen klaffte sie auf und gab den Blick auf das helle, ungeschützte Fleisch darunter frei. Nora sah zu Luar. Auch er hatte diesen Schwachpunkt entdeckt. Ein siegessicheres Grinsen erschien auf seinem Gesicht.

»Schlag zu!«, flüsterte Ben ihr zu und deutete auf Rashuks Wunde. »Wenn Luar angreift, schlag zu!«

Der Prinz hob sein Schwert.

Nora umklammerte ihres fester.

Luar stieß einen kämpferischen Schrei aus und sprang vor.

Nora biss die Zähne zusammen und wich zur Seite aus. Mit aller Kraft hieb sie dem Prinzen den Griff ihrer Waffe in die Magengrube.

»Was tust du da?«, hörte sie Ben rufen.

Luar ächzte und taumelte zur Seite. Eine Hand auf den Leib gepresst, richtete er sich wieder auf – gerade rechtzeitig, um von Rashuks Maul empfangen zu werden.

Es knackte, als der Drache seine Zähne in den Prinzen grub. Blut spritze und traf Nora im Gesicht, heiß und klebrig. Sie schrie auf.

Rashuk hob eine Klaue und trat damit auf Luars Unterkörper, ehe er mit dem Kopf ruckte und den Prinzen in der Mitte entzweiriss. Nora barg ihren Kopf in den Armen und schrie noch lauter.

Bis ein gewaltiges Beben sie zu Boden warf.

Es war nicht die Erde, die sich bewegte – die Wirklichkeit selbst schien einen Schritt zur Seite zu tun. Nora versuchte sich aufzurappeln, doch sie fand das Oben nicht mehr. Alles war verzerrt, verdreht und zur Seite gekippt. Sie bekam keine Luft, etwas drückte ihr wie ein Stein auf die Brust.

Ben eilte zu ihr, über eine Treppe, die statt auf dem Boden an der Wand entlangzuführen schien. Er zog an ihr, wollte ihr aufhelfen. Nora versuchte zu protestieren. Der Raum zitterte und sackte zurück in eine aufrechte Position. Das Gewicht auf ihrer Brust wurde immer schwerer, doch Ben tat, als bemerke er nichts.

Auch Rashuk hatte von dem Beben offenbar nichts mitbekommen, er legte den Kopf in den Nacken, um mit schnappenden Bewegungen die obere Hälfte des Prinzen hinunterzuschlingen.

Nora keuchte, rang verzweifelt nach Luft. Sie tastete an ihrem Hals entlang, ihre Finger fanden die Kette. Das Amulett daran schien eine Tonne zu wiegen. Sie wollte es abreißen, aber als sie den kleinen Anhänger berührte, schrie sie auf. Das Metall war glühend heiß, sofort bildeten sich weiße Brandblasen an ihren Fingerkuppen. Trotzdem griff sie noch einmal danach. Sie musste das Amulett loswerden.

Ihr wurde schwarz vor Augen. Ben verschwand. Alles wurde dunkel. Da waren nur noch glühende Hitze und der Gestank von fauligem Fleisch und Schwefel. Riesige Zähne schwebten vor ihrem Gesicht, eine einzelne schwarze Kralle schabte über ihren Hals. Ein kurzer, schmerzhafter Ruck – und das Gewicht, das sie zu ersticken gedroht hatte, fiel von ihr ab.

Nora schnappte nach Luft, hustete, bis ihre Lungen brannten. Erschöpft kauerte sie auf dem Boden. Sie fühlte sich, als wäre sie mit einer Eisenstange verprügelt worden, jeder einzelne Muskel schmerzte.

Etwas fiel klirrend auf die Steinplatten. Ihre Kette. Ohne nachzudenken, griff Nora danach.

»Gib Acht, Wanderin«, dröhnte Rashuks Stimme über ihr. »Das Siegel ist nicht für deinesgleichen gedacht.«

Ihre Finger schlossen sich um den kleinen Anhänger, der sich immer noch heiß anfühlte. Der Kristall pulsierte in ihrer Handfläche, die eingravierten Linien schienen zum Leben zu erwachen – sie wanden sich und drückten gegen ihre Haut. Nora musste sich überwinden, die Kette nicht von sich zu schleudern. Doch ganz gleich, was Rashuk behauptete – das Amulett gehörte ihr, gehörte *zu ihr.* Sie packte es fester.

»Was hast du nur getan?« Ben klang völlig außer sich.

Vorsichtig rutschte er auf den Knien auf die traurigen Überreste des Prinzen zu, als könne er nicht glauben, dass Luar wirklich das Zeitliche gesegnet hatte. Als könnten die verwaisten Beine unvermutet aufspringen und einfach davonlaufen. Feucht glänzende Eingeweide quollen aus dem Teil, der einmal Luars Bauch gewesen war. Nora wurde übel.

»Wir haben die Geschichte verändert«, brachte sie hervor. Die gesamte Tragweite dieser Worte sickerte erst allmählich zu ihr durch.

Ben fuhr herum. »Ach, wirklich?«, schrie er. »Das fällt dir erst jetzt auf?«

»Nein, ich meine …« Nora musste schlucken. »Ich glaube, wir haben sie genau *jetzt* verändert.«

Sie hätten sich fernhalten sollen. Dann hätten sie niemals einen Grund gehabt, sich Luar in den Weg zu stellen.

Sie hatten sich geirrt, so sehr geirrt.

15. Kapitel

Der Held muss im Laufe seiner Geschichte straucheln, das ist die Essenz jedes Abenteuers. Er gerät in eine scheinbar ausweglose Lage. Was ihn zum Helden macht, ist seine Eigenschaft, sich aus dieser Situation zu befreien, die Widrigkeiten zu überwinden und am Ende zu triumphieren. Luar, der Drachentöter, war von seinem Feind gefangen genommen worden. Eine kleine Widrigkeit, kaum einer Erwähnung wert. Im Buch wurden die vergangenen Tage vermutlich mit wenigen Sätzen abgehandelt. Nur wichtig, um Luars Triumph vorzubereiten: seinen Sieg über Rashuk, den Drachen.

Nora hatte keinen Zweifel daran, dass es in der ursprünglichen Version von *Eldinor* genau so geschrieben stand. Was sie mit ihrem Amulett gespürt hatte, war der vorherbestimmte Lauf der Dinge, den sie durcheinandergebracht hatte – in jenem Moment, als Luar starb. Die Welt war aus den Fugen geraten, hatte einen Schritt zur Seite getan ... und lief nun einfach weiter, hinein ins Ungewisse.

Und das bedeutete, dass die Geschichte bis zu diesem

Punkt wie geplant abgelaufen war. Andernfalls hätte sie die erste Änderung ebenfalls gespürt. Alles, was sie in den vergangenen Tagen getan oder verhindert hatten, alles, worum sie sich bemüht hatten, war absolut nichtig. Sie hatten sich zu wichtig genommen. Luar war nicht ihretwegen gefangen genommen worden. Es war sein Schicksal gewesen, ebenso wie es Rashuks Los gewesen wäre, heute den Tod zu finden.

Bloß dass es nun der Prinz war, der tot und halb aufgefressen in einer Blutlache lag.

Wie sollte sie Ben das alles erklären? Der Psychologe lief im Kreis und raufte sich die Haare. Nora hätte sich am liebsten auf dem Boden zusammengerollt und von all dem nichts mehr gewusst. Das hatte sie nicht gewollt. Nichts davon hatte sie gewollt!

Eine sachte Berührung an ihrem Fuß ließ sie zusammenzucken. Dann sah sie die kleine blutige Eidechse, die sich an ihr festkrallte.

Rashuk schien kaum noch genug Kraft zu besitzen, um den Kopf zu heben. »Das Siegel«, keuchte er. »Es wird sie zu dir führen …«

»Wen?« War das eine Warnung oder ein Trost? Wer waren *sie?*

Der Drache antwortete nicht. Seine Augen waren geschlossen. Behutsam nahm Nora ihn in die Hände. Der kleine Körper fühlte sich unnatürlich kalt an. Aber der Brustkorb hob und senkte sich noch.

»Wen wird es zu mir führen?«, fragte sie noch einmal. Vergebens.

So ein verdammter Mist.

Vorsichtig balancierte sie den bewusstlosen Drachen und ihr Amulett in einer Hand, während sie sich mit der anderen in die Höhe stemmte. Unsicher setzte sie einen Fuß vor den anderen.

»Was machen wir jetzt?«, fragte Ben. Dann erst schien

er zu begreifen, dass sie nicht auf ihn zuging, sondern an ihm vorbei. »Hey! Wo willst du hin?«

»Ich muss ihn zu Keldan bringen. Er ist verletzt.«

Ben packte ihren Ellbogen und riss sie zurück. So abrupt, dass Noras Schützling ihr beinahe von der Handfläche gerutscht wäre.

»Hast du sie noch alle?«, schrie Ben. »Dieses Vieh ist schuld daran, dass wir hier festsitzen!«

»Wenn er stirbt, macht das Luar auch nicht wieder lebendig. Also lass los.«

Sie wunderte sich selbst über die Kälte ihrer Stimme. Es war, als hätte sie all ihre Gefühle aufgebraucht. Wut, Furcht, Trauer, Schmerz … Sie hatte schon zu viel davon ertragen. Es war nichts mehr übrig.

Es war ihr gleichgültig, dass Ben ihr fluchend hinterhereilte. Einen Fuß vor den anderen setzen. Das war alles, das sie tun konnte.

Weit musste sie zum Glück nicht gehen. Sie hatten kaum das Verlies hinter sich gelassen, als ihnen ein Trupp Soldaten entgegenkam – und ihnen voran eilte Keldan. Die Rüstung, die Nora ihm am Morgen angelegt hatte, war fleckig von Staub und Blut. Tief in Nora regte sich leise Sorge, doch selbst die schien nicht wirklich zu ihr zu gehören. Als wäre es nur die Erinnerung an ein Gefühl, das nichts mit ihr zu tun hatte.

Wortlos hielt sie Keldan den Drachen entgegen. Blut klebte an ihren Händen. So viel davon. Aber noch spürte Nora sein kleines Herz gegen ihre Finger pochen.

»Was ist geschehen?«, verlangte Keldan zu wissen.

»Luar.« Mehr brachte sie nicht heraus.

»Und mein Neffe?«

Sie schüttelte den Kopf.

Er legte die Hände um ihre. Wärme strömte in ihre Finger. Die Nüstern des Drachen blähten sich einmal auf, seine Lider zuckten. Sonst regte sich nichts.

Sorge stand in Keldans Gesicht geschrieben. Nora traten Tränen in die Augen.

»Wird er ...?« Sie wagte nicht, die Frage zu Ende zu stellen.

»Nicht hier. Komm.« Er legte eine Hand um ihre Taille und zog sie zu einer engen Wendeltreppe. Plötzlich hielt er inne. »Du nicht.«

Nora hatte den Blick auf Rashuk gerichtet, um keinen seiner flachen Atemzüge zu verpassen. Bei Keldans Worten sah sie auf. Sie hatte nicht damit gerechnet, dass Ben Anstalten machen würde, ihnen zu folgen. Nicht nach den Dingen, die im Kerker geschehen waren.

»Ich komme bald wieder«, versprach sie dem Psychologen.

Doch der starrte sie nur an. Unbändige Wut lag auf seinen Zügen – und er gab sich keine Mühe, sie zu verbergen. Weil er *wollte,* dass Nora sie sah. Er wollte, dass sie ihre Schuld begriff. Es war ihre Schuld, dass Rashuk verletzt war. Es war ihre Schuld, dass Luar tot war, dass die Geschichte unwiderruflich verändert war. So sehr, dass sie nicht abschätzen konnte, ob es noch einen Weg hinaus gab, und sei es durch den Nimbus. Ben saß hier fest, weil sie gezögert hatte. All das war ihre Schuld und Ben hasste sie dafür.

Der Schmerz, den sie schon verloren geglaubt hatte, traf sie erneut – mit aller Gewalt.

Fassungslos sah Ben den beiden hinterher. Falls er noch irgendwelche Zweifel an Noras geistiger Umnachtung gehabt hätte, waren diese nun ausgeräumt. Luar war tot, aufgefressen von diesem Untier Rashuk, und damit war ihre einzige Möglichkeit, aus diesem verfluchten Buch zu entkommen, Geschichte. Wortwörtlich.

Und sie hatte nichts Besseres zu tun, als eben dieses Untier wie ein treues Hündchen zu umsorgen, während hier alles zum Teufel ging!

Mit einem Aufschrei hieb Ben eine Faust gegen die grobe Steinwand. Ein zweiter Aufschrei war die Folge und er massierte seine schmerzende Hand.

»Herr?«

Er sah auf, ein Soldat hatte ihn angesprochen.

»Was?«, fragte er unwirsch.

»Der Angriff«, erinnerte ihn der namenlose Krieger. »Der Feind ist noch nicht besiegt.«

Und was interessiert mich das? Er presste die Lippen aufeinander, um die Frage nicht laut auszusprechen.

Ihm mochte nichts an Keldans Sieg liegen, aber wenn die Festung fiel, würde er nicht mehr lange unter den Lebenden weilen. Luars Männer würden keine Gnade kennen, schon gar nicht, wenn sie erfuhren, dass ihr verehrter Prinz als Drachenfutter geendet hatte. Sie würden jeden einzelnen Mann auf dieser Burg erledigen. Und Ben war noch nicht bereit, zu sterben. Das hier war vielleicht nicht *sein* Leben – aber es war das einzige Leben, das er jetzt noch hatte.

Kurz überlegte er, an den Männern vorbei und zurück ins Verlies zu laufen. Dort, wo die Eindringlinge hereingekommen waren, gab es bestimmt auch einen Weg nach draußen. Vorbei an den Toten, den Flammen … Doch es genügte ein Blick in die angespannten Gesichter der Soldaten, um diese Gedanken zu vertreiben. Sie würden ihn niemals passieren lassen. Zu fliehen war keine Option.

»Wir müssen uns beeilen!« Blut quoll zwischen Noras Fingern hindurch. Sie fühlte, wie mit jedem Tropfen das Leben aus Rashuk schwand. Mit jedem schwachen Atemzug hob sich seine Brust langsamer.

Keldan ließ sich nicht aus der Ruhe bringen. »Wir sind gleich da.« Nur sein besorgter Blick verriet, dass ihm der Zustand des Drachen keineswegs gleichgültig war.

Nora schwieg. Sie musste darauf vertrauen, dass Keldan wusste, was das Beste für ihren schuppigen Freund war. Sie hoffte nur, dass die Zeit reichte.

Der Fürst blieb mitten auf der Wendeltreppe stehen, murmelte ein paar hastige Worte und riss die Tür zu seiner Rechten auf. Sie führte direkt in die Windung der Treppe hinein, es konnte sich allenfalls eine kleine Nische dort befinden. Doch als Nora sich durch die niedrige Tür duckte, glaubte sie, einer optischen Täuschung zu erliegen.

Der Raum hatte die Ausmaße einer mittelgroßen Sporthalle. Der Großteil davon wurde von Regalen voller Bücher und Reagenzgläser, Tischen mit seltsamen Gerätschaften und bizarren Konstruktionen eingenommen, die von Astronomie bis Mikrowellenerforschung jedem erdenklichen Zweck dienen mochten. Zwei Reihen marmorner Säulen ragten aus dem polierten Steinboden und stützten eine Decke, die bestimmt zwei oder drei Stockwerke darüber lag. Großzügige Spitzbogenfenster säumten alle vier Wände und ließen strahlenden Sonnenschein herein. War das etwa Keldans berüchtigtes Labor?

Verwirrt wandte Nora sich um. Hinter ihr lag nach wie vor der enge Treppenaufgang, düster und von einer einzelnen Öllampe erhellt. Und vor ihr der unmögliche Raum.

»Für Erklärungen ist später Zeit. Komm endlich!« Keldan hatte die Halle bereits zur Hälfte durchquert und machte sich an einem der Tische zu schaffen. »Und schließ die Tür!«

Zögernd trat Nora in das Labor. Selbst die Luft schien hier anders, frischer und zugleich wärmer. Als wäre sie von einem Buch in ein anderes getreten.

Sie zog eine Hand unter Rashuks Körper hervor, um die Tür zu schließen. Ein roter Schwall platschte auf den

Boden. Keldan hatte recht: Erklärungen konnten warten, der Drache nicht. Hastig zog sie die Tür ins Schloss. Ihre Finger hinterließen blutige Abdrücke an der Klinke.

Beide Hände wieder um den kleinen Drachenleib gelegt, eilte sie durch den Raum. Sacht ließ sie die bewusstlose Echse in die Schale mit weißem Sand gleiten, die Keldan ihr entgegenhielt.

Sofort begann er, einen Zauber zu wirken. Jedenfalls hielt Nora es für Zauberei. Unter Gemurmel zerbrach der Fürst ein silbernes, faustgroßes Ei über der Schale, aus dem eine golden leuchtende Flüssigkeit quoll. Wo sie auf Rashuks Schuppen tropfte, zischte es. Rauch kräuselte empor und die Schuppen färbten sich glühend rot. Der winzige Körper zuckte unter Krämpfen.

Nora schrie auf. »Du tust ihm weh!«

Sie wollte eingreifen, doch der Magier hielt sie zurück und drückte sie an sich. »Warte. Sieh hin.«

Tatsächlich. Während Nora noch gegen Keldans Umklammerung ankämpfte, kam der Drache zur Ruhe. Sein Atem wurde kräftiger und das Blut, das ihn bedeckt hatte, verblasste auf magische Weise, bis es restlos verschwunden war. Er sah so unversehrt aus wie an jenem Morgen, als sie ihn schlafend in ihrem Bett vorgefunden hatte.

Keldans Griff lockerte sich. Seine Arme ließ er weiterhin um ihren Körper und er legte sein Kinn auf Noras Scheitel. »Gönnen wir ihm noch etwas Ruhe«, sagte er in dem leisen Tonfall, der einem Krankenzimmer angemessen war.

Eine Weile schwiegen sie. Die Schlacht schien weit fort, kein Lärm drang zu ihnen, keine Erschütterungen, keine Schreie. Nur die Stille des Labors, Keldans Herzschlag an Noras Ohr und vor ihnen der kleine, zerbrechliche Leib des bewusstlosen Drachen.

Keldan löste sich von ihr und trat an den Tisch. »Ich begreife nicht, wie das geschehen konnte.«

»Eryck.« Der Name lag ihr wie bittere Galle auf der Zunge. Sie musste ihn ausspucken oder daran ersticken. »Er war der Verräter. Er hat Luar befreit und den Angreifern verraten, wohin sie zielen müssen.«

Keldan nickte. »Er *war?*«

»Er hat das Feuer nicht überlebt.«

»Gut.«

Sie schluckte, zögerte. »Deine Männer auch nicht.«

»Sie waren tapfere Krieger.« Mehr hatte Keldan dazu offenbar nicht zu sagen.

»Woher wusstest du es?«, fragte Nora. »Ich wollte ihn zu dir bringen, aber du warst schon da ...«

»Rashuk und mich verbindet etwas. Ein Teil unseres Paktes, sozusagen.«

»Du meinst ...« Nora erinnerte sich an einen Film, den sie vor ewigen Zeiten einmal gesehen hatte. Der Titel war ihr entfallen, aber er hatte von der Verbindung eines Menschen mit einem Drachen gehandelt. Die beiden teilten sich ein Herz, ein Leben. Und wenn dem einen etwas zustieß ... Aber das war Unsinn. Sie hatte Keldan und Rashuk bereits beide verletzt gesehen, doch dem jeweils anderen hatte das nichts getan.

»Unsere Gedanken«, erklärte der Fürst und tippte sich an die Stirn, als wollte er ihr den Vogel zeigen. »Wir können immer miteinander sprechen, egal, wie groß die Entfernung ist, die uns trennt.«

»Oh.« Nora atmete auf. Dann fiel ihr etwas anderes ein. »Das bedeutet, du wusstest immer, was ich mit ihm gesprochen habe?«

Keldan lachte auf. »Nein. Und ich habe ihn auch nicht an den Dingen teilhaben lassen, die *ich* mit dir getan habe.«

»Oh!« Sie fühlte, wie ihr das Blut ins Gesicht schoss.

Keldan drückte einen Kuss auf ihre Wange und befreite sie damit sie aus ihrer merkwürdigen Gefühlsstarre. Dadurch wurde endlich auch wieder Platz für vernünftige Gedanken.

»Wo sind wir hier?«

»In meiner Burg. Jedenfalls in einem Teil davon.« Er deutete auf die schmale Tür, durch die sie das Laboratorium betreten hatten. Von dieser Seite aus war es ein breites, mit eisernen Beschlägen verziertes Tor. »Ich habe ein Portal erschaffen, das mir Zutritt zu meinen Räumlichkeiten verschafft, wann immer ich ihn benötige. Und das war nun der Fall.«

»Ich verstehe.«

Keldan musterte sie scharf. »Und das beunruhigt dich nicht?«

»Keineswegs.«

Ganz sicher war Nora zwar nicht, ob ihre Worte der Wahrheit entsprachen, aber sie hatte genug Filme von Wurmlöchern und Magiern gesehen, um das Konzept eines ganzen Raums, der irgendwie anstelle einer Besenkammer unter einer Treppe lag, hinzunehmen. Immerhin war sie selbst durch ein Buch hierhergelangt, also wozu pingelig sein?

Er lächelte und nahm ihre Hände in seine. Nora lächelte zurück. Er runzelte die Stirn.

»Was ist das?«, fragte er und drehte ihre Hände mit der Innenseite nach oben.

»Das Blut?«, fragte sie zurück, etwas verdattert. Da erst bemerkte sie die Überreste ihrer Kette, die immer noch zwischen ihren Fingern baumelte. »Ach so, das. Nur ein ...« *Siegel.* »Glücksbringer.«

Bisher hatte er ihrem Anhänger nie besondere Beachtung geschenkt. Andererseits war er bisher auch immer ein wenig abgelenkt gewesen, sobald sie die Kleider abgelegt hatte, die normalerweise die Kette verbargen.

»Darf ich?« Er streckte die Hand danach aus.

Unwillkürlich schloss Nora ihre Hand um das Amulett.

Es gehörte ihr! Alles in ihr schrie danach, den Anhänger unter keinen Umständen loszulassen. Doch da war auch eine andere, neue Stimme. Und sie klang nach Rashuk. *Das Siegel ist nicht für deinesgleichen gedacht. Gib Acht, Wanderin.*

Sie hatte keine Ahnung, was der Drache damit gemeint hatte, aber er kannte sich in diesen Dingen bestimmt besser aus als sie. Davon abgesehen hatte das Ding sie beinahe erstickt. Trotzdem trennte sie sich nur widerwillig von der Kette ihrer Großmutter. Es war alles, was Nora von ihrer Familie geblieben war. Von ihrer eigenen Welt.

»Interessant.« Mit dem Daumen rieb Keldan das eingetrocknete Blut von dem Kristall. »Dürfte ich das untersuchen?«

Nein! »Natürlich.«

Ein leises Stöhnen ertönte vom Tisch.

Rashuk erhob sich schwankend auf alle viere und schüttelte sich wie ein Hund einmal vom Kopf bis zur Schwanzspitze. Der Sand, der noch an ihm gehaftet hatte, flog in alle Richtungen davon. Seine Schuppen glänzten wieder in dunkelstem Schwarz, die roten Flecken waren verschwunden. Auch seine Brust war unversehrt, von Narben oder Wunden keine Spur.

Jetzt, da der Drache wieder quietschlebendig aussah, erinnerte Nora sich daran, wie das scheinbar harmlose Eidechslein Luar glatt entzweigebissen und danach gefressen hatte. Sie wich einen Schritt von dem Tisch zurück.

»Wie fühlst du dich?«, fragte sie.

Rashuk spreizte seine Flügel, flatterte ein paarmal damit und streckte seine Beine, eines nach dem anderen. Zu guter Letzt bog er seinen Rücken zu einem Buckel und ließ die Schultern knacken. »Ich könnte Bäume ausreißen«, sagte er, würgte – und spie einen Schleimklumpen auf die Tischplatte. »Verzeihung.«

»Gut.« Den Schleimbatzen ignorierte Keldan geflissentlich. »Wir sollten uns zurück zur Festung begeben. Die Schlacht ist noch nicht vorüber. Bist du bereit?«

»Jederzeit.« Ein wenig wackelig war Rashuk noch auf den Beinen, doch beim zweiten Versuch gelang es ihm, aus der Schale zu klettern.

Keldan legte Noras Anhänger zur Seite und griff nach dem Drachen. »Dann lasst uns aufbrechen.«

Ben hatte sich fest vorgenommen, bei der erstbesten Gelegenheit das Weite zu suchen. Aber als sie die Stufen erreichten, die hinauf zur Mauer führten, wartete er immer noch vergebens auf diese Gelegenheit. Er rechnete sich aus, wie seine Chancen standen, die fünf schwerterprobten Männer – zwei vor, drei hinter ihm – auszuschalten und lebend davonzukommen. *Eins zu unmöglich*, schätzte er. Vorausgesetzt, er konnte den Vorteil der Überraschung ausnutzen und sie stolperten einander gegenseitig in die gezogenen Waffen. Sonst vermutlich ein klein wenig schlechter.

Er konnte nur auf ein Wunder warten.

Eine gewaltige Explosion erschütterte die Festung. Steine und Staub prasselten in den Gang, und in der Wand direkt hinter ihnen erschien ein mannshohes Loch, dicht gefolgt von dem oberen Ende einer Leiter. Während Ben noch gaffte, krochen bereits die ersten Rotröcke herein.

Unter Geschrei zog Bens Eskorte ihn weiter, fort von dem Loch, wohingegen die Nachhut zurückblieb, um die Eindringlinge abzuwehren.

Aus fünf mach zwei.

Er legte die Hand auf den Griff seines Schwertes, aber zog die Waffe nicht. Noch nicht. Mit dem Kampf in seinem Rücken gab es ohnehin nur einen Weg und der führte durch die Tür vor ihnen: hinaus auf die Mauer, an die Zinnen. Nun war es also so weit. Scheinbar konnte er dieser Schlacht nicht entkommen, so sehr er es auch versuchte. Kampflos würde er sich seinem Schicksal jedoch nicht ergeben.

Gleich hatten die Männer die Tür erreicht. Wenn sie jetzt zögerten, konnte er sie erledigen.

Sie zögerten nicht, sondern stießen die Tür in vollem Lauf nach außen auf.

Augenblicklich waren sie von Kampf, Blut und Chaos umgeben. Die Kanonenkugeln hatten beträchtlichen Schaden angerichtet, überall lagen Trümmer und Tote. Bogenschützen feuerten ohne Unterlass auf die Reihen der Angreifer, doch für jeden Rotrock, den sie von den Mauern stürzten, rückten zwei nach.

Die Hanglage der Festung schützte sie nach den Seiten, der Bereich vor der Burg war jedoch flach genug, um einen Ansturm aus nächster Nähe zu ermöglichen. Luars Leute wussten das und kamen entsprechend vorbereitet. Zu viele von ihren Kämpfern hatten die Zinnen bereits erklommen. Ein Blick in den Innenhof zeigte, dass sie sich dort beharrlich in Richtung der Hauptgebäude vorkämpften. Es würde nicht mehr lange dauern, bis die Burg fiel.

Mit grimmiger Entschlossenheit zog Ben sein Schwert. Er trug keine Wappenfarben. Keldans Leute kannten sein Gesicht, aber in der Menge von Luars Gefolge konnte er untertauchen. Er musste nur den richtigen Moment abwarten, um die Seiten zu wechseln.

Der Schütze direkt vor ihm ließ seinen Bogen sinken. Der Pfeil, den er bereits angelegt hatte, rutschte ihm vom Finger, die Sehne erschlaffte. Ungläubig starrte er in die Ferne.

Ben folgte dem Blick des Schützen, konnte jedoch nichts erkennen. Dann war ein dumpfes Geräusch zu hören. Der Bogenschütze bezahlte seine Unachtsamkeit mit dem Leben – ein Armbrustbolzen ragte aus seiner Brust. Mit heiserem Gurgeln brach der Mann zusammen.

Jemand stieß Ben in den Rücken und er taumelte aus dem schützenden Torbogen ins Freie. Die Nachhut hatte aufgeschlossen. Zumindest zwei davon. Der dritte Mann hatte wohl kein Glück gehabt.

Und auch Bens Glück war aufgebraucht. Durch den Tod des Bogenschützen entstand eine Lücke in der Verteidigung. Sofort kletterten weitere Rotröcke zwischen den Zinnen hindurch und gingen zum Angriff über. Ben holte aus und hieb dem ersten die Klinge zwischen Helm und Schulterplatte. Den zweiten erwischte er mit einem Stich. Knirschend drang die Schwertspitze durch das Kettenhemd seines Gegners. Ben wandte sich dem nächsten Rotrock zu – und zögerte. Der Kerl sah ihn nicht einmal an.

Bens Eskorte hatte weniger Hemmungen. Sie metzelten Luars Männer nieder, ohne zu zaudern. Doch nun hielt auch einer von ihnen inne – Ben glaubte, dass er zur Nachhut gehört hatte, aber sicher war er sich nicht. Der Soldat war jung, er konnte noch keine zwanzig sein. Er schirmte seine Augen mit einer Hand ab und blinzelte in den Himmel, in dieselbe Richtung, in die auch der Bogenschütze gespäht hatte.

Ein lang anhaltendes, durchdringendes Brüllen ertönte. Ben fuhr herum.

Das war unmöglich! Er hatte selbst gesehen, wie der verdammte Drache zugerichtet gewesen war. Keinesfalls konnte das Vieh, das jetzt über dem feindlichen Heer kreiste, dasselbe sein wie das Biest, das Luar angegriffen hatte. Rashuk hatte im Sterben gelegen!

Und doch gab es keinen Zweifel, wer da gerade die Heerschar des Prinzen mit Feuer und Klauen vernichtete, als Ben die beiden Gestalten erblickte, die auf dem Rücken des Untiers hockten, als wäre das ein romantischer Vergnügungsritt. Rashuks Feueratem zog eine brennende Schneise durch Luars Armee und brannte sie von den Mauern herab.

Unter Keldans Männern kam neuer Kampfwille auf. Vom Anblick des Drachen angestachelt und der Sorge über nachrückende Angreifer entledigt, konzentrierten sie sich nun gesammelt darauf, die Rotröcke niederzumachen, die sich bereits in der Festung befanden. Ihrem Eifer konnten die Eindringlinge nichts entgegensetzen.

Ben hielt sich heraus, es hätte ohnehin keinen Unterschied gemacht. Stattdessen beobachtete er den Flug des Drachen. Das Prinzip der verbrannten Erde erlangte eine völlige neue Bedeutung. Als sie die Burg zum ersten Mal erobert hatten, hatte Keldan die Soldaten des Prinzen rekrutiert, statt sie zu töten. Rashuk kannte eine solche Zurückhaltung nicht. Ob seine Opfer kämpften oder flohen, war ihm egal – er verwandelte sie alle in Asche.

Ben hatte gewusst, dass dem Drachen nichts an Menschen lag. Wäre Keldan nicht so eine Memme, hätte er diese Waffe nicht zurückgehalten. Er hätte diesen Krieg längst gewinnen können. Stattdessen ließ er sie nach nicht existenten Dokumenten suchen und Ben musste für diese Feigheit büßen. Er ballte seine freie Hand zur Faust.

Als auch der letzte Posten in Flammen aufgegangen war, stieß Rashuk ein triumphierendes Brüllen aus. Unter dem Jubelgeschrei der Besatzer landete der Drache auf der Mauer. Keldan rutschte vom Rücken seines schuppigen Reittiers, streckte die Arme aus und half Nora herab.

Ihr Gesicht glühte vor Aufregung. Der Blick, mit dem sie den Fürsten bedachte, hätte aus einem schmalzigen Liebesfilm stammen können, B-Movie-Qualität. Einen Oscar würde sie dafür kaum bekommen. Ben hatte genug gesehen. Er wandte sich um.

»Ben!«

Klar, *jetzt* sah sie ihn. Kaum hatte er sich wieder umgedreht, flog sie ihm auch schon um den Hals.

»Ich hatte solche Sorge um dich!«

Definitiv kein Oscar.

Er stieß sie von sich. »Tu nicht so scheinheilig. Deinetwegen ist alles beim Teufel!«

Sie zuckte zusammen. »Aber … Ich wollte doch nur, dass alles gut wird. Wir haben gewonnen!«

»Nein.« Ben senkte die Stimme, als er anklagend auf Keldan deutete. Seine Worte waren nur für Noras Ohren bestimmt. »*Er* hat gewonnen. *Wir* haben alles verloren.«

Er wandte sich ab, ließ sich von der herandrängenden Menschenmenge verschlucken. Sollte sie doch mit ihrem Fürsten den Sieg feiern. Er war fertig mit Nora Winter und ihren Spielchen.

16. Kapitel

»Und seitdem hat er nicht mehr mit dir gesprochen?«

Elissa schenkte großzügig eine klare Flüssigkeit in zwei tönerne Becher. Allein von dem beißenden Geruch begannen Noras Augen zu tränen. Dennoch nahm sie einen Becher entgegen und leerte ihn in einem einzigen Schluck, ehe sie antwortete.

»Kein Wort seit der Schlacht.«

Und die war immerhin schon eine Woche her. Ben mied sie wie die Pest. Wenn er ihr doch einmal über den Weg lief, strafte er sie mit hasserfüllten Blicken und eisigem Schweigen.

»Und mit dir?«, fragte Nora.

Elissa stieß ein gehässiges Lachen aus. »Ich bezweifle, dass der feine Herr sich hierhertrauen würde.« Mit einem Kopfnicken deutete sie in das staubige Zwielicht der Gaststube.

Noch waren die Tische leer und ihre Unterredung ungestört, aber in den Abendstunden würde sich der Laden füllen – mit einsamen, betrunkenen Kerlen und willigen Damen. Keldan hatte die ehemalige Prinzessin zur neuen

Besitzerin der *Roten Knopse* ernannt, nachdem er die bisherige Herrin des Freudenhauses großzügig für ihr Etablissement entlohnt hatte – sein Wiedergutmachungsgeschenk für all die Dinge, die Elissa durch Luars Hand hatte erdulden müssen.

Wie sich herausstellte, profitierten beide gleichermaßen von dieser Lösung: Elissa war mit dem Metier bestens vertraut und sie war eine geschäftstüchtige Frau. Unter ihrer Leitung musste kein Mann und kein Freudenmädchen in Ramenda die Nächte alleine verbringen. Beglückte Bürger bedeuteten hohe Steuereinnahmen und auch Elissa schien mit ihrem neuen Leben vollauf zufrieden zu sein.

»Abgesehen davon kann dein Ben gerne bleiben, wo der Pfeffer wächst«, fügte Elissa hinzu, zog einen Lappen unter dem Tresen hervor und wischte damit über das Holz. »Ich weiß, man sollte niemandem nach seinem Verhalten in Ausnahmesituationen beurteilen. In Schlachten tun Männer nun einmal Dinge, die ihnen sonst nie in den Sinn kämen. Aber …« Sie schüttelte den Kopf. »Wieso gibst du dich mit diesem Kerl ab?«

Nora zuckte unglücklich mit den Schultern und schwieg.

»Und Keldan?«, fragte Elissa.

Das war das nächste Problem. Keldan war schwer beschäftigt, wollte ihr jedoch nicht verraten, womit. Nora vermutete, dass er sich in seinem Labor einschloss, denn die meiste Zeit war er unauffindbar. Es gab so viele Dinge, um die er sich kümmern musste, nun, da Luar tot war. Sie verstand das.

Was sie nicht verstand, war, dass er auch die Nächte über fernblieb. Seine Tür war stets versperrt, selbst für sie.

Nora hatte alles geopfert, und wofür? Ben hasste sie und Keldan ignorierte sie. Vielleicht behielt Ben recht und sie war für den Fürsten nichts als ein Techtelmechtel gewesen. Ein nettes Zwischenspiel, das nun seinen Reiz verloren hatte.

Sogar Rashuk ging ihr aus dem Weg. Nach allem, was passiert war, sollte sie über diesen Teil der Entwicklungen froh sein. Und trotzdem …

Sie seufzte. Trotzdem fehlte er ihr.

Elissa nahm Noras bekümmertes Schweigen als Aufforderung, die Becher erneut zu füllen.

»Rede mit ihm«, riet sie.

»Und wenn er mich leid ist?«

»Dann weißt du wenigstens Bescheid«, antwortete Elissa mit der Abgeklärtheit einer Frau, die ihren Lebensunterhalt mit Männern verdiente, die ihre Herzensdamen leid geworden waren.

Nora barg den Kopf in ihren Händen. Sie hatte Keldan vertraut. Sie hatte ihm ihr Herz geschenkt. Was, wenn das nun der schlimmste Fehler von allen gewesen war?

Elissa berührte sie tröstend an der Schulter und sagte sanft: »Aber falls du meine Meinung hören willst: Er wird dich nicht abweisen. Was auch immer ihn bewegt, er hat gewiss gute Gründe für sein Verhalten. Rede mit ihm.«

Mit einem Zipfel ihres Umhangs wischte Nora die Tränen von ihren Wangen und lächelte Elissa tapfer an. »Du hast bestimmt recht. Vielen Dank.« Ein wenig ungelenk rutschte sie von ihrem Hocker. »Es ist schon spät. Ich sollte jetzt besser gehen. Aber danke für deinen Rat. Und den Schnaps.«

Elissa zwinkerte ihr zu. »Für dich jederzeit. Komm bald wieder!«

»Versprochen.« Nora winkte ihrer Vertrauten zu und trat auf die Straße hinaus.

Der Tag neigte sich dem Abend zu und auf dem nahen Marktplatz ging das Geschrei der Händler zu Ende. Sie packten ein, was noch zu verkaufen war, und traten in den

Dreck, was in der Hitze des Tages verdorben war. Ein gewöhnlicher Tag in Ramenda.

Nora band ihr Pferd los und erklomm den Sattel. Eine Übung, die ihr zunehmend leichter fiel. Mit einem Zungenschnalzen drückte sie der Stute die Fersen in die Seiten und machte sich auf den Weg zur Burg. Sie ritt im Schritt, selbst als sie die Stadt hinter sich ließ und die verkohlte Einöde durchquerte, die sich seit dem Angriff vor der Burg erstreckte. Nicht, weil sie keine schnellere Gangart beherrschte, sondern weil sie Zeit brauchte, um nachzudenken.

Zeit, um den Mut aufzubringen, eine Antwort von Keldan einzufordern.

Sie hatte den Burghof bereits erreicht, als sie zu der Erkenntnis kam, dass sie diesen Mut nicht finden würde.

Nora war dankbar, dass niemand sie auf dem Weg in ihr Zimmer behelligte. Seit Elissa ihren Wohnsitz dauerhaft in Ramenda eingerichtet hatte, war dieser Teil der Anlage so gut wie verlassen. Luars Festung war nie eine Burg gewesen, die von hohen Damen bevölkert wurde. Nur Nora war noch hier. Sie und ihr schlechtes Gewissen.

Müde setzte sie sich auf ihr Bett, zog die Beine an und schlang eine Decke um ihren Leib.

Sie hätte in ihre Welt zurückkehren sollen, bevor sie alles zerstört hatte. Nach allem, was geschehen war, wie sollte sie Ben da gestehen, dass sie den Weg nach Hause gekannt hatte? Dass sie jederzeit hätten gehen können? Dass sie sein Leben völlig umsonst aufs Spiel gesetzt hatte, bloß weil sie den Gedanken nicht ertragen hatte, Keldan zurückzulassen? Weil sie die eine Woche, die ihr geblieben war, hatte auskosten wollen?

Sie hatte Ben keiner Gefahr aussetzen wollen. Der Angriff war zu früh erfolgt! Aber das änderte nichts daran, dass sie absolut egoistisch gehandelt hatte. Kein

Wunder, dass niemand mehr etwas mit ihr zu tun haben wollte.

Nora fühlte, wie heiße Tränen ihre Wangen hinabliefen, an ihrem Kinn aufeinandertrafen und dort verharrten. Sie wischte sie nicht weg. Wozu auch.

Das Siegel wird sie zu dir führen.

Nora hatte lange über diesen Satz gegrübelt. Eine Warnung, eindeutig. Rashuk hielt ihr Amulett für ein Siegel. Und es war das Symbol der Weltenwächter. Also waren es diese, die sie finden würden. So weit war alles klar. Die Frage war nur: Wieso kamen die Wächter nicht? Sie mussten die Veränderung der Geschichte doch ebenso gespürt haben wie Nora. Weshalb waren sie noch nicht hier?

Weil das Siegel nicht hier ist, deshalb!

Natürlich, Keldan hatte den Anhänger. In seinem Labor oder wo auch immer. Und deshalb fanden die Wächter nicht zu ihr. Von Keldan wollten sie nichts, er gehörte zur Geschichte. *Sie* war die Wanderin. Und wenn die Wächter sie fanden, dann ... Ja, was dann? Würden sie ihr das Siegel abnehmen? Sie zurück in ihre eigene Welt verfrachten? Vielleicht aber auch einfach beseitigen.

Das ist doch alles Quatsch. Trotzig wischte Nora nun doch ihre Wangen trocken. Niemand war hinter ihr her, und ihre Theorien, wie sie nach Hause zurückkam, waren eben nur das: Theorien. Sie hatte keinen Beweis dafür, dass es funktionierte, mit oder ohne Ben.

Andererseits ... Bei ihrer Großmutter hatte es doch auch geklappt. Irgendwie. Sie waren mitten aus den Geschichten verschwunden, ohne dass jemand das Buch hätte schließen müssen.

Und Oma hat mich vor den Wächtern gewarnt. War es ein Märchen gewesen, um ein Kind davon abzuhalten, alleine in unbekannte Welten zu reisen? Oder die Wahrheit?

Einmal mehr wünschte Nora, sie könnte mit Ben sprechen. Sich noch einmal hypnotisieren lassen. Herausfinden, was mit ihrer Großmutter geschehen war. Warum sie aus ihrem Buch nicht zurückgekommen war.

Ihrem Buch.

Nora wusste nicht einmal, welches es war. Oder vielleicht doch?

Was, wenn ich das Siegel besitze, das die Diebin der Gilde gestohlen hat – weil Oma diese Diebin war?

Konnte es wirklich so einfach sein? Musste sie nur das Buch *Valcheja* besuchen, um ihre Großmutter wiederzusehen?

Aber dort wäre sie eine junge Frau. Sie würde mich nicht erkennen.

Das war der Fluch an dieser ganzen Weltenreise-Sache. Der Grund, warum sie geschwiegen hatte. Sie wollte keine Fremde für Keldan werden. Doch nun … Von ihm ignoriert zu werden kam dieser Befürchtung irgendwie verdammt nahe.

Es klopfte. Sie zuckte zusammen, lauschte. Hatte sie sich das Geräusch nur eingebildet? Nein, das Klopfen wiederholte sich.

»Ja?« Ihre Stimme klang kratzig, rau von den Tränen. Sie stand auf und räusperte sich. »Ja?« Lauter diesmal.

Die Tür öffnete sich und herein kam Ben.

Sie wusste nicht, ob sie sich über diesen Besuch freuen oder ärgern sollte.

Noch ehe er die Tür hinter sich geschlossen hatte, kam Ben zum Punkt. »Ich habe nachgedacht. Wir sollten unsere Sitzungen wiederaufnehmen.«

Obwohl sie gerade erst selbst daran gedacht hatte, machten seine Worte Nora misstrauisch. »Wozu?« Was hatte Ben davon, wenn sie mehr über ihre Großmutter erfuhr?

»Ich wäre schon früher drauf gekommen, aber ohne meine Aufzeichnungen und mit all dem Chaos rundherum … Hast du etwa geheult?«

»Nein.«

Ben zuckte mit den Schultern. »Wir haben abgebrochen, weil dir die Sache mit deiner Großmutter zu viel wurde. Das verstehe ich. Aber wir waren einem Weg aus den Büchern auf der Spur. Einem Weg, bei dem wir nicht auf ein Ende angewiesen waren.«

»Ja …«

Irritiert zog er die Augenbrauen zusammen. »Wir können immer noch nach Hause! Begreifst du das nicht?«

»Doch.« Das begriff sie nur zu gut. Die Frage war nur immer noch dieselbe: Wollte sie das? »Vielleicht endet es ja von selbst«, wich sie aus. »Wenn wir die Krönungsfeier abwarten …«

»Es ist das falsche Ende, das hast du selbst gesagt! Das hilft uns nichts!«

»Vielleicht ja doch? Immerhin *ist* es ein Ende, und –«

»Was soll das? Wieso stellst du dich auf einmal so an?« Ben sah sie forschend an.

»Ich stelle mich überhaupt nicht an!« Sie wollte nur nicht, dass er in ihren Gedanken herumstöberte auf der Suche nach einer Antwort, die ihm nicht gefallen würde. Vor allem wollte sie ihm nicht hilflos ausgeliefert sein, wenn er herausfand, dass …

»Du weißt es«, stieß er verwundert hervor. »Du kennst den Weg hinaus!«

Schuldbewusst zuckte sie zusammen. *Zu spät.*

»Du wusstest es die ganze Zeit über, oder?«

»Ich bin mir nicht sicher.« Ihre Stimme war kaum mehr als ein Flüstern.

»Wir hätten es versuchen können!«, fuhr er sie an. »Warum hast du nichts gesagt? Was ist verflucht noch mal los mit dir, Nora? Ist dir überhaupt bewusst, in welche Gefahr du uns bringst? Das hier ist nicht nur eine Geschichte. Unser Leben hängt davon ab!«

»Das weiß ich doch! Ich wollte nur …« *Keldan nicht*

verlieren. Aber das konnte sie ihm schlecht auf die Nase binden.

Doch der Gedanke stand ihr offensichtlich deutlich ins Gesicht geschrieben. »Es ist Keldan, nicht wahr?«, fragte Ben.

Als sie nicht antwortete, kochte die Wut über, die inzwischen permanent unter seiner Oberfläche zu brodeln schien. »Du verfluchte Schlampe!«, brüllte er. »Du hättest uns rausbringen können, aber du musstest ja unbedingt das Betthäschen für den Fürsten spielen!«

»Ben ...«

»Ich hätte sterben können! Ist dir das egal?«

»Natürlich nicht! Es war doch alles nicht so geplant ...«

Ben stürmte auf sie zu. Ehe sie reagieren konnte, hatte er sie an den Schultern gepackt und warf sie grob gegen die nächste Wand. Der Aufprall raubte ihr einen schrecklichen Augenblick lang den Atem. Sie wand sich in seinem Griff, doch er ließ nicht locker. »Du bringst uns jetzt hier raus. Sofort!«

»Ich kann nicht.« Nora konnte die Tränen nicht länger zurückhalten. Er tat ihr weh. Und sie hatte Angst vor ihm.

»Du willst nicht!«, schrie er ihr ins Gesicht.

»Ich *kann* nicht!« Sie konnte kaum klar denken! Wie sollte sie da etwas bewerkstelligen, das sie bisher nie auch nur versucht hatte? »Lass mich los!«

Er stieß sie noch einmal gegen die Wand, ihr Kopf schlug schmerzhaft gegen den Stein. Lichter tanzten vor ihren Augen. Dann endlich ließ er von ihr ab. Sie sank schluchzend zu Boden.

»Ich hätte dich einweisen lassen sollen.«

Und ich hätte dich sterben lassen sollen. Der Gedanke erschreckte Nora. Doch in all der Kälte, die Ben nun in ihr hervorrief, traf sie endlich ihre Entscheidung.

Sie würde sich nicht von Ben zwingen lassen, Eldinor

zu verlassen. Wenn sie ging, dann unter ihren eigenen Bedingungen. Sie erhob sich und starrte Ben herausfordernd an.

»Was jetzt?«, fragte er.

Nora holte aus und verpasste ihm mit aller Kraft einen Kinnhaken.

»Von wegen Psychologe. Psychopath trifft es eher.« Nora rieb sich die schmerzende Hand. Ihr Schlag hatte gesessen, Ben war zurückgetaumelt und hatte sie nicht aufgehalten, als sie aus dem Zimmer gestürmt war.

Planlos lief sie durch die Festung, die sich zusehends leerte. Die Gefahr war gebannt, die Soldaten zogen ab, und wer nicht durch seine Pflichten an die Burg gebunden war, machte sich auf den Weg nach Tarrean, um rechtzeitig zu den Krönungsfeierlichkeiten dort einzutreffen. Die Zeremonie würde einen ganzen Tag dauern und es galt, sich die besten Plätze für die Schauspiele und Vergnügungen zu sichern. Nora musste sich darüber keine Gedanken machen, denn sie würde an Keldans Seite Platz finden. Vorausgesetzt, sie bekam ihn irgendwann wieder zu Gesicht und er hatte seine Absichten nicht geändert.

Sie seufzte. Was hatte sie sich nur gedacht? Ben hatte recht. Sie hätte ihn rausholen sollen, sie war es ihm schuldig. Was hielt sie hier? Die Illusion auf ein Leben mit Keldan? Der wollte sie doch nicht einmal sehen.

Sie hatte doch vorgehabt, Ben nach draußen zu schaffen! Es zumindest zu versuchen. Aber so, wie er sie angeschrien hatte … Als er sie an die Wand gedrückt hatte, hatte sie wirklich Angst gehabt, er würde ihr in seinem Zorn etwas antun. Ihm seinen Wunsch zu verweigern, war purer Instinkt gewesen. *Das hat er nun davon.* Sie öffnete und schloss ihre Hand ein paarmal. Der Schmerz ließ allmählich nach. Das hätte gerade noch gefehlt, dass sie sich seinetwegen irgendetwas gebrochen hätte.

Nora sah auf und stellte überrascht fest, dass sie sich bei ihrem Versuch, Ben aus dem Weg zu gehen, keineswegs willkürlich durch die Burg bewegte. Der Gang, in dem sie sich befand, war ihr nur allzu bekannt. Er führte zu Keldans Gemächern.

Sie zögerte, ihre Schritte wurden langsamer. Schließlich blieb sie stehen. Warum war sie hier?

Die Antwort war deprimierend. Weil sie Trost suchte. Ausgerechnet von dem Mann, der mitschuldig war an ihrer Misere. Aber war es nicht immer so? Nur derjenige, der einem Schmerz zufügte, konnte ihn auch beenden. Wenn Keldan sie in den Arm nehmen und sagen würde, dass alles gut war ... Doch das würde er nicht.

Warum also klopfte sie?

Mit bangem Herzen wartete sie auf eine Antwort. Sie kam nicht. Er war nicht da. Wieder einmal. Bestimmt war er in seinem Labor, und dort konnte sie klopfen, so viel sie wollte – ohne seine Zauberformel führte die Tür unter der Treppe nur in einen Wandschrank.

Sie machte kehrt – und lief Keldan direkt in die Arme.

»Sieh an«, schmunzelte der Fürst und baldige König. »Suchst du nach mir, Liebste?«

Nora gab sich unbeeindruckt, obwohl ihr Herz einen Sprung machte. »Hätte ich denn einen Grund dazu?«

»Als ob du einen Grund bräuchtest, du starrsinniges Geschöpf.« Er beugte sich zu ihr und drückte seinen Mund einladend auf ihren.

Sosehr Nora sich auch vorgenommen hatte, ihn wegzuschubsen – sie konnte es nicht. Stattdessen zog sie ihn näher heran, um in seinem Kuss all den Trost zu finden, den sie so sehr brauchte.

»Nur, damit du es weißt«, brachte sie hervor, »ich bin immer noch wütend auf dich.«

Er lachte sanft. »Und weshalb, meine Schöne?«

»Du hast mich die letzten Tage über einfach vergessen!«

»Du irrst dich. Das habe ich keineswegs.« Er küsste sie noch einmal. »Ich habe ein Geschenk für dich.«

Sie wollte erwidern, dass sie keine Geschenke brauchte, doch dann sah sie das Schmuckstück, das er in der Hand hielt. Und zugegeben: Ein klein wenig enttäuscht war sie schon.

»Du hast meine Kette repariert?«

»Ich habe sie reparieren *lassen*«, korrigierte er. »Dafür gibt es geschicktere Hände als meine.«

»Ach so. Danke.« Das erklärte seine Abwesenheit nicht im Geringsten.

Er trat hinter Nora, um ihr die Kette umzulegen. Kühl und glatt legte sich der Anhänger auf ihre Haut. Seine Finger strichen über ihren Hals. »Ich selbst habe mich währenddessen mit deinem Glücksbringer beschäftigt.«

Sie wurde nervös. Hatte er herausgefunden, was es damit auf sich hatte? Hatte er sie deshalb gemieden?

»Ich schließe mich Rashuks Meinung an. Ein Siegel ist zu gefährlich für dich, Wanderin.« Er drehte sie zu sich herum und strich sacht über ihre Wange. »Also habe ich es ein wenig sicherer gemacht.«

»Hä?«, erwiderte sie wenig geistreich.

»Wie die Vorsehung es so wollte, hast du den mächtigsten Zauberer von ganz Eldinor zum Verbündeten. Ich habe dein Siegel gewissermaßen versiegelt. Den Aufspürzauber unwirksam gemacht.« Er lächelte. »Nun ist dein Amulett wahrlich ein Glücksbringer. Solange du es trägst, wird immer ein Teil von mir bei dir sein.«

Er hatte an sie gedacht. Er hatte sich *Sorgen* um sie gemacht. Sie hatte sich geirrt. Das entschuldigte seine Abwesenheit tausendfach!

Nora schlang die Arme um seinen Hals und drückte ihn an sich, so fest sie nur konnte. Er erwiderte die Umarmung in gleicher Weise.

»Bedeutet das, du bist nicht länger wütend?«, murmelte er.

Nora schüttelte den Kopf. Wütend, Herrgott! Wütend war sie nur noch auf sich selbst. Und auf …

Ben! Den hatte sie vollkommen vergessen. Sie musste ihm aus dem Weg gehen, bis sie eine Lösung für dieses Problem hatte. Er war gefährlich. Wenn er sie mit Gewalt nicht einschüchtern konnte, was hinderte ihn daran, sie zu blitzdingsen? Er behauptete zwar, dass man mit Hypnose niemanden zu etwas zwingen konnte, was derjenige nicht wollte … Aber das war auch gar nicht nötig. Er brauchte ihr nur weiszumachen, dass sie genau das wollte, was er verlangte – und sie wäre ihm genauso ausgeliefert, wie Dulbar es am Kerkertor gewesen war.

»Können wir nach Tarrean gehen?«, fragte sie deshalb. »Zusammen?« Sie würde Keldan nicht noch einmal aus den Augen lassen.

Er lächelte. »Wann immer du es möchtest, meine Schöne.«

»Jetzt gleich? Nein, warte.« Eine Woche war eine lange Zeit gewesen. Schon seltsam, wie einem dieselbe Zeitspanne einmal wie ein bloßer Wimpernschlag und dann wieder wie eine Ewigkeit vorkam. Sie nahm seine Hand. Ein neckisches Grinsen stahl sich auf ihr Gesicht, als sie ihn zur Schlafzimmertür zog. »Danach.«

»Ich habe mich wohl geirrt«, murmelte Keldan schlaftrunken in Noras Ohr.

Sie wandte träge den Kopf, gerade weit genug, um ihn ansehen zu können. »Womit?«

»Mit meiner Annahme, du hättest es eilig, von hier fortzukommen.«

Nora lachte leise. »Du hättest mich nicht vernachlässigen dürfen.« Sie drückte einen Kuss auf seine Brust.

Doch seine Worte hatten ihre gute Laune vertrieben. Er hatte recht – sie würde sich besser fühlen, sobald sie Tarrean erreichten und in dem Schutz einer überfüllten Stadt untertauchen konnten.

Nora stemmte sich in die Höhe. Sie ließ die Beine aus dem Bett baumeln. »Warum hast du mich so genannt?«

Sie spürte eine Bewegung hinter sich, fühlte seinen Atem an ihrem Rücken. »Wie denn?«

Keldan liebkoste ihren Nacken. Keine leichte Aufgabe, sich dabei auf ein Gespräch zu konzentrieren.

»Du nanntest mich Wanderin. Rashuk hat denselben Begriff benutzt.«

»Das ist es doch, was du bist, nicht wahr?« Er zog sie in seine Arme. »Eine Weltenwanderin, eine Fremde in dieser Welt.«

Abrupt drehte Nora sich zu ihm herum. Keldan wich geschickt ihrem Ellbogen aus.

»Du wusstest es?«, stieß sie entgeistert hervor. Dieses ganze Getue, die Heimlichkeiten ... War das alles unnötig gewesen? Hatte sie einen Narren aus sich gemacht?

Er strich ihr sanft das Haar aus dem Gesicht. »Es gab ... Anzeichen. Dein Bruder verbirgt es besser, doch du bedienst dich von Zeit zu Zeit einer recht sonderbaren Wortwahl.« Mit einem Lächeln platzierte er einen Kuss auf Noras Nasenspitze. »Was ich übrigens äußerst charmant finde.«

Nora verzog schmollend den Mund. »Danke.« Sie griff nach ihrem Kleid und versuchte herauszufinden, welcher Stoffteil davon wohin gehörte. »Und wie lange weißt du es schon?«

»Sicher war ich erst, als Rashuk von der Resonanz erzählte.« Er hielt einen entscheidenden Stoffzipfel hoch, sodass Nora hineinschlüpfen konnte.

»Wovon?«, fragte sie, als sie mit dem Kopf wieder aus dem Kleiderwirrwarr hervorlugte.

Während Nora sich mit den Bändern abmühte, machte Keldan sich daran, seine Blöße zu bedecken.

»Der Reaktion deines Siegels«, erklärte er. »Bis dahin hatte ich deinen Anhänger für ein harmloses Schmuckstück gehalten, inspiriert von den alten Geschichten. Ich hätte nie vermutet … Eine Wanderin mit dem Siegel eines Wächters … Das ist eine ungewöhnliche Kombination, und auch gefährlich.«

»Bedeutet das, es gibt noch mehr Menschen wie mich?« Noch ehe sie die Worte ausgesprochen hatte, wurde ihr bewusst, wie albern sie klingen musste. Natürlich gab es noch mehr. Sie war nichts Besonderes. Aber sie war nicht länger allein. Der Gedanke beschwor in Nora eine Flutwelle an Gefühlen. Enttäuschung, Hoffnung, Furcht, Neugier, Sehnsucht …

Keldan band seine Hose zu. »Eine ganze Gemeinschaft davon. Doch darüber müsstest du besser Bescheid wissen als ich.«

»Nein.« Mutlos ließ sie sich zurück auf die Bettkante sinken. »Ich kenne niemanden wie mich. Bis auf meine Großmutter. Sie stammte aus einer anderen Welt als ich. Aber sie verschwand, als ich noch ein Kind war.«

»Verzeih, falls ich schmerzvolle Erinnerungen geweckt habe.«

Nora sah zu ihm auf. »Danke. Es ist seltsam. Es ist so lange her, seit ich an sie gedacht habe. Ich hatte sie beinahe vergessen. Dann fand ich dieses Buch, *Valcheja.* Und ich dachte … Ich dachte, diese Diebin wäre meine Großmutter. Dass ich sie gefunden hätte.«

»In einem Buch?« Keldan runzelte die Stirn.

Nora fluchte innerlich. Sie hatte zu viel ausgeplaudert. »Ich dachte, dass dieses Buch ihre Geschichte erzählt«, korrigierte sie sich.

»Nora, *Valcheja* ist ein Märchen, eine Parabel. Was darin geschrieben steht, ist nicht wirklich so geschehen.«

Und wenn ich in dieses Buch reisen würde? Dann würde *es geschehen.*

Als Nora das Buch gelesen hatte, war sie nicht hineingefallen. Sie hatte gedacht, es wäre, weil *Valcheja* den Ursprung aller Welten bildete. Doch nun verstand sie, dass dieses Buch sie nur gelehrt hatte, zu lesen, ohne zu reisen. Sie könnte es besuchen – wenn sie wollte.

»Die Wanderinnen sind eine Gilde, ähnlich jener der Wächter. Männer bilden die Gemeinschaft der Wächter, Frauen jene der Wanderinnen. Beide Gilden reisen durch die Welten, doch während die Wächter danach trachten, den Urzustand zu bewahren, werden Wanderinnen oft zum Herzen ihrer Welten. Auch, wenn dies nicht ihre Absicht ist.« Er küsste sie sanft. »So jedenfalls lautet die Erzählung. Du dagegen hast dich gewiss mit rücksichtslosem Vorsatz in mein Herz geschlichen.«

Wider ihren Willen musste Nora lachen. Dennoch wollte sie es jetzt wissen. »Und die Diebin?«

»Wer weiß? Eine Lüge, eine Metapher? Wahr ist die Feindschaft, die zwischen den beiden Gilden herrscht. Die Gemeinschaft der Wächter ist der Überzeugung, ihr würdet das Gleichgewicht der Welten stören. Deshalb habe ich dein Amulett mit Schutzzaubern versehen. Ich könnte es nicht ertragen, sollte dir etwas zustoßen.«

Dankbar hauchte Nora einen Kuss auf seine Lippen, doch ihre Gedanken liefen bereits weiter. War es das, wovor ihre Großmutter sie gewarnt hatte? Der Zorn der Weltenwächter? War das womöglich der Grund, weshalb sie verschwunden war? War sie den Wächtern zum Opfer gefallen, weil sie ihrem Herzen gefolgt war und eine Familie gegründet hatte in einer Welt, die nicht die ihre war? Was stand dann erst Nora bevor? Immerhin hatte sie den Verlauf der gesamten Geschichte verändert. Nachhaltig.

Sie ließ zu, dass Keldan sie in eine Umarmung zog. Für einen kurzen Moment gab sie sich dem tröstlichen Gefühl seiner Nähe hin. Sie wollte bleiben. In Eldinor, bei ihm. Aber …

»Ben möchte zurück.« Nora hielt sie den Atem an, während sie Keldans Reaktion abwartete.

»Und was möchtest du?«, fragte er.

Nora schwieg, aus Angst vor ihrer eigenen Antwort.

»Wie kam er überhaupt hierher? Er kann kein Wanderer sein.«

»Durch mich«, gab sie widerwillig zu. »Es war ein Missgeschick.«

»Ich verstehe.« Seine Hand strich unablässig über Noras Rücken.

Zu gern hätte sie ihm all das gesagt, was er hören wollte. Was sie sagen wollte. Doch über all dem schwebte die Erinnerung an Ben. Er war nicht länger bloß eine Verantwortung, er war eine Bedrohung geworden. Aber was sollte sie tun? Ihn in den Kerker werfen lassen? Sie verstand seinen Groll. Sie wollte nur nicht ihr Glück für seines opfern.

»Könntest du ihn nicht mit Magie fortschicken?«

Keldan schnaubte und löste sich von ihr. »Dein Vertrauen in meine Fähigkeiten ehrt mich, meine Schöne. Ich kann jedoch keinen Zauber sprechen, der unsere Welt mit einer verbindet, die ich nicht kenne – und die ich mir womöglich nicht einmal vorzustellen vermag.«

Mutlos sank Nora in sich zusammen. Immer wieder stand sie vor derselben Entscheidung. Und je länger sie wartete, desto schwerer fiel es ihr, sie zu treffen.

Zärtlich legte Keldan beide Hände an ihre Wangen und barg ihr Gesicht dazwischen. »Hör auf dein Herz, meine Schöne. Denk daran, dass wir beide verbunden sind. Nichts trennt uns, solange du es nicht wünschst.« Noch einmal küsste er sie. Es schmeckte nach Tränen und Abschied. »Geh, wenn du es musst. Vielleicht findest du deine Großmutter, eines Tages. Es heißt, Zeit sei relativ für diejenigen, die zwischen den Welten wandeln.« Er lächelte traurig. »Ich dagegen bin nur ein armer Sterblicher und für mich läuft die Zeit in vorgeschriebenen Bahnen. Und das bedeutet, wir müssen aufbrechen, um Tarrean noch vor Einbruch der Nacht zu erreichen.«

Dankbar für den Themenwechsel ergriff Nora seine Hand. »Ich dachte, nach Tarrean wäre es eine Reise von drei Tagen?«

Ein schelmisches Grinsen breitete sich auf Keldans Gesicht aus. Beinahe erreichte es auch seine Augen. »Nicht mit einem Drachen.«

17. Kapitel

Tarrean entsprach absolut nicht der Vorstellung, die Ben von einer mittelalterlichen Metropole hatte. Andererseits war er durch seine allzu wissenschaftliche Sicht der Dinge und den eher widerwärtigen Zuständen in Ramenda wohl etwas voreingenommen.

Im Gegensatz zu der kleinen Stadt am Fuß des Berges war Tarrean ein Musterbeispiel des romantisch verklärten Bildes, das Film und Literatur gerne präsentierten: von Holz- und Lehmhäusern keine Spur, sämtliche Gebäude waren aus festem Stein gefertigt und sehr geräumig. Die Straßen waren sauber und ebenmäßig gepflastert und anstelle des Gestanks nach Unrat und Fäkalien herrschte der Duft von gebratenem Fleisch und süßen Krapfen vor.

Von den Fenstern und Dächern wehten bunte Wimpel in Grün und Gold, Blumengirlanden schmückten die Häuserfronten. Der Lärmpegel war enorm; Musik, Gelächter und fröhliches Geschrei tönten durch die Straßen.

Kurzum: Die ganze Stadt vibrierte geradezu dank einer Feierlaune, die Ben nicht teilen konnte. Er fühlte sich wie der Gast einer Hochzeitsfeier, der als Einziger erkannte, dass es sich eigentlich um eine Beerdigung handelte.

Mürrisch zwängte er sich durch die plaudernde und tanzende Menge. Mit jeder Person, die er dabei rammte, sank seine Laune noch ein paar Grad tiefer. Dass Nora eine sture, egoistische Person war, hatte er gewusst. Doch dass sie einfach verschwand, ohne jede Vorankündigung, setzte dem Ganzen die Krone auf. Und natürlich war sie bei *ihm.* Wo auch sonst.

Von seinem Zorn abgelenkt, achtete Ben nicht auf den Weg und wurde grob zur Seite gerempelt, als zwei Männer im Laufschritt durch die Straße eilten. Zwischen sich trugen sie eine Bahre, auf der sich ein blutiger Ritter krümmte. Ein faustdicker, bunt bemalter Holzsplitter ragte aus seinem rechten Auge.

Wenigstens bin ich nicht der Einzige, der dieses Fest grauenvoll findet. Der Kerl da wünscht sich bestimmt auch, er wäre zu Hause geblieben.

Der Laune des Pöbels tat der Anblick des Verletzten keinen Abbruch, im Gegenteil. Sie grölten ihm hinterher, winkten mit Tüchern und drängten unbeirrt weiter in die Richtung, aus der man den Ritter abtransportiert hatte. Eine besonders dreiste Dirne rief ihm nach: »Soll ich dich von deinen Schmerzen ablenken, mein Hübscher? Zwei Pfennige für dich, ein Sonderpreis!«

Kopfschüttelnd folgte Ben dem allgemeinen Streben, auch wenn es ihn weiter aus der Stadt hinauszuführen schien. Wo auch immer die Leute hinwollten, dort befand sich das Herz dieser Feierlichkeiten – und dort würde er Nora finden.

Als die Stadtmauer in Sicht kam, öffnete sich die Straße zu einem weiten Platz, der sich bis zur Mauer hin erstreckte. Das Gedränge wurde hier noch heftiger, denn der Großteil der Fläche war abgeriegelt und wurde von einem gigantischen Turnierplatz eingenommen.

Die Tjost war in vollem Gange. Unter dem Jubel der Menge gaben die beiden Kontrahenten ihren Pferden die Sporen. Sie legten die Lanzen an und galoppierten mit donnernden Hufschlägen aufeinander zu. Nur wenige Sekunden, dann prallten sie gegeneinander. Die Lanzen trafen schlecht, rutschten von den Rüstungsplatten ab. Die Reiter wendeten. Jemand rief einen Befehl und sie gingen erneut aufeinander los. Diesmal trafen sie. Der Ritter mit dem Pantherschild zerschmetterte seine Lanze am Schild seines Gegners und büßte prompt dafür. Seine eigene Brust war ungeschützt, sein Gegner traf und hebelte ihn aus dem Sattel. Mit einem Krachen schlug der Panthermann auf dem festgetrampelten Boden auf.

Die Menge tobte. Der Sieger hob seine Lanze senkrecht in die Luft und trabte zu seiner Ausgangsposition zurück. Helfer eilten herbei, um den Panthermann wieder auf die Füße zu stellen. Etwas ungelenk verbeugte er sich.

Allerdings nicht zum Publikum.

Erst jetzt bemerkte Ben die Tribüne, die sich am anderen Ende des Platzes befand, direkt an der Stadtmauer. Ben verfluchte seine Kurzsichtigkeit. Selbst mit Brille konnte er auf diese Entfernung keine Gesichter erkennen – doch er würde jede Wette eingehen, dass es Nora und Keldan waren, die dort auf ihren Stühlen hockten und sich von den kämpfenden Rittern bespaßen ließen.

Hatte Nora auch applaudiert, als dem armen Kerl von vorhin die Lanze in den Kopf gerammt worden war? War sie bereits zu einer der blutgierigen Schaulustigen geworden, ein Teil von Eldinor?

Ben bebte vor Wut. Es kümmerte sie nicht im Geringsten, was aus ihm wurde. Sie dachte nur an sich. Die Infektion seiner Wunde hatte sie nicht umgestimmt, und auch nicht, dass er wiederholt sein Leben im Kampf riskieren musste. Sie würde ihn niemals nach Hause bringen. Jedenfalls nicht freiwillig.

Ben hatte einen Plan, doch dazu musste er näher an seine einstige Begleiterin heran. Das Turnier war nicht der geeignete Ort dafür. Zu viele Zeugen. Zu viele Wachen.

Nora hatte nie verstanden, warum Mädchen davon träumten, Prinzessin zu werden. Vielleicht hatten ihre Besuche in Büchern ihr zu früh die romantische Vorstellung vom Leben bei Hofe zerstört. Ihrer Erfahrung nach waren Prinzen eingebildete Snobs voller Komplexe, Könige geldgierige alte Säcke und Prinzessinnen vor allem eines: unglücklich. Was vermutlich daran lag, dass die meisten von ihnen blindlings den erstbesten Prinzen heirateten, der zufällig des Weges kam, sobald sie sich in einer brenzligen Situation befanden.

Doch nun, da sie an Keldans Seite thronte und von aufmerksamen Dienern umschwänzelt wurde, während Ritter und edle Damen ehrerbietig die Häupter in ihre Richtung neigten ... musste Nora zugeben, dass sie der ganzen Sache durchaus einen gewissen Reiz abgewinnen konnte. Sie lächelte Keldan zu. Er griff nach ihrer Hand und drückte sie.

Sie war froh, dass sie nicht erst zur eigentlichen Krönungszeremonie angereist waren. Das Volk musste seinen zukünftigen König sehen. Ihre Ankunft auf einem Drachenrücken war der allgemeinen Meinung über Zauberer nicht zuträglich gewesen, aber allmählich fassten die Menschen Vertrauen. Möglicherweise trug auch der Wein dazu bei, der in ganz Tarrean seit Tagen in Strömen floss. Die Hauptsache war, dass das Volk in Keldan nicht länger einen Feind sah, der ihren rechtmäßigen König ermordet hatte. Keldan hatte recht: Luar wurde nicht vermisst.

Dennoch würde es eine Erleichterung sein, wenn die

Krönung vorüber und alles geregelt war. Ein König war schwieriger zu beseitigen als ein Thronanwärter, hoffte Nora. Aber vermutlich hielt sie noch zu sehr an Gesetzen und moralischen Vorstellungen fest, die in dieser Welt keine Bedeutung hatten.

Sie würde sie ablegen. Sie würde sich anpassen. Vielleicht würde sie sogar irgendwann verstehen, was Männer daran amüsant fanden, einander gegenseitig aus dem Sattel und in den Dreck zu schubsen. Die Frauen hier schienen diese Begeisterung jedenfalls zu teilen. Als der nächste Herausforderer mit seinem Ross auf das Feld trabte, brüllten sie lauter als das Mannsvolk. Der Ritter hielt vor ihrer Tribüne an und hob sein Visier. Augenblicklich verstand Nora das Gekreische der Weiber.

»Euch zur Ehre, Majestät«, grüßte der Schönling, wie es auch schon seine Vorgänger getan hatten. »Wünscht mir Glück, holde Dame«, fügte er mit einem respektvollen Nicken in Noras Richtung hinzu.

Sie nickte zurück, aber Glück wünschte sie ihm nicht. Keiner der anderen Turnierkämpfer hatte bisher eine solche Gunst verlangt, also warum sollte der hier die Ausnahme darstellen? Gleiches Recht für alle.

Der Ritter begab sich auf seine Position und nahm von seinem Knappen die Lanze entgegen.

Ein leises Glucksen drang an Noras Ohr.

»Was ist so lustig?«, murmelte sie.

»Nichts«, antwortete Rashuk.

Auch Keldan begann zu grinsen.

»Lacht nur. Wäre ich seinem Charme erlegen, hättest du das bestimmt weniger amüsant gefunden.«

»Das ist richtig. Und aus diesem Grund lache ich«, gab der Fürst zurück. Er winkte dem Herold zu, der daraufhin zum Angriff brüllte.

Gerade wollte Nora noch eine Bemerkung fallen lassen über Männer, Holzstecken und die Not, etwas zu kompensieren, da trafen die beiden Reiter aufeinander. Lanzen brachen, der Schönling katapultierte seinen Kontrahenten aus dem Sattel. Die Menge jubelte.

»Das ging ja schnell.«

Aber irgendetwas stimmte nicht. Der Ritter stand nicht wieder auf.

Seine Helfer eilten hinzu, winkten. Eine Trage wurde gebracht. Sie legten den Ritter darauf und zogen ihm den Helm vom Kopf. Darunter kam ein blutiges Gesicht zum Vorschein. Ein Teil der Lanze steckte darin.

»Oh Gott.« Nora schlug die Hände vor die Augen und wandte sich ab.

Sie hatte schon viele Grausamkeiten mit ansehen müssen. Doch das war etwas anderes gewesen; im Krieg wurden Menschen verletzt. Das hier sollte ein Fest sein! Niemand sollte bei einem Fest einen Holzpflock ins Auge gerammt bekommen.

Sie fühlte Keldans Hand auf ihrem Unterarm. Mehr war ihm in der Öffentlichkeit nicht möglich, das wusste sie. Trotzdem wünschte sie sich, sie könnte hier und jetzt ihr Gesicht in seinen Armen vergraben.

»Keine Sorge. Meister Aldeban wird sich um ihn kümmern«, sagte er.

Das tröstete sie nur bedingt.

»Er wird vermutlich das Auge verlieren. Aber er wird leben.« Der zukünftige König drückte ihren Arm. »Solche Dinge geschehen. Sei stark. Alle sehen zu dir hin.«

Und schon fing er an, der unangenehme Teil des Prinzessinnendaseins. Keldan hatte recht, sie benahm sich zu auffällig. Niemand sonst schien dem Unfall Bedeutung beizumessen.

Sie hatte immer noch eine Tarnung aufrechtzuerhalten. Also nickte sie, wischte ihre Augen trocken und straffte die Schultern. Sie konnte stark sein. Für ihn bestimmt.

Sie blickte dem nächsten Herausforderer entgegen. Ein

uninteressanter Kerl mit einem Panther als Wappentier. Unaufgefordert wünschte Nora ihm viel Glück.

Die Zahl der Wettstreiter schien kein Ende zu nehmen. Bei jedem weiteren Reiter, der zu Boden ging, hoffte Nora, es wäre der letzte. Doch immer war da noch einer, der sich beweisen musste. Und noch einer. Den gesamten Tag verbrachten sie auf dem Turnierfeld.

Immerhin gab es keinen weiteren Unfall von solcher Tragweite. Zur Freude der Damen war es Iulian der Schöne, dem Nora ihr Tuch überreichen musste. *Eine magere Belohnung für all das Risiko*, dachte sie. Bis Keldan sie darüber aufklärte, dass der Sieger nicht nur die Ausrüstung, sondern auch die Pferde seiner Gegner gewann. Ein Vermögen.

Und er würde heute Nacht gewiss nicht in einem Bett nächtigen, das er selbst bezahlen musste.

Keldan bot Nora seine Hand an. Dankbar griff sie danach und zog sich auf die Beine. Ihre Füße kribbelten und ihr Hintern schmerzte vom stundenlangen Sitzen auf den kunstvoll geschnitzten, aber verdammt unbequemen Holzstühlen. Sie war froh, dass ihr das Kichern des Drachen zu denken gegeben hatte, als sie ihren Becher wiederholt mit Wasser hatte füllen lassen. Pinkelpausen waren nichts für stolze Ritter und auf die holden Damen brauchte man offenbar keine Rücksicht zu nehmen.

»Und was nun?«, fragte sie, während sie möglichst unauffällig die Füße schüttelte, um wieder Blut in ihre Beine zu bekommen.

»Das Festmahl wird bereits vorbereitet. Das wird eine lange Nacht.«

So viel zu ihrem Plan, Keldans letzte Nacht als Nicht-König zu genießen. Keine Zeit für Zweisamkeit an diesem Hof.

Als hätte er ihre Gedanken erraten, stahl sich ein verschmitztes Lächeln auf seine Lippen. »Danach bin ich ganz Dein, sei unbesorgt.«

»Na, wenn das so ist …« Sie legte ihren Arm auf seinen. »Dann folge ich dir selbst in die Höhle des Löwen.«

Immerhin war es bloß ein Festmahl. Was konnte dabei schon schiefgehen?

Kerzen erhellten die imposanten Hallen des Schlosses. Die hohen, säulengestützten Decken und bunten Glasfenster erinnerten Ben eher an ein Kirchenschiff als an einen Palast. Im Vergleich zu diesem Prunkbau war die Festung des Prinzen eine schäbige Absteige.

An den Wachen am Eingangstor war Ben ohne Probleme vorbeigekommen. Einer davon kam ihm vage bekannt vor. Vielleicht hatten sie gemeinsam gekämpft. Vielleicht waren sie einander auch bloß einmal begegnet. Ben legte keinen Wert darauf, sich zu erinnern. Die Zeit für Freundschaften war vorbei.

Als er weiter ins Innere des Schlosses vordringen wollte, aus dem das fröhliche Gelächter und Geklapper des Festmahles drangen, verweigerten ihm zwei Hellebardenträger den Zutritt.

»Nur für geladene Gäste«, erklärten sie einstimmig.

Ben ließ sich davon nicht beirren. Mit derartigem Widerstand hatte er gerechnet. Er runzelte missbilligend die Stirn, musterte die beiden von oben bis unten und erklärte dann: »Und wer hat euch zwei Hampelmänner damit beauftragt, das zu überprüfen? Zu Herrn Keldans Männern gehört ihr nicht.«

Die Wachmänner warfen einander irritierte Blicke zu.

»Stadtwache von Tarrean«, erklärte der eine.

»Und wer bist du?«, fragte der andere.

»Ich bin Herr Keldans Berater, ich gehöre zu seinem

engsten Rat.« Ben gestattete sich nicht den geringsten Zweifel daran, dass er in diesem Rat noch willkommen war. Ein Zögern hätten die Wachen bemerkt, Hampelmänner hin oder her.

»Das kann jeder behaupten.«

»Beweise es.«

Ben seufzte theatralisch. »Nun, ihr könnt gerne Herrn Keldan selbst befragen, wenn euch danach ist, ihn bei seinen Feierlichkeiten zu stören. Oder ihr versucht es mit Rashuk, dem Drachen, der sich zweifellos in seiner Gesellschaft befindet.«

Die beiden sahen einander ratlos an. Die Feier zu stören, das wagten sie nicht. Und genau darauf hatte Ben spekuliert.

»Ihr könnt es euch natürlich auch leicht machen und eure Kameraden am Eingang fragen. Denn im Gegensatz zu euch dienten sie bereits unter meinem Kommando.«

Das war etwas weit hergeholt, konnte er sich doch an einen der beiden nur ein wenig und an den anderen überhaupt nicht erinnern. Aber für Zimperlichkeiten war es zu spät. Er musste Nora abpassen, bevor sie sich in ihre Gemächer zurückzog. Also vertraute er auf sein Glück.

Hampelmann Nummer eins eilte los. Der Stiel seiner Hellebarde klapperte über die marmornen Bodenplatten. Und so was stellte Keldan als Wache ab.

Es dauerte nicht lange, bis der Wachposten zurückkam. »Verzeiht, Herr. Wir sind mit dem Gefolge seiner Majestät noch nicht umfassend vertraut. Selbstverständlich dürft Ihr eintreten.«

»Danke.« Ben ließ die beiden hinter sich.

Majestät war es nun also schon. Keldan vergeudete wahrlich keine Zeit. Ben folgte der munteren Geräuschkulisse durch die Gänge. Auch hier war alles sauber und ordentlich. Kandelaber leuchteten ihm in regelmäßigen Abständen den Weg, bis er sich schließlich in einer weiteren großen Halle wiederfand.

So leer, wie diejenige am Eingang gewesen war, so vollgestopft war diese hier. Vier Tafeln nahmen den Großteil des Raumes ein. Eine illustre Gästeschar, der Kleidung und dem Gebaren nach zu urteilen allesamt adelig, reihte sich auf edlen, gepolsterten Stühlen. Dazwischen bewegte sich eine ganze Heerschar Diener, die exquisite Speisen auftrugen und eifrig Wein nachschenkten, denn die Gäste langten herzhaft zu. Allein von dem Geruch wurde Ben ganz mulmig. Er war die ganze Zeit über so darauf fixiert gewesen, Nora aufzusuchen, dass er völlig vergessen hatte, eine Mahlzeit zu sich zu nehmen.

Doch so wie es aussah, war das Glück Ben hold. Er fand einen freien Platz am Rand einer Tafel. Seine Sitznachbarn waren bereits so angeheitert, dass sie nicht einmal nachfragten, wer er war oder weshalb er erst so spät aufkreuzte. Er war einfach einer mehr, mit dem sie anstoßen konnten.

Von hier aus hatte Ben einen guten Blick auf die Empore und somit auf die fünfte, weitaus kleinere Tafel, die dort platziert war. Zehn Leute hatten das Privileg, dort zu speisen. Acht davon waren ihm völlig unbekannt. Die beiden anderen kannte er nur zu gut.

Voller Hass beobachtete er die ständigen, scheinbar zufälligen Berührungen, die Nora und Keldan austauschten. Als könnten sie es gar nicht erwarten, wieder übereinander herzufallen. Doch das konnten sie vergessen. Heute Nacht würde es kein Schäferstündchen geben.

Ben griff nach dem Becher Wein, den ein zuvorkommender Diener für ihn gefüllt hatte. Heute Nacht würde nur einer bekommen, was er wollte.

Ungeduldig beobachtete Nora, wie ein schwankender Gast nach dem anderen das Festmahl verließ – die wenigsten durch die Tür. Die meisten kippten einfach vom Stuhl und schliefen ihren Rausch unter dem Tisch aus. Manche auch auf der Tischplatte.

»Ich denke, es ist an der Zeit, dass wir uns zurückziehen«, flüsterte Keldan ihr zu.

Dem konnte Nora nur zustimmen. Auffallen würde ihre Abwesenheit in dieser besoffenen Gesellschaft ohnehin niemandem.

Als sie aufstand, bemerkte sie, dass sie ebenfalls alles andere als nüchtern war. Sie suchte Halt an Keldan, der ihr großzügig einen Arm um die Taille legte. Ihm war absolut *nichts* anzumerken. Dabei hatte er mindestens das Doppelte getrunken. *Männer!*

Nora ließ sich von ihm die Empore hinabführen. Mit jedem Schritt fühlte sie sich ein wenig besser. Der Boden hörte auf zu schwanken und ihre Bewegungen gewannen an Sicherheit. Sie brauchte bloß frische Luft, das war alles. Die vielen Leute, das offene Feuer, das üppige Essen …

Sie stutzte.

»Ist alles in Ordnung?«

»Ja. Verzeih.« Nora lächelte Keldan unsicher zu. »Ich dachte nur, ich hätte etwas gesehen.«

Sie musste betrunkener sein, als sie dachte. Oder sie wurde allmählich paranoid. Für einen Moment hatte sie geglaubt, Ben in der Menge auszumachen. Aber der wäre ihr doch bestimmt schon früher aufgefallen. Außerdem war er jetzt verschwunden. Sie könnte Rashuk darauf ansetzen, das Schloss zu durchsuchen … und sich damit endgültig blamieren. Sie hatte es sich nur eingebildet. Ben wäre niemals so dumm, hier aufzukreuzen.

»Es ist nichts«, bekräftigte sie. »Lass uns gehen.«

Ben atmete auf. Das war verdammt knapp gewesen. Zum Glück war sein Sitznachbar zu betrunken, um Einspruch zu erheben, als Ben kurzerhand den Kopf auf dessen Schulter platziert und den Bewusstlosen gemimt hatte. Er war nur einer von vielen, niemand, an dem Noras Blick länger als einen Augenblick lang hängen blieb.

»Es ist nichts«, hörte er sie sagen. »Lass uns gehen.«

Ben wartete, bis ihre Schritte sich entfernt hatten. Dann erst wagte er es, aufzusehen.

Nora schmiegte sich eng an Keldan, sein Arm lag um ihre Hüfte, die Hand ruhte ein wenig zu tief, um noch als gesittet zu gelten. Sie flüsterten miteinander. Freuten sich vermutlich darüber, dass sie ihn so leicht losgeworden waren.

Aber da irrten sie sich. Er war noch hier.

Ben schnappte sich das Messer vom Teller seines Nachbarn und folgte ihnen.

Keldan ließ sich von einem Diener einen silbernen Kerzenhalter reichen. Der Weg zu den Gemächern der Gäste war hell erleuchtet, doch bei sich selbst bestand Keldan auf Diskretion. Solange die Krönung ausstand, wollte er seinen Aufenthaltsort nicht preisgeben.

Wenigstens bin ich nicht allein mit meiner Paranoia. Der Gedanke ließ Nora auflachen. Sie waren angespannt. Wer wäre das nicht, bei all dem, was geschehen war? Und bei dem, was ihnen noch bevorstand. Wenn Keldan erst einmal König war …

»Es gibt da etwas, das ich mit dir besprechen möchte.«

Abrupt wurde Nora aus ihren Träumereien gerissen. Keldans Stimme klang ernst, von Bettgeflüster keine Spur.

Nur mit Mühe gelang es ihr, das Zittern in ihrer eigenen zu unterdrücken. »Was denn?«

Statt eine Antwort zu geben, verstärkte Keldan seinen Griff um ihre Taille, zog sie noch einen Gang weiter, bis sie völlig für sich waren. Dann nahm er ihre Hand in seine und sah sie eindringlich an.

»Ich habe nachgedacht.«

»So?« Sie zwang ein Lächeln auf ihr Gesicht. »Worüber denn?«

»Über uns.«

Noras Finger wurden taub. Was gab es denn da zu besprechen?

»Wenn ich morgen zum König gekrönt werde, gehen damit auch gewisse ... soziale Verpflichtungen einher.«

Nora sah ihn stumm an. Das klang nicht erfreulich.

Er holte tief Luft. »Was ich damit sagen möchte: Von einem Herrscher wird erwartet, dass er als Vorbild dient, in jeder Hinsicht. Ich kann es mir in dieser Position nicht erlauben, eine derart ungebundene Liaison zu unterhalten.«

»Liaison?« Das war sie also für ihn? Eine kurze Affäre?

Nora versuchte, ihm die Hand zu entziehen, doch er hielt sie fest. »Bitte versteh doch. Ich weiß, es kommt etwas unvermutet.«

Allerdings. *Das kannst du mir nicht antun! Nicht nach allem, was ich deinetwegen durchgemacht habe!* Er hatte ihr Hoffnungen gemacht. Wie hatte sie nur so dumm sein können, zu glauben, sie wäre für ihn mehr als eine Gespielin – ein kleiner Zeitvertreib, bis er sein Ziel erreicht hatte?

»Lass mich los.« Ihre Stimme zitterte. Sie wusste nicht, wie lange sie sich noch beherrschen konnte. Und ganz sicher wollte sie ihn nicht ihre Tränen sehen lassen. Oder ihre Wut.

Keldan sah aus, als hätte sie ihm eine Ohrfeige verpasst. »Aber ...« Er setzte noch einmal an. »Dann möchtest du nicht den heiligen Bund mit mir eingehen?«

Den was? Nora glaubte, sich verhört zu haben. »Wovon sprichst du?«

»Nun, da morgen alle notwendigen adeligen und geistlichen Zeugen anwesend sind und ohnehin zum Fest geladen ist, dachte ich, wir könnten den bürokratischen Aufwand vermeiden und die Gunst der Stunde nutzen …«

»Warte, warte!« Das war eindeutig zu viel Information für diese Uhrzeit und ihren derzeitigen Zustand. »Was?«

»Ich möchte, dass du mir morgen deine Hand zum Ehebund reichst. Ich möchte dich an meiner Seite, als meine Königin.«

»Du willst, dass ich dich *heirate?*«

»So ist es.«

»Morgen?!«

Er nickte ernst. »Was sagst du dazu?«

Nora wurde schwindelig. Im einen Augenblick dachte sie, er wollte sie loswerden, und im nächsten Moment *das.* Ihren Heiratsantrag hatte sie sich anders vorgestellt, mit einem Kniefall, Sekt und einem Ring. Aber genau genommen lief ihr Leben ja nie ab wie geplant. Vielleicht sollte sie endlich aufhören zu planen, und anfangen, zu tun. Sie wollte in Eldinor bleiben. Sie wollte ihr Leben an Keldans Seite verbringen. Was also gab es zu überlegen?

Nora drückte die Hand, in der Keldan die Kerze hielt, beiseite und schmiegte sich in seine Arme. Sie fühlte seinen kratzigen Bart an ihrer Wange und die Wärme seines Körpers an ihrem.

»Ja«, flüsterte sie.

»Nein!«, brüllte jemand hinter ihr.

Bens Ausruf kostete ihn den Vorteil der Überraschung, doch er konnte seinen Zorn nicht länger im Zaum halten.

Die beiden machten einen auf Turteltäubchen und ewige Liebe. Und er? Er sollte einfach artig beiseitetreten und die beiden ihrem Glück überlassen? Mit welchem Recht stellte Nora ihr Schicksal über seines?

Sie sah in seine Richtung, blinzelte. Versuchte, die Schatten zu durchdringen, in denen Ben sich verbarg. Das Licht der Kerze blendete sie, doch sie brauchte ihn nicht zu sehen, um ihn zu erkennen.

»Ben?«, fragte sie zaghaft. »Bist du das?«

Er trat ins Licht, das Messer drohend auf sie gerichtet. Auf sie und den falschen König, der Nora hinter sich schob, als könnte er sie dadurch beschützen. Als hätte er auch nur die geringste Ahnung, was Ben gerade durchmachte. Wozu er bereit war.

»Bist du von Sinnen?«, donnerte Keldan. »Leg das Messer fort, auf der Stelle!«

Ben ignorierte ihn. Seine Aufmerksamkeit galt Nora.

»Was bildest du dir eigentlich ein, du verrückte Kuh?«, schrie er sie an. »Du willst ihn heiraten? Vielleicht noch ein paar Kinder bekommen? Hierbleiben, bis du alt und runzelig bist? Nicht mit mir, das kann ich dir versprechen!«

»Ben, du verstehst nicht …«

»Ich verstehe sehr gut!«, brüllte er.

Er machte sich keine Gedanken, ob jemand ihn hören konnte. Sie waren weit genug vom Festsaal entfernt und die Wachen hatten sich bereits vor zwei Stunden zum Gelage gesellt. Niemand würde kommen, um den beiden zu helfen. Niemand würde sich ihm in den Weg stellen.

Mit dem Messer deutete er auf Keldan. »Du willst nicht zurück, weil du den da verlierst. Ist es das? Bu-huh. Na und? Denkst du, ich habe in unserer Welt nicht auch Menschen zurückgelassen, die mir am Herzen liegen? Familie. Freunde.«

»Du hast doch gesagt, dass dich niemand vermisst …«

»Für ein Wochenende! Nicht ein Leben lang!« Ben tat einen Schritt auf sie zu und machte eine ausholende Geste, die das gesamte Schloss umfasste. Verflucht, diese gesamte rückständige *Welt.* »Das hier kann doch nicht dein Ernst sein!«

»Ich dachte, du fändest es spannend hier ...«

»Wie naiv bist du eigentlich?« Noch einen Schritt. Sie zuckte zurück. »Hier gibt es nichts für mich, das ist alles nicht echt!«

»Doch, das ist es!« Nora wollte ihm entgegentreten, aber Keldan hielt sie zurück. Der musste sich auch wirklich in alles einmischen.

»Wenn der Kerl da nicht wäre, gäbe es auch für dich hier nichts, was dich hält!«

»Ben ...«

Die Zeit zu plaudern war vorbei. Ben packte sein Messer fester und holte aus.

Bevor Nora reagieren konnte, hatte Keldan sie zur Seite gestoßen und warf sich Ben entgegen. So viel Vertrauen Nora auch in seine Kampffähigkeiten hatte – er trat mit einer Kerze gegen ein Messer an.

Bens ersten Angriff konnte er abwehren, indem er ihm die Flamme ins Gesicht stieß. Der Psychologe sprang mit einem Aufschrei zurück. Das Licht der Kerze flackerte, und als Keldan zum nächsten Schlag ausholte, erlosch es ganz. Dunkelheit hüllte sie ein.

»Lasst diesen Blödsinn!«, rief Nora.

Sie hörte dumpfe Schläge und angestrengtes Keuchen. Was geschah da? Diese verdammte Kerze! Irgendwo musste sie doch Licht herbekommen! Sie sah sich um, was natürlich zwecklos war. Jemand stöhnte. Metall schabte über Stein.

Allmählich gewöhnten ihre Augen sich an die Finsternis und sie konnte zwei Gestalten erkennen, die miteinander rangen. Aber es waren nur Schatten. Welcher davon war nun Keldan und welcher Ben? Unsicher trat Nora einen Schritt näher.

»Bleib stehen!«, hörte sie Keldans Stimme.

Gleich darauf stöhnte er auf und der linke Schatten taumelte zurück. Der andere setzte ihm nach. In seiner Hand erahnte Nora etwas Spitzes.

Das Messer!

Wieder droschen die beiden aufeinander ein. Offenbar konnte Keldan der Klinge ausweichen, aber er versuchte immer noch, Ben zu schonen. Der wiederum kämpfte mit der Verbissenheit eines Mannes, der nichts mehr zu verlieren hatte.

Nora konnte nicht länger tatenlos zusehen, sie packte Bens Arm und wollte ihn von ihrem Liebsten wegziehen. »Hör sofort auf, lass ihn los!«

Ihre Bemühungen brachten Keldan einen Schnitt quer über den Arm ein. Er ließ den Kerzenhalter fallen. Scheppernd landete das Ding am Boden und rollte gegen Noras Fuß. Ben nutze ihren Schreck und trat mit aller Gewalt nach seinem Gegner. Keldan wich zurück. Nora hängte ihr ganzes Gewicht an den Arm des Psychologen. Sie würde nicht zulassen, dass er Keldan noch mehr verletzte.

Ben rammte ihr den Ellbogen in den Magen. Schmerz explodierte in ihrem Körper, ließ sie zusammenklappen. Und so sehr sie auch nach Luft schnappte, ihre Lunge weigerte sich, den Atem einzulassen. Hilflos griff sie erneut nach Ben, doch der schüttelte sie ab und ging abermals auf Keldan los.

Der schrie etwas Unverständliches. Ein weißer Blitz schoss aus seiner Handfläche und schlug knisternd neben Ben in die Wand. Schwefelgeruch breitete sich aus und einmal mehr versank die Welt in Dunkelheit. Nora fluchte. Wieder war sie geblendet, während die beiden Männer aufeinander losgingen.

Sie hörte ein Stöhnen, das von Ben stammte. Schläge, Keuchen. Einen Aufschrei von Keldan.

Die Schatten bewegten sich vor ihr. Keldan wich zurück, eine Hand auf seine Brust gepresst. Bislang konnte er sich wehren, aber wie lange noch, gegen einen Wahnsinnigen mit einem Messer? Ben drosch unerbittlich weiter auf ihn ein, trat und stach nach ihm.

Er wird ihn umbringen!

Sie musste es verhindern. Irgendwie.

Sie bückte sich, griff nach Bens Fußgelenk und zog mit aller Kraft daran. Ben strauchelte, aber er stürzte nicht, wie sie gehofft hatte. Er wirbelte herum und packte sie an den Haaren, schleuderte sie mit dem Kopf voran gegen eine Mauer.

Der Schmerz raubte ihr für einen Augenblick die Orientierung. Doch dann sah sie Keldan, der sich schwankend ein weiteres Mal aufraffte, um ihr zu Hilfe zu eilen. Sie sah das Messer, das der Psychologe bereithielt, um es ihrem Liebsten in den Leib zu rammen.

Nora tat das Einzige, das sie in dieser Situation noch tun konnte: Sie griff nach Bens Arm, klammerte sich daran fest ... und *fiel.*

18. Kapitel

Nora landete ungelenk, fing sich mit einem raschen Ausfallschritt ab. Ein leises Plumpsen ertönte, als Ben neben ihr zu Boden stürzte. Sie wich vor ihm zurück, doch er beachtete sie gar nicht. Er erhob sich und sah sich verwirrt um. Für ihn musste der Weltenwechsel völlig unerwartet gekommen sein.

Als er erkannte, wo sie sich befanden, ließ er das Messer fallen.

»Du hast es getan!«, rief er. »Unglaublich.«

Hastig bückte sich Nora nach dem Messer. Sie hob es auf und richtete die Klinge auf Ben, der staunend das Innere seiner Praxis betrachtete. Jetzt, da sie seine blutverschmierte Gestalt im Licht der Deckenlampe klar erkennen konnte, jagte er ihr noch mehr Angst ein als vorhin in der Dunkelheit.

»Bleib bloß weg von mir!«, schrie sie.

Er wandte sich zu ihr um und grinste. »Du hast es tatsächlich geschafft!«

Nora schluchzte auf. Was hatte sie getan? Sie hatte genau so reagiert, wie er es gewollt hatte. Seinetwegen hatte sie alles aufgegeben!

Nein. Ich habe es nicht für ihn getan, sondern für Keldan.

Am Ergebnis änderte das nichts. Sie war zurück in ihrem alten Leben. Einem Leben, das absolut nichts für sie bereithielt. Das Messer in ihrer Hand zitterte.

»Ich gehe jetzt«, stieß sie hervor. »Halt dich fern von mir, hörst du? Wehe, du kommst mir noch einmal zu nahe, dann rufe ich die Polizei!«

Ben lachte. »Als ob ich nicht längst genug hätte von dir!«

Als sie nicht sofort reagierte, schrie er sie an: »Geh! Du weißt ja hoffentlich noch, wo die Tür ist. Los, verschwinde aus meinem Leben!«

Nora fuhr herum und stürmte aus der Praxis. Das blutbefleckte Messer warf sie auf den Teppichboden im Wartezimmer. Keldans Blut klebte an ihren Händen.

Als sie die Tür nach draußen aufriss, hörte sie Ben triumphierend rufen: »Ha! Freitag!«

Ein Tag. Sie hatten nur einen einzigen Tag in Eldinor verbracht.

Ein Tag, ein Leben, es machte keinen Unterschied. Es hatte ausgereicht, um alles zu verändern. Sie war nicht mehr dieselbe.

Zum ersten Mal, seit sie ihre Gabe entdeckt hatte, wusste sie, warum die Dinge in ihrem Leben seltsam verliefen. Sie wusste, woher sie kam.

Doch wohin sie nun gehen sollte, das wusste sie nicht.

19. Kapitel

Nora beobachtete den Schnee, der in dicken Flocken vor dem Fenster fiel. Der Herbst war dem Winter gewichen.

Drei Monate war es her, dass sie aus Eldinor zurückgekehrt war. Wie viel Zeit mochte dort inzwischen vergangen sein?

Wie viele Jahrhunderte?

Nora verdrängte den Gedanken. Sie ging in die Küche, um frischen Kaffee zu kochen. Mit der dampfenden Tasse in der Hand machte sie es sich auf ihrem Lieblingssessel bequem, kuschelte sich in eine weiche Decke und griff nach ihrem Buch.

Zärtlich strich sie über den abgegriffenen Kartoneinband. Unbefangen lesen zu können war ein Geschenk, das sie in vollen Zügen genoss. Auch wenn sie es zum Teil Doktor Benjamin Pawell zu verdanken hatte. Kaum zu glauben, dass es tatsächlich etwas gab, wofür sie diesem Spinner dankbar sein musste.

Er hatte von Anfang an recht gehabt. Ihre Angst hatte sie daran gehindert, ihre Fähigkeit zu kontrollieren.

Trotzdem, der werte Herr Doktor war lange nicht so

schlau, wie er dachte. Immerzu hatte er sie aufgefordert, an dieser Welt festzuhalten. Dabei war es das Loslassen, das ihr Probleme bereitet hatte. Die Kontrolle abzugeben ... zu vertrauen. Keldan, dem Nimbus, aber vor allem sich selbst. Keine leichte Lektion. Nora wünschte, sie hätte sie früher gelernt.

Je mehr sie ihre Reisen gefürchtet hatte, desto schwieriger war es geworden, sie zu verhindern. Nora hatte den Schritt in die Bücher immer als unvermeidbar gesehen – und ihn dadurch erst möglich gemacht. In ihrer Angst davor, die Kontrolle zu verlieren, hatte sie nicht gemerkt, dass sie diese Kontrolle längst ihrer Furcht überlassen hatte. Erst dank *Valcheja* hatte sie begriffen, dass sie die Wahl hatte, den Nimbus zu durchqueren. Der Weg zurück stand ihr immer offen. Alles, was es brauchte, war ihr Wille. Sie musste den Weltennebel benutzen, statt sich von ihm beherrschen zu lassen.

Die Geschichte von *Valcheja* hatte ihrer Fähigkeit den Schrecken genommen. Aber erst, als sie um Keldans Leben gekämpft hatte, hatte Nora auch den nötigen Willen aufgebracht, Eldinor zu verlassen. In diesem Moment hatte sie keinen Gedanken daran verschwendet, ob sie das wirklich wollte. Ob es ihr gelingen konnte, den Schritt in eine andere Welt zu tun. Ihr war schlicht keine Wahl geblieben.

Nora seufzte. Sie war zurück in der Realität, in *ihrer* Realität. Sie könnte in jedes Buch reisen, doch es gab nur eines, das sie immer und immer wieder aufschlug. Zig Antiquariate und Gebrauchtwarenhändler hatte sie durchsucht, um an dieses Buch zu kommen. Fündig geworden war sie erst auf eBay. Die Tage, die sie auf die Ankunft ihres Päckchens gewartet hatte, waren ihr wie die längsten ihres Lebens erschienen. Doch nun war es hier. Ihr eigenes Exemplar von *Eldinor.* Dieselbe Ausgabe, in die sie mit Ben gereist war. Selbst der Druckfehler der *Roten Knopse* war vorhanden.

Lächelnd zeichnete sie den Schriftzug auf dem recht unspektakulären Titelbild nach. Wenigstens auf diese Art konnte sie ihrem Liebsten nahe sein, auch wenn sie es nicht gewagt hatte, noch einmal in diese Welt zu reisen. Ben hatte recht – aus Luars Sicht war Keldan wirklich niemand, dem man begegnen wollte. Ein finsterer Magier, der sich mit dunklen Mächten umgab … Nichtsdestoweniger war Luar immer noch das größere Ekel. Wie konnte Ben auch nur eine Spur von Sympathie für diesen Dreckskerl aufbringen? Und Elissa … Nora verstand, warum sie sich davongemacht hatte. Sie war alleine besser dran.

Und doch tat es gut, in *Eldinor* zu lesen. Als würde Nora ein Erinnerungsfoto betrachten, von dem sie allein die wahre Geschichte kannte. Für jeden anderen wäre es nur ein banaler Schnappschuss, doch sie sah mehr. Egal, was in diesem Buch über ihn geschrieben stand, Nora kannte Keldan. Kannte den Menschen hinter der Maske, die er zur Schau trug.

Und er fehlte ihr.

Also begann sie das Buch nun bereits zum dritten Mal von vorne. Es gab nur zwei Stellen, die sie jedes Mal aufs Neue übersprang. Die, an der Luar den Drachen besiegte – und die, an der er Keldan tötete. Als Nora zum ersten Mal auf diese Szene gestoßen war, hatte sie das Buch quer durch das Zimmer geschleudert.

Aber sie wusste, dass Keldan – *ihr* Keldan – in Sicherheit war. Luar war Drachenfutter, er konnte ihm nichts anhaben. Nicht in der Version, die sie erlebt hatte. Dort war Keldan König, und gewiss ein besserer, als Luar es je sein könnte.

Solange man Drachen mochte und kein Problem mit Magie hatte.

Magie … Nora schloss eine Hand um ihr Amulett. Es fühlte sich warm unter ihren Fingern an, wie jedes Mal, wenn sie an Keldan dachte. *Solange du es trägst, wird immer ein Teil von mir bei dir sein.*

Er hatte ihr versprochen, dass nichts sie trennen konnte, selbst wenn sie in ihre Welt zurückkehrte. Doch wo war er jetzt? Vergangenheit, Staub und Knochen.

»Zeit ist relativ für diejenigen, die zwischen den Welten wandeln.«

Nora erschrak. Ihr war, als hätte eine wohlbekannte Stimme ihr diese Worte direkt ins Ohr geflüstert. Als bräuchte sie nur den Arm auszustrecken, und sie könnte ihn wieder berühren. Sie konnte seine Nähe fühlen, warm und vertraut.

Sie sah sich um, doch da war niemand. Natürlich nicht, sie lebte schließlich allein. Und trotzdem …

»Denk daran, dass wir beide verbunden sind.«

Das Amulett wurde wärmer.

Aufregung breitete sich in Nora aus. Das war keine Einbildung!

Sie stellte ihre Tasse beiseite und befreite sich aus ihrer Decke. Sie stand auf. Das Buch rutschte unbeachtet von ihrem Schoß, fiel zu Boden und klappte zu. Mit beiden Händen umfasste sie ihren Anhänger, das Siegel der Weltenwächter.

Ein Teil von mir … Keldan hatte ihr hundert Hinweise gegeben, doch sie hatte sie nicht verstanden. Bis jetzt.

Er hatte Ben nicht in eine Welt zurückschicken können, die er nicht kannte. Aber er kannte Eldinor. Er konnte eine Brücke in seine Welt erschaffen. Einen kleinen Anker, den sie immer bei sich trug. Verborgen wie den Schutzzauber, den er auf ihr Amulett gelegt hatte.

Nun ist es wahrlich ein Glücksbringer.

Der Kristall in ihrer Hand begann zu glühen.

»Komm heim zu mir.«

Nora lächelte.

Sie schloss die Augen und *sprang.*

20. Kapitel

Ein Ruck ging durch das Nichts und erschütterte die Welten. Xsartos sah auf. Der Nebel um ihn herum waberte.

Xsartos erhob sich von seinem Pult. Bedächtigen Schrittes durchquerte er die silbrigen Schwaden und begab sich in die Kammer, aus der er die Störung gefühlt hatte.

Die Kammer war nicht von Menschenhand geschaffen. Sie existierte bereits seit Urzeiten, seit Anbeginn *aller* Zeiten. Eine Höhle, die fast das gesamte Innere des Berges einnahm. Regale reihten sich zu engen Gängen, die sich in der Dunkelheit unter der Kuppel verloren. Dicht an dicht ruhten die leuchtenden Kristalle darin. Xsartos schritt schweigend durch die Gänge.

Jedem Kristall wohnte eine eigene Welt inne. Manche von ihnen waren winzig, nicht mehr als ein Gedanke, ein Gedicht. Andere dagegen so gewaltig, dass zehn Leben nicht ausreichten, um ihre Geschichte zu erzählen. Und doch saßen sie alle in denselben ebenmäßigen Kristallen. Nur ein Wächter konnte das Ausmaß des kostbaren Inhaltes abschätzen.

Xsartos hielt an. Er hatte den Unruhestifter gefunden.

Eine kleine, kümmerliche Welt; dieselbe, in der sie schon mal eine Störung bemerkt hatten. Diese Welt breitete sich aus, wuchs über ihren zugedachten Raum hinaus.

Sorgfältig untersuchte Xsartos den Kristall, tastete über die glatte, kühle Oberfläche, suchte nach Beschädigungen und Unregelmäßigkeiten. Er fand nichts. Alles war, wie es sein sollte, die Versiegelung war intakt. Die Störung kam aus dem Inneren und das konnte nur eines bedeuten.

»Du bist also zurückgekehrt, Wanderin.« Ein unwissendes Geschöpf, das den Lauf der Dinge veränderte, das Schicksal ganzer Welten.

Xsartos war ein Wächter. Er wusste um den wahren Wert der Welten, ihren verborgenen Sinn. Und deshalb würde er diese Welten bewahren. Um jeden Preis.

Er berührte den Kristall und betrat Eldinor.